Purpur Schatten

最畅销的德语作家
惊竦　悬疑　文化
梵蒂冈博物馆里达芬奇、拉斐尔的旷世杰作是真迹吗……

紫色的影子

Philipp Vandenberg
[德] 菲利普·范登贝格　著
徐新　丽洁　艺馨　译

華夏出版社

图书在版编目(CIP)数据

紫色的影子/(德)范登贝格著;徐新等译.-北京:华夏出版社,2008.12

ISBN 978-7-5080-4803-1

Ⅰ.紫… Ⅱ.①范… ②徐… Ⅲ.长篇小说-德国-现代
Ⅳ.I516.45

中国版本图书馆CIP数据核字(2008)第206101号

华夏出版社出版发行
(北京东直门外香河园北里4号 邮编:100028)
新华书店经销
北京人民文学印刷厂印刷
三河市万龙印装有限公司装订
880×1230 1/32开本 13.375印张 370千字 2插页
2008年12月北京第1版 2008年12月北京第1次印刷
定价:25.00元

1

布罗德卡喜爱色彩，毕竟他就是靠这吃饭的，他却对一切紫的颜色深恶痛绝，无论从浅紫到深紫的哪种色调，他自己也说不清楚为什么。他对这种颜色的厌恶甚至到了只能用痛恨来表达。只要有可能，他都会绕开紫色。如果真的是无法避开讨厌的紫红、藕荷、雪青或者绛紫，他就想尽办法，运用他所有的技术手段把这种狗屎样的颓废的色彩遮蔽掉或者涂抹干净。

亚历山大·布罗德卡，是一个长得很不错的四十岁男人，黑发虽然剪得很短，但是有款有型。作为热门杂志的图片记者和摄影师，二十年来他以四海为家。这许多年来，他一直将自己对紫色的嫌恶很好地对外界隐瞒起来，他担心，某些聪明人会从中胡乱揣测。连他自己也无法解释因何就对这种颜色如此反感，对此他不止一次地扪心自问过。他最后的结论是，不同的颜色会对人产生迥异的影响，只不过大多数人不自知罢了。

眼下他的脑海里闪现的正是这一念想，他从相机的取景器里端视着海滩一幕：马尔考岛的奶白色沙岸上，一丝不挂的伊丽娜双腿叉开跨坐在一辆摩托车上，背景是枝叶繁茂的棕榈树和一排沿着海岸线绵延没有尽头的观海酒店。

“那辆轻骑一定只能是淡紫色的吗?”布罗德卡眯缝着眼瞧着取景框里的画面嘟哝。

弗洛里蒂娜，造型师兼道具员，人称弗洛，红发的她算不上美人，在拍摄美女照的工作中她负责打理一切，她没好气地回敬道：“你是想要一块重颜色跟明亮的海滩做对比吧。没关系，如果你不喜欢淡紫的话，我设法去搞来一辆绿色或者红色的摩托……”

“老天啊，”布罗德卡打断她的话，“那只会浪费时间。太阳已经升得这么高，一会儿就该热得受不了了。贝尼，从下面往上多打点光，再近些!”

摄影助理贝尼是一个瘦削高挑的小伙子，二十来岁，留着打绺的长头发，他手扯着一面银色塑料篷布跪在沙滩上，让耀眼的太阳光线自下而上反射在摩托车上模特光溜溜的身子上。

伊丽娜显示出惊人的耐心，听从指令一遍遍地仰头向天。她来自圣彼得堡，原来是名教师，因找不到职位，只好靠做平面模特来维生。自从时尚杂志上刊登了她的一组照片后伊丽娜在西方国家有了一定的知名度。

虽说照片的旨意在于激起观看者的“性趣”——原本也不会有其他的想法——可是作为拍摄者在拍摄过程中却毫无乐趣而言。

弗洛从塑料盒里拿出冰块，用它不停地摩擦伊丽娜的乳头，这样一两分钟之后，乳头傲然挺立，宛若两颗刚刚出水的粉红颜色的珍珠。布罗德卡瞧了一下取景器，伊丽娜肚皮上的皱褶又让他觉得碍眼了——这是由她的坐姿引起的。弗洛找来两指宽的透明胶带，一端粘到伊丽娜的右胯，将肚皮上的肉提起拉平，然后将胶带的另一端粘在后腰——拍出的照片根本就看不出来。可是这样伊丽娜就无法挺胸扬头，胶带纸拉扯她的皮肉生疼，这姑娘的脸都痛得变形了。

“我想要表现出伊丽娜的头发有更多的动感。”布罗德卡说着把照相机撂到贝尼手上。

弗洛明白布罗德卡的意思，她稍作琢磨。“租摩托车的那个人也有汽艇，汽艇的尾部装有螺旋桨，那家伙一转动起来要多大风就有多大的风。我这就过去借一艘。”

“好主意。”布罗德卡应声说道，摇晃着脑袋又接了一句，“弗洛，你真太了不起了！”

“我还可以把那辆淡紫色的轻骑换成别的什么颜色。”

布罗德卡点点头。

“你想要什么颜色，老大？”

“什么都行，只要不是紫色。”

弗洛扶着伊丽娜下了摩托车，把胶带纸从她身上拽下来，这比胶带纸扯着皮肤更让这个年轻的俄罗斯姑娘痛苦，之后弗洛找出一件白色T恤让她穿上。

“剩下的都交给你了，布罗德卡！”弗洛里蒂娜发动引擎。轰鸣的摩托车载着她驶在粗木板条铺就的窄道上，这条路穿过沙滩最后通向公路。

“现在太阳反正已经升得这么高，”布罗德卡转身对助理说，“再就是这里看热闹的人也太多。咱们下午再干，到时清场。就交给你了，好吗？”

“你放心吧，布罗德卡。”

围观的人群看到拍摄结束也就四下散去。穿着条破旧毛边牛仔裤、白T恤的布罗德卡躲进遮阳伞下。只要能拍出好照片，甭管对自己还是对别人他都很严格。布罗德卡并不是个冷漠的人。他做事情时总是情绪饱满——免不了偶尔会怒气冲天，但是对待和他一起工作的人他一向公正，大家齐心合力创作出完美的作品。他的最终目标就是拍出好的照片。

布罗德卡已经习惯于面对顶级的事物。在碧雅丽姿[①]他身处一个美女如云的镜头世界；他在蒙特利尔、加利福尼亚每年举行的国际奢侈品展销会上拍下世界上最奢华最昂贵的汽车；他在《视觉》杂志刊登出全球最高的摩天大楼的图片，同时他为《时尚》带

① Biarritz，位于法国西南部的一个海边度假胜地。

来二十页的大片彩照，向人们炫显超级富豪们在蓝色海岸[①]奢靡的生活。

这一切赋予了亚历山大·布罗德卡一定程度的世界人的资质，他可以推掉他不喜欢的委托。在他答应给伊丽娜拍照之前，他见过这姑娘，照他的说法——他惯于这样表达——摄影师和模特之间一定要有某种化学作用，否则就是白搭功夫。话又说回来，虽然他们彼此间有亲和力，但他和这位来自圣彼得堡的美女并无进一步的亲近与暧昧。在这方面他自有他坚持的原则。

布罗德卡用胳膊揩去脑门上的汗，摁了摁架在鼻子上的太阳镜。伊丽娜脸上的妆已经花了，她也闪到巨大的伞罩下躲避火辣辣的太阳。贝尼从盒子里拿出一些冰块，搁在自己的后脖梗儿上。

马尔考岛位于墨西哥湾的佛罗里达西海岸，通常从十一月初就是春天的气候。这里很少下雨，恐怕最年老的居民都记不得最后一次有雨点落下是什么时候的事情。从十月份天气热起来，延续至今，没几天就到感恩节了。

布罗德卡无言地递给伊丽娜一块湿手绢。

她明白他的意思，像阿拉伯人那样用手绢把整张脸都罩起来，只给眼睛留条缝。

“否则过不了多久你的脸就会肿得像个发面饼一样鼓囊。回你的房间去吧，洗掉脸上的妆，尽可能离空调近点儿躺下休息。等我们把一切重新安置好，贝尼自会去叫你。”

伊丽娜默默地点点头，朝玛利奥特酒店走去。

在贝尼忙着把照相机、镜头、三脚架、反射板整理装箱的时候，弗洛回来了。

她高举一个信封，大老远就喊：“布罗德卡，你的传真！”

布罗德卡已经习以为常，即便在一个地方刚刚落脚，他也会接到传真件或者电话。他撕开酒店的专用信封，看了起来。

弗洛里蒂娜猜想这是个重要通知，和此次的拍摄任务有关，她

---

① Côte d’Azur，法国尼斯和土伦间的地中海海岸地带。

在一旁探询地看着布罗德卡。

一开始她从他的面目表情上瞧不出所以然来。等到布罗德卡抬起头怅怅地远望，双眼眯成一条缝，似乎克制着自己不让泪水流下来，弗洛知道一定是出大事了。

布罗德卡一言不发地把传真递给弗洛。看到发信人的落脚，她皱起眉头：联邦德国总领事馆，比斯卡耐北大街100号，迈阿密，佛罗里达州33132。

尊敬的布罗德卡先生：

非常遗憾，我们不得不通知您，您的母亲，克莱尔·布罗德卡夫人，于11月21日辞世。由于不知道您的逗留地址，同时也无法通知您的近亲，葬礼在11月25日业已举行。

顺致崇高的敬意！

总领事　迈勒

“今天几号了？”布罗德卡轻轻地问。

“二十七号。”弗洛里蒂娜回答。

布罗德卡点点头，他步出太阳伞外，朝海边走去。浪花拍打着沙岸，打湿了牛仔裤和帆布鞋，他全然没有在意。他趟着水往海里走，直到温暖的海水没过胯部。他双手抱胸，眺望远方。

如果要描述布罗德卡此时的内心感受，那不是痛苦，也不是难过，他只觉得植根于心底深处的惶惑无助。他不知道遇到这种事情他该有怎样的情感。克莱尔和亚历山大·布罗德卡母子之间的关系从来不很密切，这要归咎于他和她对待事物的看法实在不相一致——由此，一直以来他同他母亲有意识地相互回避，避免正经八百的交谈。

母亲对他的斥责，比如说不去学门正当的技能——克莱尔·布罗德卡就是这样描述的——只会让布罗德卡觉得好笑。本笃兄弟会[①]的成员们——布罗德卡是在本笃会的寄宿学校长大的——一心希望他成为牧师。可是对这一信仰布罗德卡心存芥蒂。

母亲就这样离开了人世，这个意外消息惊得布罗德卡打起阵阵寒噤。他从未有过的慌乱，他切身感受到世事的无常和天意难违。虽然烈日高照，他的心却冰冷得缩成一团。他猛然发觉自己在不停地摇晃着脑袋，像是要挽回已发生的事实，他想要对自己说：这不是真的，你在做梦……

眼前一只只白色海鸥俯冲进水里，然后叼着战利品飞离海面，布罗德卡回想起自己远去的童年。

他清楚地记得九岁的他被母亲送到本笃会开办的寄宿学校的那一天。还有十四岁时他不满那里严苛的教育第一次逃跑，如何在谷仓里躲了三天，最后饿得饥肠辘辘走了出来——径自扑到一个巡逻警的怀里。他违背母亲的意志给自己买了一个长号，是分期付款买的，他也没有指望自己能够彻底偿还（这是一个中肯的估计），因为他想成为第二个格兰·米勒[②]（事实证明他的希望最后成了无望）。

他就这样惶然不知所措地站立在海水中，听到弗洛里蒂娜在他身后说道："我很为你难过，布罗德卡，真的。"

布罗德卡转过身来，点点头。"我没事了。"他走回岸上。

弗洛在旁打看着他，说："我想，我们最好还是收工吧。"

这句话将布罗德卡从神思恍惚中拉了出来。"收工？你疯了？还有两天就拍完了。我们继续，下午开始，照原来计划。"

"好，依你。"弗洛原本就没认为能从布罗德卡的嘴里听到别的答复。

---

① 本笃兄弟会，天主教隐修会之一。529年由意大利人本笃（又译本尼狄克）所创。

② 格兰·米勒（Glenn Miller，1904—1944），美国二十世纪四十年代的爵士乐巨匠。

十一月份的雾水在枝桠上凝成露滴。布罗德卡把他的美洲豹越野车停靠在慕尼黑一块林中墓地的围墙旁。天很冷，他竖起大衣领子，朝入口的铁栅栏门走去。

到目前为止布罗德卡还无处打听，他母亲为什么偏偏是被下葬在这里，要进一步探知他母亲死时的具体情况以及葬礼的情形也不容易。必须要走有关机构的一系列手续，结清帐目、打电话、填不完的表格——死亡是一件相当复杂的事情。

大门口，布罗德卡碰上一队身穿黑衣悄然行进的送葬队伍，最末尾的是两位头罩面纱的老妇人，她俩不知道在为什么事而激动地争执。一块标注有“墓地管理处”的牌匾和一个箭头指向左侧一栋铁栅栏窗户的平房。

一个头发灰白、不修边幅的男人——成天与死亡和哀痛打交道的人老得快——客气地告诉布罗德卡在哪儿个区域能找到他母亲的墓地，然后笑眯眯地朝他手里塞上一张名片，上面是附近一家加工大理石墓碑的公司名字。

布罗德卡大步流星地走在沙土路上，小心地避开水洼和泥坑。绕过一处喷泉他左行没几步就来到一个新近修葺的墓地，墓碑前满是花束和花圈。布罗德卡从竖得高高的衣领里探长脖子，想在这周围找寻一处看上去更为朴素的墓地，却在这片还挂有露水的花束丛中瞧见一个简陋的木制十字架，十字架的横档处刻着：克莱尔·布罗德卡。

他之前从来没有想过，到时会是怎样的一幅情景，当他看到母亲的名字时，泪水腾的一下溢满了眼眶。强烈的悲痛涌上心头，从孩童时代起他就再没有哭得如今日这般肆意。娇艳的花儿在他眼前模糊虚化，仿佛抽象画里的团团色块。他突然意识到自己在猛烈而又愤懑地摇着头。他双手合拢凝神伫立，深深沉浸在哀伤和回忆之中，没有发觉有一个身影正从旁边靠近，以与他同样的姿势站在他身边。

就连那人对他开口说话之时布罗德卡仍旧心不在焉，听而不闻。等那个人朝他更凑近一些，肩臂都碰着他了，布罗德卡这才微转身子瞅他一眼，此人披着抬棺人的黑色短斗篷，头戴圆柱形礼帽。

黑衣人清清嗓子，再一次说："奇怪的葬礼，相当的奇怪。"

布罗德卡细细打量起他，红通通的圆脸膛儿上根须全无，看起来很年轻，跟他那身老气的工作服不相匹配，右眉毛上端有一颗大黑痣，浅色的眼珠滴溜溜地转，粗壮的脖子上是结实的双下巴。

看布罗德卡还没有反应，陌生人又说："如果可以的话，我能问一句，您是死者的亲戚吗？"他的语气听起来总觉得好像是别有用心。

布罗德卡点点头，没有作声。

穿黑斗篷的男人也点点头，用手掩着嘴巴咳嗽两声，顿了一下说道："我想说，这本与我无关，不过……"

"那您走吧，让我一个人安静呆着！"布罗德卡毫不客气地打断他，还挥舞着手臂，像是要把他赶走，如同轰跑一只难缠的流浪狗。

陌生人犹豫中离开了，他低着头朝低处的房子走去，眼看着他走过喷泉，布罗德卡叫住他。"您等一等！"他喊道，"等一下！"

这次是黑衣人表示出他的不情愿了，他继续走，没回头看布罗德卡一眼。

"我想对您说声对不起。"布罗德卡说着用掌心擦擦额头，"我刚才在想事。您好像说了句'奇怪的葬礼'，您这是什么意思？"

陌生人猛收住脚步，他歪着脑袋，脸上流露出受了伤害的神情。"本来这事和我一点儿关系都没有。您完全没有做错，我的先生，只不过……"

"只不过什么？"布罗德卡紧紧盯着那人。

"好，我说，有人让我把棺材抬进墓穴……对不起，我把事情说得这样平淡……常年干这个的人对此是有感觉的……"

"对什么的感觉？"

"嗯，这么说吧，抬棺材的人能够感觉出，被放入墓穴的人……我该怎么说呢……是个大胖子还是瘦子，是重啊还是轻。可是这一次不是这样也不是那样。”他扬起头说。

“您到底想说什么?”

“就像我先前说过的,就是……很奇怪,我什么感觉都没有……”

布罗德卡差一点就要走上前去掐住他的脖子，不过他马上冷静下来，轻蔑地甩出一句:“您疯了吧，伙计！您都胡说些什么呀?”

黑衣人看着布罗德卡说：“我十分确定，我的先生，棺材里面是空的。”

布罗德卡后退一步，太阳穴嗡的一声好像要炸裂开来，他深吸口气，大声说道：“这样不着边际的话您也能说出口？您怎么知道?”

黑衣人抖抖肩膀。“很抱歉，我的先生，我本该对您保密的。”他笨拙地哈了哈腰，像是给布罗德卡鞠了一躬，然后朝那排平房走去。

往回找车的路上，布罗德卡想的不是黑衣人的相告，他认为那人纯属胡说八道，他脑海中始终浮现的是母亲墓前的那片花海。这世上有谁会为母亲的葬礼送上一卡车的花束和花环呢？母亲一直是一个人生活。当然，最近几年他和她几乎没有见过面，一想到她竟然受到这样的敬仰，实在不可思议，他不由得微微一笑。

接下来的几天他走马灯似的到各个机构履行手续以及结算各种名目的账单。布罗德卡不可避免地也要处理他母亲在摄政王街的寓所——这让他从心底里觉得不舒服。他在房屋管理员满是狐疑的目光下接过钥匙，上到二楼，觉得自己就像一个闯入者。

布罗德卡讨厌青年艺术风格[①] 的老式楼道：蓝色的地砖，红色的编织地毯。处在这样的空间里让人感到憋闷。

他和他母亲的关系近十年来较为紧张，这期间他仅仅一次进过她的寓所。那次见面交谈的结果使得布罗德卡再也没有来看过他母

① 青年艺术风格（Jugendstil），是二十世纪初新艺术运动（Art Nouveau）在德国的发展流派，试图把新艺术和建筑设计紧密地结合起来。

亲。

布罗德卡稍作停留——就像所有即将迈上沉重的征途的人，之后他推开房门。

房间过道的地板上散落着从投信口里投进来的邮件。布罗德卡找到电灯开关。灰白的光亮从天花板上淡青色玻璃圆盘灯罩照射下来，虽然这灯罩古老而名贵，不过依他的品味同样是难看死了。房间里弥漫着樟脑丸和旧窗帘布的混合气味，这浑浊味道让布罗德卡不能忍受，他恨不得马上离开。

他拣拾起地上的邮件，抬起的目光落在了正对面的门上。房门微微开启，透过门缝他瞥见里面有昏黄的灯光。

“有人在吗?”他喊道，侧耳倾听。

没有回应。

布罗德卡轻轻推开门，惴惴不安中夹杂着些许恐惧，他寻找着光亮的出处。

靠右墙的沙发旁有一个低矮的圆桌子，上面的那盏小灯亮着。

“这里有人吗?”布罗德卡再次高声喊道。仍没有应答，他走到窗前，拉开百叶窗。

挨着沙发是卧室门。布罗德卡走进卧室，打开房灯。他本就没指望能看到一个收拾得整齐利落的房间，可是迎入眼帘的场景却惊得他不由得打个寒战。床上异常凌乱，衣物乱七八糟地摊在地板上，随处是大大小小的药瓶子。

布罗德卡冲向窗台，推开窗户，大口呼吸。外面街道上的喧闹声传进来，已经是黄昏时分。布罗德卡腹中作呕地走出卧室。

他站在起居室的门槛处，只要对里面的家具陈设稍作扫视，他就知道他和他母亲之间的差距有多么大。

整个房间被古雅的家具填塞得满满当当，没有一件不是昂贵无比，如此多的古董罗列堆砌使得这个房间宛若一个博物馆陈列室。正对窗户贴墙立着一个顶到天花板的大书架，书架前摆放一张毕德迈耶尔派[①] 风格的老式樱桃木写字柜。两窗之间是一个陈列柜，里面有各式各样年代久远的玻璃器皿。

与房门相对的墙上挂着一张超大幅的巴洛克[②] 绘画：女神黛安娜赤裸着身子坐在一辆由天鹅拉的车子上。油画下面是一排毕德迈耶尔时期的长沙发，沙发罩是玫瑰红和蓝绿色相间条纹，这是房间里惟一一个能让布罗德卡看上眼的摆设。沙发左侧的小桌上有一盏亮着的台灯，右边是个小巧的箱子，上面放着插有干枯玫瑰的花瓶，再前面就是一张大圆桌子和两把扶手椅。

门厅和储物室之间立着一张巴洛克风格的角边包金的五斗橱，上面是杂七杂八的各种小物件和瓶瓶罐罐，包括一本开了线的《圣经》、两张镶在银边镜框里的相片，后者引起布罗德卡的注意。

他走上前去，冷不防撞见自己的面孔，吓了一大跳，原来五斗橱上方挂着面镜子，镜框雕饰着五彩花纹。他端详其中一幅相片，上面是一个小男孩被母亲抱在怀里。即便布罗德卡从没有见过这张照片，他也立马知道，照片里的小孩子正是他自己。

第二张相片他以前见过。一位气质优雅高贵端庄的老妇人，衣着艳丽，头戴一顶阔边卷檐的黑帽子——他的母亲，正如他记忆里她的模样。

布罗德卡漫不经心地随便拉开一个个抽屉，像是在找寻他母亲昔日的留痕，一个他完全陌生的过去。诚然，任何人都有他隐秘的一面，一道他可以隐身于后的墙，对于布罗德卡来说，他母亲的生活就像一团解不开的谜。

一直以来他很疑惑，他母亲的钱究竟是从哪里来的，他被母亲

---

① 毕德迈耶尔派（Biedermeier），1814 年 – 1848 年德国的一种文化艺术流派。毕德迈耶尔原为路德维希·艾希罗特的诗《毕德迈耶尔的歌唱乐趣》中一滑稽人物，后泛指心胸狭窄庸人习气的小市民以及他们的风尚。

② 巴洛克（Baroque），巴洛克艺术是指十六世纪后期开始在欧洲流行的一种艺术形式，不仅在绘画方面，巴洛克艺术代表整个艺术领域，包括音乐、建筑、装饰艺术等。

送进学费不菲的寄宿学校，后来他显露出他的摄影天分，他在大学主修摄影专业。有一次他曾问过母亲，他的学习费用是不是超出了她的经济能力，她这样回答他，他大可不必为此烦忧——她就是这么说的。

布罗德卡的母亲是一个没有过去的女人，而通常往昔的韶华岁月对一个老女人来说总是意义非凡。

自打布罗德卡记事以来，他母亲就从没有过固定的工作。她的生活中惟一固定不变的就是每年春秋两季的度假疗养，每次都是意犹未尽。

布罗德卡翻开写字柜，看到里面摆放着一捆捆的有价证券、银行存折、股票、发票和单据。布罗德卡从未怀疑，他母亲很富有，不过，当他亲眼目睹数量如此众多的存折和票据时，他更加明确，她确实是个有钱人，甚或是非同小可的有钱。

最后，在一个小抽屉里布罗德卡找到一个令他骇然之物：一把 7.65 毫米口径的左轮手枪，兼有二十发子弹。

他把手枪小心翼翼地从抽屉里拿出来，然后同样小心地交换到另一只手上，布罗德卡大声爆笑起来，笑得他前仰后合，连连咳嗽，他在写字柜和房门之间来回走了几趟，好让自己平静下来。他的母亲竟然有枪。

猛然间门铃大作。

布罗德卡愣住了，恍若如梦惊醒。

他打开房门。

楼道里站着一位衣饰雅致的老妇人，稀疏的金发高高盘在头顶。

“您一定就是她儿子。”她带着些许轻慢的语气说道，同时扬起描画得又黑又细的双眉。

“请问您是哪一位？”

“我叫封·费尔德霍芬。我是……我曾是你母亲大人的邻居。”她手指对门。

布罗德卡本想向她伸出手去，不过他的右手上还握着那把手枪，于是他把枪换到左手并藏到背后。然后他把老妇人请进房间。

“我知道克莱尔有把枪。”封·费尔德霍芬夫人说，“虽然我对她的其他方面所知甚少，我以为，就没有人真真切切地了解她。”

“你们是朋友吗？”

“朋友？您想到哪里去了！克莱尔对他人永远是敬而远之，她一向离群索居，生活在自我设立的保护屏障之后。我们彼此叫名字，可还是始终称呼对方为‘您’。我只知道她有一个儿子。”她指了指五斗橱上的照片。

“我想她一直是在恐惧中过活。”老妇人脸色凝重地说，同时向屋内四处张望。“很难叫人相信，她已经死了。”她蓦地直视布罗德卡的脸，“我知道，您和您母亲的关系算不上融洽。”

布罗德卡耸了耸肩膀，“坦白来讲，我并不十分难过。我几乎就不了解我母亲，这么多年来我们俩都是各过各的。她用一种令我费解的方式刻意和我保持距离。我只是觉得，时至今日，当我打开一个又一个的抽屉和房门之后，对她才稍微有了些认识。”

封·费尔德霍芬夫人点点头，随后她单刀直入地发问：“那您知道您母亲是怎么死的吗？”

“文件上说是死于心力衰竭。”

“那时候克莱尔邀请我过来喝茶，这可是少有的事。我俩面对面地坐在这里，突然间她拼命地大口喘着气，然后无声息地瘫倒在扶手椅上。整个过程不超过十分钟，直至医生到来——但他来得太迟了。我是惟一出席她葬礼的人。”

“是您找到人在美国的我吗？”

“不是，”封·费尔德霍芬回答，“那是有关部门的事。”

“墓园上成片的花海是怎么回事？”

“我还以为是您献上的呢。”

“怎么可能，当我得知我母亲去世的消息时，她早已归尘。”

布罗德卡的话似乎让老妇人很不安，她蹙起眉头。

“还有哪，”她说道，继而沉吟良久，又说，“您母亲从来没有访客，但在她去世的第二天，来了两个衣履考究的男人，他们要求进到房子里去。”

“然后呢，您让他们进去了吗？”

“当然不能，虽然他们报出了各自的名字，并宣称他们是您母亲的亲戚，不过我可没有权利让他们进您母亲的房子，但愿这事我没有做错。您知道，那两位可能是什么人吗？”

布罗德卡抖抖肩膀，“我不知道。您能这样处理，我真的很感激。”

片刻的沉默。两人打量着房间，似乎想从中找出问题的答案。当他们的视线最终相遇，布罗德卡掩饰不掉他的窘状，于是他径直问道：“您刚才说，我母亲一直生活在恐惧之中，您这是什么意思？”

“说实话，我也并不能向您解释得十分清楚，只是种感觉。当然了，有一些女人天生就胆小，易受惊吓，可克莱尔的表现远不止如此。她极其敏感、多疑，对人对事始终持敌对态度——包括对我也是如此。每当我跟她聊起这些，她就缩回到她的蜗牛壳里，再也不言一声，好像以此来惩罚我言语的冒失。现在请您务必要原谅我。”她握住布罗德卡的手，之后就走掉了。

她的手绵软无力，让布罗德卡有些不太舒服。他有种感觉，这个女人矫揉造作的举止背后有着某种算计和别有用心，不过或许仅是因为眼下的情境使然。

房间里没有生暖气，布罗德卡冷得瑟瑟发抖，他决定离开。

街道上，空气阴冷潮湿。

布罗德卡的美洲豹停在马路对面。他横穿过车辆如梭的车道，从兜里掏出钥匙正准备打开车门时，一个奇怪的声音让他骇异，像是枪响，但并不尖利刺耳。布罗德卡倏地觉得右腿小腿肚一阵锥心痛楚。

他条件反射地转过身，向马路对面看去，眼见一个黑洞洞的枪口正对着他。旋即是第二道炫目的光亮，然后是第三道。伴随着响脆的金属爆裂声一颗子弹击中车的后门。

布罗德卡此时的反应纯出于本能。他急速拉开驾驶室的门，一屁股坐了进去，低头俯身趴在副驾驶座椅上，一动不敢动。

究竟以这样的姿势保持了多久，事后他也说不上来。直听到剧烈地敲打车窗玻璃的啪啪声才让他回过神来。

“您伤着了吗?”一个慌乱的声音从紧锁的车门外传进来。

布罗德卡挣扎着爬起来。车外站着警察，巡逻车顶上的警灯闪烁着耀眼的蓝光。

“您伤着了吗?”巡逻警又一次问道，他在等布罗德卡从里面把车门打开。

“没有，没有，一切都还好。”布罗德卡结结巴巴地说，依旧惊恐未定。

“有人朝您开枪，您的腿受伤了。”巡逻警说着把布罗德卡扶出车，他指着布罗德卡流血的小腿以及后车门上的弹眼：车皮上出现一圈坑洼，中间有一个小黑洞。

巡逻警上下打量着布罗德卡，“您相当走运。子弹从哪里射过来的，请问先生您……”

布罗德卡渐渐恢复了常态。“布罗德卡，”他说，“我叫亚历山大·布罗德卡。”他指着马路对侧。“枪从那边打过来，不过一定不是冲着我来的，肯定不是，谁会想到要杀我？能有什么理由?”

小腿肚上的伤口被急救医生稍作处理包扎之后，布罗德卡被带到警局，做枪击经过的笔录。负责此事的警长对布罗德卡的陈述半信半疑，而布罗德卡坚持认为他卷入此次枪击纯属巧合。

这名警长是从事刑侦方面的老手，灰白的头发，浓密的眉毛，他指头敲打着桌子，面有愠色地说：“您是位摄影师和图片记者，布罗德卡先生，您在您的圈子里有仇人吗?”

“仇人？或许有吧。每个人都有他自己小小的对立面，或者一两个竞争对手，不过就算有冲突也犯不着用枪弹解决呀!”

“您这话说得不错。”警长说，“但这次的枪击恐怕和行业内的竞争无关。我们首先想到那些子弹就是射向您的，但是不会让您伤得太严重或者干脆打死。动手之人并不想杀您，他瞄准的是您的腿。据我分析，他这是在警告您，给您个教训尝尝。您知道，谁会这么干吗?”

“会是谁?”

“黑道上的人。”

乍一下布罗德卡愣了，随后释怀，他不由得笑了起来。“我要说，您太抬举我了，警长先生。我既没有钱多到令黑道会对我感兴趣的地步，也不贩卖海洛因、可卡因或者诸如此类的东西。我拥有的一切不过是我辛苦工作所得。那些人能从我身上得到些什么……”

“您大多数时间都待在国外吗?”警长打断布罗德卡问道。

“是的，没错，难道这就是我被黑道盯上的原因?”

“当然不仅仅是这一点。”警长说，“不过可以设想，您和那些神出鬼没的家伙有过过结……偶然或是非偶然，而这让他们非常的不自在，您知道的。”

布罗德卡盯视着警长有半晌，目光没有移开。他觉察得出坐在对面的这个人对自己非常不信任，令他非常愤懑。该死的，为什么这个人不相信他呢?就因为某个人向他开枪，他为自己辩白，难道这错了?

这时候他暂时忘却了母亲之死，他无论如何也想不到这其中会和自己遭受的枪击有关联。他知道，生活中有些时候人会觉得怎么一下子遇到这么多倒霉事。虽说他并不是一个胆小之人，但这次的枪击案却切切实实地吓着他了。

回到家，布罗德卡破例把门反锁。他走进卫生间，让哗哗的冷水冲浇在脸上。小腿肚上的伤口痛起来，裤子也破了。

他疲惫地按下电话答录机的开关，没什么重要的事，他转过身，刚要坐到椅子上……

……他猛扭回身，将答录机的带子倒回去，一个卷着大舌音的外国腔在说：“不要再追查您母亲的过去，这是一次严肃的警告!”

布罗德卡按“重复”键，那个威吓的声音又一次在房间里响起。

许久以来，亚历山大·布罗德卡第一次真正体会出恐惧的滋味。

2

他和她是在纽约的沃多芙酒店[①]的酒吧里认识的，即便是一个没有男性作陪的女人出入这家酒吧间她也不会背上作风不正派的恶名，在这里，眉清目秀的酒吧服务生会为客人端上刚刚出炉的烤花生，钢琴师在吧台一角弹奏《当时光飞逝》。布罗德卡刚刚做完对萨姆·撒勒——一个模特经纪人，十足的混蛋——的一组毫无用处的图片专访，朱丽埃特·考林却因为没有为她在慕尼黑的画廊成功拍到马尔克[②]、黑克尔[③]和康定斯基[④]的三张版画而郁闷不已，这些作品由公园大道上的克里斯蒂拍卖行拍

---

① 沃多芙酒店（Waldorf－Astoria），此酒店横跨纽约49街至50街的整个街区，楼高42层，是世界上第一家摩天大楼酒店，也是二十世纪三十年代世界上最高最大的酒店，号称美国总统的“御用”酒店。

② 弗朗茨·马尔克（Franz Marc，1880—1916），德国“青骑士派”主要的艺术家之一，表现主义画家。

③ 艾利希·黑克尔（Erich Heckel，1883—1970），德国表现主义画家，“桥社”的核心人物。

④ 瓦西里·康定斯基（Wassil Kandinsky，1866—1944），现代抽象艺术在理论和实践上的奠基人。

卖。同时遭遇事业上的波折令两人惺惺相惜，同病相怜，互诉烦恼，于是渐渐亲近起来，他们又是来自同一座城市，这一巧合多多少少对他俩能够共度良宵起到了推波助澜的作用。

朱丽埃特·考林可不是那种行为随便或者放荡轻浮的女人，而布罗德卡也绝不是轻易就向女人献殷勤的男人。三年前九月份的那次相遇让二人感受到灵犀交会碰撞产生的巨大冲击，这是此前的布罗德卡和朱丽埃特从未经历过的。

诚然，朱丽埃特已经结婚。她的丈夫，亨利希·考林在外科医学领域享有很高的声誉，不过只有他的挚友亲朋才知道，他会在每次手术前把半瓶子的白兰地灌进肚。没有酒精的刺激他什么都干不了，过多吞噬的酒精让四十五岁的他丧失了性能力。可想而知朱丽埃特深埋在心底的苦楚，这种被轻视被侮慢的感觉让她消沉沮丧，碍于她的社会地位她才没有找情人。

那个时候，距离布罗德卡离婚已经超过十个年头。布罗德卡和他的前妻不是出于相互的怨恨或者厌倦才离婚，他们只是觉得彼此不合适在一起。于是婚后仅三年他们就分开了，没有争吵，没有埋怨，没有对对方的愧欠——却达成共识，即金牛座的女人绝对不合适摩羯座的男人。

一夜缱绻之后，布罗德卡和朱丽埃特相互了解得并不多，可也不能算少。他们已经足够成熟，两个人并没有想过接下来发展成一段稳定认真的关系，不过他俩都错了。布罗德卡像三年前一样一如既往地爱着朱丽埃特——朱丽埃特亦以同样的深情去回报这份浓烈的爱意。

朱丽埃特身材娇小，精力充沛，棕色的眼睛，漆黑的头发，大多数时候她把一头顺滑油亮的头发紧紧地梳向脑后，在脖颈处绾上一个发髻。像所有黑发女人一样她的皮肤是古铜色的。起初她还为她只有一米六零的身高而烦恼过，于是她脚上老是蹬着她这类小个儿女人心仪的高跟鞋。自从布罗德卡称赞一米六零的她是世界上最美丽的女人之后，朱丽埃特容光满面，整个人焕发出自信的神采。

朱丽埃特的画廊位于闹市区，生意可算兴旺，反正比附近其它的大多数艺术品交易展厅要好，在这种黄金地段，扣除高得吓人的租金之外很难有什么利润。朱丽埃特在师范大学主修艺术史和德语，但在六个学期之后就中止学业，因为亨利希·考林向她求婚了。当她重新开始她的事业时，她表现出令人惊叹的商业才能。她接管了一份濒临破产的服装店的房屋租约，并从一位中学同学那里软磨硬泡地买来他已去世的父亲收藏的表现主义风格的绘画作品，这个儿子对克利①、蒙克②、范林恩③ 和诺尔德④ 的水彩画没有丝毫兴趣，朱丽埃特从她丈夫的银行贷了五百万购下这些画作，由亨利希为她做必要的担保。六个月之后一半作品都已卖出——画作平均增值一倍，她偿还了大部分债务。此后，朱丽埃特的画廊成为那些搜罗印象派画家和表现主义画家的作品的收藏家的首选商号。

起初考林教授对他老婆的行动力将信将疑，随着朱丽埃特的事业愈发成功，他越来越多疑，从一开始的妒忌日渐升级为恶意的诋毁，他不放过伤害她的机会，他会把她的画廊说成是浪荡汉的乐园，或者是——更难听些——幼稚的涂鸦者的“爱玛姨妈店”。

考林毫不知晓她和布罗德卡早已暗通款曲，这一点朱丽埃特相当确定——直至十二月的某一天，就在那一天她在画廊举办了一次画展开幕式。她收购到库宾⑤ 的版画，想通过此次画展向有选择的来宾展示。

本来是不会有人留意到布罗德卡的在场，如他自己坦承的那样——他对表现主义艺术所知甚少，其实出席开幕式的某一部分人比

---

① 保罗·克利（Paul Klee，1879—1940），出生于瑞士，二十世纪杰出的艺术家之一，对形式有独特的研究，曾参加“青骑士社”的活动，并涉猎立体主义、超现实主义。

② 爱德华·蒙克（E.Muncr，1863—1944），伟大的挪威画家，现代表现主义绘画的先驱。

③ 里昂·范林恩（Lgonel Feininger，1871—1956），德国表现主义画家。

④ 埃米尔·诺尔德（Emil Nolde，1867—1956），德国表现主义画家，“桥社”成员。

⑤ 阿尔弗莱德·库宾（Alfred Kubin），奥地利表现主义版画家。

蒙克的《呐喊》

他还要不懂却装懂，对他们来说鉴赏艺术不过是参加社交活动的借口以及炫耀其自身修养的大好机会。

朱丽埃特已经获悉布罗德卡母亲离世的消息，她也知道他的悲伤有限，虽然一般说来家人的去世总会让人备受打击——即便对这个死者生前并没有太多的好感和关爱。

自母亲死后而发生的一连串神秘事件布罗德卡到现在还没有告诉给他的情人。在他无法解释这些怪事之前，他不想徒曾她的不安。

布罗德卡到画廊时，里面已经有百来个客人，朱丽埃特浅笑盈盈地从一群人当中移步走出来。她身穿黑色细条纹的雅致套装，搭配黑色尖角皮鞋，这样的打扮最让布罗德卡着迷。朱丽埃特来到他面前，在他的唇上轻压一吻，虽长久却很得体，绝不会招人侧目，在这样的场合亲吻和肢体接触都属于正常的问候方式，如同其他地方的握手一样。

“怎么了？你走路有点瘸。”朱丽埃特指指布罗德卡的右腿说。

布罗德卡摆了摆手，“没什么大不了的，不值一提。”

朱丽埃特挽起布罗德卡的胳膊把他引到一处安静的角落，又问了一遍：“怎么回事？你受伤了？怎么不说，发生什么事了？”

布罗德卡很了解朱丽埃特的执拗脾气。他知道，如果是她想要知道的事情，就绝无可能隐瞒。于是他说：“你千万不要担心，朱丽埃特，一切都会查清楚的……那只是个误会。有人……有人冲我开枪。”

“什么！是谁？”朱丽埃特失声喊道，“怎么回事？”

布罗德卡扳住朱丽埃特的胳膊，“别这样，会让人看见的。没什么大事，仅仅擦破点皮，并不严重。我向你保证，我不过碰巧卷进一场枪击案……”

“碰巧？”朱丽埃特尖声叫道，“你挨了枪子却说什么碰巧！”

“可是会有谁想要朝我开枪呢？”

“我怎么知道！报纸为什么对此事只字未提？”

“是我坚持要这样的。”

“事情发生在哪里?”

“我母亲的房前，我躲进了汽车里。”

朱丽埃特紧紧盯着布罗德卡，“那么警方采取什么措施没有?”

“他们已经着手调查了。杀手早就溜进了熙攘的人群，消失得无影无踪。天知道谁是他们暗杀的对象。”他犹豫片刻，又说，“那个记笔录的警长倒认为，枪击就是冲着我来的，要给我点颜色看看。”

“啊，我的天!”朱丽埃特两手捂住嘴巴，“给你点颜色?为什么?你一定有什么瞒着我，是不是?”

布罗德卡像个小孩子被大人揭穿谎言时的模样低垂着脑袋，“我不想让你有所不安，亲爱的，相信我，连我自己也不晓得，怎么会陷进这种事情。我一回到家，打开电话答录机，里面一个陌生的声音在说，我必须中止调查我母亲生前的事情，他还说，这是一次严肃的警告。”

朱丽埃特非常激动，一再地摇晃着脑袋。布罗德卡觉出他俩这样的交谈已经招惹旁人的注意了，于是他力图让朱丽埃特安静下来，试着用平和的语气说:“我真的不知道这到底是怎么一回事。整个事情是那么的……那么的荒唐。你要相信我，这不过是场误会。无论如何我都不相信，我母亲能和黑社会或者别的什么犯罪组织扯上瓜葛。”

他笑笑，而朱丽埃特的脸上仍旧是忧虑不安的神情。

“你该去照顾你那些艺术爱好者们了。”布罗德卡说。

她略作迟疑，然后走回到客人当中。

宾客们围在那些展品前面，一些人在自我陶醉中忍不住发出叫好声。喜爱美感与和谐的布罗德卡提不起兴致，他更喜欢马尔克笔下快乐嬉戏的女人体或者是诺尔德铺陈在画布上的绚烂夺目的钴蓝与朱红。库宾对他来说太过忧伤、痛苦和神秘。

他站在一旁打量那些热衷于艺术的客人们，他们大都衣着入时，谈吐高雅。

空气中弥漫着开幕酒会惯有的味道，是那种香烟与香水以及红葡萄酒相混合的气味，一般说来这味道会让一个置身于其中的正常人头晕脑涨——从而尽说些不着四六的话。这样的氛围让布罗德卡很不舒服。

他暗暗期盼艺术爱好者们赶快撤场，让他和朱丽埃特能好好过个晚上。

布罗德卡手里拿着一杯橙汁挤进客人堆里找朱丽埃特，她正和一位老先生热烈地交谈。蓦地布罗德卡收住脚步，从传进他耳朵里的片言支语中他听出一个男人的声音，这声音令他发抖，令他没有勇气转过头去找这个说话带着浓重的外国腔的人，他发出的大舌音就好像是舌尖在口腔里连续翻卷。

布罗德卡从电话答录机里听到的正是这个声音。

他极力让自己凝神谛听，从笑声、说话声和争论声中去辨别出那个声音。

千真万确，他十分肯定，说话的就是同一个人。

布罗德卡正在忖度他该如何应对时，朱丽埃特从人群里发现了他，她朝他走过来，拉起他的手把他拽到边上。

布罗德卡把手挣脱出来，正打算向她述说他刚才的发现，倒是她此时脸上的神色显示出和他一样的激动。她急切地拉着他向另一个方向走。“快来！”她轻轻说道，“快！”她走到一个角落里，好像要把自己藏到他身后似的。布罗德卡看到她的眼神异样。

她很愤怒，同时也很恐慌，他还从没见过她脸上现出这样的表情。朱丽埃特比他矮上一个头，她抬眼看着他，语气里满是绝望：“我丈夫来这儿了。他喝得酩酊大醉，都快站不起来了，我可怎么办啊？”她两手掩着嘴。

布罗德卡的脑子里还在惦念那个男人的声音，他心不在焉地问：“他在哪儿？”

朱丽埃特哽咽了一下，深吸口气，“就在那边。我恨死那个家伙，我真想把他杀了！”

布罗德卡偷偷朝屋子对面瞥去，他以前并未见过这位教授，也没看过他的照片，但他知道这个男人的所有事情。而眼下，当他第一次看到他本人，对他却没产生任何抵触情绪。他原本以为自己是恨他的，然而取而代之的是对这个酒鬼的同情，考林摇摇晃晃地立在那儿，眼神呆滞，孑然一身，孤苦伶仃，就好像他周围一个人都不存在。

考林教授是个秃脑门，小个子，不比朱丽埃特高多少，在人堆里绝对不显眼，不认识的人会把他当作某个机关里的职员。虽然身上的那套灰色西装价格不菲，他的模样看上去却很邋遢甚至可以说是潦倒。领带七扭八歪地挂在脖子上，只有金边眼镜让他有几分教授气质。

布罗德卡打量考林的同时，那个声音还在耳朵里回响——那口外国腔，他犹豫着要不要对朱丽埃特说起这事。他拿不定主意，自己也在怀疑，是否这一切不过是他臆想出来的，是由于最近几天精神过于紧张而导致的神经过敏，那不过是幻听。天啊，他到底怎么了？

朱丽埃特的话音把他拉回现实。“亨利希突然在这里冒出来，准没什么好事。他从来不参加画展开幕式。上帝呀，我该怎么办？我也不能就这么把他给轰出去！可我太了解这副嘴脸。过不了多久他就会像个烂醉如泥的流浪汉那样滋出事端。天啊，来这里的可都是些慕尼黑的头面人物，还有媒体记者。如果任由他继续闹腾下去，他会毁掉他自己和他的医院——还有我！”

朱丽埃特说这些话的时候，考林已经在口齿不清地叫骂他周围的客人了。朱丽埃特冲向她丈夫，平心静气地劝说他，同时试图把这个醉鬼拽到后面的办公室。

布罗德卡一开始只是远远地看着这一幕，当考林愈发抗拒，狂乱地挥舞手臂，最后甚至要打朱丽埃特时，布罗德卡走上前去，按住他摇晃的胳膊，和朱丽埃特一起齐力将他死拉硬拽地拖进后面的房间。

考林一个趔趄瘫倒在扶手椅里，头向旁一耷拉，身体软塌塌的，咕咕哝哝地说着什么，到最后张着嘴巴打起呼噜，竟睡了过去。

等最后一批客人离去时已近午夜，布罗德卡和朱丽埃特把她鼾声如雷的丈夫抬进自己车的后排座椅上。朱丽埃特不想让布罗德卡送她，他一再坚持。“你丈夫醉得不省人事，”他说，“我送你回去。再说……你一个人怎么能把他弄进家门？”

车向城东的包根豪镇驶去，考林夫妇住在那里的一座豪华别墅。一路上两人先是都不太说话，布罗德卡开车，他时不时地往后视镜里瞧瞧，那个醉鬼嘴里含糊不清地嘟囔着什么。过了一会儿，朱丽埃特压低嗓门说道：“你现在总算知道他是什么德性了。这下你该明白我十五年来跟一个怎样的人一起生活。”

布罗德卡的食指抵在唇上，示意她最好不要出声。

“不要紧，”朱丽埃特解释说，“到明早之前都不用在意他。”

“明天早上他又是怎样？”

“他会先对着酒瓶子灌进一大口，之后就彻底清醒，对他来说这一切很正常。”

“正常？”布罗德卡摇摇头。

“他早已中了酒精的毒，他可不是普通的酒徒，那些人是偶尔喝醉，然后对天起誓说，因为心里难受才喝高的。不，他不是这样，他根本就是废人，”——她翘起拇指指着后排座——“他嗜酒如命，没有酒他根本活不下去。”

“那他的工作呢？”

“作为一名医生他的名声不错。许多外科医生都倚赖矿泉水瓶子。”

“矿泉水瓶子？”

“没错，他们老是把一个装满烧酒的矿泉水瓶带在身上。”

布罗德卡哈哈大笑，“我还以为记者才是最能喝的人。”

“对此我没什么判断，”朱丽埃特答道，“问题是哪一种人会因此对他人造成更大的祸害。”

她指引布罗德卡从主路开进一条狭道，小道两侧是干枯的矮树篱，一个半高不矮的棕色木门悄无声息地打开，别墅的照明灯自动开启。在一扇黄铜包角、漆成绿色的房门前，布罗德卡停下车子。

朱丽埃特去开门，布罗德卡从腋下托起教授，把他从车里拉出来。没等朱丽埃特跑过来帮忙，他已经把神志不清的教授拖进屋，将他撂在客厅的沙发上。

这中途考林有过短暂的瞬间睁开眼睛。

从他的金边眼镜后面投向布罗德卡的目光似乎含杂着嘲讽的意味，他还吭哧了几句，听上去像是说“干得好，小伙子”。

接着他又昏昏沉沉地睡过去。

朱丽埃特拿下她丈夫的眼镜，脱掉鞋子，然后不再管他，这种事她早已习以为常。

“我去煮咖啡。”她走进厨房。

布罗德卡先是远远地瞧着朱丽埃特操作咖啡机，然后他环顾这间客厅，房间的格局呈半圆，弧线中央是一道双扇门，两侧各有一个顶到天花板的书架，客厅正中摆放着一套长沙发。还有几张不大的桌子，上面摆放着各种各样的小物件。房间里除挂了一幅教授本人的写实肖像油画之外，就见不到任何照片图画之类的，让布罗德卡觉得很是奇怪。

“你过来帮我一下。”厨房里的朱丽埃特喊道。

布罗德卡望了她的醉鬼丈夫一眼，走向朱丽埃特。

还没等他把厨房门关上，她上前搂住他的脖子，热烈地亲吻他。

这让布罗德卡颇不自在，有些难为情。他试图轻轻甩开朱丽埃特，可她并不顺从。布罗德卡越是挣脱，她的搂抱就越强烈，她的身子紧紧地贴着他，双腿裹夹住他的大腿。

“你……你疯了。”布罗德卡口吃起来。天，他爱死她这样啦。他喜欢她温软的肉体。他爱朱丽埃特，恰恰就是因为她的狂放、热情和不羁，她这种无所顾忌的个性有时会让她忘记周遭的一切，可是此时此地，她的冲动让他觉得不妥当——这太冒险了。“如果你丈夫醒了的话……”他嘟哝说。

“不可能。”朱丽埃特嘴里喃喃着，手指触向布罗德卡的裤子拉链。

布罗德卡握住她摸索摩挲的手。“不要这样，朱丽埃特，不是在这里，老天!”

“为什么不？大多数婚姻都是在厨房饭桌上破裂的。”

“你怎么知道?”

“我从书上看来的。”

“可我们已经在一个更为舒适的地方把你的婚姻破坏掉了，不是吗?”

“没什么可以妨碍我们……”

“当然，可我觉得这样很不舒服，你的醉鬼丈夫就躺在隔壁房间，你怎么不明白?”

朱丽埃特旋即把布罗德卡推开，她气呼呼地把身子扭过去。“你不爱我。”她头也不回地说。

布罗德卡微微一笑。他太了解她，他知道，此时的她要的就是被他征服。自三年前他们相遇的那天起，两人心中爱恋的火焰就被彼此熊熊点燃，一发不可收拾。虽然他们过着各自的生活，但两人都确定无疑，对方正是自己所需要的另一半。

布罗德卡大概比朱丽埃特自己的丈夫都更了解她，尤其是对她心底的想法与愿望，他自然懂得，他十分清楚，眼下的她对他怀有怎样的期待。

于是他抛开所有的忌惮和担忧，从后面一把抱住她，双手舒缓地揉搓她的乳房。

朱丽埃特轻轻呻吟，向后仰起头，布罗德卡沉醉地抚摸她的翘臀。“你知道我有多爱你吗?”他低声耳语，而朱丽埃特报以一声悠长的、如醉如痴的“我知道”，她兴奋地扭摆身体配合着布罗德卡手上的动作。

突然，她甩开他。

“布罗德卡……”

她的语调让他意识到她要说的事情非常重要。她从不直呼他的姓名，没有这个必要。当她以轻柔的声音唤出他的名字，已足够表达出她的所有感受：温存与热望，愤怒与失落，欢喜与深沉。

“布罗德卡，”朱丽埃特重复一遍，转过身子，逼视他的眼睛，她轻轻地有如耳语一般但口气坚定地问，“你愿意和我结婚吗?”

这样的情景极为不同寻常——她让他措手不及。

“亲爱的，”布罗德卡不知如何是好，“你似乎忘记，你已经结婚了。”

“那又怎样，”朱丽埃特说，其实她并没指望他能有别的说法，接下来她的语气更为强硬，“你以为我会这样过我剩下的人生吗?永远偷偷摸摸的?你有世界上最漂亮的姑娘作伴，到地球上最美丽的地方漫游。难道我就该等着，一直到你最后爱上别人?”

布罗德卡避开她的眼神，慌乱地瞅向别处。

如果他对自己诚实的话——到目前为止他都在排斥家庭生活。他该怎么办?对朱丽埃特的炽热情感让他无法想象自己没有她的生活，可是娶了她，安居在一栋带花园的小房子里成为一个忠诚的丈夫对他来说同样不可想象。不正是这种隐蔽的、不为人所允许的恋爱才令他们二人强烈地相互吸引，让彼此间的思慕更为激荡吗?

朱丽埃特默默递给他一杯咖啡。

布罗德卡抿了一口，把杯子推到一边，说：“我们以后再谈这事，好吗，朱丽埃特。”他靠近她，搂住她，亲吻她。

她淡然地听任他的爱抚，目光低垂，不发一言。

“帮我叫辆出租车?”布罗德卡问。

朱丽埃特仍旧缄默地走出房间。

布罗德卡听到她拨通电话。

布罗德卡走出厨房，教授还在沙发上昏睡。

“那件事我们以后再谈。”他又说一遍。

朱丽埃特苦笑了一下，点点头。

他看出她很难过，他知道，在这样的情形下最好不要再说什么，走掉就好。

“好吗?”他还能说什么呢?

“好的。”她回答。

布罗德卡离开朱丽埃特的家。

第二天，朱丽埃特打来电话，她激动的话语听上去已经全然没有了昨日的失落。

“布罗德卡！”她在电话里大叫，“我们这下可糟糕了！”

他尽量让朱丽埃特平静下来。他得知，早上考林酒醒一起来，就问朱丽埃特那个把他送回家的好心的小伙子是谁。

“你怎么说？”

“我告诉他你的名字，并说你是收藏家，一个我很熟识的客户，还说我已经为你的帮忙向你表示过感谢。”

“说得好，亲爱的。”布罗德卡说。

“我也这样想！”朱丽埃特仍然不安，“我根本想不到亨利希会有那样的打算。”

“你这话怎讲？”

“他执意邀请你到我家来吃晚饭。”

电话里长久的沉默。布罗德卡不吭声。

末了还是朱丽埃特先开口：“我费劲口舌，想要阻止他，可他就是不听，他说他一定要以这种方式当面向你表达谢意。”

“这……这是不可能的！”布罗德卡惊慌地说。

“当然不可能，你有什么对策让我们摆脱此事吗？”

又是长时间的沉默，终于朱丽埃特说道：“你看，恐怕是没有办法，我们只能如此。”

“什么时候？”布罗德卡深吸口气，问道。

“最好是明天晚上，”朱丽埃特说，接着又带着几分苦涩的幽默补充一句，“如果你有时间的话。”

就在这一天，警方通知布罗德卡，发生在他母亲公寓前的枪击中使用的武器极有可能是 Walther PPK①，弹丸口径 7.65 毫米。这

---

① 由德国 Walther 厂出产的手枪，一直以来 PPK 以其小巧威力大而著称于世，为《007》系列影片中詹姆士·邦德所用的一款手枪。

种型号的手枪在慕尼黑最后出现是三年前的一次银行抢劫案，而那个案子业已查清，枪也被收缴，警方进一步排除此次事件和上个案件之间可能的关联。他们将会继续从布罗德卡这一方面着手调查，电话中警察还询问他最近有没有发现被人监视或者跟踪？

没有这些状况发生，布罗德卡匆匆作答，撂下电话。

此时他惊魂未定——布罗德卡这样看待眼下他的精神状况——他无法客观理智地说清楚自己到底出了什么事。母亲坟茔上的花海。墓地里那个抬棺人闪烁其辞地道出他母亲的棺材是空的。女邻居的古怪言谈。他在朱丽埃特的画廊自以为再次听到电话答录机里的声音。射向他的那些子弹，照警方的理解那是针对他的告诫。布罗德卡陷进这扯不清理还乱的谜团。他甚至觉得，和考林教授的偶遇以及迫不得已赴晚宴都与他母亲的神秘之死有内在联系。不过一转念他又推翻了这个想法，那实在是不合情理，太过荒唐。他几乎怀疑自己是否还在正常思维。

至少那个声音，让他在开幕式上几近乱了分寸的外国腔，一定是他听错了，他神经过敏。这也没什么好奇怪的，谁会像他一样在短短的几天内遭遇到如此多的离奇之事呢？

或者呢？布罗德卡刚刚才认定是自己出了差错，新的疑问又冒了出来。那个腔调太特别，即便夹杂在上百个声音里也绝不会听错。他打开答录机，想再次确认那个口音。答录机发出几声滴答声响后，接着就是沙沙的噪音。

布罗德卡愣了，他又试一次——依旧如此。他恼火地把答录机的开关拧来拧去，可不管他怎样调试，最后听到的总是滴答声和沙沙沙的杂音。

“怎么会这样！”他火冒三丈，啪啪拍打答录机。磁带上的录音被人从头至尾洗掉了，而他毫无察觉。

会是谁呢？

难道又是一次少有的“巧合”？布罗德卡的心头一阵阵发紧。他有种被人偷窥的感觉，某个人闯入他的家，洗掉了磁带上的录音。

布罗德卡走到房门前，将门锁里里外外检查一遍，没有发现丝毫损坏的痕迹。接着他匆忙检查房间各处，看看有没有少东西，有没有物件被动过，或者是任何可以证明有人不请自来的迹象。他拉出抽屉，翻腾衣柜，全无线索，他咒骂着，心里满是绝望以及无处发泄的怒气。

他快要气疯了。他停下手上的动作，颓然地望着家中的摆设，他筋疲力尽地跌进一把椅子，胳膊肘撑在膝盖上，头埋在两手之间。

布罗德卡哭了，流出无助的眼泪，愤怒的眼泪，他怎么会到这样的地步。他都快认不出自己了，该死的，他本是把硬骨头，他必须如此，才能在他的行当里有立足之地，要不是他的神经足够坚强他根本就不会有这等傲人的成绩。

这个世界上究竟有谁在跟他玩这个卑劣的把戏？这个人——或者这伙人的目的是什么？他们出于怎样的动机要这样逼迫他呢？

第二天晚上七点刚过，布罗德卡准时去考林家赴宴。为使今晚的见面不出任何差错，此前朱丽埃特和他就所有重点问题商量过，只要口风一致即可，除此之外布罗德卡最好是实话实说。当然，他和她要以“您”互称，像他俩这样已经习惯了彼此亲密称呼的人来说可不太容易。

布罗德卡送给朱丽埃特一束花，亲吻她的手背。

此时的教授简直跟前天判若两人，布罗德卡两天前看到的那种令人嫌恶的形象在他身上全然不留一丝痕迹。考林不仅打扮极其得体，心情似乎也格外好，而且对他们首次见面时的尴尬情形没做丝毫粉饰。

“您知道，”在朱丽埃特为大家端上头盘烤夹馅鳄梨时，考林说，“有时候我就是一摊污秽——原谅我这么形容，醉醺醺的，丑相毕露，这是我生活中的某种时刻，事后我是多么希望不曾发生。不过，为此悔过毫无意义，酒鬼就是酒鬼，但愿我那时并没有吓着您，布罗德卡先生。”

“绝对没有。我有些吃惊，您可以如此客观地谈论您的问题。大多数杯中瘾君子都会对他们的嗜欲刻意掩饰，至少他们会寻求某种解释。”

考林摆了摆手说：“我的朋友，不存在什么掩饰或者解释，瘾就是瘾。”他轻轻喉咙，“我只是在此对您有一个不情之请。如您所知道的，我是外科医生，又管理着一家名声不错的私人医院，如果把我是个酒徒这事公开的话……”

“我明白，”布罗德卡说，“我向您保证，我绝不会说出去。”

这期间朱丽埃特一直没说话，这时她开口说道：“我们就不能聊点儿轻松的话题吗？”

“当然可以，”教授说，“我不想让今晚的气氛变得尴尬，我只想告诉我们的客人，这个话题在我们家并不是禁忌。好了，不管怎么说，我都要感谢您的帮忙。”

他举起酒杯向布罗德卡敬酒。

布罗德卡看着满满一杯的红葡萄酒，心里微微发憷，他担心这个晚上又会以一场闹剧收场。

“我理应如此，教授。”

“理应如此？哦，不，我尊敬的朋友，这根本不是理所应当的事。昨晚在画廊上共有多少人？一百个？一百五十个？可只有您做到了，是您把狼狈不堪的我送回家。”

“是我请求布罗德卡先生那样做的，”朱丽埃特轻描淡写地说，“我认识他已经很久了。”

布罗德卡与朱丽埃特飞快对视一下。是朱丽埃特不小心说错话了吗？一丝笑意倏地掠过教授的脸。

考林把胳膊伸过桌子拉起朱丽埃特的手。“拥有这样一位能承受任何事情的老婆是我的福气，”他说，“不管是不是理所应当。”说这话时他用种古怪的眼光看着他的客人。

这让布罗德卡很不舒服，他把视线转向朱丽埃特，冲她礼貌地点点头。

“您还没有结婚吗？”考林问道，这时他才把朱丽埃特的手放开。

“离婚了，”布罗德卡回答，“距今已有十年。我的职业很难维持一个正常的婚姻，而且我结婚的时候也太年轻。”

“布罗德卡先生是一位摄影师兼图片记者。”朱丽埃特接下话头，“他为杂志拍靓女照，足迹遍布巴厘岛、开普敦、纽约……周游世界各地，是不是这样，布罗德卡先生？”

布罗德卡点点头，教授说：“真是有趣，您大概属于那些极少数热爱自己工作的人。”

“哪里算得上，”布罗德卡说，“我倒是从来没有后悔选择做了一名摄影师，即便大部分人都对我从事的这一职业有错误的认识。其实工作起来蛮辛苦的，虽然表面看上去风光。和其他行业一样，人们会把我的工作能力和成绩混为一谈，实际上最后取得怎样的结果通常不完全取决于我自己。”

教授慢不经心地把玩手中的酒杯，头不抬地说：“大多数人都痛恨他们所从事的工作，希望有朝一日最好是从今天起就做其它事情。”

“您一定不是这样，教授。”布罗德卡说。

考林看向他说：“您从何得出这个结论，布罗德卡先生？”

“您的高超医术众人皆赞，您在您的专业领域被视为泰斗权威。”

“那又怎样，”教授的口气听上去有些愤懑，“什么叫做泰斗权威？判断一名外科医生是否优秀就看他是不是勇敢，这和学识、技能没啥关系。理论上讲，我的任何一名助手都能做心脏手术，他们缺乏的只是勇气。可如何能让一个人勇敢起来呢？在旁边观看并帮忙那么久，直到剖开病人的胸腹成了例行公事，成了理所当然的行为，直到您的内心深处渐渐迟钝，把一个颤巍巍的心脏看成一团拳头大小的肉，上面千疮百孔，如同您车子的发动机一样年久失修，手术台上躺着的不再是把他的生命交付于您医术的病人。等您的神经麻木到如此地步的时候，您就是一个称职的外科医生了。”教授拿起酒杯，一饮而尽，接着说：“我敢打保票，我的朋友，我们两人当中您过的日子比较好。”

布罗德卡有些发蒙，而朱丽埃特当然十分清楚考林为何酗酒，她试图转换话题，于是对她的丈夫说：“你不要老是用你的麻烦来困扰布罗德卡先生。我想，他对艺术要比对外科手术更感兴趣。”

“自然，那是一定的，”教授带着歉意说，“我只是担心，如果谈起绘画来我就插不上嘴了。对艺术，坦白来讲，我基本一窍不通。您知道我是怎么看现当今所谓的艺术吗，那只是对无能的彻头彻尾地展示。把木棍、铁管和电视机壳堆叠起来，或者将肥肉、毛发、血迹和碎铁屑杂糅到一起，就算是艺术品了。我肯定不是一个虔诚的人，可我知道，亵渎神明或是画些色情画绝对不能证明你就有艺术细胞。”

朱丽埃特朗声大笑，说：“我竟然和这样的男人结了婚！照他的说法，现如今所有的画家都得以伦布朗为榜样，雕刻家都得以米开朗基罗作典范喽。对此我俩始终争论不休，婚姻不止一次面临危机。”

连考林也露出笑容，这可是今晚的头一次。他问布罗德卡：“您和我太太有生意上的往来，布罗德卡先生？”

朱丽埃特接下话：“如果你想借此询问布罗德卡先生是不是向我买过艺术品的话，回答是肯定的，他酷爱搜罗德国表现主义的版画。”

布罗德卡会意地微微一笑，连连点头附和，在教授还没来得及更进一步追问他所谓的狂热的艺术品收藏之前，他反问考林：“那您哪，教授？您有什么嗜好吗？”

“我当然也有一个酷爱……”

“就是我。”朱丽埃特笑着打断教授，布罗德卡觉得她好像有意阻止考林就此继续说下去。

教授并没有轻易放弃，他接着说：“当然是你，那是自然，不过还有另外一种事物让我热血沸腾。”

“您让我猜猜看，可是稀有罕见的绝版老书？”

教授摇了摇头。

“好多医生和律师都偏爱收集古旧书籍。”

“可别把我包括在内。”考林似乎被这一说法激怒了，“即便您把我当成一个门外汉，我也要给您瞧瞧，我的宝贝是什么。”他站起身。

朱丽埃特脸色一沉，“你就不能等到吃完饭？你这样对待我们的客人很不礼貌。”

考林只是抖了抖肩膀，那意思说，反正这是他的事情。“您跟我来，布罗德卡先生。”

布罗德卡朝朱丽埃特投去探询的目光，而后他随同教授走进地下室，这是一个拱顶房间，里面灯光明亮。布罗德卡本以为教授向他展示窖藏的上等红酒或者香槟酒，没准在其中的一扇门后就是一个这样的酒窖。考林用两把钥匙打开双层保险门，这才进入储藏室，眼前所见之物让布罗德卡瞠目结舌：依墙搭建的一排排铁架子上摆放着各式各样的枪支，左轮手枪、自动步枪、猎枪、老式前膛枪、火枪等等。这样的一个男人怎么会有如此张狂的癖好？

教授似乎猜出了布罗德卡在想什么，他走到他面前，双目冒出异样的精光，对他说：“我知道你现在的想法，我的朋友，你想的是有这样嗜好的人是不是想借此炫示他的雄劲力量和男人气概，这你可就错了。让我痴迷的是这些武器构造设计的精妙、手工技艺的完美以及它们背后的故事。不管是一把两百年前还是只有二十年历史的武器，都有它自己的传奇。这把，您拿这把试试。”

他朝布罗德卡递过来一把呈流线型的枪，“这种左轮手枪的弹舱在上端，有一个旋转锁塞，7.65口径。”

布罗德卡心中骇然，不情愿地接过这把造型怪异的枪。他索性问道：“您也收藏Walther PPK吗？”

“您怎么知道这种枪？”考林反问。

“我只知道这种手枪。”

“没有，”教授回答，“我不收藏 Walther PPK，对我来说这种枪支太普通了。”他从布罗德卡手中拿走枪，把它放回原来的位置上，冷冷地说，“虽然它也很不错，足能杀死个把人了。”

布罗德卡觉得浑身不自在。他不知道该怎么解释，考林把自己家的地下室改造成这样的一间军械库——还有，他竟如此用心地向他炫耀他的收藏。这件事为什么朱丽埃特从没告诉过他呢？

两个男人从地下室出来，朱丽埃特端上主菜，烤孢子肉配紫叶甘蓝和栗子泥。如果说吃头盘的时候大家的交谈还算活跃，那么整个的正餐过程相当的沉默。

他是不是已经知道了我和朱丽埃特的事，布罗德卡心中暗想，他开始怀疑考林并不是真的什么都蒙在鼓里，或者他此时仍只是猜测，还是他已经知道得更多？难道攻击他的那人是考林？抑或是他雇佣了枪手去干掉他？

刀叉的磕碰声在安静的饭桌上显得分外刺耳。布罗德卡心事重重地拨弄自己盘子里的紫叶甘蓝，一块块浓重的绛紫色，又是这种让他极为不舒服的颜色。

“你不喜欢菜的味道吗？”朱丽埃特打破了这尴尬的沉默，她对布罗德卡浅浅一笑，话一出口，笑容在她脸上瞬间凝固。

就连布罗德卡也注意到了，她对他说的是“你”，于是他立马作答，言辞夸张：“啊哪里，饭菜极其美味，尊敬的夫人。我光顾闷头吃了，请您相信我。”这话说得真是愚蠢，他心说，可他一时也想不出更好的来应对。

“确实可口。”教授一脸怪笑地说道，他的目光在朱丽埃特和布罗德卡的脸上扫来扫去。

布罗德卡极想弄清教授的用意。他自认洞察力还算敏锐，能够从一个人的面部表情判断此人的意图，可这次他越是深入观察他的对手，就越摸不着头绪。朱丽埃特不小心说漏了嘴，考林依然不露声色，让人辨别不出他是不是同时也留意到。

晚饭在沉默中结束。在朱丽埃特收拾桌面的时候，考林邀请客人到他的书房，书房里摆放的家具都是十九世纪七八十年代的，颜色灰暗沉闷。考林拿出一瓶白兰地，被布罗德卡婉拒。教授从一个擦得光亮如镜的桃木小盒子里捡出一根雪茄。

“您知道吗，”考林一丝不苟地点燃雪茄说，“朱丽埃特是一个了不起的女人。她聪慧、漂亮，她现在还能赚钱……尽管这违背我的意愿。总之一句话，她极其出色，我非常爱她。如果她为了别的什么人而离开我，我会自我了结，不过在此之前，我也决不让那个人活着。”

教授语调平静，但他说的每个字就像布道者的训诫一样敲打着布罗德卡的心。布罗德卡捉摸不定，教授只是随便这样说说，还是早就看穿了他和朱丽埃特的关系，这时在与他玩猫捉老鼠的把戏。布罗德卡越发觉得此人深不可测，他完全可能掏出一把手枪，瞄准自己，扣动扳机。

布罗德卡心存一线希望，即这一切不过是他的臆想，实际上考林对朱丽埃特不忠于他的事并不知情。因此布罗德卡不言不语，等着接下来会发生什么。烟灰缸中余烬未熄的雪茄冒出的浓烈烟味直呛他的鼻子。他躲开考林的视线，做出好像很有兴致欣赏那台老式落地钟的样子，落地钟的钟摆有节奏地一秒一秒地来回摆动。

布罗德卡一声不吭，他固执地沉默着，像一个闯祸的毛头小伙等待被处理，其实早就暗暗准备好如何应对，一旦考林逼问他的话。

像朱丽埃特这样的女人，他想对考林说，有权利去喜欢一个真汉子，而不是整日里醉醺醺的男人，能带给她性爱的满足，豪宅、名望和仅仅只是苍白的那么一句深爱着她的表白，都无法补偿。他要问考林，他和朱丽埃特名存实亡的婚姻生活的出路在哪里。如果能够协议离婚，对于双方来说不是更好的结局吗？

布罗德卡讶异于自己这蓦然鼓起的勇气，反正他终究会这样质问考林，为什么不能在这里，就在此刻？

布罗德卡再也忍不住，他挺直身子，清清喉咙说：“好吧，教授，我们之间就不要再做戏了，我们是成年人，您显然知道，您太太和我……”

他合上嘴巴。

他简直快要笑出声来。

考林睡着了。

在关系到他的也是他们三个人未来的时刻，这个男人却如同孩子一般睡着了，眼镜滑脱至鼻尖，松垮的双下巴耷拉出衣领外。

由此可见，教授对于事态的发展远没有布罗德卡重视，但这能说明他对他和朱丽埃特的情事一无所知吗？一个男人当着抢走他老婆的那个男人的面能睡着觉？实在太可笑了！

布罗德卡捻灭烟蒂，就听朱丽埃特在他背后轻轻地说：“到他睡觉的时间了，十一点左右他准睡着，不管他是清醒着的还是喝醉了。”她走到他跟前，牵起他的手引他出了这间令人难受的屋子，带上门。

“我本来已经准备向他坦白。”布罗德卡摇摇脑袋低声说，“我的直觉告诉我，他什么都知道。”

朱丽埃特的眼珠瞪得溜圆，“你难道疯了不成，亨利希知道什么，他什么都不知道！看来你还不是清楚，你的所谓‘坦白’会带来什么后果，你知道吗？”

布罗德卡双掌合拢她的手。“你不要这样激动嘛，”他安慰她，“我还没有说出口。我只不过是把所有的迹象联系起来得出这个可能的结论，他说的话和他的举动好像就是在嘲弄我以及我们的秘密。他向我展示他的枪支收藏时——晚饭还只吃到一半，真要命——我觉得他在威胁我。你为什么从没对我提过他是个武器狂人呢？”

“我为什么不告诉你？因为我知道，那只会让你不安。况且，他也从来没让其他人看过他收藏的那些枪，反正我记不起来还有谁有过这种荣幸。与其说是威胁，我们还不如把这看作成他对你亲近的表示。你不要神经过敏，布罗德卡，你一点儿不用担心，我丈夫什么都不知道，他也无从知道。”

“但愿如此。”布罗德卡喃喃地说。

他上车的时候，开始下雨了。

街道如同镜面一样泛起亮光。一辆闪着大灯的轿车引起布罗德的警觉，那辆车似乎在跟着他。你不要再发神经，他心说，断了这个念想吧，最近几天同样的错误犯过太多次，没有必要逼得自己疯掉。

他终于从一晚上心神不宁的状态中出来，速度之快远远超乎他的预料。

翌日，小腿肚上的伤已经不疼了，他打定主意，再到他母亲的公寓走一趟。

内心里他仍旧惶惑，他母亲的过去跟他毫无关系，他这样做就像在偷窥别人的生活，可是或迟或早他都得面对母亲留下的遗物。

这次他没有把车停放在公寓楼对面，而是停在两个拐角之外的一条偏道上。他竖起大衣领子，脚步尽可能放轻，走进摄政王大街的那幢房子。

他一进入房间，立刻觉察出屋里的那盏灯还像上次一样亮着。布罗德卡疾步穿过走廊，朝每个房间都看上一眼，连起居室旁的储藏室也查了一遍，上次他把那里给忘了，没发现什么特别之处。尽管如此，他仍坚信，那盏亮着的灯是一种征兆，一定有某种暗示。

他坐在扶手椅里，东瞅瞅西望望，他的目光驻留在那张老式写字柜上。他在犹豫，要不要去打开它，他有种不祥之念，自己会在里面找到某种可怕的物件。他给自己鼓了鼓劲，冲到写字柜前，就像一个争分夺秒的行窃之徒，一把拉开柜门。

手枪不见了。

惊得布罗德卡猛地扭过头去，好像背后有人在举枪瞄准他，他瞪大双眼骇然失色，这一切不过是幻象。过了好一会儿，他才定下神，发觉自己此时是多么的害怕，无处发泄的怒气、无以为助的无奈，还有心都在发颤的恐惧一股脑地朝他袭来。他如同孩子般慌乱，期盼自己能尽快逃出这梦魇，巴望近来接连不断的怪事没有发生。

他从美国回来之后发生了许多事情——实在是太多，竟能让一个经世老练的男人如布罗德卡茫然不知如何应对。

良久，他又开始拉出一个个抽屉，翻查每个隔层，没有文书，没有信件，似乎只是银行票据在他母亲的生活中占有席位。在匆促的浏览中，他发现他母亲的银行帐户上不止五百万，更有一把双沿齿钥匙唤起他强烈的好奇心，看上去像是开银行保险柜的。

布罗德卡把钥匙揣进兜，关上房灯，走出疑云重重的寓所。

布罗德卡从文件里获悉他母亲的银行就在这条街区。这家银行的经理身着一套中规中矩的烟灰色双排扣西装，一看就知道是位事业型的年轻人，没准他的高中毕业考试成绩也相当优异吧。他一丝不苟地验完布罗德卡的证件，同时确认，克莱尔在银行开有多个户头，还申请了一个保险柜。在与银行经理的交谈中布罗德卡得知他母亲的资产状况，他母亲寓居的那所房子实际上是他母亲自己的私宅，为她每月带来近两万马克的进账。而他是惟一的财产继承人吗？布罗德卡报以肯定的答复之后，银行经理言辞夸张地表示恭喜，并希望财政部门不会太为难他。尽管有些窘促，这位银行经理还是礼貌地坚决回绝布罗德卡想打开保险柜的请求，对此——包括提取所有存单的前提是必须要先取得遗嘱，当然遗产法庭会毫不迟疑地立马签发给布罗德卡。

这份本该毫不迟疑立马签发的遗嘱在有关单位办理了整整一天时间。兜里揣着文件，布罗德卡隔日又出现在摄政王大街的这家银行。

言语谦恭的银行经理问布罗德卡打算提多少钱，当他得知布罗德卡根本就不打算从账户上拿钱时，他流露出惊讶的神色，这实在是太罕见，他所打过交道的那些继承人中，大多数都是几乎一次性把钱提走。

没那个必要，布罗德卡告诉他，他只想查看一下保险柜里的东西，除此之外并没有别的需要。他说这番话的语气就好像他对保险柜里的东西一清二楚。

经理引领着布罗德卡进入地下室，他打开栅栏门，将布罗德卡带到一道由几百个保险柜排列组成的铁皮墙前。他在 747 号保险柜前驻足，把钥匙插进锁孔，打开柜门。之后他一言不发径自走回到栅栏门前的那个小房间，在一个光秃桌面的写字台旁坐下来，目光朝向别处，就这样等着。

布罗德卡从柜子里掏出一个小匣子，用手中的钥匙打开匣盖。他的手微微发抖，他想不出他的母亲会在这里存些什么，难道是为提防盗贼而藏的首饰，或者是某些不希望别人看到的文件？

他很失望，匣子里面只有一张发黄卷边的老照片，明信片那么大。照片上他的母亲和一个男人紧紧相拥，那时的克莱尔大概二十岁出头，那个男人的年龄看上去稍大一些。

布罗德卡不认识这个男人，也从未见过他，可他毫不怀疑，这个人一定是他的父亲。他的相貌算不上特别英俊，不过照片拍自五十年代，已经磨损得相当厉害，很可能和本人对不上号了。

布罗德卡不禁暗问，他母亲为什么偏偏把这一张照片藏在银行的保险箱里？布罗德卡觉出守在外面的经理一直注视着他，就尽量压制住自己的激动情绪，他把照片放回匣子，锁上匣盖，然后示意银行经理，他已经好了。

接下来的几天，布罗德卡都在回顾他过往生活中的黑暗日子——截至今日，他很少会回想那段岁月。当他越是长久地回味他的童年时光，尤其是待在寄宿学校的那段时间，他愈发明白，他对他母亲是多么的不了解。

这么多年之后，他自认已经摆脱了过去的阴影，他生活得不错。他很早就认识到自己的天赋在哪里，十四岁时清楚地知道他日后的追求是什么。他的努力没有白费，他实现了自己的愿望，而在此过程中没人帮他，或者说他的过去在某种意义上对他没起过作用。但是猛然间，就这么乍一下子，那些原本早已流逝的过去点点滴滴地浮现开来，他再也不能不在乎了。

他母亲留给他的巨额遗产来得正是时候。钱意味着自由，而这份自由对于布罗德卡来说则意味着不必去做自己不喜欢的事情，不必一定要赚钱，而是想赚才赚。他只管拍一些他感兴趣的图片，而用不着担心是否有杂志愿意发表。不过，如果说能让这几天来的种种神秘事件不发生在他身上的话，他宁愿放弃这新近得到的自由。

现在就算布罗德卡待在自己的家里也不再感觉安全。他的寓所是在城市的上方位，房间里摆放着他四处搜罗来的风格迥异的家具，从阳台上能够眺望到若隐若现、绵延千里的阿尔卑斯山脉。有人乘他不在家的时候潜入进来，抹掉电话答录机里的留言，他有种自己的隐私被人侵犯的痛楚，好像他——布罗德卡由此丧失了对生活的自主权。即便他已经换掉门锁，可他依然觉得不踏实。

甚至连电话铃声都能吓到他。来电者是多恩，《新闻报》的总编，他约请布罗德卡去趟维也纳做一次图片访谈。布罗德卡接受了这个任务，他很高兴有事情做，如果埋头于工作中，最起码能有几天可以逃避这一连串身陷其中的梦魇般事件的纠缠。

3

有一些城市，它们要在某个特定的季节才会展现其美丽的一面。罗马是在春天，夏天的罗马则糟糕得很，与此相反，伦敦却只会在夏日里分外妖娆，秋天的布拉格以及冬天的开罗最为动人。

而维也纳在任何季节都会让人欣喜，不管是在潮乎乎的秋日还是天寒地冻万物恹恹的严冬。

布罗德卡对这些城市都相当熟悉，比起其他城市来他更喜欢维也纳。那辆出租车——他从施韦夏特机场打到大饭店——在多瑙河沿岸车道上被堵得动弹不得，倒是出租车司机的专业见解颇为精彩："就这么等着呗，也没什么大不了，反正早晚都会通的。"对于奥地利人来说这般的小小痛苦只不过是日常生活内容之一，而在同样的状况下大多数德国人都会郁闷万分，甚至烦躁得抓狂。

下午四点，天刚擦黑，一场毛毛小雨让城市清凉舒朗，进而又飘起了雪花。司机滔滔不绝地发表他的高见，布罗德卡心不在焉地附和点头，他在想着此行的任务——采访一个颇具传奇的赛车手，中止了他的体育生涯之后他成功创建了一家航空公司。两天的行程安排得满满当当：在停机坪上拍照，还要拍公司的办公大楼以及他在城郊的豪华别墅。这一切对布罗德卡来说驾轻就熟。

驶过阿斯帕尔桥之后出租车左拐进入环道。饭店的立面正对着国家歌剧院这座建筑艺术的瑰宝，歌剧院里灯火通明。布罗德卡并不是第一次下榻在这家饭店。他从旋转玻璃门步入亮如白昼的大堂，服务生远远地迎向他，说些言不由衷的欢迎词，全世界的服务生尽是如此。倒是这位服务生，他的名字布罗德卡虽然忘记了，不过他的样子却留在布罗德卡的记忆中，和这家饭店融为一体。他长得很像弗兰茨·约瑟夫国王本人，要不是他行动匆匆，无所不在地干着服务生的分内事，他会被人看成是一名演员，正在饭店里演电影哪。

布罗德卡从询问中得知，这位服务生既不愿被称呼为弗兰茨先生或者约瑟夫先生，更不愿意被当成弗兰茨·约瑟夫先生，他只是亨立希先生，这名字倒无伤他非凡的外表。

用毫不掩饰的目光上下扫视客人的衣饰装束对一个酒店服务生来说是很不得体的，他似乎对布罗德卡戴在手腕上的雷达表表现出特别的兴趣。亨立希先生把饭店的客人分成两类：有品味的和没有品味的。他声称，一个人的真实品味绝对会从他所配搭的腕表上体现出来。他自己反正是瞧不起那些手腕上套着电子表的家伙，他甚至把这视之为世风日下。当然啦，这些想法他只会在私底下说说，工作上亨立希先生从来不敢对客人有任何怠慢。

布罗德卡填写完入住表格，坐上电梯，进到五楼他的房间，换了套衣服。

而后他站在饭店门口，大衣领子竖得高高的。雪已经停了，布罗德卡信步走在通往斯特凡大教堂的学院路上。他左拐进一条偏巷，一个绿光荧荧的餐馆照牌吸引住他的目光。布罗德卡点了一份味道浓郁的干红辣汁肉，这道菜以肉质纯厚的牛肉外加一个油煎蛋为特色，他还把一大杯啤酒灌进肚，然后折返饭店。

将近晚上九点，此时睡觉未免过早，于是布罗德卡来到饭店的酒吧，取了屋中央枝状吊灯下面的位置坐下，要上一杯威士忌，抬眼望着门口，像在等什么人似的。实际上他两眼空空，脑子里一直在想该如何做才能让他脱离陷入的困境——自然是徒劳。

酒吧深处，钢琴师娴熟地弹奏起“日日夜夜”这首曲子，隔壁桌上三个瞧不出年龄的日本人肆意高声谈论，一扫身在故土时的拘谨谦卑。一对上了年纪的老夫妇姿态优雅地享用着香槟酒庆祝他们的结婚纪念日——照两位的相貌看极可能是金婚，而邻桌的一位富有的寡妇——可以从装扮上看出来——正目不转睛地盯着他们瞧。耗在饭店酒吧里消磨时间的富孀们的状态一向不太好。

布罗德卡漫不经心地打量着一位刚刚走进酒吧间的女人，她笑脸盈盈，黑色裙装、黑色长筒袜，神色自得而张扬。即便还有两张小圆桌子空着——这是布罗德卡后来才发现的——她彬彬有礼地歪着头问他，她能否在他旁边落座。

他站起身，微笑着点头，把椅子替陌生女人扶正。她要了杯曼哈顿[①]，二郎腿一跷，燃起一支香烟，吐出烟圈，然后说：“可以吸烟吗？”

对于这样的询问布罗德卡一向是干脆的否定，他讨厌烟味。但在这种特殊的状况下，他想不妨做个例外，没有必要破坏掉双方间的好感，于是他应道：“您请便！”不过说这话的同时，此美女已把燃着的烟头捻熄在烟灰缸里，目视布罗德卡说道：“您是对的，抽烟确实愚蠢。老实说，我也是为了摆脱困窘才抽的。”

二人就这样开始攀谈起来，在愉快的聊天中两人尝试着打探对方的生活。一个小时后布罗德卡知道了她的名字、职业和家庭状况——她的年龄就只能是估摸了——大概35岁左右，他对她也是同样的交代。她叫诺拉·莫娜，是一家运动服饰公司的首席代理，离过婚。她那梳向前额的栗红色短发让布罗德卡着迷，如同她套装之下呼之欲出的那对丰乳以及嘴唇上端的一粒痣。不稍细说，这次相遇给布罗德卡留下深刻的印象，后来两人得知，明天他们仍在饭店停留，于是约好次日同一时间同一地点再见面。

诺拉和朱丽埃特有某种相似的地方，虽然外表不同——朱丽埃

---

① 曼哈顿鸡尾酒，由黑麦威士忌酒、苦艾酒、苦味药和野樱桃鸡尾酒调制而成。

特的个子更为娇小，长发乌黑——但她们都是同样的热情与开朗。隔天采访精明的前赛车手现为航空公司老板时，布罗德卡还在惦念着昨晚上倏然而至的艳遇。

晚上九点的时候，也就是在约定时间，布罗德卡再次走进饭店酒吧，同样要了杯威士忌，正打算坐到和昨天同一位置上时，他一抬眼瞄见在酒吧的最里面、蓝绿色织花壁毯前坐着的诺拉，他一时没能认出她来。

她来得早一些，她解释说，原计划和客户的见面告吹了，不过正中她的意，她对今天晚上的约会十分期待。

布罗德卡惊喜于她的外表，受她的另一种装扮所吸引。她脸上的妆要比昨天明艳。暗红色的头发用发胶理出有如头盔样的发型。她的双唇，昨天是粉嫩嫩的娇娆，此时闪动出酒红般的璀璨光彩，极富魅惑。上一次诺拉还把她的硕大胸脯遮掩在黑色的套装里面——今天她的紧身丝质衬衫的领口开得很阔，很明显，她里面什么都没穿。

这一眼瞅得他血脉贲张，刺激着他的想象，和此种境地下的其他所有男人一样他开始卖力地述说他自己，以博得美女的好感。诺拉显示出浓厚的兴趣，一再向他发问，还不时地发出惊呼。于是布罗德卡滔滔不绝——有关他的工作、他的生活、他的理想。

他发现诺拉听得十分用心，她似乎对这种谛听者的角色扮演非常投入。当听到紧张处，她会激动得身子朝他凑近，然后头向后扬哈哈大笑，双乳有如小鹿般乱窜。她不断变换坐姿，双腿时而叠跷，时而在紧绷的短裙束缚下放荡地叉开。布罗德卡嘴上聊着他在寄宿学校的经历，脑子里急切盘算如何尽快把这个性感尤物带到他的床上。

他知道大部分女人都嫌恶那种黏黏糊糊的动手动脚，而冲她们直截了当地说出一句“想上床吗?”会更让她们印象深刻。三分之一被这样问到的女士会朝对方抡上一巴掌，然后所有的努力付诸东流。

就在布罗德卡苦苦图谋如何让诺拉就范的时候，他的欲火有如温润的雨后春笋蹭蹭上蹿，诺拉把胳膊肘拄在桌面上，右手的指尖向他搭了过去，一脸妩媚的笑容，意味深长地看着他。

布罗德卡好像经验很丰富似的问她，此时此刻他俩是不是想到一块儿去了。

原本诺拉不需要再回复，因为她已经攥住布罗德卡的手，微微用力，用不着多说什么。可她仍朗声作答，令旁边座位上的人都听得到：“你是想知道我对你有没有意思吗——当然有啊。”

这一刻布罗德卡倒是索性不在乎了，哪还管邻座客人的脸上呈现出那种心知肚明的神态。他俩站起身一起离去时酒吧服务生投向他的疑惑目光，还有亨利希，那个饭店服务生看见他同这么一个风骚女郎大摇大摆地穿过大堂而在心里偷偷想些什么，他都顾不上了。

布罗德卡一门心思想的是他必须占有这个女人。

电梯前，无所不在的亨利希闪到布罗德卡和他的女伴旁边。他态度谦卑地请求布罗德卡原谅他的打扰，他有一个重要口信要转达给布罗德卡先生。

布罗德卡哪里还愿搭理这种琐事。“等明天再说吧！”他呵斥道，“今天晚上不要烦我。”

亨利希愤愤地耸了耸肩走开了。

布罗德卡的客房装饰的主色调是赭石和灰绿，和饭店的大多数标准间一样。宽大的法式大床上端挂有一幅描绘维也纳城市风光的版画，两侧的土黄色床头柜上各亮着一盏黄丝面灯罩的台灯。角落里还摆放一张写字桌，旁边是正对窗户的一把椅子。菱形图案的地毯厚重绵软，落在上面的脚步声响尽被吞噬湮没。

布罗德卡把诺拉的外套扔到椅子上。诺拉张开双臂，像要跳舞或者拥抱整个世界似的——或者只是布罗德卡。接着她停止动作，头向后仰，合上双眼。布罗德卡走上前去，两手绕住她的腰身。诺拉紧紧贴着他，她是那么狂热地用躯体去摩擦他的前胸，令布罗德卡恨不得就这样穿着衣服，站着与她交合。

带些羞涩，诺拉闭着眼睛慢慢解开丝绸罩衫的纽扣。布罗德卡的喘息声越来越粗重。他还从未见过这么完美的乳房，硕大、结实、坚挺。他两手攥着它们，充满爱意地揉搓、拨弄、捏握。他俯下头，用舌头吮吸陡然挺立的乳头，诺拉不及躲避，她发出一声声迷醉和欢愉的呻吟以及迫不及待的低声呼唤。

她麻利地脱下短裙，甩到地上，用脚踢到一边。她光溜溜地立在他面前——除了无吊袜带的长筒袜和脚上的高跟鞋。她的胴体毫无瑕疵，淡棕色的肌肤柔滑脂腻。布罗德卡解开裤子拉链。

诺拉一阵浪笑，手指了指浴室门，另一只手轻轻触碰他的下体。她的眼神似乎在说，再忍耐一会儿，然后她走进浴室。

不知道是从浴室飘散的芬芳香气让布罗德卡晕眩了，还是不可抑制的冲动让他迷乱。时间过得真慢啊！他脱下裤子，挨着诺拉的外套搁在椅子上，却瞥见诺拉的外套口袋鼓囊囊的，里面像是封信或者照片，他把那东西抽出来，一下子惊住。

照片上是他。

布罗德卡困惑地朝浴室门口瞧去，又对着照片看了又看，背景极为模糊，他瞧不出来是在哪里拍下的。

无论如何这种邂逅都不是偶然的巧合——更谈不上一见倾情，诺拉早就盯上他了。为什么？她有什么企图？受谁指使？

布罗德卡一头雾水。他该向诺拉挑明吗？还是装作什么都不知道，暗中察看诺拉接下来有什么举动？就在布罗德卡苦苦思索的时候，一丝不挂的诺拉嘻嘻笑着从浴室走了出来。

一定是布罗德卡脸上的呆滞神情让她不知所措，她在一旁打量他，“你怎么了？”她问。

布罗德卡向她扬了扬手上的照片。

诺拉大口喘着气像是上了岸的鱼。她一把夺过照片，抓起自己的衣物，飞快地穿在身上，二话不说冲出房间。

就这么半裸着，只有内衣遮体的布罗德卡跌坐在椅子上。他心乱如麻，这世界究竟怎么了？先是在慕尼黑，现在又是在维也纳，究竟是谁跟他过不去，为了什么？他一定得查清楚，这个女人到底是谁。

布罗德卡穿好衣服，乘电梯到了楼下。他打算先喝上一杯，让自己受到惊吓的神经平抚下来，再去前台取通知他的那封紧急信件。

布罗德卡向那个显然还在气恼的亨利希要那封快件，这位服务生琢磨着言词，最终吞吞吐吐地说："您知道，先生，这让我很为难，这……这本来跟我没什么关系，但是，但是当我看见您和那样的一位女士在一起……"

"这个么，"布罗德卡没让他把话说完，他想把此事敷衍过去，"不过点头之交而已。"

"哦，这样啊。"亨利希嘴上说着，手上局促地摆弄柜台上的纸张文具，像是理解似的连连点头。

"您认识那位女士？"布罗德卡赶忙追问。

"谈不上认识，先生，该怎么对您说好呢……她常在我们这里留宿，您明白么？"

布罗德卡不是十分明白，但也预感出亨利希要说什么，"您的意思是说……亨利希先生？"

亨利希摆了几下手，上前走上一步，"我们这里是一家大饭店，您知道，许多生意人，那些先生们，他们有需要，和一位女士……您是明白的，不过这也轮不到我们对他们的道德水准说三道四。有时候某个先生会来打问哪儿有可以伴宿的女人。"他在一个装有卡片的小木盒里摸索着，找出一小摞名片，"对付这种状况我们也有路子，您明白吧？"

这回布罗德卡完完全全地听懂了。他的嘴巴抿成一条线，竭力压住心里直往上蹿的怒火。他竟然被一个彻头彻尾的婊子给耍了！

亨利希似乎猜出他的心思，他紧接着说："我得说，这些女人的费用可不低……"他没往下说，清了清喉咙。

布罗德卡点点头，"您的卡片里有没有一个叫诺拉·莫娜的？"

亨利希像理扑克牌一样把名片摊成扇面，嘴上嘟囔着："莫娜，莫娜……对不起。里面没有叫这个名字的女士，但这不说明什么，这些女士改她们的名字就像换她们的……朋友一样频繁。"

此时的布罗德卡已经全然不在意亨利希会怎么看他，他把所有卡片上的名字和电话号码都一一记下，然后回到自己房间。他一定要找到这个诺拉，和她谈谈，无论如何。他实在是受够了，一而再再而三地陷入一个又一个谜团，遭遇意想不到的麻烦。

布罗德卡总共抄下十二位女士的号码——亨利希就是这样称呼她们的。在打过十二通电话之后他获知，一晚上的价格是一万先令[①]，而且没有一位从事此项职业的女人用的是真名字。有两个女士听说过诺拉·莫娜，其中一人还告诉他，诺拉偏爱在一个叫奥斯登的酒店出入，这家酒店地处热闹的娱乐场所，离斯特凡大教堂不远。

布罗德卡草草地完成拍摄采访任务，了结手头的工作之后，他终于有时间去找诺拉以及查清她背后的主使。

奥斯登酒店在维也纳比较有名，人们会称它为计时酒店，如果这个冠名不是和性交易、低俗的娱乐以及犯罪联系在一起的话。其实奥斯登原本是一家体面的几乎算得上考究的酒店，即便它的二十六套客房论小时付费，也不会被人想歪了。又因为娱乐场所的消费群体人数并不随季节变换而起伏涨落，所以奥斯登是维也纳惟一一家房价在夏天和冬天一致的酒店。

守在酒店里的老板娘告诉布罗德卡，她并不认识一个叫诺拉·莫娜的客人。布罗德卡明白，老板娘当然不会轻易张嘴，谨小慎微才能在这种娱乐场所中存活，不过守口如瓶是钱袋的头号敌人。在掏出一千先令的钞票之后，布罗德卡从这个容颜憔悴的老板娘那里得知，诺拉·莫娜的真名叫做玛寇维茨，每个礼拜三晚上十一点到十二点会在24号房间——依墙纸的图案被称为“丁香花房”——出现，与之约会的是一个外地的有钱人，他在歌剧院定下包厢打发晚上的时光——整整一年都是如此，除非歌剧院歇业。

眼下正是好时机，礼拜三，夜浓时分。布罗德卡瞧见一辆出租

---

① 奥地利货币单位。

车在街角停下，就紧上几步钻进车里，给了司机一笔阔绰的小费，向他漏洞百出地解释说自己为等某个人必须得停留好一会儿。布罗德卡透过车窗注视着奥斯登酒店的大门入口。

一位衣着不凡的先生刚走进酒店，十一点整诺拉也随后到了。一个钟头之后诺拉走出来，穿过街道招呼出租车，布罗德卡示意司机跟上诺拉的那辆车。车向南开去，绕过环形路，途经塞斯松展览馆[①] 和维也纳国家剧院[②]，直奔东南方向，进入一片居民住宅楼，这些楼房大都建于十五、十六世纪，十九世纪被重新修缮，面积庞大，就像是象群。

出租车停在便道上，后面就是一排排房子。诺拉下了车，布罗德卡以安全的距离尾随在她身后。

两人一前一后来到一栋破败的七层廉租楼前，楼层立面的众多铁栅栏小阳台皆堆满了废旧破烂，头一眼看上去，不觉担心它们会随时被重物压塌。

布罗德卡悄悄跟着诺拉进了门洞，大木门上的锁头早就不管用了。他听见二楼的一间房门被打开又合上，于是拾阶而上。

右手边的门牌上写着“玛寇维茨”。布罗德卡按下门铃，丁零零的铃声尖锐刺耳。似乎诺拉并没打算来开门，于是布罗德卡开始用力叩门。

终于他听到里面在问：“是谁呀？”

“布罗德卡！”他提高嗓门。

起初没有任何回音，静静地等了几分钟之后布罗德卡听到有钥匙在锁眼里转动，诺拉只开启出一道门缝，露出她那张浓妆艳抹的脸。

“您走开！”她尖叫着，“否则我叫警察了。”

---

① 又名分离派展览馆（Secession），十九世纪末，一批维也纳艺术家离开了保守的学院派，成立维也纳分离派。

② 维也纳国家歌剧院（原名皇家歌剧院）建于 1869 年，是世界最有名的歌剧院之一。

布罗德卡用脚踹开门，将诺拉一把推开，冲到屋中央，这是一个大开间，一些笨重的旧家具将其隔成两间。

“我叫警察了！”诺拉激动地叫嚷，脸上满是惊恐的神情，她几近半裸，紫色紧身胸衣裹凸出一对巨乳。

紫色，布罗德卡心里紧了一下，偏偏是紫色！

他对诺拉的警告不以为然，反而稳稳地站着打量起这个凌乱的居所来。

诺拉突然变得拘谨，她拽了一件花团锦簇的睡衣套在身上，叼着烟从兜里掏出打火机。她正要燃着，布罗德卡一把将香烟从她手中打掉。

“干什么？你究竟想怎么样？”诺拉尖叫着朝靠沙发的小桌子上的电话机走去。布罗德卡抢前一步，从她手里抄过电话，摔在地上。

“我还要问你哪，你到底准备对我干什么！”布罗德卡再也忍不住了，他奋力将诺拉推倒在沙发上，诺拉一声尖叫，用右胳膊肘护住脑袋。

布罗德卡紧逼上前，喝问：“你说，你到底对我有何企图？指使你的人是谁？快说！”

诺拉把胳膊放下来，她脸上的脂粉已经花了，头发乱蓬蓬的，全无丝毫魅力而言。布罗德卡不禁自问，自己怎么会一时昏了头被这样的女人迷得神魂颠倒。

诺拉结结巴巴地说出她是为了钱才干这事的，她急需要钱，他大概也能瞧得出来她现在的窘境。

“付你钱的人是谁？”

“两个男人，我不知道他们的名字，是夫人介绍的……”

“夫人？”

“是的，就是奥斯登的老板娘。谁要是想赚点外快，而又像我一样没有皮条客帮衬，就会把电话留给夫人。那些想找乐子的男人反正会找她，全维也纳的人都知道。”

“于是那两人给了你钱？为此你要做什么？”

“让我去调查您，您的全部情况，大事小情，您整个的过去。那些人先给我两万先令，只要我告诉他们我所探得的你的事情，明天我能再拿到两万，不过现在我对此已经不再指望了。”

“那你一定知道他们的名字。”

“相信我，我不知道!”诺拉绝望地叫喊。他俩的对话在静寂的夜里分外吵闹，隔壁邻居咚咚地砸墙抗议。“我真的是不知道。”诺拉压低嗓门又说，“我们约在歌剧院的咖啡馆，那两人问我想不想赚上两万先令，我要求四万，他们也答应了。我起初想，这些家伙指不定要在我身上玩什么花样呢。您能想象得出当我被告知我只需去摸您的底，其他什么都不必做时，我有多吃惊。之后他们给了我您的照片，告诉我您的名字还说您就住在大饭店，而我正是您喜欢的那种类型，跟您凑近乎套取真相该不会太难。”

“真相？什么真相?”布罗德卡眉头一紧，问道，“那些家伙没有说吗?”

“我什么都不知道，真的不知道。我的印象是那些人对您了解得相当多，可显然又不够多。我觉得那两人知道自己要的是什么。”

“是什么呢?”布罗德卡朝窗边走了三步，窗帘遮住外面的视线。他转过身，重又回到诺拉面前问话，远没有先前粗暴：“明天你约好和他们会面?”

“是的……也就是今天，已经后半夜了。歌剧院咖啡馆，午后两点。”

布罗德卡点点头，“你打算见他们吗?”

“嗯，我过去把钱还给他们，告诉他们我没能如愿从您那儿套出什么，您喝得烂醉，一直在胡言乱语。”

“这样说不错，”布罗德卡若有所思地说，“不过不是最好的办法。”

诺拉盯着他问：“您这是什么意思?”

布罗德卡倒吸口气，说道：“实际上我们并不知道是不是有人跟踪我们，我反正做梦都没料到在酒店被人盯上。你发现有人跟着我们吗?”

诺拉耸了耸肩膀摇摇头。

“好吧，你过去跟他们瞎说一通。谁能肯定我就一定会如实地把自己的事情一五一十讲给你，或许你的把戏早被我看穿，随便跟你编故事呢。”

“那倒是。”诺拉半信半疑地说。

布罗德卡紧接着说：“那两个家伙我很想看上一眼。你是说歌剧院咖啡馆？下午两点？”

“是的，不过我……我有点害怕。”

“别多想了。”布罗德卡朝门口走去，扭头又说，“对了，还有，电话机的事我很抱歉。”他从兜里掏出两张钞票放在饭桌上，“买个新的吧。这段时间发生在我身上的变故太多了。”

等布罗德卡回到酒店，已经晨曦微见，也睡不了多长时间。反正他兴奋得很，睡是睡不着的。他冲个热水澡，让热水浇头而下，似乎这样做就可以驱散头脑里的所有困惑。

几天前他还认为他能逃开厄运，然而最近发生的事情却让他看清，实际上自己无处可逃，他别无选择，只能是接受他的命数，最终去迎战那个他一无所知的敌人。

布罗德卡叫了早餐到房间吃，这一反他平日的习惯，出于什么理由他也无从解释。他索然无味地拿着刀叉在炒蛋上拨拉来拨拉去，喝了一杯咖啡之后，他把餐盘搁在门前廊道上——像所有酒店一样，用完餐的托盘都是脏兮兮的。

后来他给朱丽埃特打电话，时间太早，画廊里没人接听。布罗德卡穿好衣服，在外衣里面又套了件毛线衫，外面还很冷，倒是个好天。

和诺拉的艳遇一直在他脑袋里转悠。她的色诱竟然让他欲念横生，毫无理智而言，布罗德卡晃了晃头。这种事竟然叫他撞上了，一个自以为历练世事的男人，一个在他这样年龄的男人。太可笑了！我亲爱的布罗德卡，他对自己说，你难道人老心还未老吗？

电话铃响，是朱丽埃特，她在电话那端送上一个香吻。

“我正要找你呢。”布罗德卡说。

“我还在家里，”朱丽埃特说，“我丈夫外出开会。你到底什么时候才回来？我很想你，你不想早点儿回来啊？”

“你是知道的，我的工作就是这样。”布罗德卡不得不撒了谎，“天气太坏了，我没法在露天拍。我……嗯，还不知道今天能不能完工。”

接下来无话，双方都明显感觉出这沉默中的不安和为难。

“你出什么事了吧？”朱丽埃特终于说道，“你的声音听起来怪怪的。”

“你怎么会这样想？”布罗德卡佯装惊讶地说。其实他很清楚，他的演技根本骗不过朱丽埃特。他没打算把昨天发生的事在电话里讲给她听，诺拉一事让他深感愧疚。“你丈夫开多长时间的会啊？”他岔开话题。

“三天，”朱丽埃特说，“你就快点回来吧，在我找其他帅哥之前。”她呵呵地乐。

他们聊了些无关紧要的事。布罗德卡心里一直记挂着歌剧院咖啡馆的见面。除此之外，他留意自己不要把这两天的事情说漏嘴，一定得等等再说。他要操心的事情太多了。

布罗德卡答应朱丽埃特明天回去，他听到门口有轻微响动，有人把一张纸条塞进门缝。

布罗德卡挂好电话捡起纸条，是酒店服务中心的便笺：诺拉·玛寇维茨女士8点25分来电，请您速去她家。

布罗德卡看了下钟点：八点过五分。这个电话是什么意思？他一边穿大衣一边约好出租车。

他站在酒店前的凯特隆纳大街上，炫目的阳光照下来，双眼眯成一条线。出租车司机沉默寡言，正和布罗德卡的意，他现在真没有闲聊的心情。

早晨这一时段维也纳的交通就像意大利的政坛一样混乱无章，看来好像只有大动干戈才能重整次序，街道上的车辆走走停停，司机们忙于摇下车窗，高声呵斥前后左右慢吞吞行走的路人。还好，当地人早已习以为常，不过是挨顿骂，这种恶言恶语外地人反正也听不懂。

白天要比晚上热闹许多，熙来攘往的人们流连在市场的摊位和货架前，令布罗德卡难以找到诺拉住的那幢楼。到底让他发现了那个通道，车钱付给司机之后他下了车，穿过临街房，进入后面的住宅楼。

楼里面并不比外头暖和多少，布罗德卡踩着吱嘎作响的楼梯上了二楼。他抬头撞见一个正扶着栏杆探头探脑的老妇人，她眯起眼睛打量布罗德卡，然后歪着脑袋默默走开。

诺拉似乎正在等他，房门留着一道缝。

布罗德卡敲敲门后径直走了进去。

诺拉斜靠在饭桌后面的沙发上，她还穿着昨晚那件让布罗德卡厌恶的紫花睡衣，头耷拉着，双臂软绵绵地垂下，两条腿劈得很开，男人用不着付钱就可以看到她的私处。

布罗德卡还以为诺拉喝醉了，房间里弥漫着酒精的味道。等他更靠近一些，才发现她的脖子两侧有深红色的淤痕，两只眼球空洞无光，宛若玻璃珠子，嘴唇青紫，嘴巴张开，能放进一根手指。

布罗德卡从未见识过这种场面，惊得他寒毛倒竖，不知任何是好。他拉了拉诺拉的左手，冰凉冰凉的，等他把手松开，她的胳膊也滑了下去。直到这时布罗德卡才切切实实地意识到，诺拉死了。

同一时刻他也明确地意识到，诺拉是被人杀死的。

他卷进了一起谋杀案。

毫无疑问，有人设计陷害他！

一种无以复加的恐惧向他袭来，他分明听见两侧的太阳穴在突突直跳。布罗德卡只有一个念头：离开这里！

听到楼道里有动静，他走到门旁屏息静听，那声音惭行惭远，他小心翼翼地把门推开，探出头，外面没人。

布罗德卡决定马上离开。他站在门口，楼道里空空荡荡，不知从哪间房里传出收音机的嘈杂声。布罗德卡深吸口气，把房门从身后带上。

下楼梯的时候他故作镇定，百般告诫自己千万不能慌手慌脚。在步出楼门之前，他向外张望，没有旁人，布罗德卡快步穿过院子来到街上。

此时外界的喧闹对他有如背景音乐一般。他步行回酒店，无视那些迎面过来的路人。他越走越急，诺拉的惨状始终在他眼前浮现。等他过了环形路快到歌剧院时，他几乎是在小跑了。

回到自己的客房，他快速收拾好行李，结完帐后叫了辆出租车直奔机场。一路上司机跟他都说了些什么，布罗德卡一概没听见。他的脑海里闪过太多念头，他在绝望中苦苦思索，自己如何能脱离险境。

他猛然恍悟，逃跑是最糟糕的选择。

出租车在驶向机场的中途折回，布罗德卡要求司机开往警署。

出租车司机乜眼看了他一下，端了端肩膀说："先生，随便您好了。"

联邦警察署位于维也纳的一区，是一幢庞大的有无数窗户的老式楼房。玻璃隔窗后面有位警员坐在众多分机和监控器前。布罗德卡向他报案，他似乎没多大兴趣的样子，把布罗德卡交代给突发事件处理部门，事件处理部门又让布罗德卡去凶杀案科，负责人是瓦勒纳警长。

瓦勒纳警长专心致志地听完布罗德卡的讲述，时不时地还撇撇嘴巴，流露出厌恶和嫌气的情绪。之后他叫来一位警官助理，此人得有一百公斤，步履缓慢，蓄着茂密的大髭须，说话简练直接："好的，这就走。"他转向布罗德卡礼貌地说："请跟我们来。"

这位行动笨拙迟缓的警官助理坐在驾驶座位上时则表现出随性热情的一面，车顶上闪烁不停的蓝荧荧的警灯似乎给他插上了翅膀，赋予他不怕死的勇气，连闯两个红灯，甚至不时占用人行道。

警长派助理去前楼找房屋管理员，这是一个年近六十、发髻高盘的金发老妇。她用钥匙打开诺拉的房间，等看清楚房里面的情形，她惊恐万分，两拳敲着头，不断抱怨，老天呀，怎么偏偏是她的房子出了这种事情。

警长对案发现场有了初步判断之后，就命他的助理去停在院子里的巡逻车上无线电呼叫鉴定科的人和验尸官过来。

验尸官先到，这是一个学生模样的年轻人，戴无边眼镜，拎黑皮包，他一丝不苟地检查尸体的场面让布罗德卡看不下去，他扭身面向窗户。验尸官确认诺拉已经死亡，因窒息毙命。他断定，死亡时间大概是十个钟头之前。

半小时后鉴定科的警官也赶来，是这个行业里的两个老手。为了取到指纹，他们在家具、瓶子、被子甚至是地板上的那台电话机表面以及一个已经被扯断表带的昂贵腕表上都撒了石墨粉。

后来两个收殓工托起诺拉的胳膊和大腿将其放进他们带来的一口锌板棺材，这时布罗德卡实在憋不住一头冲进厕所，大口呕吐起来，他没能瞧见警长一直在用怀疑的眼光盯着厕所门。

布罗德卡从厕所出来，瓦勒纳一脸假笑地说："好啦，现在或许您能跟我们说说，事情到底是怎么一回事？"

布罗德卡的脸像白床单一样煞白，他难受极了，说话都困难。警长不相信他所描述的事情经过，他并不奇怪，他该如何证明自己的清白呢？

"我跟你们说的就是事实。"布罗德卡无力地辩白，"就是我先前说的那样子。"

近乎同情的神色在警长的脸上倏忽一过。他走到布罗德卡跟前，扬起一张照片，"您这张照片拍得可真帅，"他说，"就塞在死者的大衣口袋里，对此您有什么说法？"正是布罗德卡那张被人偷拍的照片。"还有，您能否向我们解释一下，在今天凌晨十二点半的时候你为何和死者争吵？隔壁邻居可以作证。"布罗德卡无言以对。当瓦勒纳生硬地宣布说"布罗德卡先生，您因涉嫌谋杀被现时拘捕"时，布罗德卡宛如脑后被人重重一击。瓦勒纳从他的皮带上解下手铐，铐住布罗德卡的手腕。

在布罗德卡这里好像已经无所谓，这一时刻的他什么都不在乎。他又能怎样为自己辩护？他没有气力，更缺乏证据，他迫切希望能离开这个可怕的地方。

助理警官架起布罗德卡的胳膊带他下了楼梯走向警车。五六个报社记者的镁光灯在他脸上不停闪烁。布罗德卡看不到也听不清，心里面想着明天他的照片会在各大报纸上出现，亚历山大·布罗德卡，杀妓凶犯！他一贯不屑于这种标题耸人的图片报道，而今他却成了此类新闻的主角。

布罗德卡不再是他自己，不再对所遭遇的事情怒气冲冲，他的个人意志仿佛被抽离，像被人下了毒般软弱无力，他不做任何反抗，听之任之，他只觉得疲惫。

这世上没有一个羁押疑犯的拘留所令人赏心悦目，关布罗德卡的小牢房自然也不例外，屋内不超过十步宽，只够放两张平板床，一扇高高在上的玻璃砖窗户能透进些许日光。

布罗德卡并不是里面的第一个客人，一个小时之前已经有人情非所愿地进来了。此人身着深蓝色西装，扎一条红色领带，一举一动很有派头，但等他一开口说话，显见地就跟他的这身行头极不相称。

他叫做阿恭斯提诺斯·史雷格尔米勒希，他这样自我介绍说。

布罗德卡随口道出自己的名字。

有一阵子两个人沉默地坐在各自的平板床上。布罗德卡耷拉着脑袋，史雷格尔米勒希在一旁似笑非笑地打量他，之后他找到话头："看你这样子八成是第一次进来，"他高举叉开五指的左手说，"这已是我今年的第五次，我早就百炼成钢。"

即便布罗德卡觉得他的说法可乐，他也笑不出来，他只想安静地思考，他惟一的念头就是如何才能让自己从这里出去。

那人缠着他不放，问道："你为啥事进来？"

布罗德卡本不想理他，可一想继续不作应答他这个多话的牢友是不会让他安静的，于是他说："有人陷害我，警方认为是我杀了人。"

阿恭斯提诺斯·史雷格尔米勒希吹出一声哨音。"那可不是小事！”他的语调流露出某种惊奇。

“去他妈的，不是我干的！”布罗德卡吼道。

“清楚了，不是你干的。”史雷格尔米勒希的这话听上去像是安慰，口吻却是讥诮的。他又说：“你就别费心机了，你不需要表明你的清白，那些人总能找出证据证明你有罪。”

“我是无辜的，该死。”布罗德卡恼羞成怒。

史雷格尔米勒希摆摆双手：“好了好了，不说了，”只停顿了一秒，他又说，“到底怎么回事？”

“一个妓女死了，说是我杀的。”

史雷格尔米勒希哈哈大笑，他哧哧地乐着说：“他弄死了一个婊子，一个婊子！哈哈哈。”

这肆意的笑声把布罗德卡惹火了，他跳将起来扬起右巴掌就朝史雷格尔米勒希的脸掴过去。

史雷格尔米勒希一把攥住他的手，有那么一瞬他似乎也要蹦起给布罗德卡来这么一下子，但很快他的姿势松弛下来。

“可不准再这样，朋友。”他的声音虽低，口气中却明显带着威胁，他将布罗德卡的手腕放开。

布罗德卡慢慢坐回板床上，不吭声。

“别被吓得屁滚尿流的，”史雷格尔米勒希说，“杀个把婊子依照我们的法律根本算不上什么谋杀。只要专家对你鉴定，证明你精神分裂、性变态或者跟你的母亲有乱伦关系等等，你就能从牢里大摇大摆地出去，没有比这儿更容易的了，相信我。”

布罗德卡原本是很抗拒听到这种人说这种话的，可另一方面这个古怪的家伙似乎对这里的司法程序非常熟悉——反正比他本人强多了。他决定向这个牢友吐露实情，他还有什么怕失去的呢？

“我被人瞄上了，”他开始对史雷格尔米勒希讲述那个“妓女”其实是受人指使打探他的底细——而那些人很可能就是杀诺拉的凶手，然后把谋杀的罪名栽到他的头上。

史雷格尔米勒希眉毛一挑，问道：“你知道是谁干的吗？”

“如果知道的话，我就踏实了，”布罗德卡气愤地说，“那样我至少知道我的敌人是谁，多少能想想对策！”

这番言辞似乎让史雷格尔米勒希有些不安，他说：“你的胆子相当大，不是吗？老大，你生活在危险当中！”

布罗德卡没明白他这是什么意思，不过他也没兴致再多说下去，默默地盯着脚下滑溜溜的地板。

史雷格尔米勒希脱掉西装，解下领带，躺在他的平板床上，双手搁在脑后，仰望天花板，似乎在思索。后来他开口说话，目光仍没从天花板上挪开：“你有钱吗？我的意思是你是有钱人吗？”

“什么叫有钱人？”布罗德卡随便地问。

“什么叫有钱人？”史雷格尔米勒希学他的腔调，“就是说你有很多钞票哪，还是一个穷鬼？”

布罗德卡微微一乐，这还是他被关进来后头一回笑，“我是有一些票子，老实说我自己也不清楚有多少。”

“遗产？”

布罗德卡点点头。

“我觉得这里面有臭乎乎的味道，甚至是恶臭！”史雷格尔米勒希嚷嚷着站起身注视着布罗德卡，“你知道那是什么臭味吗？是黑帮的臭味。”他脸上挂着狡黠的笑容，“对你的银行帐户他们可比你还要清楚，相信我。”

布罗德卡自己也不明白，他怎么会对这个可疑的家伙说出这么多，或许是因为身处在这种特殊的环境让他如此健谈，或者他有向人倾诉的需要。他苦笑着说：“对黑帮来说我的财产和我自个儿实在是不值一提。”

史雷格尔米勒希摇晃着脑袋，“别这样说，如果连你自己都不知道你有多少钱……”

布罗德卡狐疑地看着他，说：“你似乎对这些很门清嘛。”

尴尬的沉默。后来史雷格尔米勒希沉吟着说：“你知道那是怎么回事，我认识一些人，这些人又认识别的人，这个别的人又……”

“这样啊。”

“对喽，就是这样。”

“如果跟钱的多少没有关系，那些黑帮为何干此勾当？”

史雷格尔米勒希诡秘地一笑，说道：“比如说受某些权贵人士之托，权贵们可不想把自己的手指搞脏。如果你愿意，我可以帮你打听，只要我明天能从这里出去，你付我跑腿费，你明白的。”

“不危险吗？”

“生活中充斥着各种危险，你不必为我担心。你到十二条胡同112号史维茨寇家就能找到我，在火车西站附近。”

“那是你太太的名字？”

“不是，那是我的秘密落脚点。我从未结过婚，我是同性恋，如果你还想知道的话。”

布罗德卡看着这个男人，心里认为史雷格尔米勒希是个小地痞、骗子。“你怎么知道你明天能出去？”他不无嘲讽地问。

史雷格尔米勒希一阵怪笑之后反问他：“你知道拘留所所长一个月挣多少？不到三万先令，对他来说五万先令可是笔大数目。你该明白我在说什么了吧？明晚我就能在‘赤雀’痛痛快快喝上一杯了。我们打个赌，如何？”

次日，布罗德卡的命运出现意想不到的转机。上午提审的时候布罗德卡的口供和昨天没什么两样，等他回到牢房，史雷格尔米勒希已经不见了。警长建议他请个律师，不过在布罗德卡还没去做这件事之前，警长又来牢房，带给布罗德卡一个意外消息，他自由了，现有证据不足以将他继续拘留，另外还有新状况出现。

在布罗德卡的迫切要求下他被告知，大酒店的服务生亨利希向警署举报，有两个骗子，他们行事慌张，一大笔住店费都没结就从酒店溜掉了——这种事情他可不是经常碰到。由此警方展开大规模调查。

亨利希拥有一双训练有素的眼睛——从业超过三十载的他自有一套对客人的衣着打扮和举手投足的独特观察视角，这对嫌犯的描述起了很大帮助。简而言之，按照他的详细描摹，警方勾画出那两个人的相貌，此外，亨利希还留意到那两人其中一人身上的特别之处——一块浪琴腕表，足足价值五十万先令。

依亨利希之见，不管是这块表的金钱价值还是它所蕴涵的讲究精致的精神层面都和那个男人不相匹配，于是从他们两个一进入酒店起就被他怀疑的目光盯上了。这两个男人恶意逃账离开酒店之后，亨利希看守他们的房间直至刑侦鉴别科的人到来，除获取相当完整的指纹外，还在电话机旁边的记事簿上发现一个电话号码的印痕，正是诺拉·玛寇维茨的电话，她在昨天夜里惨遭非命。

由此，这两个外来人的案件就从诈骗科转到凶杀科。警长给亨利希看了在诺拉家地板上那块被扯断表带的腕表，他确凿无疑地认定这块表就是其中一人的，这表的款型相当罕见，他宣称整个维也纳也找不出第二块来。这还不算，警长把两个嫌疑人的素描肖像让房屋管理员辨认，得到证实，从诺拉房间走出来的就有其中一人。这些证据足以使得布罗德卡被当即释放。

布罗德卡自由了，但他的心情还是很压抑。他老是十分紧张地左看右望，只要有人走近，脚步就开始加速，如果有陌生人朝他看去，他会不自觉地把目光放低。

即便那两个家伙被逮住——你的案子就算彻底结束了吗，他问自己。布罗德卡确信，他们企图把诺拉的死陷害于他。有人想除掉他。为了什么呢？而且为什么要这样煞费周章？那些人为什么不索性把他也弄死？

经过绍滕地铁站，香喷喷的烤肠味道吸引住布罗德卡，他要了一份添加浓辣芥辣碎末的。在他把纸碟子往垃圾筒里扔时，他搭眼瞧见旁边报亭摊上的一份报纸，上面登着他的照片，布罗德卡轻轻咒骂着，不由自主用左手掩住脸，他可不想被人认出来。实际上他自己也觉得这个举动很荒唐。

因为他根本用不着躲着藏着，他不是杀人犯，他是一个自由人。

他最大的忧虑是朱丽埃特，在她知晓一切之前，他一定要先向她讲明发生的事情。他不知道她会有怎样的反应，能不能真的相信他。与她通话让他提心吊胆，就算她骂他是头猪猡、骗子或者色狼，他也不能抱怨。

在市政厅广场旁的一个电话亭里他拨了她的画廊电话，这时他才发觉他的手在发抖。等待接听的时候，他一直眼瞅着四周围。没有人接，布罗德卡给朱丽埃特家挂了电话，同样没人。

他坐在长椅上，望着对面的城堡剧院。他试图分析这几天发生的事情，整理出线索，决定下一步该怎么办。

他不由得想到昨天与阿恭斯提诺斯·史雷格尔米勒希在拘留所里的结识经过，那个怪异、神秘的同性恋。那个家伙不是确信自己今天就能从牢里出去，而且还一醉方休吗？显然他挺有能耐，要不他怎么真的被放出来了呢。看来此人在维也纳也算个人物，能使唤些人。

这么说来，史雷格尔米勒希说能帮他打探与自己做对的那些人，就绝不是虚言，像他昨天以为的那样。是在哪里呢？史雷格尔米勒希提到的那个能找到他的地方。布罗德卡只记得一个叫史维茨寇的名字和火车西站，确切地址忘记了。布罗德卡确定史维茨寇这个名字不会出现在电话簿上面。

他招呼一辆出租车，去火车西站。路上他询问司机火车西站附近都有哪些街道，还没等司机念叨出几条街名布罗德卡就知道了他想要的：十二条胡同。

“史维茨寇家，火车西站旁的十二条胡同112号。”史雷格尔米勒希这样告诉他。

112号楼同诺拉家的那栋楼惊人的相似，让布罗德卡不禁以为这座城里的出租楼都是一个模子铸就出来：破落老旧，难看透顶。

布罗德卡在门禁牌的最上端找到史维茨寇的名字，像这样的楼房自然不会安装电梯，布罗德卡爬上七楼，按响门铃。

一个穿着背心和运动短裤的男人前来开门，他红通通的脸膛，头发秃了一半，身上白花花的皮肤让人触目惊心。

“您找谁？”他的态度生硬，牵强的笑容后面露出一颗金牙，他对来者十分警惕。

布罗德卡报出自己的名字和上门的原因。史雷格尔米勒希和他曾在同一牢房共处一晚，是他告诉他这个地址的。“他在吗？”布罗德卡问。

这个长相古怪的男人的回答是否定的，但他相当热情地把布罗德卡请进屋，因为史雷格尔米勒希的朋友也就是他的朋友，他叫做提图斯。

居室布置得很温馨，大大小小的各种物件用心摆放，和居住者的外表形成鲜明比照，这人给人的印象就是穷困潦倒。

提图斯请布罗德卡落座，接着打电话，他把听筒递给布罗德卡，电话的另一端正是史雷格尔米勒希。听出是布罗德卡，起初他有些恼怒，等布罗德卡说出与他联系的缘由，史雷格尔米勒希记起自己曾说过要帮他打探的承诺——自然不是免费，这个双方都清楚。史雷格尔米勒希答应明天回提图斯家。

布罗德卡谢过提图斯正要转身往外走，那个丑陋的男人手拿一瓶杜松子酒，劝住布罗德卡稍等一小会儿，自己马上穿好衣服。

布罗德卡本不喜欢杜松子酒，不过对他目前的状况来说酒精不啻于药物，他一口喝下满满一杯。提图斯从里屋出来，这回他一副严肃的装扮。等他一说起话来，就很清楚，他并不是一个未受教育的流浪汉，他是有过好日子的。

就这样，一瓶酒和一对酒杯让两个男人对坐下来。杜松子酒开启了提图斯的心扉，几分钟之后他开始讲述他的生活，就好像他一直在等着这个机会向一个陌生人滔滔不绝地倾诉。

提图斯以前是神职人员，拿过神学博士学位，据他说直到三年前他还是梵蒂冈某个枢机主教的秘书。但他听任自己长期以来压抑的同性爱欲的滋生，和一个年轻的教士助理发生了关系。这种事在“这个圈子”里，提图斯说，本来没什么大不了，只要否认一切就不必承担后果。可提图斯是如此的不加掩饰、不管不顾，他公开了他的性取向并由此遭到神职机关的罢职。从此他被“另一派”——他不想具体说明是哪些人——长期跟踪，饱受威胁，有人想要结果他，为了保命他在这个城市潜伏下来。他的本名当然不是提图斯，门牌上的名字“史维茨寇”属于一个老妇人，她自丈夫死后一年倒有三百五十天在佛罗里达度过。

不知为什么，布罗德卡觉得自己和这个怪人惺惺相惜，或许缘于他们同样与一个强大的对手为敌——于是他把一切都向提图斯挑明了。他目前的处境，布罗德卡说，只不过更为绝望，因为他连他的对手是谁都不知道。

痛苦被分担，痛苦也就少了一半。两个人你一杯我一杯地借酒消愁。已经很晚了，突然有人摁门铃，是史雷格尔米勒希，他的出现让两人吃惊不小。

布罗德卡初识史雷格尔米勒希时认为他是一个随和的人，最起码自己对他要比他对自己更不信任些。可是此时史雷格尔米勒希的举动明显带有怀疑，说话的语气充满攻击性。

“你在这里呆这么长时间究竟打算干什么?”他质问布罗德卡，“快点滚蛋，不要跟任何人说你来过这儿，听明白了吗?”

“你这么激动干吗?”布罗德卡反问，他一下子清醒了，“你不是答应帮我查是谁陷害我吗，究竟查到没有?”

史雷格尔米勒希二话不说，一把揪起布罗德卡的衣领将其拉至门口，推进楼道，同时像怕人听到似的压低嗓门说：“你就歇菜吧，我的朋友，与这个敌手对抗你绝没有机会。”

“你什么意思?”布罗德卡追问道。

“滚吧你!”史雷格尔米勒希呵斥着将房门咣当一声关在布罗德卡的鼻尖前。

布罗德卡打车至联邦警署，取回行李，再次来到大饭店，受到亨利希——多亏这位服务生他才得以重获自由——的热情欢迎。

当晚，布罗德卡和朱丽埃特通了电话。她表现得极为忧虑，虽然她并不知道过去的四十八个小时里都发生了什么。布罗德卡只是略微提及他卷进一起谋杀案，不过已经被证明只是场误会，对此她不必太过担心，明天他就返回。

一夜无眠。布罗德卡一遍又一遍地回想这几天发生的事，一再徒劳地想从这些纷乱芜杂的事情中找出某种关联，却恰恰没有把史雷格尔米勒希与他那个神神道道的朋友同这些事联系起来。另一方面，史雷格尔米勒希的反常举动不免引起布罗德卡的种种推测。

隔日上午布罗德卡再次前往十二条胡同。史雷格尔米勒希说的话——他，布罗德卡，永远没有机会对抗他的敌手——一直在他的脑海里萦绕，挥之不去。如果说他能从谁那儿获知这些事件背后的秘密，那人无疑就是史雷格尔米勒希。至于他对他持什么态度，布罗德卡全然不在乎。他要不惜一切代价让史雷格尔米勒希把查到的事情告诉他。

爬上七层楼，他的心都提到嗓子眼儿了，他按响门铃。

开门的提图斯穿得和昨天一样的邋遢——脏渍斑斑的大背心和运动短裤。一看门外来人是布罗德卡，他赶忙要关门，布罗德卡的动作更快，一只脚已经迈进了屋。

“我必须跟史雷格尔米勒希谈谈。”他说，“这很重要。”

“他不在这儿，”提图斯不耐烦地说，“你现在最好走开。”

“那我就和你谈好了。”布罗德卡说，“该死的，我是当真的！我跟你说过，我陷进那个狗屎堆里有多深。”

提图斯犹疑片刻，然后叹口气让布罗德卡进来。

“史雷格尔米勒希知道我很多事情，”布罗德卡说，“他为什么不直说出来？为什么只是暗示？”

提图斯耸了耸肩，不吭声。

布罗德卡的目光定定地锁在这个破衣烂衫的男人身上。他简直有些怒不可遏，很可能这个怪人就能解开所有的谜团。

“你怎么啦？”布罗德卡逼问道，“你为什么不说话，你在害怕什么？”

终于提图斯双肩一松，一边琢磨说辞一边吭吭哧哧地回答：“我……我无话可说。有一个组织，它比那些犯罪团伙势力强大得多……比魔鬼还要恶毒，你一定得躲开他们。和这些人为敌你是没有机会的，永远没有机会，你好好听着！”

提图斯说得如此恳切，令布罗德卡阵阵发冷。他不明白提图斯为何这么说，如果他真的知道底细，为什么他表达得如此迂回如此拐弯抹角呢？

“你认识那些人？”布罗德卡问。

“不，不认识，”提图斯急忙否定，“只是几个……小喽啰、小角色，微不足道。”

“你为什么不告诉我至少是你所知道的事情？”

提图斯不语。

“好吧，”布罗德卡说，“你不说算了，但请回答我最后一个问题：如果你是我的话，你会怎么做？”

布罗德卡本以为提图斯也会回避这个问题，但犹豫片刻之后提图斯说：“如果我是你，我会花钱买个新身份，和我迄今为止的生活道声再见，不留下任何痕迹。我要做到让人以为我已经死了。尤其是，我绝不再提起那些陈年旧事。好了，你现在最好悄悄走吧！”

就在提图斯准备关门的一刹那，布罗德卡瞥见衣帽架上的一个物件，如果不是因为它的颜色，他一定以为那只是一个精巧的扣结而视而不见，偏巧这个颜色正是布罗德卡最最深恶痛绝的，一看到这个颜色，他心中就会涌动厌恶的情绪，他自己也没法解释。

返回的路上他一直思索着提图斯的建议。干脆就消失不见——在眼下的这种艰难处境中倒是个不坏的主意。或许这真的是最好的选择，找一个地方开始新的生活。伦敦、罗马、苏黎世、纽约……

可是朱丽埃特呢？假设没有她的日子，布罗德卡连想都不用想，那绝对令他无法忍受。他爱她，而且他需要她——甚过于从前。

4

布罗德卡从维也纳回来的这天傍晚，考林教授把车停靠在朱丽埃特画廊对面的街边上。晚上六点左右，天已经暗下来，考林坐在车中。

他从大衣兜里掏出一个小巧的不比香烟盒大多少的黑匣子，然后在仪表板下摸索半天，找出一个遥控天线插头。

考林把插头推进小匣子的插孔里，拧开红色按钮。起初从小匣子里传出的只是些嗡嗡的杂音，之后他调整频率，忽然听到朱丽埃特激动的话音和一个男人的回应，毫无疑问，那是布罗德卡。

考林抿着嘴巴干笑，透过挡风玻璃窗他朝亮堂堂的画廊看去。他早就知道他老婆有外遇，不过，猜出布罗德卡是她的情人还是缘于两个礼拜前的那次家宴。

他苦于没有任何凭证。

一开始考林打算当着朱丽埃特的面逼问她是否和布罗德卡睡过觉，转念又一想，他毕竟没有证据，如果朱丽埃特干脆否认的话，他不就只能傻瓜般的杵在那里吗？

考林在车站拐角的电子零件专卖店买了一个窃听器包括接收机，总共花了 300 马克，他觉得很值。他把那个还没有裤子纽扣大的窃听器固定在朱丽埃特大衣的内衬上，于是考林现在从小黑匣子里听到了他此前只能是揣测的事情。

不仅仅是因为两人互称“你”，朱丽埃特的口误即使在他醉得昏昏沉沉的时候还是被他觉察到了。更重要的是，他和她表现出原本就相当熟悉，实际上他俩早就认识——而且是秘密的。

夹杂着嫉妒、紧张和那种只有在偷听和偷窥中才能感受到的远比亲身经历还要来的刺激，考林在车里听着二人的对话。起初考林听不懂他俩在说些什么，后来他渐渐明白，布罗德卡被人盯上，而且处境危险。

整个故事听上去像是这个该死的混蛋家伙饱受被人跟踪的妄想症的折磨。活该轮到你了，考林窃笑。布罗德卡把朱丽埃特从他这里抢走，而朱丽埃特不但甘愿被他抢走，还和这个猪猡一起骗他。此时的考林可不仅仅是幸灾乐祸，他更是盼望这个婊子养的家伙死掉才痛快哪。

考林不止一次地问自己，像朱丽埃特这样的成熟女人如果没有性生活的话能坚持多久。即便他不是医生也明白，这种状况会引发人自身诸如心理甚至是生理的疾病，单从这点，考林知道他至少该理解朱丽埃特有一个情人的事实，但只是理论上而言。

此刻从小黑匣子里猝不及防传出朱丽埃特的呻吟声——那是性爱的欢歌，是他没有给过朱丽埃特的。他的火气嗖的蹿上来，这个杀千刀的贱妇竟在和布罗德卡作乐！

考林竖起耳朵听，小匣子里这时只是发出噪音。教授不需要发挥多大的想象力，就可以知道，在那里，在离他不到五十米远的屋子里正发生着什么，他仿佛看见朱丽埃特在那个混帐面前脱光衣服，扭摆淫荡的身姿，她骑在他身上，肆意摇动……

考林间或听到那轻轻的嘤嘤之声还有愉悦的叹息——他不能否认，这让他自己也“性致”勃发，同时也令他胸中憋闷的怒气无以复加地膨胀。朱丽埃特怎么能这样地伤害于他？她怎么能以不忠的方式羞辱他？

难道她不是已经拥有了一个女人所能梦想的一切？在结婚之前

他向她保证，会让全世界踩在她的脚下，他难道食言了吗？他不是让她享受到全部的自由了吗？

这就是重点，或许他给她的自由太多了，而正是有了这么多的自由，她才和一个居无定所的摄影师偷情寻欢，他的能耐不过是给光屁股的女人拍照而已。没准他们两个互通款曲已经好几年，而他，考林教授，竟毫无察觉。

他从驾驶座位下面寻出一瓶酒来，把瓶口放在嘴边，咕嘟咕嘟地把白兰地倒进嘴里，就像喝水一样。

扩音器里传出的喘息声愈发急促高亢。考林不记得朱丽埃特和他在一起时也曾这样过，她尖叫、浪笑，央告最最无耻的要求，像在出演一部拙劣的色情片。她唤那个混蛋是强壮的公马，求他再用力一些。而那个布罗德卡也不比她逊色，在气喘吁吁中称朱丽埃特为淫贱的荡妇。

考林再也听不下去，他关掉机器，一出情色剧瞬时结束。

他浑身燥热，饥渴难耐。他摘下眼镜，用手绢擦擦脸。他简直气炸了肺，血直往上涌，太阳穴突突跳个不停，眼珠子似乎就要爆裂开来。

他想砸碎画廊的橱窗，揪住布罗德卡，狠狠地凑他，让他的脏手再不能触到朱丽埃特。

永远……

考林狞笑着，五官扭曲变了形。他要设局灭掉这个婊子养的混帐东西，让一切看起来像是他自寻短见。他对武器很在行，他知道该怎么做。

考林又拿起酒，同时再次打开接收器。两人酣畅淋漓的叫声已经平息，教授屏息谛听着他老婆和她的情人之间的对话。

布罗德卡（犹豫的）：“前不久你问过我，我会不会娶你。”

朱丽埃特（兴奋的）：“直到今天你还欠着我答案呢。”

停顿。

布罗德卡（吞吞吐吐的）：“嗯，这样的，你知道，亲爱的，我到昨天还以为，我是一个不适于结婚的男人，我需要自由，没有自由我活不下去。”

朱丽埃特（伤心的）：“这样啊，那你今天改变想法了？”

无语。

布罗德卡（不安的）：“我该怎么对你说好呢……”

朱丽埃特（戏谑的）：“我怎么会知道。”

布罗德卡（沉着的）：“眼下我只看到一种让我摆脱困厄的可能性。我必须要开始新的生活……在伦敦、罗马、纽约。我们结婚吧，我用你的姓。”

听得考林大气都不敢喘，他把接收器紧紧按在耳边，不顾耳朵都压痛了。

“你为什么不回答他？”他咆哮着，两手使劲拍打方向盘，“你这个骚娘们倒是对他说啊，你结婚了！已经十五年！你的丈夫是决不会答应离婚的！你为什么不这样说，朱丽埃特？”

考林把头靠在胳膊上，他的眼睛火辣辣的疼，他竟然哭了。

接收器里又出声了。

朱丽埃特（慌乱的）：“奇怪，当我问你会不会娶我的时候，你不知道答案。今天是你问我，而我同样不知道该如何回答。我有工作，有一个发展势头很好的事业，我该放弃这一切吗？”

布罗德卡（犹豫的）：“如果你爱我的话……”

考林把接收器摔在地上，这个高度敏感的小机器一下子就失灵了。他打着引擎，车轮吱嘎嘎几声扭动之后，车子疾驰而去。

布罗德卡和朱丽埃特自然毫不知晓考林已经知道了他俩的情人关系。翌日，布罗德卡去趟户籍所，他希望能在那里挖掘一些他母亲过去生活的线索。但是除了早就清楚的个人履历和三十年前的那次居所变更之外，他没有获得任何额外有用的信息。

三十年前母亲搬进的那幢摄政王大街的房子现在归他所有，这让布罗德卡心思一动。在德国，任何改变——不管是涉及钱财交易、一个新生儿的诞生还是一次搬家——都会登记在案并附有印章和当事人的签名，由专门的律师公证并将封口的公证文件存档。如果是房屋买卖的话，那么房子的前房主甚至是前前房主的情况以及售价和付款方式都会被一一登记在案。

在土地登记局布罗德卡有了意外发现。第八本土地登记册登记号为69/17431的文件的附注中记载，他母亲从一个叫“普罗古利”的地产公司那里买的这幢房子，而且是现金交易，交易价格为一个马克，公证员是塞佛力德。

布罗德卡对这个可笑的售价迷惑不解，他想会不会是弄错了，对文件进行了一番彻底的研究琢磨后他还是没有别的结果。布罗德卡向负责土地登记的官员请教。那人解释说，这样的一个房屋售价虽说罕见，不过也不是完全没有可能，在法律上无可争议，因为很可能交易的物品实际上是一份礼物。

布罗德卡从没听说过“普罗古利”地产公司，他估摸这家企业早已破产，但他却在电话簿里发现了“普罗古利”这个公司名字，他十分好奇，此公司距朱丽埃特的画廊步行只需五分钟。

大门上挂着一块不起眼的标牌——“普罗古利地产公司”——是这家公司的惟一标识。从通道过去是一个盖有顶棚的停车场，一堵高墙隔绝来自外界的视线。

布罗德卡的出现终究引起了关注，一位穿戴体面的中年男人从门里走出来，询问他有何事情。

布罗德卡解释说他来这里是想打听点情况，事关三十多年前办理的一次房产买卖。

那人一时表现出困惑的神情，随后他向布罗德卡自我介绍说他叫洛雷佐尼，并请他进入楼内。

普罗古利地产公司办公室里的工作氛围死气沉沉，很难让人相信这里是经营地产买卖。一个上了年纪、灰白头发一丝不苟盘起来的女秘书双手合拢坐在一张白色的写字台后面，台面上除了一部电话机之外什么都没有，靠墙一排白色文件柜让来访的客人心生疑问，那里面到底存有什么秘密。

布罗德卡告诉洛雷佐尼他在土地登记局的发现并问他，是否还保留有那份不寻常交易的文件资料，难道不奇怪吗，一幢房子只用一个马克就易主了。

洛雷佐尼笑得很亲切——大概是太亲切了，就好像有人要花钱收买他的这份亲切感似的——他的答复是，三十年前的那笔交易恐怕是没有什么资料留下来，光是这家公司的负责人在此期间就已经换了三个。他表示十分遗憾。

布罗德卡离开普罗古利地产公司，他有种印象，这家地产公司的可疑程度并不亚于三十年前的那次一马克房产交易。

多恩，《新闻报》的总编辑，和布罗德卡的往来虽算不上密切，两人之间倒也如朋友般相互关照，他是布罗德卡最丰富的信息源。布罗德卡把自己继承遗产的经过原原本本地告诉他，多恩回忆起他的报纸曾在多年之前对普罗古利地产公司的不法生意伎俩做过专题报道。那时候多恩还是报纸的首席记者，和一位同事合作撰写了这篇文章，而紧接着他就遭到接二连三的恐吓。甚至有传闻说，多恩的前任并非出于自愿或者是社董事会的意愿才离职，而是迫于这个可疑公司幕后势力的威逼。

在报社的档案室里布罗德卡翻出了那篇文章，是七年前写就，照文章的说法，"普罗古利"公司很少经手房产和地产的中介服务，却在国内外拥有多种不动产项目，它的收入来自不同的机构，诸如教堂的基金会、赌博场所、毒品买卖和色情行业，对于后三种敛财来源只是有迹可循，并无确凿证据。

布罗德卡无论如何也想不明白他母亲怎么会和这样的一个组织扯上关系。可是事情又明摆着，这家地产公司于三十年前将一幢地理位置极佳的出租公寓楼送给了克莱尔·布罗德卡。是什么原因呢？那些人如此慷慨的背后又是什么目的？

多恩认为，对这件事最好不要再过问。他自己也是，他承认，现如今他是再不会发表跟普罗古利地产公司有关的任何文章。安德里阿斯·封·史都，就是当时和他一起调查此事的那名记者，此后以莫须有的理由被调去国外，直至今日还没有回来。谁都不要再管这事了，这绝对是块烫手的山芋。

布罗德卡并没有被多恩的话吓住。他头一次有了一条可追查的线索，可以让过去几个星期发生的诡异事件有了虽说模糊但是确定的关联。

近一段时间以来，布罗德卡时而会怀疑自己的理智，他常自忖，所发生的一切是不是全由自己臆想出来，这个想法抓挠着他的心。他陷入的这个涡流旋转得越来越快，将他卷进更深处，更无法脱离。现在他终于把握住一个支撑，即便还并不牢靠。

原本布罗德卡打算再不踏进他母亲的房子半步。每次进去，他都觉得在那些默默陪伴他母亲过去生活的陈设中潜伏着某种秘密、某种祸患，而对这些最好是避而远之。

因为要搬家具，布罗德卡必须在现场。房间清空，画作以及其他值钱的物什已经装箱，和家具一起由运输公司拉走。布罗德卡整理财物清单，那些衣饰则一个不留彻底处理掉。

除了那张翻启式写字柜——一个相当耐看的毕德麦耶尔时期的老家具之外，屋里的摆设布罗德卡几乎都不喜欢。旧时代的人喜欢老家具，他母亲也不例外。

搬沙发时他发现一个信封，上面的收件人是克莱尔·布罗德卡，信从沙发座垫底下滑落出来，所以这么长时间都没被看到。信封里并没有信的内容，发信人的地址是：海尔达·凯勒，森格大街6号，苏黎世。

布罗德卡依稀记得，海尔达·凯勒是母亲的一位中学校友，多年以前她嫁给一个瑞士银行家，之后定居在苏黎世。

他立马决定飞往苏黎世，或许克莱尔的老朋友能提供给他一些线索也未可知。

布罗德卡没有事先和海尔达·凯勒电话联络，他想的是如果提前知会她，而她一旦不信任他的话有可能就会干脆回绝和他见面。

出租车把布罗德卡带至凯勒家，这是一片高级住宅区，毗邻苏黎世湖，一幢幢宅第被茂密的灌木丛或者是一人高的院墙彼此相隔。

凯勒家的房子掩映在一排漆成棕色的木栅栏后面，好像无人住的样子。布罗德卡上前按门铃，房内先是没有任何响应，过了一会儿，从门禁喇叭里传出一个男人的声音。

布罗德卡报出自己的名字并解释说，他是克莱尔·布罗德卡的儿子，他母亲是海尔达·凯勒的中学同学，不久前过世，他希望能和凯勒夫人交谈几句。

又等了好一会儿，庭院的遥控门才开。窄仄的石子路延伸至一座三十年代建就的房子前，底层有一个宽敞的平台，四方柱子撑起房屋前檐。

门前站立着一位老先生，衣着无可挑剔，面庞苍白带着病容，有些衰弱的样子，他微笑上前和布罗德卡握手。

“这样啊，”老人说道，“您就是克莱尔·布罗德卡的儿子吗?”

“是的，我就是，”布罗德卡回答，“您认识我的母亲?”

“不，我不认识她，不过我听说过她，我的太太和您母亲在同一所中学就读。”

“她们常常通信。”布罗德卡姑且试探地说。

“这样啊，”老先生说，“您还是先请进来，年轻人。”

布罗德卡暗暗环顾房间里的布置。屋里的陈设和他母亲家里的有某种程度的相似。他期盼海尔达·凯勒能赶紧出来与他见面，不过他未能如愿。

于是在沉默良久之后，他问：“我能和您的夫人谈谈吗，凯勒先生?”

“对不起，”老先生说，“遗憾的是，没有这种可能了，您一定会理解的。”

布罗德卡很是同情地点点头，他估计海尔达·凯勒已经辞世，再深问下去不礼貌。

凯勒挑明原因，他说：“目前她在一家疗养院里，您知道，”布罗德卡惊讶得说不出话来，凯勒接着说，“她丧失了思维能力，是阿兹海姆症（老年痴呆），您知道的……”

“真，真对不起，”布罗德卡结结巴巴地说，“请原谅我这样要求您。”

凯勒点点头，这时他才想起来请布罗德卡坐下，自己也落了座。他身板僵硬，像是一具塑像，双手平摊在大腿上，两条腿有如蜡烛一般并排挺直。“有的时候，她连我都认不出来，她还托我向她的丈夫问好。像这样的事情我们必须得去承受。”

凯勒的话让布罗德卡很感慨——他知道，他这趟旅行不会有什么结果了。

“不过或许，”老先生说，“我能帮您一个小忙，请您稍微等会儿，我马上就来。”

凯勒离开房间，很快带着一小摞书信回来，他交给布罗德卡说：“这是您母亲的信，海尔达保存了几封，不是全部，只是几封。如果我把它们送给您，想必海尔达不会在意。对海尔达来说这些信已经没有任何用处。”

布罗德卡真没想到老先生这么帮忙。“您不知道，这让我多高兴。”他说。他寄希望于信的内容多少会助于他了解他母亲隐秘的生活。

“如果这样的话……”布罗德卡正要转身离去时，凯勒嘀咕了一句。

“您说什么？”布罗德卡问。

“啊呀，没什么。”凯勒再次和布罗德卡握了握手，脸上依旧挂着笑容。

飞机在阿尔卑斯山脉北麓上空飞翔，布罗德卡开始读信，总共有十二封，时间跨度为八年。

这些信呈现出克莱尔·布罗德卡生活中的片刻点滴——和她的中学女友分享的并不是什么惊天动地的大事情。布罗德卡原本期望能看到和他有关的言辞，哪怕是抱怨他们之间冷淡的母子关系，可一句都没有。

克莱尔·布罗德卡在信上提到的尽是些鸡毛蒜皮的琐细小事，好像这对她来说比她儿子更重要。有的内容布罗德卡没有看懂，是些他不认识的人和他没听到过的事情，没有他要找的东西。

只剩下最后一封，布罗德卡已经把其他十一封粗粗浏览了一遍。机舱上端的指示牌不断闪烁着“请系好安全带”的字样。飞机正遭遇一股强烈气流，氧气面罩垂挂在乘客的头顶，布罗德卡这辈子飞过太多次了，无论飞机怎样颠簸和摇晃都影响不了他。他展开最后一封信。

初看这封信和其他信的内容也没什么大的分别。信写于半年前，主要是回忆年轻时的一些事情。克莱尔那时的情绪有些沮丧，她描述自己的“一生都很失败”，“一步错，万步错”，却没有详细说明。信中她还写道：“那个倔强的老男人——你是知道他的。我昨天在电视里看见他了，把我吓了一跳。”

倔强的老男人？布罗德卡全神贯注地看下去，接着就被另外一句莫名其妙、显然同前面毫无关联的句子惊住了：“枢机主教史莫雷斯基是个魔鬼。他那种货色的人绝不是什么圣人，而是十足的魔鬼。怎么能对我做出那样的事情来！”

史莫雷斯基——这个名字布罗德卡听说过。史莫雷斯基是梵蒂冈的一位极端保守的枢机主教。布罗德卡摇摇头。怎么会呢，太奇怪了，他的母亲竟然和梵蒂冈的枢机主教扯上瓜葛？她为什么说他是魔鬼？他母亲在信上能提到这样的一个人，而且他们还认识，仅是这样想想就让他觉得不可思议。

他折好信纸，和其他信件一起揣进口袋。

又是一个迷局，他轻轻叹息一声，扣好安全带。

刚下飞机的布罗德卡在他家房门前的楼梯间里撞见了朱丽埃特，她正坐在最上面的一级台阶上，一副六神无主的样子。她抬眼一瞥见布罗德卡，就跳起来，紧紧搂住他的脖子。

“我丈夫什么都晓得，”她哽噎着说，“我不知道他是怎么察觉的，但他知道我们所有的事情。他会把我们两个都杀了的，我害怕极了！”她把脸埋在布罗德卡的胸前。

“别这样，别这样，事情远没有这样糟糕。”布罗德卡安慰她说，把她拥在怀中，轻抚她的后背。“这种藏猫猫的游戏总算结束了。”他小心地松开朱丽埃特的搂抱，拿钥匙开了门锁。“你先进来，再告诉我他到底是怎么知道的。”他话说完这才瞅见朱丽埃特随身带了一个大箱子。

“我能留在你这儿吗？”她低声地说，“我再也不想回到我丈夫那里去了。”

“当然可以。”布罗德卡略作迟疑后回答。他拎起箱子，轻揽着朱丽埃特进了屋。

“现在你说吧，”等两个人都在沙发上坐好，他问，“他怎么发现的？”

朱丽埃特已经稍微平静下来，她两手支起下巴颏，两眼望着前方。末了她晃晃脑袋说：“我不知道，我想了又想，可怎么也想不通。”

布罗德卡的一只手搭在她的大腿上，若有所思地说：“上次，我和你丈夫见第一次面的时候，就觉得有些不太对劲儿，我怀疑他只是假装不知道而已，他的演技比得上演员了。”

“他全都知道，”朱丽埃特说，“连我们有结婚的打算他都一清二楚。我只想弄明白，他是怎么知道的。”

“也许是我们太大意，低估了你丈夫。照我分析，他一定是跟踪监视我们来着。”

朱丽埃特注视着布罗德卡。“可他如何能知道我们准备结婚呢？他甚至都清楚，是我先有这个想法然后才是你有此念的。他还知道，我曾考虑过放弃经营画廊，这些就算是私家侦探也未必打探得到。”

“你说得很有道理。看来你丈夫可是个千里眼，不光是医术高明的外科大夫。”布罗德卡平静地说。

“看来是如此。”朱丽埃特走到窗前，出神地俯瞰外面的街道，闹市里一片繁忙而又喧嚣。

布罗德卡并不太关心教授如何获知他俩的隐秘关系，他忧虑的是事实本身。现在考林全知道了，这将会改变他和朱丽埃特的生活。

“他有没有打你，或是辱骂你？”布罗德卡问。

朱丽埃特依旧站在窗旁，她摇摇头，没有回转身子，对着窗玻璃说：“他没有，但是你知道，如果他抓起狂来会是怎样的一个人，他威胁说要把我和你都干掉。”

“醉鬼多半是乱跑舌头的……”

“他没有喝多。”朱丽埃特折回来走到布罗德卡面前，“他跟我说这些话的时候，相当冷静，就像你们上次交谈时一样的清醒。对于至关重要的大事情，他从不含糊，还有……”

电话的铃声打断了她。

布罗德卡拿起话筒，他看了眼朱丽埃特，用口型暗示她来电者是考林。

布罗德卡听了好长一会儿，然后他语气坚定地说：“那是自然，目前这种境况我们大家是有些尴尬，但我现在还没准备好同您谈和朱丽埃特的事情，那应该是男人和男人之间的对话，对此请您原谅。不过您知道，事实就是如此，您想让我怎么样？难道我该向您道歉吗？什么都改变不了。另外，鉴于我对朱丽埃特的情感我很难为自己辩解。我爱您的太太，而您的太太也爱我。我只能是请求您，让我们双方像个有理智的人一样去处理这件事。”

布罗德卡说出这些话让旁边听着的朱丽埃特很感动。他的口吻恰到好处，既没有回避问题，也没有悲叹，而是信心满满。她站起身，耳朵凑近听筒，好让自己听清考林都说了些什么。

他表现得并不如布罗德卡沉着。他厉声质问布罗德卡朱丽埃特是不是在他那里，当布罗德卡肯定答复时，考林的语气中夹杂着威胁的腔调。“您怎么能做出这等事来？想怎么样就怎么样——朱丽埃特永远是我的老婆。您或许能好心地告诉我，您打算以后和朱丽埃特怎么着？”

“当然可以，”布罗德卡依旧不动声色，“朱丽埃特暂且住在我这里，我想这对我们三人来说是避免冲突的最好解决办法。”

电话的另一头传出考林干巴巴的假笑，那笑声充满怨怼和愤恨。笑过之后他带着训导的语气说："我亲爱的年轻人，我们在这里谈论的不是爱和冲突。"

"那是什么？"

"只有钱。"

"您说什么？"布罗德卡和朱丽埃特不明所以地互相对视了一眼。

"没错，"考林重复道，"我们谈的就是钱，我亲爱的，这世界上的一切事情都只是价钱的问题，难道您还有别的看法？"

"我该为您的老婆出多少钱？"布罗德卡讥诮地问。

沉默许久之后，考林在电话里狠狠地说："喂，谁这样说的，您到底明白我的意思了。这世上没有什么是免费的，连死也不是，因为它的代价就是生命。"

布罗德卡一时语塞。朱丽埃特惊愕万分，她瞪大眼睛盯着布罗德卡。

最后布罗德卡说："那如果我拒绝呢？我的意思是，您的婚姻迟早都要破裂的。"

教授干脆地说："这就是您的极为不明智之处了。"

布罗德卡皱起眉头说："您这是在威胁我们？"

"威胁？瞧您说的，我只是表达出我的看法，您明白吗？只要我们达成一致，我会让您永永远远地安静下来，您就能拥有我的老婆，而我也不再需要她了。这交易可不便宜，不过毕竟您是一个富有的人……"

朱丽埃特再也受不了这种腔调，她伸出胳膊，一手压住电话机叉簧。

两人彼此对望着，长时间无话。终于布罗德卡说道："他只是随便说说而已，难不成我真要买下你？你丈夫一定又喝多了。"

又是愤怒又是难过的朱丽埃特把目光移向别处，"我早就说过，亨利希是个混蛋。"

"我现在也是这样觉得。"布罗德卡悄声附和。有时候朱丽埃特说她丈夫的坏话时，布罗德卡常常是姑妄听之，考林是不是真的就如朱丽埃特描述的那样令人嫌恶，他总是半信半疑，尤其那次去考林家赴宴，考林并没有给他留下如此恶劣的坏印象。不过眼下，与考林通过电话之后，他完全同意朱丽埃特的看法。

布罗德卡坐回到沙发上，说："不管怎样，大家摊牌说开了。我这趟去苏黎世的飞行就和你的丈夫先生一样令人提心吊胆，简直算得上是一次恐怖之旅。"

朱丽埃特挨着布罗德卡身边坐下，"怎么样？至少有些进展吧？"

布罗德卡耸耸肩，做了个鬼脸，说："如果我告诉你都发生了什么事，你绝不会相信。"

"究竟出了什么事？"

布罗德卡摇晃着脑瓜，好像还不知道该怎样形容这次苏黎世之行。"海尔达·凯勒，我母亲最要好的女朋友——唯一一个可能对我有所帮助的人——丧失了意识。目前她在一家疗养院，有的时候她连她的丈夫都认不出来。"

"希望我也能这样。"朱丽埃特有点苦中作乐的意思，"那你这一趟就算白跑了？"

布罗德卡从搁在他面前桌上的一个包里翻出一沓信件出来。"也不能这么说，"他说，"在其中的一封信里我有一处很奇怪的发现。对于史莫雷斯基这个名字你知道些什么？"

"史莫雷斯基？"朱丽埃特抬起目光，"听上去像是波兰人。梵蒂冈不是有一位叫做史莫雷斯基的枢机主教吗？"

"正是我要提的那位。"

"他和你母亲能有什么关系呀？"

布罗德卡涩涩地笑着说："如果我知道就好啦！我母亲在信里冲她的女友抱怨，这个枢机主教史莫雷斯基是个魔鬼，而她想不开，此人怎么能够那样子对待她。就在这里。"他挑出那封信，递给朱丽埃特。

她把信看完后交还给布罗德卡。"我不明白，这是什么意思啊？"她的神情是相当的困惑，"我想问你一个问题，你可不要反感，就是你母亲在近些年里脑子还清醒吗？”

布罗德卡会意地点点头，“我也曾这样想过，朱丽埃特，据我了解，我母亲绝不是一个虔诚的教徒。她怎么会关心一个罗马教廷的枢机主教？但是这让我记起了提图斯，那个我在维也纳碰到的来历不明的前教职人员。他自称曾经做过梵蒂冈枢机主教的秘书。提图斯向我暗示过关于……一个势力强大的组织，他自己曾是这个组织的一员。他用了和我母亲相类似的言辞，他说，那些人比魔鬼还要邪恶。”

“那你认为，这个提图斯和你母亲指的是同一个人？”

“不是同一个人，但兴许是同一个团体，梵蒂冈组织，没准这里头有什么关联。”

“你真的这样认为吗？”

坦白来讲，布罗德卡必须得承认，认定提图斯的话和他母亲的信存在着某种联系，这样的设想颇为大胆。“现在唯一能帮我解开这个谜团的人或许就是提图斯。”

“为什么我们不一起去维也纳问问他？”

布罗德卡犹豫着。“我再也不想去维也纳了。”他终于说出。

“为什么呢？你一定得解释给我听，是因为那起和你有关的谋杀案吗？”

“还有些别的，”布罗德卡躲开朱丽埃特的目光，“被杀掉的那个女人跟踪我，她下套差点把我算计得手。可是我向你发誓，没什么事发生。”

“没什么事，真的没什么吗？”

“好吧，她曾和我共处一室，你要相信我，真的什么都没发生！”

朱丽埃特久久地注视着布罗德卡。

“我早就想告诉你，”布罗德卡说，“但我没有勇气，我害怕，会让你伤心，原谅我。”

“我们何不趁此机会一同去趟维也纳呢？从这个城市消失几天，在目前的处境或许是我们最好的选择。”

“那画廊呢？”布罗德卡试图反对。

朱丽埃特嘻嘻笑着说：“挂个歇业的牌子不就妥了。”

“你真要这样做？”

“我会这样做。”

看来还得等待些时日维也纳的春天才会到来。环形大道上的阔叶树依然只有光秃秃的枝杈，天空倒是几个星期以来首次放晴，是明媚的蓝色。王宫前多辆出租马车等待拉客。天明显地变长了。

布罗德卡和朱丽埃特入住在皇家大酒店，他的心情很复杂。那个服务生，亨利希热情洋溢地向朱丽埃特致意，称她为“尊贵的夫人”，这让布罗德卡的情绪变好很多。

隔日上午，朱丽埃特陪同布罗德卡前往火车西站附近的十二条胡同112号，一路上他忐忑不安。他心里没底，提图斯再见到他会怎样，毕竟是提图斯把他赶出门去——出于恐惧，他说得明明白白。

出租车停在十二条胡同的房子前，朱丽埃特留意到布罗德卡的心神不宁。他俩上七层楼梯的时候，她一直紧挨着他，给他鼓劲。到了上面，布罗德卡按响“史维茨寇”门牌旁的电铃。

门开了，露面的不是他所期待的提图斯，而是一个优雅的老妇人。

“你们有什么事吗？”她问。

布罗德卡报出自己的名字并问能否和提图斯谈谈。

“提图斯？”老夫人说，“我不认识提图斯，我是个寡妇，一个人住在这里。我姓史维茨寇，您大概已经在门牌上看到了。再见。”

她正打算把门关上，布罗德卡急忙说：“请等一等，尊敬的夫人，您和我一样清楚，在您逗留美国期间，提图斯就住在这儿。他告诉过我，您一年的大多数时间都呆在佛罗里达。这下您明白了吧，我是提图斯的朋友。”

老夫人打量完布罗德卡又端详起朱丽埃特，然后她狐疑地问：“你们不是维也纳人，是不是？”而当布罗德卡确认完，她又说，

“你们也不是政府派来的?”

“当然不是。”布罗德卡试图让老夫人安下心来。

“您知道,”老妇人说,“提图斯是一个好人,虽然从外表上看不怎么样,我们不能凭长相去评判一个人。”

为取得老夫人的信任,布罗德卡在一旁连连附和。“我也是这样想的。您一定知道,提图斯现在在哪里吧?”

“很抱歉,”老夫人回答,“提图斯离开得相当仓促,他把他所有的家当一并带走,反正也没多少,一辆出租车就全装进去了。”

布罗德卡和朱丽埃特面面相觑。

“那您确实是不知道提图斯到哪里去了?”布罗德卡紧紧追问。

面露愠色的寡妇史维茨寇扬了扬她精心描画的眉毛。“您还不明白吗,”她终于说,“如果他告诉我去哪里,那不是很愚蠢吗?他溜得那么急,根本就没说他要去哪儿。”她身子微微向前倾,郑重其事地补充一句,“提图斯一直认定有人在追捕他。”

“那他有没有透露出是谁?”

老妇人无能为力地摆摆手。

布罗德卡和朱丽埃特悄悄对视,意识到从老妇人的嘴里再也套不出什么,她已经把知道的都说了。

他们客客气气地和老妇人告辞。

在维也纳这座城市要找到一个如提图斯这样刻意躲起来的人,对布罗德卡来说恐怕比那句谚语“从草垛里找一根针”还要艰难。不过或许还有一个方法,可以把提图斯给挖出来。

回酒店的途中朱丽埃特表现出相当的失望,她不知道出路在哪里。下午时分,酒店大堂里人来人往,布罗德卡像没看到这些人似的,将朱丽埃特拉进自己的怀里,抚摸她的头发。四目相对中,他的话音很轻但是坚定有力:“你听着,我绝不会放弃,眼下更不会。我有一个主意……”

布罗德卡拉起朱丽埃特的手往接待处走去。如果有一个人或许能帮他找到提图斯,那人就是阿恭斯提诺斯·史雷格尔米勒希。

布罗德卡记得，史雷格尔米勒希——当他们一起被关在拘留所里时——曾坦诚地告诉他自己是同性恋，还说将会在第二天晚上作为一个自由人去某个酒吧痛痛快快地畅饮一杯。但是布罗德卡把那个酒吧的名字给忘记了。

亨利希去哪儿啦？他不在，不过他的同事同样乐于助人。

当布罗德卡向他打听维也纳的同性恋场所都在哪里时，他面无表情地打量布罗德卡，然后诡秘地同时还机警地朝两侧探看一下，说出多个带有异域情调的酒吧名字。其中一个布罗德卡并不陌生：法窝利滕大街上的“红雀”酒吧。

一旁的朱丽埃特好奇地听着两人的对话。布罗德卡向她解释自己的计划，让她今晚留在酒店，因为他要去探访城里有名的同性恋酒吧，朱丽埃特诧异得简直不相信自己的耳朵。

“红雀”酒吧在一处低洼地，位于十九世纪末二十世纪初重新修葺的老城区里。侧开的酒吧入口上方遮有一顶红色的华盖，两侧的灌木丛上上下下闪烁着成百个小彩灯。

同大多数同性恋酒吧一样这里弥漫着玩乐纵情的气氛，呈半圆形的酒吧内部划分出多个小区域，一半以上的桌子旁已经坐满了人，右面墙壁上饰有一具极富想象力的红雀造型。

布罗德卡取吧台旁的位置坐下，和他事先想的不同，并没有什么人在意他，只有酒吧招待，一个脖子上挂根粗大的金项链的光头肌肉男上前客气地与他打招呼。

多少有些不自在，布罗德卡要了杯加冰苏格兰威士忌。招待调酒的时候，布罗德卡尽可能看似随便地向他询问阿恭斯提诺斯·史雷格尔米勒希今天有没有来过。

没来，招待把威士忌搁在吧台上回答说，史雷格尔米勒希从不会在八点半之前出现，通常停留半个钟头左右离开。

布罗德卡趁着别人还没有留意到他，喝光杯中酒，付钱之后走出酒吧。

马路对面有一个小酒馆，这是家典型的维也纳酒肆，两扇大落地玻璃窗，可以从里面很清楚地看到“红雀”门口的情况。出入这里的人——多半神色可疑——绝称不上维也纳的上流人群。布罗德卡来这里不是为了寻开心或者排遣时间，他也得让小酒馆的女招待明白这点，这是一个风骚的金发美女，她凑到这位好好先生——她是这么称呼他的——旁边坐下并问道，她能为他做些什么。

她可不可以给他拿杯啤酒来，布罗德卡回答说，并告诉她他在等人。这位年轻的女郎丝毫没有恼怒，借机说不妨在来人见面之前大家一起消磨时间，她能否点杯鸡尾酒？

为了让自个儿安静，布罗德卡点头同意，不过他估算错了，这个金发女郎并没有就此住口——更要命的是——她不停地问问题：他从哪儿来呀，是不是碰巧来这里的，他喜不喜欢她呀还是更偏爱小伙子，那样的话他就得到对面去了。

在金发女郎兴致勃勃地喋喋不休期间，布罗德卡的视线一直没有偏离“红雀”的入口处。实际上没过多久，史雷格尔米勒希出现了，他是走着来的，这让布罗德卡宽慰不少，等他离开酒吧时，就可以跟上他了。无论在酒吧里还是在大马路上与他攀谈对布罗德卡来说都比较冒险，一旦史雷格尔米勒希像他们最后一次见面时那样的表现，他又要碰钉子了。

他知道，史雷格尔米勒希是个诡计多端的家伙，要对付他几乎不可能。史雷格尔米勒希的言辞间流露出对那个他自认比黑帮还要危险的神秘组织的畏惧，布罗德卡觉得是他太过夸张。没准这种畏惧感是他装出来的——为了摆脱掉他。布罗德卡必须得设法让史雷格尔米勒希或者提图斯开口说话，告诉他真相。

布罗德卡清了酒账，他扔给金发女郎一笔丰厚的小费，令她从他眼前消失。他的双目依旧死死盯着马路对面。

一拨又一拨的人在“红雀”进进出出，正当布罗德卡担心错过史雷格尔米勒希时，他的目标突然出现在门前，随后朝城里方向走去。布罗德卡急步出了酒馆，穿过马路，在史雷格尔米勒希身后紧紧跟随。

在特雷斯安姆大街的尽头史雷格尔米勒希拐进迈耶胡同，大约五十米后走进一个敞开着的楼门。

还好布罗德卡跟得很快，在大门撞上锁之前他也溜进了楼道，可是史雷格尔米勒希已经不见踪影。

这幢楼年代久远，宽绰的石板阶梯，楼梯扶手古朴而富艺术性，走廊中央还有一部直升梯：双扇门里面是一个三面镶棕红色壁板的小房间，两侧有边框为蚀刻花纹的打磨玻璃——文艺复兴时期留下的产物。

紧靠楼门口的左手是一扇绿色双开门，要在以前这里大都住的是楼栋管理员，而今日像这样的房屋对楼栋管理处的职员来说显然住不起。

门牌上赫然写着——布罗德卡简直不敢相信自己的眼睛——“史雷格尔米勒希”。

布罗德卡把耳朵贴在门上，里面什么动静都没有。他一边退回到直升梯里，一边琢磨着该怎么向史雷格尔米勒希问出提图斯现在的地址，钱似乎是撬开他嘴巴的唯一方法。

就在他想着对策的时候，房门悄悄地开了，从里面露出史雷格尔米勒希的脑袋来。显见着他是在探探风声，接着他快走几步到了楼道门前，轻轻将大门打开。

躲在直升梯里面的布罗德卡看到史雷格尔米勒希把右手食指搁在嘴唇上，说时迟那时快，一个又一个的黑影接连闪进楼道里面，总共是十二个男人和女人，包括两个不到十岁的小孩，有的背着大包，有点拎着捆扎的行李。

布罗德卡恍然大悟，史雷格尔米勒希从没有吐露过他到底做何生意来维持生计，此时很清楚：史雷格尔米勒希不折不扣是个人贩子。

回到酒店，布罗德卡告诉朱丽埃特他的发现，他俩合计出一个办法。

朱丽埃特坚持，布罗德卡再不能单独行动，一旦发生冲突，作为女人她的在场多少能缓和一下局面。

于是隔天晚上布罗德卡和朱丽埃特一同去了“红雀”酒吧。

谁要是以为女人在男同性恋酒吧会不受欢迎，谁就错了。人们有礼貌地向朱丽埃特示意友好，而不是她通常所受到的奉承恭维。两人在靠后的一张桌子旁坐下来，酒吧入口就在视线范围之内，他俩喝着酒吧特制的鸡尾酒，味道很不错。

将近九点的时候史雷格尔米勒希走了进来，他仍旧穿着深蓝色西装，脖子上扎条红色领带。还没等他找好座位，布罗德卡已经走到他跟前，请他与自己共坐。

史雷格尔米勒希相当惊讶，他的第一反应是回绝。

“你怎么找到这里来了?”他问。

布罗德卡作思索状。“我对你的了解超出你的想象，”他说，“或许我们可以谈笔交易。您坐到我们这儿来，我们好好聊聊。”

他带着史雷格尔米勒希到自己的桌子旁，将朱丽埃特作为自己的爱人介绍给他，这更让史雷格尔米勒希困惑，但他还是坐了下来，叫了杯红酒，说：“我洗耳恭听。”

“第一个问题：提图斯在哪里?”布罗德卡直奔主题。

史雷格尔米勒希盯视着布罗德卡，目光里充满诧异和恼怒。朱丽埃特不禁担心他要向布罗德卡大打出手，他会认为，对面这个人竟想牵着他的鼻子走。

出乎意料，史雷格尔米勒希不吭一声地放下酒杯，站起身来就要走，布罗德卡一把将他拽回来。“提图斯在哪里?”他又问了一遍，“如果你不回答我，我们的生意就谈不成了。”

“你开口闭口的到底指什么买卖?”史雷格尔米勒希怒气冲冲地问。

“怎么说好呢，”布罗德卡说，“你把你的秘密卖给我，作为交换我把我的沉默留给你。”

“我根本不明白你在瞎扯些什么，布罗德卡，如果你不把话说明白点，恐怕我们的交谈不得不结束，我还有更重要的事要做。”

布罗德卡向四周偷偷瞟了一眼，然后凑近史雷格尔米勒希，压低嗓门说：“让那些来自俄国、乌克兰、伊朗、巴基斯坦、阿尔巴尼亚或者天知道哪里的人非法踏上这遍地黄金的西方世界，你肯定是从中赚了不少吧。如果有朝一日你不得不丢掉这敛财的生意，那可是相当可惜呀。”

史雷格尔米勒希一言不发，拿起酒杯，猛灌一大口，此时他极为不安的情绪任谁都瞧得出来。他用手背抹了抹嘴巴，说：“佩服佩服，布罗德卡，我没想到你会有这两下，真的没想到。”

布罗德卡乘胜追机，赶紧说道：“另外——如果你想把我或者朱丽埃特甚或我们两个灭口，那都没有好果子吃。我给我的律师留下一封密信，只有在我出了意外的时候才能拆开，我把所有真相原原本本地写上了上面。”布罗德卡自然并没有这么做，不过他的口气听上去相当的令人信服。

史雷格尔米勒希拉扯着领带，好让自己松口气，他难以置信地晃晃头，“这么说，我还真的是低估你了，布罗德卡，好了，你想让提图斯做什么？”

“告诉我点事，别的就没有了。提图斯暗示过我一些事情，而我怀疑，他知道那个追踪我的秘密组织的内幕。你只要让我与他联系上，你就可以彻底脱身。他必须得和我谈谈。”

“如果他不愿意呢？”

布罗德卡端了端肩膀，“你对提图斯有很大的影响力，你要做的，就是让他开口说话。况且，为了你自己的利益着想……”

史雷格尔米勒希使劲揉搓着太阳穴，这事真让他头疼，终于他说道：“好吧，我试试看，但是别以为我会在其它事上接着帮你。那些与你作对的人相当险恶，布罗德卡，他们隐藏在虔诚和仁爱的外衣下，而实际上他们听命于撒旦。他们是魔鬼，我告诉你，是魔鬼。”

史雷格尔米勒希不容置辩的断言听得朱丽埃特心惊肉跳，后脊背阵阵发凉。一直以来她都觉得布罗德卡的描述有些夸大其词，现在她毫不怀疑，他遭遇的事情极为危急。

布罗德卡不是第一次听到这种话了，他没有更多的触动。他决心已定，要把此事查个水落石出，什么都不能够阻止他，不过他首先需要提图斯的帮助。

“明天早上我在饭店等提图斯的电话，”他说，“然后这几天我们再找个机会见面，时间和地点由他定。”

史雷格尔米勒希点点头，“好，尽我所能吧。”

回酒店的路上朱丽埃特出奇的沉默。她在心里对布罗德卡刚才的表现赞叹不已，尤其他竟有心在律师那里留有他的一封密信。后来布罗德卡才对她坦白，这件事是他临时编出来的，以防史雷格尔米勒希狗急跳墙起歹念。

第二天一大早——布罗德卡和朱丽埃特还在睡梦中，也就是七点刚过的样子，电话铃声大作，睡眼惺忪的布罗德卡拿起听筒含糊地说了声“喂？”

电话另一端的说话人没有报出名字，布罗德卡立马意识到是提图斯。“三小时后，十点整，斯特凡大教堂[①]，最后一排长椅。”

还没等布罗德卡说上什么，电话就断了。

即便凯尔特纳大街和斯特凡广场上微风拂煦，但大教堂里面仍旧寒气逼人，呼出的呵气凝结成白团团的水雾。朱丽埃特紧紧裹住大衣领子。

还没有像中午时分那样人满为患，到时候会有无数的旅游团和求知的人们排着队穿梭在大教堂里。此时只有一名导游以维也纳口音的英语向一队日本老人旅游团解说这座十五世纪的宏伟建筑物的艺术魅力。

提图斯已经等候在最后一排的长椅上，他仰头望着拱顶，好像陷入沉思。布罗德卡从他身边过时，差点没认出他来，提图斯的头上套了顶褐色长假发。

布罗德卡和朱丽埃特一右一左分别坐在提图斯旁边，他身上窜着股酒味。

---

① 斯特凡大教堂是维也纳市的标志，也是世界最著名的哥特式教堂之一。

维也纳斯特凡大教堂

提图斯微微点了一下头，算是打过招呼，他转向布罗德卡说：“请不要在意我的装扮，要是没有这假发的话我都不敢出房间，这样至少没人认出我来。”然后他直接问道：“你想怎么样？”

布罗德卡清清嗓子，他不知道该如何说起。他小心谨慎地瞧了瞧四周围，确认没人能听到他们的谈话，才把声音放得很低地说：“提图斯，你是唯一能帮我的人，而且你根本不必担心我会把你泄露出去。”

“那史雷格尔米勒希是怎么回事，他说你讹诈他。”

“那是唯一能把你引出来的办法，我绝不会出卖史雷格尔米勒希，我保证。”

“她是谁？”提图斯用脑袋示意朱丽埃特。

“她是我的爱人。我答应你的事，对她一样有效。”

朱丽埃特向提图斯伸出手，说：“我们是不是在哪里见过？”

他打看她好一会儿，就像她是一个被人拒绝接收的邮包似的，“我不这样认为。”他并没有也把手伸出来——像提图斯这样的人做出这样的举止也算不上不礼貌——他扭过身子面向布罗德卡问：“还是那个老故事？”

“如果你喜欢这样形容，”布罗德卡点点头，“这期间我发现了新的线索，它们都指向同一个……”

“我能想象得到，”提图斯嘟囔着，“所有的线索都终止在梵蒂冈的高墙前。”

“正是如此，可实在不合情理，我和我母亲都和教堂毫无瓜葛，到底怎么回事，提图斯？如果我上次没听错的话，你曾在梵蒂冈任过教职，你一定知道，那里发生过什么事。你亲身经历过，是不是？”

“嗯，不错，是这样，那远不是令人欣喜的事情，光把那些记忆说出来就让我嘴里有种恶心的味道。”提图斯从他的外套兜掏出一瓶酒，往嘴里倒进一口。

“你在暗示，那些圣贤并非因敬仰上帝从而聚集在神于人世间的代言人——耶稣的周围？”

提图斯苦笑地说："敬仰上帝？梵蒂冈里的人什么都谈，只是不谈上帝。相信我吧，我知道我在说什么。"

听到此话，朱丽埃特瞠目结舌地看着提图斯。如果有人说出这种言词，而且他又是个前神职人员，那么他的内心是何等的愤懑。

提图斯手上转动着锡纸包装的小酒瓶。他神色紧张地凑近布罗德卡，同时怯生生地朝四周瞧了瞧，说道："几乎没人知道，梵蒂冈里面真正发生了哪些事情。那时候，波兰教皇去世之后，枢机主教们被召聚在一起举行秘密会议[①]，从他们当中选出新一任教皇。可是他们没能达成一致，在紧锁的大门背后长达两个月的时间里，没有哪一位枢机主教能获得大多数选票。形势严峻，票选出一位新教皇的前景似乎非常渺茫，于是那些老人们决定抓阄。大家商定，靠抓阄产生的新教皇不能独自下达任何指令，梵蒂冈所有的决策应由枢机主教们共同讨论之后再执行。最后，这个阄落到了一个没有多少人知道的幸运儿头上。"

"历史上既有强势的教皇，也有软弱的教皇。"布罗德卡说。

"话是没错，"提图斯点点头，接着说，"但是这种状况就是另外一码事。在新教皇还没有选出来之前，教廷中一小撮位高权重的枢机主教已经将大权揽在手上。此后，他们把教皇或多或少地软禁在梵蒂冈的高墙之内，他不得擅自离开梵蒂冈城，必须在所有呈于他眼前的文件上签字。"

"人们不是常常从报纸上看到吗，这位教皇一向深居简出。"布罗德卡说。

"正是，"提图斯轻声笑起来，"倒是可以这样说。"

布罗德卡皱起眉头，"那么在这当中，那个史莫雷斯基扮演的是什么角色？"他问，"难道他是……头？"

"他是其中的一个头，这个组织像是一只无比硕大的章鱼，根本就瞧不出头在哪里，它的触角可以伸至最最细小的角落。"

---

① 秘密会议：根据传统，由高级神职人员参加的秘密选举教皇的会议被叫做"秘密会议"。

“难道就没有人起来反对他们吗?”

“谁要是敢于公开与这些圣徒黑帮为敌的话，谁就死定了。你还记得两年前辞世的那个枢机主教吗?那时，在短短的一段时间里接连有六位来自南美和东亚的枢机主教去世。报上说是因为他们太老了，是寿终正寝。其实他们之中年纪最轻的是五十六岁，最大的六十六岁，皆算不上高龄。而且无一例外都没有被送交尸检。众口一词，枢机主教们绝非意外死亡，他们是被召到天上去的。问题是，是被谁召上去的。”

提图斯的嘴此时如开闸的水，滔滔不绝。“罗马教廷有一大批帮凶。对于教廷来说所有的神职人员不过是手中的棋子，他们遍布全世界，不论何等职位。这一百二十位枢机主教、四千位主教以及超过四十万个教士被那一小撮人牢牢控制，他们掌握着实权。”

“你认识这些人吗?”布罗德卡小心翼翼地问。

“我认识他们中的几个，”提图斯傲慢地回答，“我知道，他们在哪里和哪些人见过面。我对他们在瑞士和巴拿马的银行帐户及其密码再清楚不过……一句话，我对他们的底细实在太了解。现在你明白了吧，我为什么要东躲西藏地过日子。”

布罗德卡嘘出一声口哨。他朝朱丽埃特看去，她也被提图斯的这席话惊住了。“你靠什么生活呢?”布罗德卡问道，随即意识到他的这一问题让人有多难堪。

“还能靠谁，史雷格尔米勒希呗。”提图斯回答。

“你知道史雷格尔米勒希做的是什么生意吗?”

“他什么都做，只要能赚钱。他是一个窝藏犯、走私犯，还是人贩子。他是骗子，但不是凶手，他从没杀过人……”

不知不觉中斯特凡大教堂里满眼都是东张西望的观光客了。

“我找到我死去母亲的一封信，”布罗德卡开始说自己，“她在这封信里提到史莫雷斯基，她称他为魔鬼，她还控诉他对她干了坏事，这是什么意思?”

提图斯拉长脸孔凝思着，末了他说：“我不知道。但是你担心什么呢?”

“我之前已经说过，我母亲去世后发生好多奇怪的事情。有人向我开枪，有人把谋杀的罪名栽到我头上，有人跟踪我。而我母亲给我留下一大笔和教堂有关的遗产。我现在无从查起，能够帮我的人不是死了就是如坟墓般沉默。他妈的，你说我该什么办？”

提图斯用外套袖口蹭了蹭鼻子，一只脚擦着地面，像是在碾死一个小爬虫，他说道：“你对这些事件的发生就没有任何解释吗？如果你真的招惹了他们，一定有什么原因。”

“我母亲在城里最好的地段拥有一幢出租公寓楼，价值上百万。我从土地登记局那里获知，她是在三十年前从一家地产公司以一马克的价格买来的。”

“那个公司叫什么名字？”

“普罗古利。”

提图斯看着布罗德卡，目光里满是惊奇，“你知道这家公司的幕后操纵者是谁吗？”

“不知道。”

“普罗古利经营地产，投资的房产遍布全世界，它隶属于苏黎世的一家全额控股公司，而它又是由位于日内瓦的梵蒂冈银行和几家私人小银行共同投资的，换句话说，就是一个利益交错的垄断组织，表面上看像是被银行所左右，而实际上是被梵蒂冈所控制。可这样的一家公司怎么会以一马克的价格把房子卖给你母亲呢？”

布罗德卡有些恼火地回答：“该死的，我有证据！那些文件都在我手上！”

“他们为什么要这样做？”

“这就是问题所在，我不知道！”布罗德卡看着提图斯，然后轻轻地恳切地说，“你一定要帮我。你不会有什么损失，我有钱，你想要多少都行。”

提图斯举棋不定，他在想该怎样回答。

这时朱丽埃特插嘴进来，她说她和布罗德卡再也无法忍受这种提心吊胆的生活，而提图斯则说，他要把整件事好好地想一想，让他们给他二十四小时的考虑时间。

他从兜里掏出张纸片，草草地写上可以联络到他的电话号码。

他本要把纸条交给布罗德卡，而后者似乎压根没有注意到他。布罗德卡一动不动地坐在长椅上，像是被人用闷棍打晕了一样，直愣愣地望向殿堂前方。他的双眼瞪得大大的，下嘴唇微微颤抖，手攥成拳头——不是出于愤怒，他似乎在等着某个可怕事件的发生。

“布罗德卡？”惊慌的朱丽埃特轻轻地唤他，“布罗德卡，怎么啦？”

他全然没有听到朱丽埃特的话，他恍惚出神的目光落在一位气质高贵的老妇人身上，她穿的衣服鲜艳夺目，头戴一顶阔边卷檐的黑帽子，夹在一群游客中沿着过道漫步前行。突然她停下脚步，仰头朝高耸的哥特式拱顶望去。等她把视线低垂下来，有那么一刻她似乎瞧见布罗德卡，甚至好像她还偏了一下头算是打过招呼，然后她转身继续向前走。

“布罗德卡，”朱丽埃特又叫了一声，“你怎么啦？”

布罗德卡宛若刚从梦中惊醒，他使劲摇晃脑袋，似乎要把幻象从脑子里抖搂出去，他用手胡噜几下脸，可依旧直眉瞪眼的，他结结巴巴地说：“我的母亲，那就是……”

他说不出话来，他的目光从朱丽埃特脸上扫过又移至那贵妇人身上，此时她距离他们也就二十米左右。

“出什么事啦，老天，你倒是说呀？”朱丽埃特急得不得了。

“那是我的母亲！”布罗德卡从牙缝里挤出一句，他怔怔地瞅着那妇人，她已经从中间过道走过去了。

“胡说，”朱丽埃特说，“你母亲已经死了。”

“你看哪！”布罗德卡手指着老妇人刚才所在的位置，此时她隐身在一群观光客当中不见了。

朱丽埃特拍拍他的手。“你的神经过分紧张，”她安慰他，握起他的手，“这几个星期你遭遇到的磨难实在太多。”

布罗德卡挣脱开来，他一跃而起，朝老妇人的方向冲过去，而她就这么突然间地从他的视野中消失。他将几个游客推搡到一边，在过道上飞奔。“母亲！”他呼喊的叫声在殿堂里回响。

他站在老妇人刚才停留的地方，急切地向四周围望去，根本不见她的踪影。他沿左侧跑去，挤进座椅之间的夹缝，跳上座位，一个箭步从一个正在低头祈祷的人的身上跨过去，撞倒一根安放圣坛蜡烛的支架，旋即圣坛桌布被燃着。人们的尖叫声在教堂里此起彼伏。

布罗德卡没有在左侧殿堂找到老妇人，他慌不择路地蹿向主圣坛，他趺趺撞撞地翻过一道禁行铁栅栏，一不留神碰到一把祷告凳，祷告凳咣当一声倒翻在地。

布罗德卡绕着圣坛跑了一圈，好像老妇人就躲在那后面似的，此时的他眼神迷离，头发蓬乱地耷拉在前额，面色惨白。“母亲?”他狂呼着，“母亲!”

教堂里呛人的浓烟四起。

游客们趴伏在长椅下面。从斯特凡广场上传过来警笛的鸣叫声，转瞬间从教堂的各个入口涌进众多警察，将大教堂团团围住。尖利刺耳的警哨划破教堂的上空，随后就听见警靴哐哐踏地的沉重声响。

布罗德卡的脸从一根柱子后面露出来，他目光空洞，向外呆望着，就像是一个精神突然失常的人。

一些警察去扑打上蹿的火苗，两个警察朝布罗德卡奔将过来，一把将他掀翻在地，一人顶住他的腰，另一人将手铐铐在他的手腕上。布罗德卡勉强站立，喊叫着反抗，又过来一名警官一脚踢在他的膝盖上，布罗德卡疼得连连呻吟。

“你们不要这样对他!”朱丽埃特喊道，她推开警察，双臂伸直站在布罗德卡前面保护他。

一大群人围上来，他们嘴上骂骂咧咧。

“我向你们解释!”朱丽埃特对警察说，她扶起布罗德卡。

这时六位警察将她围起来，圈外聚集三四十个看热闹的人。

人们叫嚷起哄。“疯子!”——“神经病!”——“精神错乱!”

“您是他的太太吗?”领队的警察问。

“是的。”朱丽埃特撒了谎。

“他经常这样子吗?”领队的眼神里毫无同情，更多的是嘲弄。

朱丽埃特心里那个气呀，但她只能克制住自己。

“当然不是，”她强烈反对，“我丈夫从来没有这样过，但是我可以向你们解释他为什么会有这样的举动，你们肯定能理解。”

“但愿如您所言。”领队挖苦地说，他朝他的同事们递了个意味深长的眼色。

朱丽埃特凝视着布罗德卡，他苍白的脸孔无一丝血色。

“我们来大教堂参观，”朱丽埃特说，“而我丈夫认为自己从人群里看到了他的母亲……”

“这样啊，然后呢?”领队很不耐烦。

“他的母亲早已经过世。”

“我明白了。”领队说道，而后转向他的同事简洁地说，“鲍姆加特纳。”

看热闹的人们发出赞同的嚷嚷声。“鲍姆加特纳”是一所精神病院的名字，位于维也纳的十四城区，光是看到这座建筑物的外表，就会让人油然生出莫名的恐慌。

5

朱丽埃特走进布罗德卡在慕尼黑的家，从身后带上房门，把行李箱往屋中央一撂，精疲力竭地跌坐在沙发里。

精神病院的医生对布罗德卡采用一种催眠疗法，还告诉朱丽埃特，希望她能理解，他们必须把患者留院察看两到三个星期以观后效。等朱丽埃特回到住处，已经有大批记者候在那里。她觉得在目前的状况下为布罗德卡也做不了什么，朱丽埃特匆忙离开维也纳。她想或许画廊的工作可以转移她的注意力。她反正是再也不愿回到她丈夫那里去，对此她很坚定。

朱丽埃特合上双眼，但从黑暗中浮现的一幕幕场景却让她的心情更为糟糕。布罗德卡被拉扯着上了警车，警灯一路上鸣叫不止，将他送进精神病院。她看到他惨白瘦削的脸庞流露出茫然的听天由命的神情——他根本就不知道自己发生了什么事情。

即便布罗德卡言之凿凿地认定教堂里面的那个女人就是他的母亲，朱丽埃特却以为是他误认了，是他绷得过紧的神经出了毛病。布罗德卡在他的职业生活中所磨炼出来的坚强个性被这几个星期以来的连串打击消磨殆尽。

朱丽埃特深深吸了口气，睁开眼睛，她觉得自己也快要崩溃了。她站起身来，不安地在房间里走来走去，电话铃声骤然响起，吓她一大跳。来电方是运输仓储公司，布罗德卡把他母亲的家具和物品委托给这家公司。

运输公司的职员在电话里说，有人撬开仓库门，经查实，布罗德卡名下存放的一些东西被翻过。她能不能过去看看，事情很紧急。

起初朱丽埃特打算回绝，想对那人解释说她和这事没任何关系，她也不清楚都是些什么物件，后来她意识到布罗德卡最早也得在两个星期后才能处理这事，于是她上路了。

仓库是在城市的北部，夹在铁轨和一处工地之间，工地上堆放着一人多高的下水管道和脚手架。朱丽埃特把车停在仓库前，一个管理员手牵一头猛犬从工棚走出来，他客气地向她打声招呼并申明，存在这里的物品都上过保险，他们已经向警方报案这里发生了失窃，她不必为此太过担心。

朱丽埃特向这个穿蓝色工作服的人解释了她的身份并让他知道，物主这几个星期都脱不开身。管理员烦请她去清点失物。

仓库有足球场那么大，超过两层楼高的举架。狭长的过道两侧密密匝匝地堆摞着数不清的物品——有的码在铁栅栏里，有的密封在集装箱中——大多是家居用品或者是店铺里的摆设，其中一些存放在这里多年，所有人也没过来取走，管理员这样告诉朱丽埃特。

过道尽头的光线半明半暗，管理员人说，这里很少发生盗窃案，仓库日夜有人看守，况且要把那些大个儿家具和物品偷运出去也是相当困难。据他回忆，至少已经有六年这里都没有丢过东西。而且为什么偏巧是布罗德卡的东西被翻了个底朝天，而别人的碰都没碰过——无论如何他都找不出合理的解释，或许她能给出答案？

朱丽埃特摇摇头。

挂着“布罗德卡”名牌的铁栅栏隔笼里一片狼藉。家具和箱子被撬得七零八落，衣物和其它零碎散落在地。

“看样子好像是在这里找什么东西。”管理员边说边把扔得到处都是的衣服拣回到衣柜里，“绝不是普通的小偷，警方也是这么看。”

“您认为窃贼是冲着某种特定的东西而来？”朱丽埃特问。

“那您以为呢？”穿蓝大褂的管理员略带讥讽地反问，“相当奇怪，总共一百六十九个集装箱安然完好，小偷单单对这里感兴趣。”

“已经查出来都丢了哪些东西吗？”

“还没有，”管理员回答，“我们的物品清单上只列有家具和箱子的数量，里面具体有什么我们是不知道的。”

朱丽埃特把乱糟糟的衣物收拾整理好放进被撬开的箱子里。她渐渐明白，这一定和追杀布罗德卡的那些人有关，布罗德卡究竟陷入了怎样一个错综复杂的迷局？

她心情沉重地回到布罗德卡的家，泡了个热水澡，裹进布罗德卡那件红蓝条纹相间的毛巾浴衣，以至于忧心忡忡的朱丽埃特见此也舒展出一丝笑容，品味有时候得靠碰运气，尤其是在男人身上。

为了打发时间——也有点儿出于好奇，朱丽埃特从书架上的一列列书脊、相框里的照片到房间里随意摆放的各种小物件逐一看去，这个单身汉的家虽然凌乱但是亲切温馨。

她发现一本老相册，里面是布罗德卡青年时代以及头一次婚姻生活的照片，驾乘小房车的意大利之旅，圣马可广场上喂食鸽子，不外乎为另外一个时间段的历史见证。

布罗德卡的前妻很漂亮，高个儿、苗条、金发，和朱丽埃特的类型截然不同。朱丽埃特凝视着这些老照片上的布罗德卡，她不禁怀疑自己在那个时候能否爱上他。

奇怪的是里面没有布罗德卡孩童时的照片，他的人生似乎从十七八岁才开始。

像所有看相册的人一样，朱丽埃特是从后往前翻页。当她翻到大概一半的时候，她猛然怔住了，她立刻认出照片上的那个女人。没错，她穿着一套甚至更为扎眼的花格衣服，同样的阔边卷檐黑帽，她是布罗德卡的母亲。

“我的上帝呀，”朱丽埃特几乎是半喊了起来，“这怎么可能！”

她仔细端详照片，然后把相册放到膝盖上。朱丽埃特只觉得头嗡嗡作响，她大口地喘气，胸口憋闷得很。

“这不可能，这不可能。”她喃喃地说，手握成拳头，仿佛要与命运搏斗似的。从这一刻起她理解了布罗德卡在斯特凡大教堂里会有那样反常的举动。朱丽埃特从未见过他的母亲，可是维也纳的那个妇人和照片上的这个女人绝对相像。

“现在我明白你为什么那么激动了，布罗德卡。”她从手袋里摸出一张纸片，上面是精神病院的电话号码。她拨通电话，接听的是一个护工，他用冷漠的口吻告诉朱丽埃特，她丈夫布罗德卡的病情没有变化，他一直在熟睡当中。

“是些别的事情，”朱丽埃特说，“我……”

“要知道更多情况就只能询问住院医师。”护工将朱丽埃特的话打断。

“麻烦您请让他接电话。”

“医师先生，”护工粗暴地说，“在明天之前是联系不上的。”

然后挂断电话。

在这个晚上，朱丽埃特还不知道，她准备再去维也纳的计划将不得不推迟，她无论如何也想不到，接下来发生的事情会和布罗德卡扯上千丝万缕的联系。

事情是这样开始的。第二天早上，一位检察官在两名刑警和一名警察的陪同下出现在画廊。他们出示完证件后对朱丽埃特说，有人举报，她从事伪画买卖，因此画廊里所有参展的画作要暂作扣留，画廊查封直至案件调查结束。他们要求朱丽埃特跟他们走一趟，接受问讯。

朱丽埃特十分震惊，她没敢联系她的律师——艾勒曼博士，是她丈夫的大学同学，朱丽埃特不知道她能否在现在这种状况之下仍信任于他。

整个问讯过程在朱丽埃特看来极其成问题，调查此案的检察官和两名刑事警官对艺术了解甚少，对表现主义流派的版画更是一无

契里柯的木板画《一条街的神秘与忧郁》

所知，虽然他们专门负责艺术品造假案。朱丽埃特得知，所谓的伪画和契里柯[①]的一张木版画有关，这张版画连同另外三张雅弗林斯基[②]的水彩画是她在三个月前从罗马的一个收藏家那里购得，这位收藏家绝不会有任何问题。而从朱丽埃特画廊买这张版画的人是来自东德的一个工厂主，他让人全面鉴定此画的真伪，然后爽快地按照定价付了六万马克。

而现在这位工厂主宣称，这张契里柯的版画在做完鉴定之后被朱丽埃特用复制品掉包，一张极为逼真的复制品，不过仍是赝品。

不仅如此，据调查此案的检察官说，他收到一封来自某个著名艺术品鉴定专家的告发信，信上说，在朱丽埃特画廊展示的版画作品中至少有七件是伪造的。由此，画廊将会被强制关闭并查封，直到警方邀请的协助调查的丢勒学院和国家版画收藏协会的专家到达。

朱丽埃特搞不懂世界怎么会变成这个样子。虽说她没有完成大学学业，但她作为表现主义版画的研究专家却是被公认的。她想不通，像她这样与享有名望的收藏家及拍卖行有频繁商业往来的艺术品经销商竟会被人栽上造假的罪名。

是她的丈夫在背后捣鬼？亨利希想要报复她吗？朱丽埃特的事业成功让教授一直愤懑不平，伴随着画廊的日益兴隆她经济上愈发的独立，他知道，朱丽埃特赚到的钱多得足以让她毫无顾虑地离开他。现在，他知晓了她和布罗德卡的情人关系，更让他有充分理由用这种方式去打击她。

布罗德卡从药物催眠的沉睡中渐渐醒过来。他怔怔地望着天花板许久，看到有一团轮廓模糊的光晕，后来才发现那实际上是乳白色的灯罩。

---

① 乔治·德·契里柯（Giorgio de Chirico，1888—1978），意大利超现实主义画家。

② 阿历克塞·冯·雅弗林斯基（Jawlensky，1864—1942），俄国画家。

几分钟的茫然惶恐之后，布罗德卡找回了记忆，他悟到，他身处在精神病院。至于是什么原因被送进来，他还没有想清楚，他的思维还很飘忽，他无法确定，已经发生的这一切是真实的还是他臆想出来的。

他坐在床上，身上出了好多汗，床单和枕头也是黏糊糊。他低下头，看到自己穿着丑陋的病号服。

房间既窄又小，家具只有一个白色柜子，唯一的一扇窗户位置很高，还让人觉得怪怪的。布罗德卡盯着窗户看了好长时间，才明白这扇窗户为什么看上去有些蹊跷：窗框上没有把手，只留有一个正方形的洞眼可以让一把特别的钥匙插进去。

不过总算有光线照进病房。像所有医院一样这里也充斥着地板蜡的味道，单是这气味就让他反胃。他小心翼翼地察看自己的身体——肚子、胳膊、脖子和脸，为的是确认自己有没有受伤，哪里在打点滴，有没有连接心跳监视器。

布罗德卡松了口气，他没有受伤，身上也没有连接任何医用设备，于是他试图说服自己，事情还没有那么糟糕，你一定要沉住气，他对自己说，你没发疯，他们迟早会知道。

可他的心智真的还是健全的吗？

布罗德卡用手捂住脸。大教堂里的那个女人……他的脑海里为什么总是占据着她的形象？如果他还继续想着她的话，是会把自己逼疯的。

她只是个陌生人，该死的，又来了，他双手锤打着头，理智些吧！

可朱丽埃特在哪里？他不知道自己睡了多久。两只胳膊肘上淤青的针眼表明他被注射了麻醉药。他试图提起胳膊，可双臂像被灌了铅一样绵软而无力地垂下。

他想打哈欠，却也只停留在尝试上，因为这让他的颌骨痛得厉害。他手脚并用地让自己从病床上滑下来，对他来说挪动七步来到窗户前就有如在险峰上攀岩一般艰难。

窗外正对着一栋二层高的小楼，下面是内院，一排敞口铁皮箱子，里面堆的是等人来取的脏衣物，没什么好看的。

靠床的柜子锁着。他的衣服、钱还有钱夹都在哪里？走廊里有脚步声朝这里过来，他尽可能快地爬回床上。

头戴白色护士帽的护士站在房门口，她看到布罗德卡醒了，微笑着上前询问布罗德卡目前感觉如何。

这时布罗德卡才发觉说话对自己来说都很费劲，他没回答护士的提问，反问她自己睡了多长时间。

六天，护士伸出六根手指，好像他是个聋子。

布罗德卡非常惊讶，就这样睡了六天？他真没想到。六天是多么长的一段时间啊，能发生好多事情。他懊恼地追问他的衣物在哪儿，他什么时候可以出院。

护士脸上温和的表情不见了，她几乎是恶狠狠地瞪了他一眼，从最初的亲切骤然变得十分严肃。这里不是疗养院，她生硬地说，而是一所全封闭的精神病院。至于还要在这里呆上多久，得由医生决定，病人无权自作主张。他的衣物和贵重物品会被院方妥善保管。

他真想冲着她大喊，他没有疯，是那种种不可思议的事件才将他推至这一不幸境地。可就算讲给这个护士听了又有什么用？

他不再吱声，规规矩矩地坐回床上，脑袋里只思忖着一件事：逃跑。

护士没再说什么就离开了，留下布罗德卡一个人无所适从地呆在病房。他头昏脑涨，没有办法清醒地思考问题。他一个劲地想，我怎么会落到这步田地？布罗德卡竟然被关进疯人院！他喟然长叹，尔后竟被自己的声音吓了一大跳。

这时候护士又回到病房。她凛冽的目光逼视着他，递给他一杯水和两颗粉红色的药片。

布罗德卡接过药片放在掌心，在护士严厉地注视下，他做出吞下药片的动作，暗中将药片滑进罩衫的袖口里，这一连串动作他想都未想，只是条件反射般的这样做了。

这些药片，脸色突然缓和下来的护士说，会把他心里的“坏念头”——她就是这样表述的——去除掉。

布罗德卡又是一个人。老天啊，他心里想，你竟然昏睡六天。找不到他的手表，布罗德卡没有了时间概念，他感到无以复加的孤立无援。

他就这样躺在床上苦思冥想着，不知道什么时候，又听到钥匙在房门转动的声音，进来的仍是那名护士。她面无表情，拿开床底下便盆的盖子，朝里面瞟了一眼。布罗德卡根本没留意到床下有这么个便盆，更别提用了，他恶心得反胃。

和来时一样，护士一言不发出了病房，没一会儿功夫返回来，她端来餐盘，上面有个小汤罐，闻上去像是肉汁，布罗德卡觉得自己饿了。

他赔着小心问护士，他何时能够见到医生。护士的反应很烦躁，痛斥他怎么这么多事，并说，知道这些他还为时过早。光是听到她的这种腔调，布罗德卡就打消了继续发问的想法，并使他找机会逃跑的念头更加坚定。

饥肠辘辘的布罗德卡在护士的监督下舀起肉汤，味道无比恶劣，不过就算是他最爱吃的菜肴在这种凶巴巴的目光注视下他也品不出什么滋味。在他最终把肉汤喝光之后，护士把餐盘端走，离开病房。

病房里只剩下布罗德卡孤零零一个，望着四壁白墙，他无法不胡思乱想，心中充满着惶恐和愁闷。朱丽埃特为什么还没打来电话？他依稀记得，在警察把他押送到医院的时候，她对他说：“别怕，有我在你身边。”还有一个白大褂说：“他不就是报纸上说的那个杀妓女的家伙吗？”接下来发生的事情，他没有任何记忆。

后来的时间布罗德卡不是躺在床上就是靠窗站立慢慢地消磨。他的体力已经恢复，思维日渐清晰，用脑思考时也不会那么容易疲倦。他把尿撒在床底下的便盆，往里面扔进本该吞下的两枚药片，看着它们一点点溶化。

朱丽埃特在他昏睡的这六天里没有打过电话吗，他问自己，她把你这个大家谈论的“杀妓女的家伙”、在教堂大发癔症而被诊定为精神错乱的病人丢弃在精神病院不管不顾了吗？他的这种忧虑愈发严重。恍惚中他好像看见朱丽埃特在和别的男人耳鬓厮磨。他悲不自胜地双手紧紧攥着床单，大声咒骂，忽听到从走廊传过来的脚步声，又陡然闭上嘴巴。

门开了，住院医师走进来，他身材瘦高，鼻梁上架副镍边眼镜。他温和地对布罗德卡说，他不必太过担心，这里所有的人都在努力让他尽快痊愈。医师还问他感觉如何。

他觉得很好，布罗德卡回答，又补充一句说，他很高兴终于有人能和他谈谈他所谓的病情。

医师只是点头，然后轻轻敲了敲布罗德卡的脑袋，检查他的眼睛。最后他问布罗德卡，他的家族中是否有谁患过神经方面的疾病。

布罗德卡的回答是否定的，他向医师保证，他绝对不属于该被关起来的病人，还有他什么时候能出院。

住院医师听到这一问题的反应几乎和护士一样的生气，他断然回答，布罗德卡根本用不着惦计出院，像他这样的病人必须要封闭治疗。

布罗德卡又想解释大教堂里的事端是如何引起的，可没等他开口，医师已经转身出了病房。

下午稍晚时分护士端着晚餐走进来，餐盘上是汤、面包干和茶，仍有两个粉红色药片。布罗德卡又一次动作麻利地解决了药片，然后无滋无味地喝起汤来。

是夜，他躺在床上，思索着如何将自己的逃跑计划付诸实施。经观察他发现，中午前后会有辆货车开进内院，运走装满脏衣物的箱子。如果他能进到箱子里躲在衣物下面，就可以随车逃到外面重获自由。

第二天早上护士进来送饭，布罗德卡细细察看她的一举一动，病房的钥匙就挂在她围裙的裙带上。

中饭时间她再次走了进来。就在她把餐盘往小桌子上搁的一刹那，布罗德卡猛向前一扑，把护士撞倒在床，他抢走钥匙，在护士还没有明白过来出了什么事之前，他已经蹿出病房，将门反锁。他听到护士在屋里喊救命的叫声，还有用拳头砸门的动静。

长长的走廊尽头有一扇双开门挡住布罗德卡的去路，多半上了锁，于是他往相反的方向跑至楼梯间。

他的运气真是不好。

楼梯间里住院医师张开胳膊堵在他面前，那架势似乎早已等候在这里。随后两三个护工赶到，将布罗德卡押回病房。

病房里脸涨得通红的护士在等着，她恶狠狠地瞪他一眼，就好像他是加害于她的魔鬼。她快速整理好衣服，用怨毒的眼神盯了盯她的病人，离开了房间。

这之后，一名粗壮的护工替代女护士照管布罗德卡，论强力对抗，他绝不是那个壮汉的对手。

“布罗德卡先生？布罗德卡先生，您有访客。”

半睡眠状态的布罗德卡一下子惊醒。

“访客？”他迷迷糊糊地问，“谁呀？”

护工嘻嘻笑着递给他一件白色浴衣和拖鞋，“是个极为漂亮的女士。”他说。

朱丽埃特，布罗德卡激动地冲口说道，上帝啊，您终于让她来啦！

会客室位于二楼的一扇磨砂玻璃门后面。布罗德卡在护工的陪同下走了进去，早已等在里面的朱丽埃特从椅子上站起来，扑进他怀里，搂住他的脖子。朱丽埃特头发散发出的香味如同给布罗德卡注射了一针兴奋剂。他刻意回避这几天挨日子的艰辛，颇有些不自然地对朱丽埃特说：“你看起来气色不错。”

听到这话朱丽埃特更感难过，这段时间她心力交瘁，每天望着镜中的自己，内心的倦怠早已在脸上留下清楚的痕迹。

“我过得还凑合，布罗德卡。”朱丽埃特没有说真话，她也不打算把警方怀疑她涉嫌艺术品造假案这件事告诉给他。

两人坐在屋中央的小桌子旁，布罗德卡勉强挤出一丝笑容，说道：“我还以为你不再理我了呢，我不怪你。”

“我为什么要这样？”朱丽埃特反问，她把手搭在他伸直的胳膊上。

“嗯，”布罗德卡臊眉搭眼地说，“谁愿意管一个被关进精神病院的家伙，一个疯子，自称看到他早已过世的母亲。”

朱丽埃特生气地说：“你知道我爱你，布罗德卡，你不该胡思乱想，这对你没有好处，只会让你的处境更为艰难。你同我乃至对面的那个护工一样正常，你自己知道得很清楚。”

布罗德卡耷拉下脑袋，他低垂着目光对朱丽埃特用很低的声音说：“上次，在斯特凡大教堂……我那么确定，那个女人就是我的母亲。这期间我想明白了，是我过于绷紧的神经让我的大脑出现幻觉。过去那段时间太多的事情发生在我身上，可难道这就是把我关在这里的理由？”

朱丽埃特握着布罗德卡的手，直视他的双眼，然后她话音很轻但是坚决有力地说：“如果这样说的话我显然也跟你犯了同样的错误，老实说，我也看见了那个女人，虽然我不认识你的母亲，不过我找到这个……”

她去够她的手提包。在一旁默默听着他们对话的护工探长脖子，唯恐错过什么。朱丽埃特注意到他的关切，就主动把敞开口的手提包朝他伸过去，好让他瞧见里面有什么。护工不由得难为情。“对不起。”说着他把视线转向窗外。

朱丽埃特从包里拿出一张照片，搁在布罗德卡面前的桌上。

“这张相片是从你的相册里找出来的。”

布罗德卡睁大眼睛看着照片，朱丽埃特完全想象得到他的心里正想些什么。

“你现在明白我为什么在教堂里表现得那么疯狂了吧？”布罗德卡小声地说。

朱丽埃特点点头，“我虽然从没见过你母亲，但是照片上的这个女人看起来和我们在大教堂里面碰上的那位老妇人完全一样，甚至穿着打扮的风格都是如此相同，同样鲜艳扎眼的花格外套。”

布罗德卡默不作声。朱丽埃特看到他的嘴唇在微微颤动，他的双手紧紧按在桌面上，好像不敢碰触照片似的。

“不是你以为的那样子，布罗德卡，”沉吟片刻，朱丽埃特说道，“你没有失心疯。你不要问我这一切做何解释。照我来看，或者这两个人本身就是无比相像，或者大教堂里的那个女人确实是你的母亲，某个人导演了这个故事，其目的是为了毁掉你……”

布罗德卡默默地点着头。他脑子里乱极了，各种想法纷纭杂乱，形势突然间起了变化，他成了一起密谋的牺牲品。他该如何向那些关他的人讲清楚这件事呢？

他一定要从这里出去！

他偷眼瞅瞅那边的护工，看他能否听到他们的谈话，然后他近乎耳语地问朱丽埃特，她知不知道院方打算把他关多久。

她耸了耸肩算是回答，安慰他说，她会请最好的律师和病理鉴定专家，把他从这里救出去，等一会儿她会跟住院医师谈谈。

布罗德卡朝她凑过来，轻轻地说：“我受够了，再这样关着不超过三天我准得发疯，快把我弄出去，否则真的要崩溃了。你身上带钱了吗？”

“带了，”朱丽埃特很诧异，“你要多少？”

“一万先令，多一点儿更好。”布罗德卡悄悄说道。

朱丽埃特没再多问他在这个封闭的精神病院要这么多钱做何用。她在桌子下面打开提包，将几张折起来的钞票交给布罗德卡。趁护工没注意，他把钞票塞进浴衣兜里。

布罗德卡刚藏好钱，护工用钥匙敲打着窗台石板，大着嗓门叫道：“会客时间结束！”

布罗德卡和朱丽埃特长久地热烈拥吻，作别时他听到朱丽埃特对他说“我们会好起来的！”他低着头被护工看管着从原路返回病房。

布罗德卡把经过的每一处都一一记在心里。

瘦高个的住院医师名叫皂鲁斯，是十足的讨厌鬼。大多数人都觉得他古怪，他却自认为很有个性。人们能够原谅他的怪癖——他老是控制不住地眨眼睛，或者总是用拇指和食指拽耳垂——多是因为他长年来尽跟行为失常的人打交道。朱丽埃特进了他的诊疗接待室还没有落座，他那双色迷迷的眼睛就粘住她，将她从头到脚贪婪地细细打量一番，就好像他多年没见过女人似的。

朱丽埃特真想从座位上站起来干脆走掉，但她还是改变了主意。如果她想让布罗德卡尽快从这里出去的话，她需要这个男人的帮忙。

这个房间和大多数医生的接待室几乎没有什么区别，屋子里有一张写字桌、一个玻璃柜、一把椅子和一张察看病人病情用的蒙上塑料布的平板床。房间里的空气污浊，弥漫着说不出来的一股味道，这气味朱丽埃特以前从未闻到过，酸酸的又略带些微辣。铁栅栏窗已经足够让人心慌发冷，门上没有把手，而是种特殊按钮，更让朱丽埃特隐隐不安起来。

“您姓考林，为什么您丈夫姓布罗德卡？”医师问。

“我们还没有结婚，”朱丽埃特实话实说，接下来却是谎话，“但是我们像夫妻一样生活好多年了，布罗德卡先生没有别的亲属。”

皂鲁斯用右手擦着左手手背，没有正眼看朱丽埃特，“那么原则上说您并不算家属，我没有权利告诉您有关病人的任何情况，请您谅解……”

朱丽埃特跳起来，双手撑在写字台上俯身怒视着皂鲁斯镜片后面的眼睛，“您听着，医生，”她气汹汹地说，“您对我的家庭状况作何评判我没有一丝一毫的兴趣。我到这里来就是想要知道，您打算什么时候让布罗德卡先生出院，没有理由让他继续留在这儿！”

皂鲁斯把身子靠在椅背上，以此来躲避朱丽埃特咄咄逼人的目光，“很抱歉，我不得不告诉您，布罗德卡先生患的是偏执型精神分裂症，病人不能够正常地思维和进行情绪表达，迫切需要治疗，而且得留院察看。得这种病的人他的首要症状就是时刻觉得有人要攻击他。您或许还不知道吧，布罗德卡先生曾经袭击过一名护士。我现在也只能做到用强制手段阻止他的无法自控的暴力行为。”

朱丽埃特又坐回到椅子上。布罗德卡——精神分裂？她使劲摇晃着脑袋，皂鲁斯不禁奇怪地看着她。随后她用平静的语气说道："如果布罗德卡得了偏执型精神分裂症的话，您也可以把我立即关起来，因为我们两人看到的是同一个场面。"

"你们看到了什么？"医师故作感兴趣地发问。

朱丽埃特打开手提包，拿出照片伸到皂鲁斯眼前，"我们在斯特凡大教堂看到一位老妇人，和照片上的这个女人一模一样。"

"即便如此，"医师说，"这也不能是大闹教堂的理由。难道此人威胁布罗德卡先生？"

"不是那样子，"朱丽埃特不动声色地回答，"根本不可能，这个人是布罗德卡的母亲，而她在两个月之前去世，据说葬在慕尼黑的森林公墓。我想知道，如果您碰上这种事情，您会作何反应。"

皂鲁斯审视着面前的朱丽埃特，镜片后面的双眼闪现出凶光。

他现在会说什么，朱丽埃特心想，她做好了最坏的准备。可皂鲁斯的回答简短，相当于什么都没说，他只是说"哦，这样啊"。

"是呀，就这样啊！"朱丽埃特以嘲讽的口吻重复一遍，她很难克制住自己的愤怒。她接着问道，语气中充满叱责："您打算把布罗德卡先生扣留到几时？"

皂鲁斯两手抱胸，"怎么是扣留呢，布罗德卡先生呆在这里是出于治病需要。至于还得治疗多久，我不敢妄下断言。但是像这种偏执狂患者绝不允许一两天就出院的。我向您保证，我们将竭尽所能让他早日康复。"

"可布罗德卡没有病！"

"那是您这样说，考林太太，所有被送到这里来的人都这么说，不好意思，我现在还有别的事，请您原谅。"

他站起身，面带笑容为朱丽埃特拉开房门。

布罗德卡有太多的时间——足够多的时间去完善他的计划，斟酌每个细节，让他不出差错地顺利逃出这座该死的精神病院。

在他的计划中，第一步是从那个粗壮的护工身上搞到钥匙，他还不知道他的名字，因此只叫他"护工"。这些天，布罗德卡一直想方设法和他攀上话，“护工”的称呼让他很不自在，于是他对布罗德卡说：“我叫尤瑟夫，您就叫我尤好啦。”

在取得他的一些信任之后的某一天，布罗德卡对尤瑟夫说：“尤，你在这里做护工，薪水不怎么样吧？”

尤瑟夫摔摔打打地把餐盘撂在小桌子上，上面是布罗德卡的早餐——牛奶咖啡和两个果酱小面包，他闷声闷气地回答：“对此你完全可以敞开了嗓门说，钱是没多少，不过总比没有工作好，你不用同情我，布罗德卡。”

“谈不上什么同情不同情的，”布罗德卡说，“咱俩做个交易怎么样？”

“好啊，我不反对。”尤说，他的腔调听上去像是拿他的病人取乐。

“一万先令对像你这样的人来说可不是小数目，你说呢？”布罗德卡在一旁端详护工的表情，他对此会如何反应？

“一万先令？当然是很多钱，足够我一个月的开销，但和你有什么关系，布罗德卡？”

布罗德卡坐在床上端直身子，手指在床单上划来划去，说道：“我给你一万。”

“为什么？”

“你只要把你的万能钥匙留给我一个晚上。”

“你疯了吧，老大。”

布罗德卡嘿嘿一乐，“还没有呢，问题就在这里。”

“一万？”尤把房间里的摆设瞅了一圈，他在找能藏钱的地方，然后说，“为了一万先令我豁出去了，这种事搞不好会让我丢掉工作。”

布罗德卡就等着这句呢。“你以为我那么笨，没想到这点吗？你注意听着，明天晚上你把钥匙留给我，其它的你别管。等我用完钥匙会把它藏在通往会客室走廊侧排的暖气片下面，你只要在早上取回来就行，没人知道病人布罗德卡是从正门大摇大摆走出去的。”

护工摩挲着下巴。布罗德卡下了床，抬起床头，从床腿管里够出一卷钞票，递给尤。

尤把拇指和食指放在下嘴唇上濡湿，开始数钞票。“整一万！”他惊讶地说，很是佩服地看着布罗德卡。

“归你啦。”布罗德卡故作满不在乎地说。

“只要我干那件事——什么时候？”尤问道，他好像还没有决定好。

布罗德卡脸上挂着笑，“嗯，就今天晚上。”

尤把钱揣进兜，走出病房。

布罗德卡的出逃计划是这样的：拿到万能钥匙后，静等午夜来临，伺机出逃。这个时间楼道里鸦雀无声，碰上他人的可能性微乎其微。布罗德卡的目标锁定在窗外院子里的那排装换洗衣物的箱子。这次他不打算从楼梯间走，每层楼道都设有监视器，在去往会客室的路上布罗德卡曾留意到有一扇后门，通常都是锁着——为此他需要一把万能钥匙。

布罗德卡急切盼望着晚饭时间的到来。

房门被推开，进来一个布罗德卡从未见过的护士，布罗德卡感到好似有人往他的心窝锤了一拳般的绞痛。

“尤在哪里？”等护士摆好餐盘，布罗德卡问。

“他不在。”护士简短地回答，随后就走了。

尤会在哪里呢？布罗德卡的脑际涌现出上千种念头。这是什么意思？有人知道他的计划而把尤赶走了吗？房间暗藏有窃听器？或者这个混球儿干脆把钱给贪了？布罗德卡惴惴不安地在床和窗户之间来回踱步。晚饭他碰都没碰。

半小时之后护士回来，取走没有丝毫动过的餐盘，什么都没说。布罗德卡听着钥匙在锁眼里转动，之后一切安静下来。

布罗德卡不再期待，这个狗娘养的竟把他给耍了。布罗德卡躺在床上，一晚上睡得很不安稳。

第二天早上他刚刚醒来，尤进了病房。

“你昨天在哪儿？”布罗德卡气不打一处来，“你怎么回事？”

“什么怎么回事啊？我昨晚不当班。”尤在装糊涂。

“我们的约定呢？”布罗德卡从床上蹦下来，站在护工前，冲他嚷嚷，“你以为，我是乐善好施送给你一万先令？”

“一万先令？什么一万？什么约定？我不明白你在说什么。”尤转身想离开。

布罗德卡堵住他的去路。“你站住！”他喝道，“你把一万先令还给我。没有万能钥匙，就没有钱。”

尤哈哈大笑，“我担心，我的朋友，这是你患偏执型精神分裂症的又一表现。现在回你的床上去！否则我请医师过来。”

“你这头卑劣肮脏的猪猡！”布罗德卡咬牙切齿地骂道。

尤狞笑着说：“而你是个可怜的疯子。”

布罗德卡心里清楚，他根本打不过这个身强力壮的家伙，他只能是暴跳地大喊：“我要和住院医师谈，马上！”

尤攥住布罗德卡的手腕，使着蛮力把他往下按，直叫他站不起身来，他死死摁住布罗德卡不放，好一会儿才把痛得哎哟叫唤的布罗德卡松开。布罗德卡揉着火烧火燎的手腕，尤不动声色地说：“没问题，我这就把住院医师找来，你可以把你的故事讲给他听。但我会告诉他，那是你瞎编出来的，你猜医生相信谁？你，还是我？你看，事情明摆着，这样只会在你的病历上添上不光彩的一笔。”

布罗德卡坐回床上，万分沮丧地垂下脑袋。他不知道，自己什么时候才能从这个监狱里出去。

朱丽埃特和那位罗马的艺术品收藏家——一个叫阿尔贝托·法索利诺的人——通了电话，向他述说伪画的事情。法索利诺对于她的斥责，即他把德·契里柯的赝品卖给她，表示出非常愤慨。他完全没有必要这么做，他在电话里不无怒气地说，他母系那一方是古罗马的贵族世家，几百年来这个家族以其诚信为世人所尊敬，曾先后背过十二位教皇的便携式王位，而这一荣耀只有那些最高贵最虔诚的家族成员才能获得。如果教皇在今日还坚持这项习俗的话，——那么他，阿尔贝托·法索利诺则是当仁不让的第一人选。至于那些木版画，他可以马上聘请众多专家去鉴定画的真假——只要画还在他的手上。

朱丽埃特想来只有两种可能：一是德·契里柯的画在从罗马运至慕尼黑的途中有人下手将其用复制品调换，另一种可能就是画在画廊展览期间被调包。

对第一种可能而言，朱丽埃特在接收木版画时曾仔仔细细地验过货，她没瞧出画作上的线条和颜色有什么偏差，以致让她有所疑惑。而另一方面如果案发在画廊的话，那么作案者只能在夜深人静的时候破门而入，可是门锁完全没有破损迹象，而且报警器也未曾响起。

更糟的事还在后头。检察官通知她，丢勒艺术学院的曾格博士和国家版画收藏协会的海曼教授于明天抵达，届时他们将验证画廊里那些被告发是赝品的画作的真伪。

这段时间以来画廊一直被查封。由曾格和海曼这两位收藏界公认的权威专家来鉴定，让朱丽埃特轻松不少。她和这两人都有过交往，海曼本人甚至还是她的客户。

“这事很令人尴尬，”海曼教授安慰她说，“我真的为您难过，您怎么会摊上这种事?”

朱丽埃特端了端肩膀表示难以作答。

在朱丽埃特打开画廊大门之前，检察官要对带有鹰徽标志的封条进行检查。他慢吞吞地摘下他的无边框眼镜，从各个角度察看封条。之后他厉声对朱丽埃特说：“您不该这样做，考林太太。”

“我不该做什么?”朱丽埃特困惑地问。

“封条被动过，”检察官说，“擅自撕开封条掩盖罪行要被判处半年牢狱。”

朱丽埃特愤慨地说：“我为什么要闯入我自己的画廊？您一定得给我解释听听，检察官先生。”

“对此可能有多种理由。”

“比方说?”

“比方说，为了把画廊里的伪画在最后关头换成原件。现在请您把门打开。”

朱丽埃特本想为自己辩驳，话到嘴边却咽了回去。她打开画廊的门，警报装置“哔”的一声，表示它被激活，显然它未曾启动过，朱丽埃特松了口气。她转身对鉴定专家说：“请进吧，我的先生们，现在劳烦你们帮我把这事彻底解决掉。”

检察官的名单上共有七张画涉嫌有假，之前朱丽埃特从未怀疑它们不是真迹。除了雅弗林斯基的那三张水彩画是从罗马的艺术品收藏家那里收购得来，还有两张是埃里希·黑克尔的木版画以及埃米尔·诺尔德和奥托·迪克斯[①]两人各自的一张自画像，这些都是她在伦敦、日内瓦和柏林的大拍卖行买下的。

海曼小心翼翼地从镜框里取下雅弗林斯基的水彩画。他反对检察官的要求，绝不能“尽快”地去鉴定艺术品的真假，要达到鉴定结果准确无误，过程是很耗费时间的，而且得尽可能在自然状态下检查，那才会……教授住了口。他用拇指和食指摸触画纸，确认画纸的硬度和柔韧性，然后他转身问朱丽埃特，哪里有更明亮的灯源。

朱丽埃特请海曼教授进到一间小办公室，她的办公桌上有一盏荧光灯。

“您知道的，雅弗林斯基只画过很少量的水彩画。”教授轻轻地说，朱丽埃特拧开灯的开关，让光亮射向天花板。

“我知道。”她冷静地回答，她对自己的专业能力相当自信。

海曼拿过来一张水彩画，把画纸的正面朝向亮光，摇了摇头，之后他又把第二张和第三张接连依样在光亮下照了照。他鼻子呼着气，脸上流露出一副惋惜的神情。

“很抱歉，考林太太，我真的很抱歉，但就这些水彩画已经能让我们省掉下面的工作了。”

“您这是什么意思，教授？”

---

① 奥托·迪克斯（Otto Dix 1891—1969），德国新客观现实主义画家。

“意思是说，这些水彩画——我们根本不用提它的工艺——肯定不是出自雅弗林斯基本人之手。”

朱丽埃特眼前忽地一黑，一下子坐到办公桌旁的椅子上。光是雅弗林斯基的这三张水彩画她就差不多花了五百万啊。

“您别激动，瞒着您也没有意义。雅弗林斯基只在俄罗斯或者德国出产的画纸上作画，偶尔也会用瑞士产的水彩纸。这里的画纸，”海曼教授把画纸迎向亮光，“产自意大利。这里，您瞧见这些水印了吗？这就说明了它的原产地，阿玛尔菲①。在那里现如今仍然存有古老的手工造纸业，而且还可以将生产出来的纸张人工做旧。这三张雅弗林斯基的水彩画无一例外全是伪作。我真的很抱歉，考林太太。”

检察官走到近前，海曼教授说的话他全都听见了。朱丽埃特神情恍惚地坐在办公桌后面，呆呆地目视前方，双手捧着下巴颏。

“您还有什么可说的？”检察官问道。

朱丽埃特把其中的一幅水彩画拿在手上，翻过来掉过去地贴在眼前不厌其烦地瞧了又瞧，然后她说：“我知道这听上去很不可思议，但是我发誓，这张画不是我在罗马买的那一张，这是复制品。”

曾格博士走到办公桌前，他也用食指和拇指摩挲那张水彩画纸，把画纸翻过来，在背面撒上一些白色粉末，没一会儿功夫粉末变绿了，曾格博士把粉末吹掉。

“毫无疑问，”他正了正眼镜说道，“这张画纸的年份不超过五年，即便它看起来很旧。要知道更为确切的生产年份我必须得带回实验室做测试才行。就算没有最后的结果，我也能断定，这张水彩画是假的，不久之前才画出来，然后借助于微波和紫外线做旧。另外我还要说明，这张仿画的工艺水平并不十分专业，整体上给我的印象是这张水彩画在仓促间完成，也就二流水准，如果您让我评价的话。”

海曼教授在一旁附和地连连点头。“我在想，这些水彩画应该

① 阿玛尔菲，意大利一滨海小镇。

雅弗林斯基的绘画作品

算是属于 KGB[①] 的作品，这等伪制品已经流传好多年，可是这几张水彩画的年代显然又过于新了。”

情绪明显有些烦躁的检察官打断两人的专业交谈：“教授，您能用简单易懂的语言解释给我听您在说些什么吗？您不是想告诉我，这些仿画出自一个秘密情报机关吧？”

“您有什么好奇怪的吗，检察官先生？”

“我只是觉得，情报机关有别的事要做，而不是造些假画。”

“您说得不错，但是情报机关也需要钱，好多好多的钱，而制造假的艺术品也算是能捞到大钱的相对干净的渠道。您还记得凡·高的《向日葵》吗？这幅油画在 1987 年曾被拍到七千七百万马克，没人知道画的出处。十年之后拍卖行在公开的出版物上承认，这张所谓的凡·高作品来自一名图画教师兼名画临摹爱好者克劳德－爱米勒·舒芬乃克尔之手。我告诉您这些，有助您查出线索。”

这番话听得检察官目瞪口呆，“这些雅弗林斯基的水彩画难道真是由 KGB 做出来的？”

海曼教授微微一笑，好像检察官的表情让他很开心似的。“您知道，”他不慌不忙地回答，“您不会以为，那些俄国间谍会在莫斯科的小阁楼里拿起画笔去临摹雅弗林斯基的画吧，完全不是这码事。冷战时期，俄国的情报机关设法找到许多临摹画匠，他们一方面用严厉的刑罚吓唬他们，同时又许诺他们丰厚的酬禄，让他们保证只为 KGB 工作。这种手段不仅仅被俄国人所使用，只不过俄国人以他们高超的技术走在了前列。”

“他们也让人复制过雅弗林斯基的作品吗？”检察官手指着朱丽埃特办公桌上的水彩画。

“雅弗林斯基的情况很特别，从用色到笔触他都属于作品最容易被复制的画家。他和柯罗[②] 算作一类，人们常说，柯罗一生共有两千张画作，可单在美国就出现了六千张。”

① KGB 是克格勃的英文缩写，即苏联国家安全委员会。

② 柯罗（Corot，1796—1875），法国风景画家。

教授被自己的话逗乐了，但当他看到朱丽埃特表情严肃的脸时，他忍住笑接着说道：“艺术品市场一再有雅弗林斯基的水彩画出现，已经持续了好多年，起初相当轰动，因为这个俄国表现主义画家很少画水彩。没有人清楚，这些画从哪里来，也极少有人去买这些画，为了稳定市场，有人开始在圈子里流传这样一个故事，据说雅弗林斯基在1917年给他在圣彼得堡的兄弟蒂米特利六百张水彩画，而此人不知道该怎么处理这些画作，直到苏联解体这些作品才又浮出水面。更详细的情况恐怕没人知道。”

“那您认为，这三张水彩画也是出于此吗？”

“当然不是！”教授说着递给检察官其中一张水彩画，“这些画纸就很能说明问题。”

“它们是假的，不是吗？”

“是近几年的伪作。我和考林太太的观点相同，原作被复制品调包，这不是不可能的事。但究竟是怎样进行的，我就说不上来了。”

检察官走到朱丽埃特的办公桌前，“那您呢，考林太太？您对此还有什么想说的吗？”

“没有，”朱丽埃特回答，“因为我和这一切没关系。”

“那么我宣布，为了进一步调查此案，这七张画被没收了。”

对于朱丽埃特来说，这世界不啻于崩溃。

三天来布罗德卡一直以收听一个老式收音机为乐，只有一个频道，而且仅在白天播放。

自从尤骗走他的钱，布罗德卡一门心思在想：他该怎么报复那个骗子。每天早上布罗德卡一觉醒来，见护工推门进来，看到他的嘴脸，布罗德卡就在心里一再地对自己发誓，只要他离开这里，一定好好惩治这个坏蛋。

布罗德卡避免和尤交谈，而尤则除了最必要的话之外也什么都不说。

当布罗德卡不再像头困囿在笼子里的老虎那样在床与窗户之间

来回挪着沉重的步子的时候，他就躺在床上，双手枕着脑袋，仰望天花板，头脑中酝酿着新的出逃计划。但他所有琢磨出来的可能性，最后都在尤身上碰了钉子，这个混球是他目前最大的障碍和敌人。

日子过得一天比一天慢，而时光单调的往复循环似乎是由那盏丑陋的顶灯来显示，黄昏时分它倏然亮起，晚上七点又准时熄灭。布罗德卡不能以自己的意愿决定他房间的灯光是打开还是关掉。

自打进了精神病院，布罗德卡对时间的概念日益模糊。他只知道，从尤骗了他之后又过去三天。就在他第三天又对着顶灯瞩目良久的时候，突然脑中灵光一现，计从中来。

通常晚上熄灯之后，就不会有人通过门上的窥镜监视他。他将收音机喇叭从墙上拽下来，带出来一根电线，在他的逃跑计划里这根电线必不可少。还有一个困难，布罗德卡没有工具，一把刀或者钳子最管用。

惨淡的月光透过铁栅栏窗照进来，亮光足够辨清事物。布罗德卡把电线从喇叭里拉扯出来，电线没有胳膊长，不过也够了。

他啃咬电线，露出里面的两根金属丝，然后他把电线另一端上的绝缘表皮也啃掉。他站起身，推动床腿，让床斜摆在房中央。

布罗德卡把金属丝绕在铁床架上。他早在床头柜后面的墙上发现一个插头，布罗德卡挪走床头柜，只要把电线的另一端塞进插座，床架就处于通电状态。

尤将是明天第一个进房间的人。

布罗德卡平卧在床，无心睡眠，他一遍遍梳理着出逃步骤。他知道，只要他动作麻利，从容不迫地行事，他肯定能逃出去。

一旦护工碰到床，电击不会致他死命，因为地面铺的毡子是很好的绝缘体，但是它会让护工有那么几秒钟甚至是几分钟丧失战斗力，而这短暂瞬间就是布罗德卡的机会——或许是最后的机会，让他毫发无损地逃出这座精神病院。

天刚蒙蒙亮。布罗德卡越想越激动，他的手不自觉地微微发颤。他检查绑在床架上的金属丝是否牢固，然后他靠窗站着，望向对面的楼房，静静等候。

布罗德卡有足够的时间去观察尤。他是个讨厌鬼，这毋庸置疑，但如果一定要从他身上找出积极的一面，那就是他的秩序意识，他不能容忍有什么东西不在它该在的位置上。他摆正布罗德卡的病床次数要比护士多，还有，只要那张木凳没在原来的地方，他就会上手把它挨墙放好。而斜挡在房当中的床是一定会让这个骨子里都遵守秩序的家伙碍眼并有所举动。

尤还没有来，他为什么没有来？

该死，别是出什么事了吧，布罗德卡自问，他愈发紧张起来。这时房门前响起了一天的第一声动静。

有那么一刻他很惶恐。他突生一念，如果来人不是尤而是别的什么人，他该怎么办。还没等他想出答案，就听见钥匙转动门锁的声音。

窗玻璃上映现出尤的模糊身影，布罗德卡心中的一块石头落了地。

“这是怎么回事？”看到病床被挪动了位置，尤大声问道。

布罗德卡没吭声。

就像他所期待的，尤径直朝床走过去，准备把床推正，一切都和预想的一样：尤去够床腿。一声尖叫，如同他被利箭射中。布罗德卡转过身去，只见护工的两手好像粘在了床腿上，他浑身不停抖动，随后蜷缩成一团。

布罗德卡冲到床头柜前，从插座里拔出电线。他迅速脱下尤的大褂，把他的两个手腕用电线紧紧缠住并捆在床架上，结了个死扣。他从尤的裤带上解下万能钥匙，打开柜子，取出自己的衣物穿在身上，把尤的护工大褂套在外面，走到房门前屏息谛听。

外面有脚步声走近，随后又走远。谢天谢地，楼道里阒迹无人，尤已经开始轻轻地哼唧。

是时候了，布罗德卡对自己说。他把钥匙插进锁眼转动，门开了。他小心翼翼地把头探出门外。

长长的走廊鸦雀无声。布罗德卡迈出门外，将其反锁。他蹑手蹑脚地沿着走廊右侧走到尽头，用万能钥匙拧开门锁，出了门之后反身锁好，走下楼梯。

半路上，他碰到一个护士，布罗德卡的心都提到嗓子眼了，他强迫自己继续不慌不忙地前行。

“早上好”，他迎上早已准备好的微笑说道，那个从未见过的护士也向他打了招呼。

布罗德卡顺利地下到楼梯底层，却发现自己走过了一楼，因为当他打开楼道尽头的大门时，他突然发现自己置身在锅炉房里。他在一溜儿隆隆作响的锅炉后面发现一架铁梯，它垂直向上通向一个窄仄的出口。

布罗德卡脱下护工的褂子，攀上铁梯，到了顶，他小声咒骂一句，又一道该死的门。布罗德卡担心他的万能钥匙能否还能打开这里的门，没想到钥匙真的好使。

布罗德卡轻轻推开门，进入眼前的正是石子铺地的内院，院子里停了好多辆货车，虽然还是大清早，这里已经非常热闹。

布罗德卡左右看了看，找到院子入口，平常是有铁栅栏门锁着，此时由于进进出出的货车它大敞四开。布罗德卡毫不迟疑，他故作镇静——实际上大气都不敢出——迈出院门。

他自由了。

6

慕尼黑，中央火车站。站台喇叭在播报通知——同所有的火车站一样很难听得清楚：自维也纳始发的欧际列车 64 列在 12 站道进站，预计到达时间是 13 点 36 分。

朱丽埃特不无担心，火车到站，五百名或者更多的乘客步入站台——布罗德卡却不在其中。在一度的绝望中她昨天接到布罗德卡的电话，他逃出封闭的精神病院，将同提图斯一起乘火车于次日下午一点半左右到达慕尼黑中央火车站。

打从她去过精神病院，朱丽埃特很难相信布罗德卡会幸运地从那里逃出来。电话中他也没有跟她说具体的细节，但他的声音听上去坚定而自信，和在会客室里的那次截然不同。

我需要布罗德卡，朱丽埃特心神不宁地来回走动，我比以前更需要他，光是想到他的归来就让她满面春风精神焕发。

火车进站了，她觉得火车行进得无比的慢，好像过了一个世纪之久，车轮才缓缓地吱嘎嘎地停下来。同样的体验在她还是小孩子的时候也曾有过——当一个迫切的愿望即将被满足之时——她不停地祈祷：“亲爱的上帝，请您帮我……”自从许久以前她意识到那个亲爱的上帝耳聋得相当厉害，她就不再这样做了。

朱丽埃特站在站台的最末端，这样她什么都能看到。没等上多久，她远远地在一大群乘客中认出布罗德卡。她朝他飞奔过去，扑进他的怀里，亲吻着他，紧紧贴在他的胸口。人们从他俩身边走过，朱丽埃特丝毫不以为意，一时间无法比拟的幸福之感油然而生。

布罗德卡又回来了。

提图斯像是被人遗忘了似的孤零零地站在一旁，这种场面还有身处在公众场合让他一时不知如何是好。他表情严肃，即便朱丽埃特笑呵呵地向他伸出手去。

在站前广场上，布罗德卡向朱丽埃特说，他打算先把提图斯安置在兰德韦大街的一栋小公寓，记者和艺术家们要在城里驻留多日时就会留宿在这家叫做“最美”的公寓。

布罗德卡认识公寓的老板，哪怕提图斯用假名登记，只要布罗德卡买单，他保证不会有异议。提图斯正是以此为前提条件才陪布罗德卡来慕尼黑的。

他们把提图斯送到公寓后，就径直回布罗德卡的家。这还是几个星期以来他俩单独在一起，不被打扰地面对面坐着，情形有些窘迫，两人都不太好意思，彼此有太多话要说，可谁都不敢起头。

最后还是布罗德卡先开口：“朱丽埃特，你还爱我吗？经过这一切，还爱吗？”

朱丽埃特把布罗德卡的这句问话理解为他想在此时此刻与她做爱，可是她不想，她不能，她的脑袋里装了乱七八糟一大堆念头。

“我不能！”她突然脱口而出，“你一定要理解我，布罗德卡，好吗！”

好一会儿布罗德卡什么都没说，然后他深吸口气，用很轻很轻的几乎听不见的声音说：“我早该想到，事实上你也认为我的脑子不正常。”

朱丽埃特恼怒起来，“你乱说些什么，布罗德卡，这儿那儿的八竿子打不着。我爱你，我需要你……”

“不过你刚才说……”

“我现在不能和你做爱，你不明白吗，布罗德卡?”

布罗德卡糊涂了，“我没有问你你愿不愿和我做爱，我只是问你，还爱不爱我!”

他俩搂抱在一起，相互温柔地爱抚，倾诉对彼此的爱恋。

他们为这一时刻的到来等待了太长时间，他们是那么地思念与渴望着对方。

布罗德卡轻柔地抚摸朱丽埃特的秀发，而她则热烈地去亲吻他，用自己火热的身体紧紧贴住他。

他们相拥躺在地毯上，朱丽埃特在布罗德卡的耳畔轻声细语：“我爱你，布罗德卡，我会永远爱你。”

布罗德卡知道，他俩的关系没有任何改变。

直到这时，布罗德卡和朱丽埃特并没有告诉对方，这期间都发生了哪些事情。等朱丽埃特提到有人闯进仓库，只是把布罗德卡母亲的衣物翻了个底朝天时，布罗德卡的心里再次疑窦丛生。

提图斯不认识布罗德卡的母亲，布罗德卡在斯特凡大教堂闹事之时他匆忙偷偷溜掉。他和布罗德卡一起坐火车来慕尼黑，途中他俩聊到这件事情，但并没有深入。提图斯理直气壮地认为，他不了解布罗德卡，所以难以判断他当时是否真的是一时心神失常。而布罗德卡老觉得提图斯有所隐瞒，这个性情乖张的前神职人员有着不同寻常的过去。

布罗德卡一筹莫展。提图斯向他提出，只要给他两万马克，他全都说出来，并以一定的方式去帮助他，具体是怎样的帮忙，提图斯执拗地拒绝再细说下去。

面临因涉嫌贩卖伪画而被起诉的朱丽埃特直到稍晚的时候才把这案子说给布罗德卡听，而那时他俩已经喝光一瓶红酒。朱丽埃特几乎是羞于说出检察官正在就此案调查她，而当她把事件原原本本地告诉布罗德卡并重申她对她所卷入的骗局毫无察觉之后，她觉得自己有如卸下百斤重担般轻松。

“你知道这意味着什么吗?”她说,“我破产了。”

布罗德卡听完朱丽埃特的话后直起急,“你为什么不早些告诉我?”他稍有责怪朱丽埃特的意思。

“你我之间的气氛如此美妙,”朱丽埃特回答,“我不想破坏它。”

“这事太荒唐!你一定要有所行动才行。”布罗德卡站起身走到窗前遥看城市的万家灯火,他望着窗外问道,“你真的认为是你丈夫干的?”

朱丽埃特坐进沙发,盘起双腿,似乎在这个温暖舒适的房间她还冷得发抖。“他这是要报复,他很明白,用这种事就会把我逼破产。天,这个混蛋,我好像看到他的脸在我眼前晃,他笑得那么幸灾乐祸。他是惟一有可能趁我不注意偷走画廊钥匙好再去配一把的人。我猜,他就是用新配的钥匙进了画廊,偷走原画换上假的。”

布罗德卡用手摩挲着下巴思忖着。“你相信他有这种能力?我的意思是这么做要冒很大风险,而且他得搞到那些仿画。这么说吧,假定你丈夫是幕后主使,那么肯定不会只有一个知情者。他必须得打进那个伪造艺术品的造假者的圈子,而那些人是专家,他们自己就会好好地大干一场,何需要一名外科医生。”

“你想说什么,布罗德卡?”

“你有没有想过,可能是其他人干的?”

朱丽埃特抬眼朝布罗德卡看去,“当然想过,”她回答,“盗窃名画能赚大钱,像这种案子差不多会有一百万的收益。问题在于,为什么费这么大劲临摹出复制品,然后拿它们替换原件呢?”

布罗德卡耸耸肩,“或许那些窃贼行事谨慎,这样做可以赢得时间,在有人觉察之前把偷出的画作卖出去,这倒不失为一种解释。可是与此相矛盾的是打给检察官的匿名电话,对此这个理论无法成立。不是那样的,我认为是有人想借此狠命打击你,并且还让你清楚地知道。”

“那就只有亨利希。”

布罗德卡把窘促的目光投向别处,“我并不想让你忧心,我的女孩儿，但我老在怀疑。”

“怀疑什么？”朱丽埃特急切地看着他。

“会不会是这几个月来同我过不去的那一拨人，现在又把目标瞄准了你？”

“他们为什么要这样做？我没有敌人，反正我不知道有这样的人。”

“但是他们知道你，而且很了解你是我的人，他们伤害你，也就是在伤害我。”

朱丽埃特苦苦思索着。最近几天她想了好多，她费尽心力，把她业务圈里和客户群中的人挨个儿过了一遍，看谁有可能和这个案件沾上边，脑袋都快要炸开，还是没有想出任何头绪。

现在布罗德卡又把这个疑问提到桌面上。他催促她，一定再好好想想，谁会这样下此毒手陷害她。

朱丽埃特深信不疑地回答：“亨利希，不会是别的人。”

凭直觉布罗德卡认为，指认考林是个错误的判断。他知道教授报仇心切，不过就算他是酒鬼，被酒精一时蒙蔽了心智，但他头脑相当聪明，不会糊涂到筹谋一起罪行，而案发后自己首当其冲地成为嫌疑人。

隔日，布罗德卡和朱丽埃特一起研究画廊开幕式的邀请人名单。布罗德卡对每一个名字都追究深挖，而朱丽埃特则把她所知道的当事人的情况尽可能详细地讲给他听。

她不能排除客人中有些人她并不了解，因为一些来客她只是从他们给她开具的支票上才知道他们的名字，就这方面而言从没出过问题，很多人都是她多年的老顾客。

“这些人当中有谁是新面孔？”他们把名单从头到尾梳理了一遍之后布罗德卡问。

“这些人全都至少来过一次我这儿，”朱丽埃特说，“我不邀请陌生人，没有新客人，不过……”

“什么？”布罗德卡期待地看着她。

“这份名单上没有记者的名字。你也看到，开幕式同时邀请了一些媒体的人过来，这是惯例。这次来的是艺术杂志《美术》的一个女编辑，另有两位摄影师。”

“年纪大一些的那位我认识，”布罗德卡说，“他叫哈根，负责德国新闻社的专题栏目。另外那位呢？”

“我不认识，但是我曾留意到他，因为他到处乱窜，像只受惊的母鸡，他拍了好多张照片，就好像他要做特刊似的。”

“那些照片都在哪里发表？”

“哪儿都没有，我想。”

“那个勤奋的摄影记者姓什么？”

朱丽埃特耸了耸肩膀，“他的名字我忘记了，我只还记得他说他为《新闻报》工作。”

“《新闻报》？怎么可能！《新闻报》上竟刊发画展开幕式的照片！”

“为什么不可以？”朱丽埃特很惊讶地问。

布罗德卡二话没说，抄起电话拨通《新闻报》总编辑多恩的电话号码。从多恩那里他获悉的信息和他已经猜到的一样：《新闻报》没有派摄影记者去开幕式拍照。

“真是奇怪。”布罗德卡心事重重地犯起嘀咕。

还没明白怎么回事的朱丽埃特急切地问：“怎么奇怪了？当时那人来我还很高兴哪，心想，照片如果刊登出来将对我的画廊做了多好的免费宣传啊。”

布罗德卡的笑声中掺杂着些许苦涩。他试图去回忆那个人的长相，可他什么都想不起来，只记得那天晚上考林酩酊大醉的丑态。

于是他不再纠缠此事，他给德国新闻社去电，询问什么时候在哪里他可以见到哈根，得到的答复是摄影师中午时分会呆在他的办公室。

“我们走吧！”布罗德卡说，“路上我再向你解释。”

德国新闻通讯社位于内城的一幢老楼里面。布罗德卡报出他的名字后，笑脸相迎的前台服务生让他们进去，楼上三层左手第二个门就是。

哈根是位老先生，即将退休，他的穿戴如同英国乡绅，一把银白髭须与此相当搭调。因其摄影水平有限，所以他的工作重心主要在新闻发布会和社会热点上面。他的相机比他拍的照片好很多，是五十年代的莱卡 M3 型，自然是他的宝贝。

布罗德卡向哈根解释了事情的经过，并问他是否还记得另外那个在画廊拍照的摄影师。

“几乎想不出来了，”哈根说，“在此之前我从未见过那人，此后也没瞧见过。我只记得，当时我很讶异于那个小子对于画作投入的火一般的热情。他疯了似的不住闲地连连按动快门，他什么都拍，而我自己绝不会拍他拍的那些东西。”

“可以让我看一下您在开幕式上拍的胶片吗？”布罗德卡问。

哈根并不反对。

布罗德卡拿起放大镜一张一张察看底片。很多照片上都有朱丽埃特，偶尔也有神色严峻的布罗德卡，可是好像没有一张照片有用。就在快要看完全部底片的时候布罗德卡发现了他要找的那张：形迹可疑的摄影记者的影像虽然模糊，但仍可辨认。

他请哈根帮忙把 28 号底片放大。

“五分钟之内您就能拿到照片。”哈根说，“请稍等。”他转身离开。

“你听到了吗？”在哈根的办公室等候期间，布罗德卡说，“那小子连跟画展无关的东西都拍下来。”

朱丽埃特拉长她那俏丽的脸孔，好像很质疑布罗德卡的话。“你知道吗，”她说，“我们不能固执于某一种想法，事后证明却是误会。没准那个摄影师是别的某家报纸派来的。你自己不是也说过‘哪儿有免费的美酒佳肴，哪儿就有摄影记者吗？’”

二人开怀大笑。哈根回来，他把照片洗成 20 公分 × 30 公分的规格，放在布罗德卡面前的桌子上。

布罗德卡俯下身去。照片上的那个人大约三十岁左右，黑短发、鹰钩鼻，捧在胸前的相机和闪光灯不是很专业。布罗德卡把照片推给朱丽埃特，“你或许认识他？”

朱丽埃特眯缝着眼睛盯着照片细瞧，过了一会儿，她说：“不认识。照片上的大多数人我基本都认识，但我从未见过此人。”

哈根凑过来看照片，可他也摇了摇头，端了端肩膀。

布罗德卡还指望他们能确认出照片上这个人的身份从而得出些线索来。他有些沮丧地谢过哈根的帮忙。

“别客气。”哈根说着递给布罗德卡一个信封，就在布罗德卡把照片往信封里塞的刹那，他的目光聚焦在照片左端的一个影像上，那个身形他很熟悉。

霎时，就好像他脚底下的地板坍塌了，有一刻他闭上眼睛，身子轻微地摇晃。

朱丽埃特注意到布罗德卡奇怪的身体反应，她担忧地问：“你不舒服吗？”

布罗德卡把照片给她，“你看这个家伙是谁？”

“提图斯！”朱丽埃特大叫一声，没错，正是提图斯：同样的红脸膛，同样的金毛假发。“现在我明白了，为什么在斯特凡大教堂时我瞅着他那么面熟呢！”

提图斯到朱丽埃特画廊的展览开幕式来干吗？很显然，他在维也纳和布罗德卡初识之前就盯上了布罗德卡。

不仅如此，他也知道朱丽埃特！或许他连布罗德卡是她的情人这件事也晓得。如果提图斯什么都知道的话，他就是一直在骗他们。

这些人，到底想干什么？

出了通讯社，布罗德卡向朱丽埃特说，他要去找提图斯，而她最好在家里等他。

地处兰德韦大街的“最美”公寓离此不太远，布罗德卡决定步行。穿梭的车流和正午时分走在路上的来往行人并没有像平日里一样让他觉得恼人——刚刚相反，外界的嘈杂暂时排遣了他心中抑郁的气结，令他不去想太多的问题。

“您好，布罗德卡先生。”公寓接待处的一个小伙子向他打招呼，竟还道出了他的名字，这让布罗德卡惊讶不少，接着他想起来，提图斯的房间是以他的名字租的。

“我想和提图斯先生谈谈。”布罗德卡有礼貌地说。

一身黑西装的年轻小伙子敲打着电脑键盘，他抬起头来说：“很抱歉，那位先生今天早上已经离开了，我可以这就把帐单给您吗？”

“离开了？”布罗德卡蹙起眉头，“可那是不可能的。”

“我跟您说，他大概是在七点半左右走的。”年轻人再次在电脑里确认之后说，“您是付现金还是刷卡？”

布罗德卡差点上前揪起这个没眼色的服务生的衣领，好好教训他一顿。最后一刻他改变主意，把他的信用卡扔到不知天高地厚的小年轻面前，在凭据上签好字，二话不说离开公寓。

慕尼黑的步行区和德国其他城市的步行区没有什么不同，布罗德卡吃了份烤肠，和德国所有内陆城市的烤肠一样难吃，他还喝了一罐可乐，对此他没有什么可指摘的。

布罗德卡仍觉得肚子空落落的，当他看到橱窗里展示的今春最新流行服饰的张牙舞爪的色彩就饱了。意懒心灰的他沿着剧院街闲逛。

布罗德卡的情绪非常低落。他觉得自己被重重包围，手无寸铁的他陷在一些具有超强威力而又隐身不见的敌人中间。

这又是怎么一回事？

提图斯的突然失踪对布罗德卡来说不异于一个新的谜团，他根本没打算试着破解，而是去想那个最主要的问题。

他的敌人是谁？

回家的路很远，布罗德卡倒是很乐意顺着马路随意走走，散散心。他穿过摄政王街大桥，不禁纳闷自己已经在这个城市生活了多久，反正今天他是头一次步行走过这座桥。他朝通往“和平天使”纪念碑的方向走去，然后拐进玛利亚－特利希亚大街。

而家里等待他的是另一个始料不及，朱丽埃特有客人。

是考林。

“多么美好的一天。”教授说。

“您好。”布罗德卡短促应对，然后他看着朱丽埃特说：“提图斯不见了。他在这里干吗?”

考林代替朱丽埃特回答：“我要带我的老婆回家，您听明白了吗?”

“不，我没有听明白。”

“我爱我的老婆，年轻人。顺便说一句，朱丽埃特和我还结着婚呢。”

“您指的是那张您签过名字的废纸？您就算了吧，朱丽埃特不再爱您，对此您不是完全没有过错。”

“您要克制自己，先生，是您把我老婆从我身边抢走，要在从前该判刑的，先生。”

“叫我布罗德卡，”布罗德卡平心静气地说，“您好像是没有意识到我们生活在二十世纪，一个已婚女人绝对没有义务和一个性无能的酒鬼共度一生。”

一直没吭声的朱丽埃特开口了，“随他去，布罗德卡，这都已经说过不止一百遍，你改变不了什么。”她又转向考林说：“你先是把你自己毁掉，现在你又试图逼迫我屈服。你以为我不知道是你设计陷害我？你想让我彻底完蛋，好让我乖乖地跟你回去。你打错算盘了，我亲爱的，事与愿违，现在我至少知道，你够狠的呀你。”

“你胡说!”考林为自己辩解，“你很清楚，我对艺术一窍不通，我如何能和那些造假画的家伙挂上钩?”

布罗德卡大笑几声说道：“您不是还宣称，钱可以买到一切吗?”

考林气得蹦起高来，摆出一副要干架的态势。朱丽埃特慌起来，这对急眉瞪眼的情敌随时都会像两头公鹿一样抵着锐利的犄角冲向彼此。她又冒出一个恐怖的念头：如果考林突然拨枪指向布罗德卡怎么办？或者指着她？她的心怦怦乱跳，提心吊胆地盯着考林，直到他的姿态渐渐松懈下来，才松了口气。

朱丽埃特走到他近前，右手挽起他的胳膊，同时左手也挽起布罗德卡，她脸上展露着最温柔可亲的笑容说道：“你们俩这样的表现就像是还在念高中的小男生。大家为什么不坐下来喝点酒聊一聊呢？”

朱丽埃特的提议让两个男人有些愕然，后来考林耸了耸肩膀说：“同意。”

布罗德卡也只好点头答应。

朱丽埃特从厨房拿出一瓶罗纳河谷干红。三人还没有进入正题，酒瓶就已见了底，于是她提出再来上一瓶。

考林看看布罗德卡。“红酒是老男人们最好的补药。”他笑眯眯地说。

“威廉·布什。”布罗德卡说。

“什么？”考林说，“我还以为这名言是我先说出来的呢。”

布罗德卡咧嘴一乐，好像突然间他和考林冰释前嫌化敌为友了。这两个刚才还在掐架的人频频碰杯，并对朱丽埃特今后的生活展开积极的讨论。不知道是不是酒精的效用，反正两个人争执不休，高声吵嚷，完全无视当事人——朱丽埃特的在场。连朱丽埃特插句话，考林甚至让她闭嘴，而布罗德卡也没有加以制止。

更让朱丽埃特不好受的是考林和布罗德卡你一杯我一杯，就像两个好友在畅饮谈心。唯独一个问题败坏了这种友好气氛，即他们俩谁有权拥有朱丽埃特。

“就根本不问问我的意见吗？”她叫喊起来，她不知道自己是该笑还是哭。

考林和布罗德卡喝红了眼，直眉瞪眼地对视着，谁都不回答。

“至少是你，”朱丽埃特对布罗德卡说，“我还以为你比较聪明些。”

两个男人相互看了一眼，然后布罗德卡对考林说：“她可能搞错了。”

又一会儿，布罗德卡半是正经半是醉醺醺地问考林：“您打算从朱丽埃特身上赚多少赎金?”朱丽埃特霍地站起来，冲进隔壁房间拎出一个包，披上大衣，摔门扬长而去。

考林和布罗德卡怔呵呵地看着房门咣当一声合上，面面相觑。考林大着舌头说：“即便是一个妓女，对她的男人来说她也值十万马克。这样说来，朱丽埃特自然要更贵些，她可是个正派女人，难道她不出众吗?”

布罗德卡猛灌下一大口酒。

“我提议，教授，”他说，“我们让命运去决定朱丽埃特该属于谁。”

“她属于我!”考林怪声大叫。

“我再次声明，她是我的。”布罗德卡反驳，“咱俩的看法这么不一致，我们就赌一赌吧，掷骰子定输赢。”

考林心里想了想，看来对方真是喝高了，这个主意对他颇具诱惑，于是他表示同意。

是什么让布罗德卡做出这个荒唐可笑的提议，事后连他自己也说不出来。他从来没赌赢过，他属于买二十张彩票二十张未中的那种人。

布罗德卡从书架上取来一个盛骰子的碗，“您定一下规则。”

“那我说，我们轮流掷骰子，谁要是头一个掷出三个六，谁就赢了。”

考林两手捧着碗，摇晃得太使劲，骰子上的点好像都给摇没了，他用力把碗往桌子上一撂。

布罗德卡看到考林未中，大乐。

可布罗德卡也没那么幸运。

两人掷着骰子，喝了差不多半个钟头的酒，考林说，他们应该只掷一次就算数，要三个六几乎是不可能的事。而就在他说这话的同时，他手中的碗已经搁在桌子上。两个男人看着碗里的骰子，愣住了：三个六。

“您赢了。”布罗德卡失望地嘟囔着。考林的骰子让他猛地清醒过来。

考林嘻嘻笑着，显然酒劲还没过去，他踉踉跄跄地站起来，身子东摇西晃。他一本正经地说："万事大吉。烦您帮我叫一辆计程车。"

像在走平衡木似的布罗德卡趔趄着走到放电话机的地方。后来出租车是什么时候到的，考林是怎么走的，他都仿佛做梦一般。他脑子里只有一念：现在一切都结束了。

去卫生间时他看到门厅衣架上挂着考林的大衣。布罗德卡拿下大衣，深一脚浅一脚地下了楼梯，可是考林已经不见踪影。当布罗德卡再次挂上大衣，他发现大衣兜里好像有个硬物。

布罗德卡把手伸进兜，摸出一把手枪。

布罗德卡竟然这样对待她，朱丽埃特着实异常恼怒——反正她也没指望考林会对她好到哪里去。朱丽埃特奔向诺波特的家，他住在不远处的一个阁楼，他算是朱丽埃特多年的知己。

诺波特三十岁左右，头发浓密而乌黑，额前随意地耷拉下几绺发丝。他的长相普通——除了一处几乎没人注意到的小部位，对于诺波特来说却非常重要：他右手缺了一根小拇指。

在寻常人的生活中这个小手指没多大用处，而诺波特却过着绝不寻常的生活，他是个唯美至上主义者，崇尚美与和谐的事物。他的职业是钢琴师，几年前他遭遇的那场变故除了令他的脖子和额头上多了几道疤之外，就是丢了这个小手指，而他的生活被彻底改变。

他的前程由此而中断——他再也不能登台表演。之后，诺波特靠在酒吧弹琴来维持生计，他用右手无名指来替代缺失的小手指，娴熟的演奏技巧掩饰了自身的缺憾。

伤残的手指不仅让诺波特的身体不再健全，更让他的心灵备受伤创，自此——他性情大变——爱慕同性多于异性。他过着双重生活，以贝尔塔的化名在园丁广场一带的酒吧间里享有盛名并受人喜爱。

他对于朱丽埃特的倾慕只限于精神的爱恋。诺波特对她从未越雷池半步——撇开他反正也没这方面的渴求不计。像他这样的男人以自己的喜好去塑造值得他们膜拜的女性圣像，并一辈子忠于她们。

诺波特就是这样的一个男人。有时他到朱丽埃特的画廊里随便看看，那些名人画作他自知不可能买得起。这些时候他会向朱丽埃特说些掏心窝的话，她是他最知根知底的女性朋友。

诺波特知道她这一段时间以来面临婚姻危机，也知道她如痴如醉地爱着布罗德卡。如果要他在她丈夫和情人中间选一个，他会站在后者那一边。虽然他从未见过布罗德卡，而布罗德卡也仅仅是听说过诺波特的名字，他并不了解朱丽埃特和这个酒吧钢琴师之间有着深厚的情谊。

整个晚上朱丽埃特都呆在诺波特家。竟然被男人们这样对待，在她还是头一遭。她恨考林，对布罗德卡则是不想理睬。

这一夜朱丽埃特一直在思索，她要自己掌握自己的命运。她告诉诺波特，她必须有所动作去挽救濒临破产的画廊。为此她先得查清楚，她是怎么陷入这个伪造名画的犯罪团伙的圈套。

诺波特对她的打算表示出强烈的疑问，要想搞清那些画作从罗马运送到慕尼黑的全过程可不是件容易事。不过朱丽埃特并未动摇，她打定主意，订好明天飞往罗马的机票。

到目前为止，她还没怀疑过阿尔贝托·法索利诺卖给她的画不是真迹。法索利诺作为收藏家的声誉一向清白，他经常向朱丽埃特购画，从不讨价还价，而且全额付款。

朱丽埃特需要查出这些画被掉包的可能地点。虽然目前有迹象表明，她的画廊才是作案现场，但谁又能确定不是从罗马到慕尼黑之间的某个地点发生的呢？她一定要查个水落石出。

这可不是简单的任务。

翌日，朱丽埃特乘坐麦道 80 经过一个半钟头的飞行十二点刚过到达罗马机场。之后朱丽埃特径直去往威尼托大道[1]的埃克塞尔大酒店。

临街的客房虽然有些吵，从厚重的绿缎窗帘后面向外了望的视野倒是很好，街道上熙熙攘攘的热闹场面尽收眼底。诚然，威尼托大道从费里尼的《甜蜜生活》之后就逐渐散失了许多它独有的魅力，但和其它享有盛名的大街相比它仍旧光彩出众，尤其是世代居住在这里的人们。

在这条道路两侧数不胜数的服装品牌店中的一家，朱丽埃特为自己购置一套春装，鹅黄色的调子，立体裁剪，贴身合体，她还在离这家店几步远的鞋店买下一双黑色鞋子。新衣新鞋立马让她容光焕发。她给阿尔贝托·法索利诺去电，告诉他，她人已在罗马，她必须得跟他谈谈。

法索利诺流露出十分讶异的语气，他敷衍说明天可以与她会面。在朱丽埃特的一再坚持下，法索利诺答应即刻见她。

自上次她在罗马见过法索利诺距今还不出四个月。他和他的太太——也可能是他的母亲住在一起，那女人常年只穿面料昂贵的黑色华服以及同样黑颜色的高跟鞋。他家的豪宅宛如宫殿一般，高高的窗户，门前立有四根石柱，所在的街区叫 Via Banco Santo Spirito，这样的街道名称全世界不会有第二个，直译过来就是：圣心银行大道。教堂的收益已经蛮高，根本不必依靠这等俗物。

“我很遗憾，朱丽埃特女士，这些画令您的处境如此尴尬。”法索利诺对朱丽埃特说。他好像事情很多的样子，而当他的太太走进客厅，用挑剔的眼光打量这个外来女客时，他更让自己忙碌起来。

客厅里摆放的家具厚重而又古典，从天花板上垂挂下两架枝形吊灯，白天也亮着，让这个阴暗的房间多少有些明朗。高屋顶的墙壁挂满大大小小的油画和版画，几乎覆盖住那价值不菲的贴墙壁纸。只有临街的那面墙上连开四扇窗户，让人在一幅幅名作珍品的

---

① 威尼托大道，罗马最著名的街道之一，是费德里克·费里尼的经典之作《甜蜜生活》电影中的背景，更是富人和名人的热门购物地点。

铺天盖地的包抄下喘口气。

朱丽埃特看到这个恐怖的画廊——也实在找不出其它可以形容这个房间的名称——谢天谢地并不是第一次，于是那种初进入这座房子所感受到的令人窒息的憋闷也没叫她过于难受。看到这些价值连城的画作，她越加确定，能拥有这么多无价之宝的人是不会和造假画的犯罪团体勾结在一起。

像所有收藏家一样，阿尔贝托·法索利诺很是自豪而热情地向朱丽埃特炫耀他的最新藏品——雷诺阿① 的《跳芭蕾舞的女孩》的炭笔草稿。朱丽埃特暗暗估价，这画不会低于一百万，当然是马克，不可能是里拉。

她在和他做第一笔生意时就曾想过这个问题，法索利诺从哪儿得来这么多钱去满足他如此奢费的收藏热情。从一次绝对专业的长谈中她得知，法索利诺的家产主要来自不动产——最好地段的房子和地皮。

朱丽埃特认真欣赏完雷诺阿的画作并啧啧称赞之后，她说："法索利诺先生，我来这里是为了查清楚契里柯和雅弗林斯基的假画一事，我希望您能帮我。"

法索利诺有如舞台表演一样地把两手举至空中，以蹩脚演员的腔调拔高嗓门说："女士，我该怎么帮您呢，如果我卖给您的是确凿无疑的真迹！法索利诺不是骗子！"

"我从来没有这么说，"朱丽埃特说，"我能肯定，那些画，就是我在这个房间里验证过的那些画皆是原件，可是我不知道在此之后那些画出了什么问题。去年的十一月二十七日那天我第一次看到那些画，而在一月三十日被人发现是假的，这期间原件随时都有可能被人调换。"

"您本应该一直随身带着它们。"法索利诺说。

朱丽埃特看了他一眼恼火地说："上飞机？还没有保险？没有一个艺术品经销商会做出这等开玩笑的事。"

---

① 皮耶内·奥古斯特·雷诺阿（1841—1919），法国印象派画家。

雷诺阿的绘画作品

“我知道。”法索利诺带着歉意说。

“您是责成哪家艺术品托运公司?”

“‘兄弟托运’，他们负责打包、装运和送货，这是一家颇有名气的运输公司，女士，他们和罗马的各大博物馆都有合作。我实在想不出，在运输途中您的画会出什么事情。”

“到德国的路程很远，法索利诺先生。”

“那是不错，女士，不过，您在接收确认时并没有发现送上门的是赝品，您签过字的。”

朱丽埃特耸了耸肩膀。她无可奈何地望着对面墙上密密匝匝挂着的油画，心想，如果这些画都是真的，以此为假定前提，就算里面掺了假的，我还能察觉出来吗?

“我可以担保兄弟托运公司，”法索利诺说，“他们为我送货不止一两次，我都非常满意，这是家绝对可靠和守信用的公司，您也会心服口服。”

法索利诺走到一张笨重的大个儿折叠写字柜前，拉出一个抽屉，拿出地图。他把地图交给朱丽埃特说：“这家公司在马尔萨拉大街，离中央车站不远。您坐出租车去，前面拐角就可以打到。”

法索利诺的太太第二次把头探进门缝，觑眼打看朱丽埃特，朱丽埃特向她点头致意以示告辞，可她并没有进屋。

“如果您需要我帮忙的话，女士，”男主人微笑着说，“您随时跟我讲。”

朱丽埃特说：“您可以在埃克塞尔大酒店找到我。”

“兄弟托运”是一家以运输艺术品为主的专业公司，与公司的资金雄厚牢靠的形象相符，它地处于马尔萨拉大街的中心位置，在一座五十年代建造的大楼二层，建筑风格简约厚重。

朱丽埃特走上大理石台阶到二楼。她进了前厅，里面一溜摆了六张黑皮坐椅，墙上是超大尺寸的艺术品包装、运输工具展示的宣传海报。

一扇玻璃门通向前台，笑容满面的前台小姐向朱丽埃特打招呼。

朱丽埃特说明来意，这时过来一位衣冠楚楚的中年男子，将她请至自己的办公室。

他问清楚朱丽埃特的姓名、住址、发件人、收件人和发送日期等相关情况，一一输入电脑。很快屏幕上显示出整个流程，职员问：“您想知道些什么，女士？”

“一切，”朱丽埃特回答，“画从法索利诺的家门口出来一直到最后我在画廊接收，中间的所有环节我都想查一下，可以吗？”

“当然可以。”职员微微一笑，他敲打起键盘，然后指着显示屏说，“您看，女士，画于十二月一日在圣心银行大街被装运上车，车号是十七，运往波罗加那——我们的仓储中心，开车的司机是思普罗和马泰。在波罗加那那些画被转至一辆小货车上，然后直接开往慕尼黑。这一段车程由我们的司机莫伽尼和兰希斯负责。十二月二日十点三十分，画被您验证接收，有您的签名为证。”

“那么您认为，在运输途中画被人掉换不太可能，是吗？”

职员扬了扬眉毛，说：“女士，那些画是被密封在一个贴有封条的铝合金集装箱里。封条是在法索利诺的家门口贴上去的，并在您的眼皮底下揭下来。您看，这里，”他指着显示屏，“十二月一日八点二十分贴封条，由安纳斯塔希亚·法索利诺确认。十二月二日十点三十分揭下封条，由朱丽埃特·考林确认。”

就像法索利诺之前说的，这家艺术品运输公司给朱丽埃特留下作风严谨、恪尽职守的印象。这么一看，似乎在运输上面不会出什么纰漏。令她诧异的是，并不是法索利诺本人而是他的太太安纳斯塔希亚在监督并确认画的装运。

她从法索利诺那里知道，他的太太不懂艺术，对她丈夫收藏艺术品的狂热报以不屑甚而反感。

这让朱丽埃特坐立不安，她决定再去拜访法索利诺，希望他能做出解释，为什么不是他亲自监管画作的装运和密封。

朱丽埃特坐上出租车又回到圣心银行大街，就在她正要下车时，她看到一个年轻人刚好从法索利诺家的房子里走出来。朱丽埃特愣住了，她很肯定，自己见过那个男人，只是一时想不起来什么时候什么地方见过他，他的头发短而黑，典型的意大利人的鼻子，手上拎着黑包。

朱丽埃特忙往出租车司机手里塞进两张钞票，然后下车从后面跟上那人。他脚步匆匆向圣天使桥[①] 方向走去，那里车辆是禁止通行的。他走过横跨台伯河的圣天使桥，在圣天使城堡[②] 前向左拐进和解条约大街。

朱丽埃特紧紧盯着他，和他保持一定距离。她远远望见云雾之中圣彼得大教堂的穹顶，壮观庄严，即使一个无神论者也会感到几分神圣。

就在脑子这一愣神的瞬间，那名男子不见了，他好像钻进地底蓦然消失。朱丽埃特绕到马路边上的方尖石碑后面，猜想那人是不是发现有人尾随就躲起来了，可是那男子仍没出现。

朱丽埃特试图找辆出租车，哪儿都没有，于是她步行折回科尔索大街。

脖子上挂着照相机的游客在台伯河两岸寻找着值得一拍的景点。见此情形，朱丽埃特猛然记起她跟踪的男子是谁：他就是在她的画展开幕式上拍了无数照片、布罗德卡在哈根的相片上发现的那个无名摄影师。

朱丽埃特望着孱孱流动的台伯河水。她越是想着那可疑男子，她的心神越加不安宁。这会是巧合吗？或许那个人只是跟相片上的摄影师长得相像而已。

朱丽埃特回到酒店，给诺波特打了电话，让他帮她查德国新闻社在慕尼黑的电话。她联络上哈根，请他帮忙将上面有那个神秘摄影师的照片快递给她，地址是罗马的威尼托大街，埃克塞尔大酒

---

① 通往圣天使堡的圣天使桥（Ponte Santa Angelo），桥两旁的栏杆上间距整齐地伫立着十位天使和两位神使的石雕。

② 圣天使堡是公元 140 年哈德良大帝的陵墓，之后罗马帝国的各代皇帝都安葬于此，直到公元 590 年才被教皇改名为圣天使堡。

圣天使堡

店。

哈根一口答应。

朱丽埃特想拿着照片向法索利诺对质，追问他，那人和他是什么关系。

二十四个小时后她收到哈根的照片，引起朱丽埃特不小的震撼。之前她还一直对从法索利诺家里走出来的那名男子是否就是哈根照片上的摄影师不很确定，现在一切大白：正是他。

自此她开始用另种眼光看待法索利诺。这个阿尔贝托原来并不是她至今以为的正派、富有的艺术品收藏家，他可能富有——问题是，他是如何变为富有的。

为了解开法索利诺身上的种种疑点，朱丽埃特打算采取非同寻常的一步。她从布罗德卡那里学到，每项以严谨的态度对待的调查研究都起始于对卷宗的钻研。于是她找到特利托大街152号的《信使报》社——这是她知道的唯一一份罗马报纸，她还打听到档案室在哪里。

《信使报》社的档案室是在后楼的最顶层，很难找。虽然它的位置隐秘，毫不起眼，但它收藏的档案数量和质量却在报界数一数二。

朱丽埃特自称是德国来的记者，并加以解释说她要查一些有关假造名画的犯罪团体的资料，能否有人帮她。

一名资料员接待了她。这个资料员相貌英俊，长头发滑溜溜地梳向脑后束成小辫。他引着朱丽埃特坐到一台老式电脑前，告诉她输入词条“伪画”或者“伪画制造者”，佐以“艺术品”或者“案件”。

“就这样？”

“就这样。”

可是当只剩下朱丽埃特独自坐在电脑前，她怎么努力都毫无成效，最后大概她无助的样子引起那位年轻资料员的关注，于是他坐到她旁边，以令人眼花缭乱的速度敲打键盘，几秒钟之后显示屏上出现了第一篇文章。

文章是去年十一月份的，内容关于一个拿波里画家的诉讼案，他擅长用独特的技法临摹瓜尔迪[1] 的风景画，这些复制品让他赚到好几百万里拉。

资料员调出一篇又一篇文章，但是没有一篇提到法索利诺。

“您要找的那个人叫什么名字，女士?”资料员问。

“阿尔贝托·法索利诺。”朱丽埃特回答。

资料员输入名字，敲进“伪画”作为搜索词，而后又补充了“案件”。

“很抱歉，女士。”资料员又在几个相关链接里搜索了一遍仍未成功，他说，“我真的很想帮您，女士。”

朱丽埃特微展笑颜，资料员的歉意听上去十分诚挚，“您不必为此过意不去，先生。”

“我叫克劳迪奥，克劳迪奥·索特罗。”

“朱丽埃特·考林。”她浅笑盈盈地回应。

“尤利埃塔。”克劳迪奥慢慢地重复她的名字，好像在细细品味，他的发音虽不准确，但自有一番味道。

朱丽埃特呵呵乐着摇摇脑袋，有点难为情，这一闪而过的羞涩鼓励克劳迪奥进一步发问：“我可以请您吃晚饭吗，尤利埃塔?”

朱丽埃特收回瞅向显示屏的目光，专注地看着克劳迪奥的脸。他太帅了，这个年轻的罗马人，或许他比她小上十岁。他黑漆漆的双瞳充满自信，他那甜美的笑容令人无法拒绝。

作为一个正派女人，朱丽埃特心想，你现在必须说不。不过她知道，这个年轻男人如果不是罗马人的话，他是不会把回答“不”当作“好的，但是……”去理解，他会一遍又一遍地做出保证，他的用意是多么纯洁。

我为什么要让他费那么大劲呢，朱丽埃特暗问自己，他是不会

---

① 弗朗西斯科·瓜尔迪（Francesco Guardi，1712—1793），威尼斯画家，以威尼斯城市风景画知名。

退却的，除此之外，这个年轻人或许能帮上你。

于是她矜持地回答："我不能接受……"

克劳迪奥似乎是成竹在胸，全不理会朱丽埃特的迟疑，说道："晚上7点。我去哪里接您？"

"我住在埃克塞尔大酒店。"

"威尼托大街！"克劳迪奥吹出一声口哨，"奢华的地方，女士，我希望我请您去的小饭馆会适您的意。"

"这您不用担心。"朱丽埃特笑了，"在吃饭方面我没太多要求，我喜欢简单的意大利饭食，比萨、通心粉还有海鲜。"

"太好了，我去接您，女士，还有您在调查的事情，我会尽力帮您查查看。"

克劳迪奥把朱丽埃特送至电梯口，以一种南欧人特有的热情口吻告诉她，他是多么期待今晚的约会。他一直等到电梯门合上才返回到显示器前，敲入"丑闻"和"列奥那多"。

屏幕上立马出现一段过去的报摘文章："列奥那多丑闻一案的终审判决——案犯阿尔贝托.F被判入狱七年。"

一次约会竟让朱丽埃特如此兴奋，已经是好久没有的事了。站在镜子前面的她不停地变换姿态，自问身上的新衣会不会显得她年龄大，或者会不会让克劳迪奥觉得她像个贵妇人。但是这件衣服确实衬显出她玲珑有致的身段，于是她决定不再换装，况且娇嫩的鹅黄色真的很配她。

朱丽埃特把头发散开来，随意地披在脑后，这样令她看起来更年轻，她特意把脸上的妆化得素淡。梳洗打扮之后她呆在房间静静等候。

克劳迪奥·索特罗分秒不差地准时出现，他带给朱丽埃特一束红玫瑰。她的脸上又一次流露出娇羞的神情，这让她记起她少女的时光。

“您知道纳沃纳广场[1] 吗?”他俩站在酒店前的出租车站台上，克劳迪奥问朱丽埃特。

“不知道，”朱丽埃特说，“我只去过罗马的几处景点——圣彼得大教堂、斗兽场和古罗马市场，其他别的还没去过。我来这里常是出公差，根本没有时间闲逛。”

克劳迪奥笑着拍起巴掌来，叫道：“尤利埃塔！您一定要好好了解罗马。罗马是世界上最美丽的城市！只要您乐意，我带您到处走走，您想看什么就痛痛快快地看什么，想玩多久就玩多久。”

有谁会不喜欢这样的提议？朱丽埃特喜滋滋地连连点头，转过身朝出租车走去，克劳迪奥拉住她的胳膊，把她轻轻拽到一辆停靠在人行道上的摩托车旁。

“但愿您不介意我用摩托车带您。”

“当然不，恰好相反。”朱丽埃特嘴上说着心里暗想，她穿着这样紧绷绷的裙子该怎么跨上后座啊。

“您知道，尤利埃塔，在罗马，开车的人多少都是脑袋进水了，几乎每个十字路口都会暴堵，可骑摩托就哪儿都能过去。”

克劳迪奥看出朱丽埃特打量摩托车时所流露的顾虑眼光。“没什么好担心的，”他笑着说，“一位女士坐在摩托车上自然是采用女士的姿势，就像早些年前上流小姐们骑马一样——两腿并向一侧，通常是左侧，很简单，您一会儿就知道了。”

克劳迪奥发动引擎，朱丽埃特按照他说的样子坐在摩托车后座上。

“您必须要两手紧紧搂着我的腰，尤利埃塔。”克劳迪奥说完，一脚踩下油门。

他开着摩托车在傍晚川流不息的车队中穿来钻去，让朱丽埃特好一阵揪心。她伏在克劳迪奥的后背上，死死抱着他，慢慢地对他

---

① 纳沃纳广场是古罗马时代战车竞技场的遗迹。据说中世纪时期成为游玩的场所，经常充满水，供贵族们划船取乐。现在广场两侧的建筑物多为文艺复兴时期的作品。

纳沃纳广场一侧的喷泉

的车技越来越信任。她喜欢这种飞驰电掣的感觉。

望过奥勒里乌斯胜利柱[①]，途经庄严肃穆的万神殿[②]，穿行禁止一切车辆通行的步行街，闯过个把红灯，不到二十分钟他们就到了纳沃纳广场，这里是罗马最美丽的广场之一。

“要是坐出租车的话我们也就才到巴尔贝尼广场。”克劳迪奥得意地说。他把朱丽埃特扶下车座，将摩托车停在酒馆前，酒馆门口两侧摆放几张铺着雪白桌布的桌子，四周围绕盆栽的常春藤，上面还盘缠着闪闪烁烁的五光十色的小灯。从酒馆里传出高亢的乐声，是威尔第的歌剧。服务生腰上绑着白色的长围裙，手举着放满酒杯和菜碟的托盘，如杂技表演般地快速穿梭在餐桌间，而托盘下面常常就是客人的脑袋。

大多数位置都坐满了。克劳迪奥拉着朱丽埃特的胳膊朝角落里唯一空着的桌子走去。“希望您能喜欢这里，尤利埃塔，您得知道，这里有全罗马最好吃的杂烩菜。”

朱丽埃特并不反感这个年轻男人常常夸张的言辞，相反还有些小喜欢，他说话的时候还眨巴眼睛，似乎他自己也不是很当真。于是朱丽埃特也没在意，当克劳迪奥用高得连隔壁桌子的人都听得到的嗓门说：“尤利埃塔，您是所有和我共餐的人当中最美丽的女人。”

“拍马屁。”朱丽埃特用德语说。

“什么是‘拍马屁’?”克劳迪奥问，“‘拍马屁’是什么意思?”

一个浑厚有力的声音从邻桌传过来：“Adulatore[③]!”

这声音来自一个大腹便便的男人，他灰白短发，络腮胡子有型

---

① 公元二世纪（193年）时竖立的奥勒里乌斯石柱，上面的浮雕记载着罗马皇帝马尔库斯·奥勒里乌斯在多瑙河战役中获胜的事迹。

② 万神殿是古罗马建筑艺术的杰作，始建于公元前27年至公元前25年，用以供奉奥林匹亚山上诸神，是至今完整保存的唯一一座罗马帝国时期建筑。

③ 意大利语，奉承之意。

有款，他一个人就占了一张桌子。

克劳迪奥朝他眨眨眼睛，算是谢过这个热心的食客帮他翻译，然后他用手捂着嘴巴俯身向朱丽埃特，用低声说道："一个有点疯癫做派的德国作家，他老来这里吃早餐。"

"现在都晚上七点半了！他怎么这个时间吃早饭？"

"这您就得问他自己了，尤利埃塔。"克劳迪奥飞快地朝邻桌瞟了一眼，"人们说，他白天睡觉，夜里工作。"

朱丽埃特一边研究菜单，一边从菜单上方偷看那个引人注目、有着巴洛克外表的人物。

朱丽埃特想当然地点了"全罗马最好吃的杂烩菜"，还有克劳迪奥推荐的产自阿尔巴山的卡斯特里葡萄酒。

夜幕笼罩在纳沃纳广场。虽然冬天才刚刚过去，这里却已经感受到春天般的温暖。

广场四周的老房子和古朴的教堂让朱丽埃特连连赞叹不已。

"我们意大利人无比热爱我们的广场，"克劳迪奥说，"因此我们管广场叫'她'①，而你们德国人把广场称之为'他'②，可能是因为有众多野蛮争战发生在你们的广场上。"

他说的一点儿都不错，朱丽埃特心想。

"您也不必为此而难过，尤利埃塔，"克劳迪奥接着说，"就连这个景色怡人的广场也曾经有血腥的过去。古罗马时候，这里经常举行战车和角斗士的竞技表演。后来在这儿四周围盖了房子和教堂。四百年前罗马人将整个广场注满过膝的水，这地方又成为戏水和游船的娱乐场所。"

服务生端来满满一盘子的海鲜。在他们开始吃之前，克劳迪奥递给朱丽埃特一张纸。"我必须向您坦白，"他做出一副悔悟的表情说，"我看到当我表现出帮不了您时，您是多么的失望。其实当时我就知道您要找什么，可我不想马上把它拿出来，因为那样的话可

---

① 原文为"die Piazza"，阴性。

② 原文为"der Platz"，阳性。

能我再也见不着您。这个，它就是您要找的东西。”

朱丽埃特看了看纸上的标题，脸色沉下来。

“这些您一定还不知道吧，是不是？”克劳迪奥说，“列奥纳多丑闻一案的终审判决——案犯阿尔贝托 .F 被判入狱七年。”

“阿尔贝托·法索利诺。”朱丽埃特轻轻读出声来，“我已经预感到了。”她快速浏览报章内容，其间她问：“这是什么时候的事？”

“这篇文章写于一九八六年的六月。报上说，阿尔贝托·法索利诺将列奥纳多·达·芬奇的一张油画卖给了美国的一个工厂主——售价为三千五百万美元。这张画同列奥纳多所有的画一样没有画家本人的签名，不过画布和颜料都是过去那个时代的，而且鉴定专家们都确认是列奥纳多的真迹。不想，那个工业大亨买主把这幅画拜托给他的好朋友——一名放射科医生——进行彻底检测。结果发现，在这张所谓的列奥纳多的真迹下面是一张罗萨里奥·贝尔图奇的油画，他是和列奥纳多同时代的一个不太出名的画家，而这张出自他本人的画于两年前被人从拿波里的博物馆里给偷走了。”

朱丽埃特点点头，看似心不在焉。

“尤利埃塔，”克劳迪奥手指着饭桌上精美的菜肴，“您吃呀，凉了就不好吃了。那起列奥纳多伪画案我们过会儿再说。”

他举起酒杯，和朱丽埃特碰杯，“为世界上最漂亮的女人，与她共餐是我无上的荣幸和快乐。干杯，尤利埃塔。”

朱丽埃特此时完全没有这个心情，但克劳迪奥的话还是把她逗乐了。光是听到他说她名字的发音——尤利埃塔——这趟罗马之行也值了。还有广场上的撩人夜色、和暖的空气、芬芳的葡萄酒——足以让她的愁闷、怨恨和烦忧忘却几个小时。

虾和鱿鱼美味极了，朱丽埃特抿了一口酒，说：“我也必须向您坦白，克劳迪奥。”

年轻人狡黠地看着她，他料到是这样，他没有猜错。

“我不是什么记者，”朱丽埃特说，“我对您撒了谎。”

“我知道。”克劳迪奥泰然作答。

“您知道？”

“当然了，女记者可都是另一番做派，每天到我那里去的有一二十位呢。大多数把自己倒饬得像是脖子上缠条蛇的妖妇克利奥佩忒拉[①]，或者一板一眼俨然是发现镭的居里夫人。”

“不管怎么说……我都很不好意思，克劳迪奥，我不是记者，我是开画廊的。”

“哎哟，这样子啊，您这样做肯定有您的理由。”

朱丽埃特左右瞅了一下，看是否有人能听到他们的对话，那个大肚子作家已经用完早餐离开了。

“克劳迪奥，”朱丽埃特说，“我信赖您。我现在的处境很糟糕。这个阿尔贝托·法索利诺，”她用手指点着纸上的报摘文章，“以五百万马克的价钱卖给我几张画，交易的当时并不是假的，而是一等一的真品，挂在我的画廊展览了几个星期。不知在什么时候，这些原件被复制品偷偷掉换，而我竟然丝毫没有察觉。没人相信我，现在我被涉嫌制造伪画并贩卖而面临起诉。”

克劳迪奥一脸的严肃表情，“天啊，这不是真的吧！”

“可惜是的。看完这段报道，我已经有些眉目了。”

“但是您刚才也说了，那些画，在您从法索利诺那里买来的时候是真的啊。您怎么知道嫁祸于您的一定就是法索利诺呢？”

“画还在法索利诺手里的时候，他很有可能找人照着临摹出复制品，然后他把原件卖给我，因为他知道，我会在购买之前好一番仔细检查而后才加以验收。而当那些画挂进我的画廊，我就没有理由再怀疑画的真伪。他派了职业盗贼潜入画廊，用复制品换下原件。”

“那您有证据证明是法索利诺干的吗？”

“还没有直接的证据。不过，法索利诺曾指使一名摄影师前来我举办的画展开幕式，那人把画廊的角角落落拍了个遍，从而为窃案提供极大方便。而此人，就是那名摄影师，我昨天看见他从法索

---

① 女王克利奥佩忒拉七世是埃及托勒密王朝（公元前 323 年 - 公元前 30 年）的最后一位君主，埃及最后一个法老。

利诺家里走出来。”

“尤利埃塔，我能问一句吗——法索利诺这样做到底能得到什么？他可是再也无法卖那些画了。”

朱丽埃特点点头，“您的脑瓜转得很快，克劳迪奥，只有一种解释，法索利诺想借此毁掉我的事业。”

“但是为什么呀？您不过是和他做做生意啊。”

“虽说如此。一开始我也以为是我丈夫在背地里捣鬼，不过慢慢地我起了别的疑心，对此我不想多谈。”

“您结婚了，尤利埃塔？”

朱丽埃特没吭声，过了一会儿她回答：“只是一纸婚姻。”

“我明白。好啦，既然您怀疑法索利诺，您为什么不去报案？”

“可我手里握有什么确实的凭证呢？”

这个以两人兴致盎然为最初的晚上，似乎却要以各怀心事为收尾。朱丽埃特暗暗决定，至少要为了这样的一个晚上而暂时忘却她来罗马的真实原因。

克劳迪奥把嘴抿得紧紧的，摇摇头。“我很难过，”他说，“我带来这篇文章给您看，却让您徒增烦恼，原本这是多么美好的一个夜晚。”

“让我们为此举杯，”朱丽埃特端起酒杯，“我们把整件事都彻底忘掉，好吗？”

克劳迪奥的脸上又恢复了轻松自得的模样，而这副神情从一开始就让朱丽埃特尤为着迷。或许克劳迪奥的年纪要比他看起来的大，正是他的笑容赋予他十足的青春和活力。

“您在想什么呢，尤利埃塔？”他发觉她在盯着他看。

“我在琢磨，您有多大，克劳迪奥。”

“您猜呢？”

“我猜不出来，反正我也不在意。”

“我三十五岁。”

“我就知道。”朱丽埃特双手拍打桌子。

“您知道什么呀，尤利埃塔？”

“您实际的年龄要比您看起来的大。您结婚了吗，克劳迪奥?”

“像我这样一个《信使报》的小资料员，能有什么博得女人的欢心。”

朱丽埃特眉头一紧，“啊呀，克劳迪奥，我快为您掉眼泪了。”

“真的是这样，意大利女孩都是物质至上者。大多数女人把婚姻当成长期饭票。没有房子、游艇或者敞篷跑车，这样的男人在罗马就是一付烂牌。至今为止我只在特韦雷河对岸① 拥有一处小居室。房间很小，不过是我自己的，可以眺望台伯河。您想看一下吗?”

“十分乐意。”朱丽埃特脱口而出，同时被自己的回答吓了一跳，她自己都不知道为什么，见鬼了。她几乎不了解这个男人，而且也不难猜出他的叵测居心，可她就是被他玩世不恭的神情迷醉了。

克劳迪奥似乎猜到她的心思，“您完全可以放心，尤利埃塔，相信我，离这儿不远。”

克劳迪奥付完账单，他们上了摩托车。

克劳迪奥家所在的那栋楼是个老楼，前不久刚刚大修过。楼里没有电梯，但有一个楼房图纸上也不存在的六层，没人能拆掉它，即便握有实权的房屋管理处的长官也不能，这里就是克劳迪奥的家。

朱丽埃特爬上六楼之后已经气喘吁吁。

屋里的门厅稍大，左右两侧各是一个小房间。最令人惊奇的是站在屋顶露台可以俯瞰城市的上空，看到远处波光潋滟的台伯河水。露台上种了不少小树和盆栽植物，花花草草的，置身其中，就好像徜徉在一个小树林里。朱丽埃特趴在露台围栏上，欣赏着城市夜景。

忽然克劳迪奥从身后抱住了她，她很意外，但也有稍许期待，如果她坦白说出自己内心感受的话。克劳迪奥一言不发，这样子最

---

① 罗马的拉丁区。

好。

朱丽埃特向后仰起头，闭上眼睛，任凭如潮水般的情感在胸中激荡。她脉搏加速，心旌摇曳。

起先有些畏怯，之后克劳迪奥慢慢用力搂紧她，嗅着她发端散发出的甜美香气，她的呼吸越来越急促，令他越来越兴奋。他轻轻地把她的头发撩到一边，亲吻她的脖子、耳垂，轻柔体贴，小心翼翼，就好像她是一个易碎的瓷瓶。

这样的抚摩温存让朱丽埃特的心里涌起一股她从未有过的激情。他难以自持的情欲让她自己也愈发地迫不及待，她扭过身来，两手捧起他的脸，把嘴压在他的嘴上。

“尤利埃塔，”克劳迪奥一声声低唤，“尤利埃塔。”

朱丽埃特的身体在发颤，或许是因为春天的夜晚或者是激动，她自己也说不上来，在这个时刻她也不关心。克劳迪奥感觉到她在瑟瑟抖动，就搂着她至屋内，一直没有松开她。

房间左面墙壁靠着宽大的床，床上端挂有一张天使图。她解开她的外套扔到一边，把裙子从头上褪去，白色的内衣和长筒袜更加刺激了克劳迪奥。克劳迪奥脱掉衣服，他的皮肤黝黑亮滑，他温柔的手指灵动地摸触着她的每一寸肌肤。

朱丽埃特沉浸在无边的欢愉之中。她不管克劳迪奥有多少个情人，也不顾身缠多少麻烦事，她只要克劳迪奥好好地爱他。

朱丽埃特和克劳迪奥缱绻缠绵了一夜。当晨光熹微之时，他们才相拥着沉沉睡去。

餐具磕碰的响动将朱丽埃特吵醒。阳光透过露台门上的缝隙照射进来。街道上气躁的司机摁动的喇叭声和无数摩托车发出的轰鸣敲击着她的耳膜。克劳迪奥已经穿好衣服，正在准备早餐。

朱丽埃特环顾这个房间，找自己的衣物，她眼前浮现出昨天夜里仿佛情色片中的一幕幕情形。她正在疑问自己这样做是否恰当的时候，克劳迪奥出现在门口，对她说：“早上好，尤利埃塔，早餐准备好了！”他亲吻她的嘴并拥抱她。

人们晚上称叹美好的一天，早上赞美美丽的女人。尤利埃塔，克劳迪奥心想，就是这样的女人，她没有化妆的脸庞、没有梳洗的头发是多么的迷人！

朱丽埃特去了一趟卫生间，等她出来，克劳迪奥已经把早餐摆好在露台的桌子上，空气中飘荡着香浓的咖啡味道和烤吐司的甜甜麦香。

他们俩先是默默地吃着早餐，朱丽埃特不敢抬头看克劳迪奥。

“我让你难过了?”他很小声地问。

“怎么这样说?”她说着看了他一眼，笑了，“昨晚真是美妙极了。”

“你这么沉默，我有什么地方做错了吗?”

朱丽埃特把手搭在他的手上，“完全没有，克劳迪奥，昨天晚上我是永远不会忘记的，相信我，只是一切发生得太突然，我……我几乎还不了解你。”

“我们做爱，完美得不可思议，尤利埃塔，对我来说，我好像已经认识你好多年了。你现在还在生我的气吗?”

“没有，你一定要理解我。你和我虽然睡过觉，可是我们相识的时间并不长。”

克劳迪奥点着头，此时他的心陷入一种他很少有过的悲伤。他嘴里嚼着半片吐司，突然清醒，尤利埃塔对他来说永远是可望而不可即，这让他痛苦万分。

“那么说昨天晚上的事就永远地过去了?”他低着头说。

朱丽埃特的目光从克劳迪奥身上移到远处的台伯河水以及仍笼罩在雾霭中的罗马城，今天会是明媚的春日。朱丽埃特在考虑该怎么回答克劳迪奥的发问，她的内心在交战，她不想让他误会，以为还有希望，另一方面她也不愿意回到以前。她想要他——不仅仅是一次。

“让我们给双方多一点时间，再考虑一天一夜吧。”最后她说道，她的话听上去像是一句道歉。她在心里问自己：你为什么这样做?你为什么这样固执地与自己的欲望对抗?他愿意，你也愿意。见鬼，问题出在哪里?

或许，是因为即便种种发生的一切她仍还爱着布罗德卡？

“一个白天和一个夜晚。那我们明天早上见？”

“明天晚上。”

“女士，我一定要等你这么久吗？”他叹了口气，“我们在哪里见面？”

“埃克塞尔大酒店。”

克劳迪奥必须得赶去上班。

而朱丽埃特想出了一个办法……

7

考林的医院位于城市南部，在伊萨尔河的高岸上，被视为有钱人看病的第一首选。只不过很少有人知道，这家医院的负责人是一个酒鬼。考林在他常年的贪杯生涯中为自己精心设计了一层层的防护罩——花钱买来的沉默或者以升迁作为对属下的奖赏。

朱丽埃特在深更半夜出走，布罗德卡起初猜她是回自己家了，他给考林家打了整整一天的电话，都没人接听，于是他决定去教授的医院走一遭。

不管是身着深棕色制服的门卫还是一个穿浆洗得雪白的护士服的女护士都没有拦住这位闯入者。布罗德卡冲进考林的办公室要求见教授，两名护工分别从两扇不同方向的门里跑进来，就在他们架起布罗德卡准备把他拖出去时，考林露面了。他一身白，白色的Polo马球 T恤配白色西裤。

考林认出闹事者是布罗德卡之后，对他的底下人说：“别担心，布罗德卡先生是我家的朋友。”

考林佯装客气地将布罗德卡请进他的会客室，留下两名护工和漂亮的前台褐发女郎站在门外，满腹狐疑，面面相觑。

“我虽然没有请您到这里来，”一开始考林表现得相当不耐烦，他指指一把椅子示意布罗德卡坐下，“不过既然您已经来了……请坐，您把外套脱了吧。”

“不必了，谢谢，我一会儿就走。”

布罗德卡把手伸进大衣兜，掏出考林的手枪放在写字台上，说道：“或许您能好心地为我解释一下，这是怎么回事。”

教授一看见手枪，脸色大变。“不好意思，不好意思，”他极力让自己的语调显得满不在乎，“原来我把它落在您家里了。”

“这不是问题所在，我想要知道的是，您为什么带着一把手枪到我家来？”

考林站起身，双手撑在写字台上，“坦白说，”他压低嗓音，“我是想一枪打死您。”

这让布罗德卡一下子哑口无言，他还以为考林会找什么借口，随便编个故事，可是当着他的面考林就把真实想法说了出来，他完全没有料到。

“您认为您这样做，”布罗德卡说，“就能再得到朱丽埃特？”

“当然不是，”考林回答，“不过，如果我留不住她，那么她也甭想留住其他什么人，至少是您。”

“显然您对那天晚上有另一番打算。”

“可以这样说。当朱丽埃特把红酒端上桌时，我还以为她打从一开始就看穿了我，然后您和我……我们的行为像两个愚蠢的小孩儿。或许这期间您已经忘了我们是怎么为了朱丽埃特掷骰子的？”考林干巴巴地假笑。

“您没有开枪杀我，您不觉得遗憾吗？”

考林走到窗前，望向户外，“您知道吗，布罗德卡先生，那得有极大的勇气。”

“这么说来最后一刻您丧失了这份勇气？”

考林转过身来，默默地看着布罗德卡。

他晃了晃脑袋，“您是准备好了，在这里献身吗？”他把手一挥说道。

考林死死盯着布罗德卡，嘴巴紧紧抿成一条线，布罗德卡知道考林想干什么，他根本不需要他的回答。

考林说出这句话的时候神态严肃，表情凝固。

那把枪静静地搁在写字台上，两个男人离它都是同样的距离，他们互恨对方。考林和布罗德卡宛若扑咬前的两头猛兽怒目相对，心里在暗暗较劲。

可以看得出来，教授极其紧张，他的右嘴角在剧烈地抽搐。布罗德卡倒很镇静，一副胜券在握的样子，他的呼吸粗重，但不急促。考林从布罗德卡的神情中分明读出了一抹鄙夷的意味。

考林在脑子里默数枪里的子弹，六发，九毫米口径，足够干掉他的死对头，然后了结自己。不能让布罗德卡抢在他前面，种种混乱的想法在他脑海里一闪而过。现在谁先拿到枪，谁就可以杀死对方。动作慢的被打死，动作快的能决定自己的生死。握紧，上膛，开枪！考林的太阳穴突突直跳。

考林闪电般的出手了。他一跃而起，拿枪在手，退后两步，伸直胳膊将枪口对准布罗德卡的脑袋，右手拇指压在扳机上。他以一种歇斯底里的嘶哑声音叫道：“你完了，布罗德卡，完了！”他闭上眼睛，扣动扳机。

手枪发出咔嗒一声。考林再次拉上枪栓，第二次扣动扳机，第三次，第四次。之后他放弃了。

布罗德卡从座位上站起来，手插进外衣兜，然后握成拳头伸到考林面前。布罗德卡五指张开，手掌心上是六颗九毫米口径的子弹。

有那么一刻考林一动不动地杵在那里。然后他把手枪举过头顶，朝玻璃柜用力抛去，在尖锐刺耳的玻璃爆裂声中，枪掉落在地，跳几跳，末了躺在房中央。

先是门外的秘书随后就是护工以及护士们尖叫着冲了进来，没人明白这两个男人之间到底发生了怎样一回事。

考林靠窗站着，双手叉在背后，怅怅地出神。

布罗德卡转身要走，他看看考林的属下，头先是一歪指向教授，手指着地上的枪说：“他向我开枪，可是没能成事。”

院方的人朝考林围上来，他依旧没有动弹。女秘书大喊：“总医师，教授出事啦！”考林的房间乱成一团。

没人留意到布罗德卡悄悄离开了医院。

布罗德卡回到家，坐进沙发，静静地将整件事情从头至尾回想了一遍，这才省过味来，考林是真的想开枪打死他。布罗德卡从未想过，一个人竟会这样不管不顾地去杀掉另一个人。现在他知道了，考林有多危险，一个把自己的命都不当回事的人是无所顾忌的，他会再次尝试。

布罗德卡给自己倒了杯白兰地，他正要把酒杯放在嘴边，电话铃响。

电话是德国新闻社的哈根打来。他来招呼一声，他已经把画展开幕式的照片用快递寄给上次与布罗德卡同来的那位考林太太。考林太太从罗马打电话给他，请他帮忙，他没有理由拒绝，就把照片寄过去了。

布罗德卡糊涂了。朱丽埃特在罗马？而且她要哈根的照片做什么？

这个意外消息让布罗德卡有种不祥的预感，不过他不想让哈根知道，“没有问题，”他说，“都很顺利。您把照片寄到哪个地址？”

“您等一下，”布罗德卡听到电话那端的哈根在翻找文件，“啊，在这儿呢，找到了，埃克塞尔大酒店，罗马的威尼托大街。”

布罗德卡谢过哈根，“需要帮忙的话，随时给我来电，老伙计。”

他本该知道，朱丽埃特不是那种听天由命不作任何抗争的女人。但是她这样做会有很大危险，布罗德卡从一开始就确信，假画一案不是针对朱丽埃特，而是他。

他抓起电话想打给朱丽埃特，提醒她要加倍小心，稍作思虑他却决定搭乘下一班飞机去罗马。他清楚，在电话里他无法说服她回来。

汉莎航空3538航班晚点二十分钟，于十九点三十五分才在慕尼黑机场起飞。这架波音737–500颠簸地飞越过阿尔卑斯山，让布罗德卡高兴的是，一个半钟头后飞机降落在罗马菲乌米奇诺机场。

尽管天色已晚，这里仍然没有凉意。出租车司机大概和他的汽车同岁——都是生于七十年代，但并不妨碍这辆菲亚特以令人目眩的速度在内城的大街小巷穿梭疾驰。开到威尼托大街没用上四十五分钟。

布罗德卡首先想，朱丽埃特见到他时会做何反应呢？她满含怨怒离开自己，老实来讲，她有理由这样。他和考林竟然伙同跟她作对，她难道可以轻易地既往不咎吗？都是该死的酒精作怪。如果当时布罗德卡的脑子有一分的清醒，他也不会想到用掷骰子的办法为朱丽埃特赌输赢。

他向酒店服务生询问朱丽埃特·考林的房间号，他自称是那位女士的丈夫。

一万里拉的钞票打消了服务生的顾虑，他报出203号客房，并且问布罗德卡是否需要通知那位女士有客来访，她在房间里呢。

布罗德卡谢绝后乘电梯上去。

当布罗德卡站在203号房间前有些畏首畏尾地敲门时，大概是二十二点三十分左右。

房里面没有任何回应，于是他下手叩门的声音越来越大，终于他听见朱丽埃特的问话：“是谁呀？”

“布罗德卡。”

沉默，似乎永无止境的沉默。

末了朱丽埃特又问：“你来做什么？”

“和你谈谈，你快开门。”布罗德卡重新敲门，这次更用力了。

朱丽埃特把门拉开一条缝，她身上裹件浴衣，瞪大眼睛看着他，不太自在的样子。

“你不打算让我进去吗？”布罗德卡轻轻地说，“我想向你道歉。”

朱丽埃特摇摇头，嘴巴抿得严严的。布罗德卡很了解她，他知道，她情绪紧张的时候就是这副表情。

“我们俩必须得谈一谈，”布罗德卡说着把门推开了一些，“这很重要。”

这时从朱丽埃特的身后出现一个男子，他没穿衣服，脑后还扎个小辫。“他要干什么？”他带着明显的意大利口音问朱丽埃特。

布罗德卡和朱丽埃特谁都没有开腔，相互看着对方。然后布罗德卡说：“原来这样啊。”他的语气中带着极度的失望，他垂下脑袋，想转身离开。

“等一下，布罗德卡，”朱丽埃特说，“我们俩是应该好好谈一谈，你在下面大堂等我。”

布罗德卡没吭声，向电梯走去。他异常愤怒、失望。还有什么可谈的，他想，不都是明摆着吗。我本来就该想到，让一个像朱丽埃特这样的女人离开自己，怎么会没有报应。他失魂落魄地回到大堂。

完了，他的头痛得宛如炸开，全都完了。

布罗德卡从服务生那里取回托他看管的旅行包，之后步出酒店，朝一辆正在等客的出租车走去。

出租车司机迎向他，接过手中的包，对他叽里哇啦说了一大通，而布罗德卡只听明白最后一句：“您打算去哪里，先生？”

布罗德卡坐进副驾驶座，“随便在城里转转，然后再回酒店。”他有气无力地说。

司机是个年近六十的老烟鬼，指甲熏得焦黄，他点点头，车开动了。

布罗德卡仰靠在椅座上。他的心里有如翻江倒海，哪儿有什么兴致去看车外的景致。开到威尼托大街的终点平恰纳门，司机向右拐，绕着城兜了个大圈子。布罗德卡也不知道他们行驶在路上有多久，最后出租车转回原来的出发点，埃克塞尔大酒店。

布罗德卡付了车钱，带着行李又回到酒店。

虽然已近午夜，人们仍旧进进出出。布罗德卡想找一处安静的可以让整个大堂尽收眼底的角落，他正要朝酒吧旁的一组卡座走去时，朱丽埃特迎向了他。

“我想象我们见面时的场景可是另外一种样子。”布罗德卡先说。

“我……我……”朱丽埃特吭吭哧哧地说不下去。

他俩面对面地站立着，一时无话。

“我们不坐下吗？”最后布罗德卡说道，他没等她回答，就朝座位走去，朱丽埃特落座之后，他才坐下来。

朱丽埃特一直没有说话。

布罗德卡清清嗓子。他正想该怎么起头时，朱丽埃特开口了。

“我也不想这样，”她说，“我并不想骗你，因为我爱你，布罗德卡，我真的爱你，就算你是一个面目可憎的怪物。可事情就这样发生了，难道我现在该向你道歉吗？我说，原谅我，我和别的男人睡觉了？”

布罗德卡黯然失落。

“就像扇在脸上的一记耳光。”他轻轻地说，“或许像我这样的人活该如此。”

“你瞎说什么！”朱丽埃特激动地说，“没错，我结识了一个男人，和他上过两次床。是出于失望……或是报复，我不知道为什么。我只知道，你们让我倍感屈辱，考林和你，你们两个像马贩子一样为我掷骰子。”

“我喝醉了。”布罗德卡嘟囔着辩解。

“啊哈，这个我再清楚不过！而且我已经受够了。‘我喝醉了’，是最方便的借口，太让我腻歪了。从我认识考林，他就以此作为所有道歉的借口来应付我，现在你也开始这样，我再也不想听了！”

“你说的没错，”布罗德卡说，“但这就是你连招呼都不打就跑开和这个花心萝卜小白脸上床的理由吗？自你问我会不会娶你起这才多长时间啊！”

“你住嘴吧，你用不着搬出道德戒律来教训我。我骂过你吗，你在维也纳和那个妓女都干了什么勾当？你以为你就没有伤害到我吗？”

为自己据理力争，抓住对方的把柄不放，狠击痛处，这不光是朱丽埃特的强项，差不多是所有女人的共性，朱丽埃特尤其掌握得好。坦白来讲，布罗德卡也觉得朱丽埃特有理，特别在这一切发生之后。

至今为止朱丽埃特从来没做过让他稍有微词的地方，而他一贯以为她对他是忠诚的，她甚至不准她的丈夫亲近她，这令他觉得和朱丽埃特的关系亲密得足可以高枕无忧，他从不担心朱丽埃特跟别的男人有一腿。而现在，他把她堵在床上了，他只感到他的心有多么的伤痛，同时也让他明白，他是多么深爱着这个女人。

“你怎么来罗马？”朱丽埃特的问话将他从沉思中唤醒。

“因为我有好多话要跟你说，”布罗德卡说，稍稍停顿了一下又说，“考林想要开枪打死我。”

朱丽埃特恐慌地看着他，“这不是真的。”

“很遗憾，是真的，我甚至还这样想，他原来是打算把我们两个都干掉来着，他来我家找你的时候，随身带了一把装了六发子弹的手枪，他把它藏在他的大衣兜里。他醉醺醺地离开我家，大衣落在衣架上，于是我发现了那把手枪。第二天我去医院找他，我本是想跟他好好谈一谈，就把手枪搁在他的办公桌上。突然他抢过手枪，对准我扣动扳机。谢天谢地，去之前我已经卸下子弹，否则我现在就不会稳稳当当地坐在这里。”

这一席话惊得朱丽埃特花颜失色。等布罗德卡讲完，她连连说：“他还会再干的，你报警了吗？”

布罗德卡耸耸肩膀，“我看不出这有什么意义，没有目击证人，而且你也知道，在医院他一手遮天。你清楚警察的作风，除非人已经死了，他们才会真的相信。”

“你就为了告诉我这个才到这里来的吗？”朱丽埃特问，“跟我商量，下一步该怎么办？”停了片刻她又说，“你是怎么找到我的？”

布罗德卡勉强挤出些许笑容，“或许是偶然，或许是命运的安排。我起初以为你回考林家，可是打了好多通电话都没人接。后来哈根来电说，你请他帮忙，将那个可疑的摄影师的照片寄给你，他想问我这样做是否恰当。话说回来，你要那些照片做什么？”

没多久两人就忘掉了他们之间的不愉快。当朱丽埃特解释说到她在罗马的生意伙伴法索利诺曾经因伪造名画而被判入狱七年的时候，布罗德卡仿佛在一片黑暗之中望见一束亮光，他认准了目标所在。

“你怎么知道这事？”

朱丽埃特双目低垂，“就是你叫他小白脸的那个人帮我查到的，他在信使报的档案室工作。”

“明白了，”布罗德卡干脆利落地说，“那个摄影师呢，又是怎么回事？”

“在我打算第二次去法索利诺家想要跟他谈谈的时候，我看到一个男人刚从他家的房子里出来，而我好像在哪里见过他。”

“你就认定他是到你画廊开幕式拍照的那个摄影师？”

“一开始我并不肯定，可从我拿到照片，我就坚信不疑了。”

布罗德卡用手摩挲着下巴，思虑片刻，“这么说来，你是他们下手的对象。”

“我不再认为我只是意外卷入这次的假画诈骗案，这一连串的巧合实在是太蹊跷。如果说现在，此时此刻有人在暗中监视我们，我都不觉得有什么奇怪。”

即便并不相信，布罗德卡还是朝酒店大堂扫视了一圈。衣着入时的男男女女们悠闲地走进走出。歌剧和戏剧的演出以及晚上的社交活动基本已经接近尾声，人们在轻松随意的闲聊中结束一天。

“你还记得吗，”布罗德卡重拾话题，“我跟你说过，这起假画案明着针对你，而实际上是冲着我来的？你还不相信我的话，那时你甚至认为，我母亲死后发生的一系列神秘事件只是我臆想出来的，不是吗？”

“才不是，”朱丽埃特辩驳说，“你向我说起过那个抬棺人，他向你暗示你母亲的棺材是空的，随之我们在斯特凡大教堂看见了这个女人，然后你在苏黎世发现那些言辞古怪的信件，紧接着你母亲的遗物被人翻个底朝天。这所有的事件接连发生，一环套一环，虽然离奇，但绝不是臆想。对此你都做了什么？”

布罗德卡想了好一会儿，才说：“我决心已定，我要开棺验尸，这事做起来非常不容易，我已经咨询过了。首先我得去警署报案，告诉他们有些躲在暗处的犯罪分子正在伺机陷害我，从而为验尸提出一个无懈可击的理由。而这样做的结果，极有可能使得我在斯特凡大教堂因一时失控而被关进精神病医院、后来又从那里逃跑的事暴露。在目前的状况下我什么都需要，就是不需要曝光。再进一步，如果一旦棺材里面真的是什么都没有，我会怎样？我猜，我的遗产将被冻结。我知道，这听上去很不符合逻辑，但是或许整件事情的最终解决根本不在慕尼黑或者维也纳，而是在这里——罗马。”

布罗德卡和朱丽埃特默默地对坐着。他们该怎么办？如果向法索利诺对质他们所知道的他过去的一切，不难猜出，法索利诺会不择手段消踪灭迹，那样的话再想查出证据难度更大。不行，不能让法索利诺有所觉察——至少是目前——他们已经知道他在捣鬼，不能打草惊蛇。

布罗德卡打了个哈欠，看看表，十二点半。“我困死了。”他说。

“你可以……”朱丽埃特怯生生地说，她没把话说完。

“不，谢谢，我还是自己定个房间。”

布罗德卡站起身，飞快地在朱丽埃特脸颊上亲了亲，然后朝接待台走去。

朱丽埃特心里清楚，布罗德卡在很长的一段时间内不能原谅她这次的出轨。

第二天清早，朱丽埃特被电话铃声吵醒，她迷迷瞪瞪地接起电话，她以为是布罗德卡，却是大堂服务生，说是有位叫卡拉奇的先生在楼下等她，他声称有很重要的事。

卡拉奇，朱丽埃特思索着，这个人的名字她不认识——她想到也可能是克劳迪奥，为了掩人耳目他用了假名字。

“我马上下去。”她快速说道，撂下电话。

克劳迪奥！此时她是多么需要他。朱丽埃特从镜子里看到一个睡眠不足、姿容倦怠的女人。她用湿毛巾擦把脸，梳好头发，麻利地穿好衣服，来到楼下。

酒店大堂里冷飕飕的，有吸尘器嗡嗡吸尘的声音。朱丽埃特寻找克劳迪奥的身影，却见一位老先生朝她走过来。

“请原谅我这么早打扰您，女士，我叫阿尔诺发·卡拉奇，恕我不能够在其它时间拜访您。尽管如此，我还是想占用您一些时间，烦您听我讲些事情，我想这对您将会非常有帮助。”

阿尔诺发·卡拉奇？朱丽埃特从未听说过此人。这位老人一头银灰色的自来卷发，看上去很亲切，但这种亲切并不能掩盖住在他和蔼的面容下的某种忧郁，如果那不算悲伤的话。

“您能确定，卡拉奇先生，您找的是我吗？”朱丽埃特不无惊讶地问。

“当然，”老先生笑得很收敛，“我是法索利诺先生家的仆人。”

朱丽埃特最初的反应是心里腾地升起一股对阿尔贝托·法索利诺郁结已久的怒气，不过她依旧不动声色地问道：“那又怎样？法索利诺找我什么事？”

卡拉奇到目前为止都与朱丽埃特保持有相当距离，这时他上前一步，用平和的语调说：“女士，您不要误会，我不是受法索利诺的指派来找您的，恰恰相反，他并不知道我到这里来，我还请求您，无论如何千万不要把我们的这次见面告诉给任何人，我有我的理由，女士。”

老先生的话让朱丽埃特迷惑不解，她需要点时间理清头绪。她请法索利诺的仆人到大堂后面的座位坐下来，这样他们可以不受干扰地讲话。

“您怎么知道我的，卡拉奇先生？”

“您就称我阿尔诺发吧，女士，我已经习惯别人直呼我的名字，其他称呼倒让我听着别扭。”

“那好，阿尔诺发，您是怎么知道我的？”

“您知道，女士，在法索利诺家的房子里发生任何事情都逃不过我的眼睛。我比我的主人还要更了解他们。我在安纳斯塔希亚太太家干活超过三十五个年头，她结婚的时候也一并把我带了过来。该怎么说呢？我属于嫁妆的一部分。不过一旦这些东西旧了、不再中用了呢……人们就开始厌弃它们，想换新的了，于是把旧的晾在一边，很快忘记它们原来是多么的好，为他们做过多少贡献了。我现在就是这样的状况。自从安纳斯塔希亚又雇了一个年轻人之后，我就靠边站，不被理睬。当然，他的相貌是比我看着顺眼些，但他没有经验，而且他的举止，恕我直言，简直糟糕透了。”

朱丽埃特一边听老仆人的诉说，一边在琢磨他为什么找上门来。很明显，他在法索利诺家待遇不公，满腹的怨言，于是他想说出他们家的秘密？如果真是这样的话，这个老人就是上天及时给予她的礼物。

“阿尔诺发先生，”朱丽埃特打断老人没完没了的絮叨，“您知道，我为什么找法索利诺吗？”

老仆人颇有些难为情地看着脚下墨绿色的大理石地面，然后抬起头来说道：“我偷听来着，请您不要误会，女士，一个尽责的家仆必须什么都知道。以前是由我来安排太太和先生的日程表。就算那些没有被记录下来的事情，我也会一一记在脑子里。现在我一天天地被他们排斥，我必须得借助……嗯，嗯某些不正当的手法。”

朱丽埃特点点头，表示自己对此充分地谅解，“法索利诺先生用五百万马克的价钱把画卖给我，而正是这些画不知在什么时候被赝品所替换，他一定和这事有关，我却苦于没有揭发他的证据。”

阿尔诺发摇晃着脑袋，像是不同意朱丽埃特的话，“您要知道，法索利诺先生本身并不是他呈现给外界的那种人，不如说他是一个，如果我可以这样表达的话，他是一个可怜的穷光蛋，他完全听命于他的老婆。安纳斯塔希亚·法索利诺过门时带来了所有家产。法索利诺家族早已经破败，穷困潦倒，而且他太太不放过任何机会让他感触到这一点。他经常向我倒苦水，不过我的同情也有限。”

“可法索利诺算是个身价百万的艺术品收藏家！”

“这是没错，不过是他那个有钱的老婆安纳斯塔希亚在他背后下指令。她来决定是买还是卖，即便她对艺术狗屁不懂，同时她牢牢控制着财权，阿尔贝托先生不过是傀儡，他甚至替他的老婆蹲大狱。在列奥那多伪画案被揭露出来的时候，她原打算和他离婚。可是后来他们签署了一个协定：如果法索利诺先生把所有的罪责都揽在自个儿身上，他们的婚姻就可以持续到他们有生之年。先生签了字，代他的老婆进了监狱。这期间太太肆无忌惮地找别的男人寻欢作乐。”

突如其来听到这么多事，朱丽埃特的呼吸不由得滞重起来，“您是想说，安纳斯塔希亚·法索利诺领导着那个……我该怎么讲？她才是那个团伙的头？”

卡拉奇不言语，他目光低垂，似乎不想再说，可是心中却酝酿着什么。朱丽埃特感觉得到，在他的沉默之下一定有所隐藏。

她问：“阿尔诺发先生，您为什么把这些事情讲给我听呢？”

“他们对我实在是太恶劣了，”卡拉奇的语调像是一个倔脾气的孩子，“他们把我原本微薄的薪水减到少之又少，就因为我没有干完他们派给我的活。我和安纳斯塔希亚太太发生争执，我拒绝在一月份，在寒冷刺骨的早上去擦洗汽车，而之前我都是二话不说任劳任怨地干活。可我已是六十八岁的人了，不再是小伙子，岁数不饶人，必须得多注意身体。我恐怕迟早得被安纳斯塔希亚太太编排个借口赶到街上去。这么多年来我孤身一人，连自己的住处都没有。我辛辛苦苦攒下的那点可怜的积蓄根本不够我以后的生活，我只有等死了。”

朱丽埃特没有猜错，她已经估算到卡拉奇是为钱而来，但她并未因此反感他。他用他所知道的事情换取报酬，合情合理，只要他的情报有用，她很愿意付酬金。照目前为止她从卡拉奇那里听到的事情，她知道他对她会有特别的帮助。

“您想要多少，阿尔诺发先生？”

卡拉奇的回答快得像脱膛的子弹：“我想两千万就够了，女士。”

“里拉?”朱丽埃特不假思索地反问，没意识到这问题有多笨，好像卡拉奇的眼里会有美元或者马克似的，“这可是一大笔钱，阿尔诺发。”

老仆人点点头。终于把他的条件说出口，他的心态似乎轻松了许多，他说：“作为交换我可以告诉您更多的事情。就像我先前说过的，我知道这个家庭里所有不可告人的秘密，有的甚至比您所能想象的还要耸人听闻。”

“如果我不打算买您的这些信息呢?”

“我并不强迫您，女士，可我认为您是一个聪明的女人，您绝对知道那些情报的重要价值。另外您不必先付给我钱，您完全可以在拿到情报后再做决定，它是否值这个价钱，要不要给我。”

颇不寻常的交易，朱丽埃特心想，能有什么风险呢?她起了疑心，他不会在交易里下套等着她跳吧?

朱丽埃特觉得最好还是考虑一下，她想和布罗德卡商议之后再做决定，她得把他拉来一起听听卡拉奇讲些什么。

朱丽埃特把她目前的处境如实地告诉给阿尔诺发·卡拉奇，并说，因为钱的数目很大，她得跟她的爱人商量后才能答复他，卡拉奇没有任何反对。

卡拉奇神色不安地看了看他那只三十年代的老怀表，说他必须得告辞了，明天这个时候他可以再来，他得去市场采买东西，否则法索利诺又会骂他。

他站起来，不失礼节地向朱丽埃特躬身致意，然后从旋转门走了出去。

没人能认出这个裹着胶皮雨衣、面目阴郁的男人是谁，他深一脚浅一脚地走在慕尼黑的席勒大街上。他把车子——一辆深褐色的奔驰停在中央火车站前，照规定往咪表投进去五个马克。他朝着前方光彩陆离的霓虹灯走去。

以弗利德利希·席勒的名字命名的街道本该为这座城市增光添

彩，可是这里的人们却对这位诗人歪曲误解，就像是间隔一个街区的歌德大街，那里生活着社会底层，在名目繁多的土耳其小铺和性用品商店中混迹着贩卖枪支的不法分子。

考林胡子拉碴，一副颓废失意的模样。他驻足在一个个展示妖冶女郎的照片灯箱前，她们身上只挂着少得可怜的几个布条或者干脆一丝不挂地摆出各种浪荡姿态。

在企鹅酒吧紫色霓虹光照下的门口前，一个浓眉大眼的粗壮汉上前与他搭讪，他穿着滚金边的深红色号服，一顶盔帽让他瞧上去有些神气活现。

“想找乐子吗，老兄?”把门人问。

考林厌烦地摇摇头，但是他停下脚步，朝着红号衣男人走近几步说:“你听着，我找一个人……”

还没等他说完，把门人从兜里掏出一张名片递给考林，“你只管说，比利让你来的，比利，就是我。那边的男孩子都是最棒的，多是从俄罗斯来的芭蕾舞演员。”

过了好一会儿，考林才明白他被误会了，他大着舌头说:“你听着，我不找什么鸭子。”

“难道你以为我们就没有姑娘吗？我们有城里身材最火辣的姑娘!”把门人双手擎天就像个预言家在说话。

“我找的也不是什么姑娘。”

“哦，我知道了，迷幻剂、海洛因、可卡因……”

“都不是。”考林苦笑，“我在找一个能帮我解决麻烦的人，他得会玩枪。”

把门人从牙缝里哧了一声。“明白了，”他轻轻说着把考林拽到一边，“不过，想拿到这样的地址可不能免费。”

“啊呀，知道了。”考林掏出一张百元钞票塞到把门人手上。

他迅速地把钞票揣进外衣兜里，然后又把手伸到考林面前。

考林奇怪地看他一眼，从兜里掏出第二张钞票，嘟囔着:“这下够了吧。”

把门人小心翼翼地把钱收好。他比考林高一个头，得弯着腰和他说话，“注意听喽，老头，你去街尾的那家海味酒馆，找一个叫高施古洛夫的人。别忘记告诉他，是比利叫你来的！你跟他直说你要干什么，清楚了吗？”

考林虽然晕晕乎乎的，但头脑还够清醒，他食指敲敲太阳穴算是道谢——他以为这是这个圈子里通常的做法。

海味酒馆的招牌上写着“高施古洛夫之家”，是在一个地下室里。从狭窄的石阶下去，两侧墙面上挂着些渔网和大海螺做装饰。在昏暗的光线下考林看到里面有六张桌子，只有一张桌旁坐了人。

一身油渍的店伙计朝考林走来，他用讶异的口气问：“您想用餐吗？”

“不，”考林回答，“我找高施古洛夫谈谈，是比利叫我来的。”

店伙计把头一歪示意跟他来，他领着考林走过堆摞着啤酒箱和饮料盒子的过道，进到一间四面白瓷砖的厨房，里面尽是些破烂的厨房用具。

“老板，有人找您。”店伙计说完就走了。

一扇高高的天窗之下高施古洛夫站在一个木头菜墩子前，上面是一条大鱼，沉甸甸的鱼头与鱼身子被劈成两段，鱼嘴大张，向外龇着利齿。高施古洛夫正忙着切鱼肉，他汗流浃背，双手血淋淋，一把长刀在鱼身上戳来戳去。

“什么事？”高施古洛夫撩了撩眼皮斜觑着考林问。

“比利叫我来的。”考林看到高施古洛夫直起身，从厚厚的眼镜片后盯着他，眼睛瞪得老大。“什么事？”高施古洛夫又问一遍。

考林瞟了下厨房里另一个正在擦锅和大勺的年轻女工。

高施古洛夫会意，他清清嗓子意思让那姑娘离开，后者乖乖走掉，好像这是世界上最自然不过的事情。

“我想找个会玩枪的人。”考林说，他的声音有些抖颤。

高施古洛夫掏出鱼内脏，他干得很起劲，津津有味地把滑溜溜的一大团恶心的东西咣的撂在菜墩上。

“男人还是女人？”他一口斯拉夫语腔调。

考林紧起眉头，“您为什么要知道这个？”

高施古洛夫嘿嘿笑了几声，“灭掉男人便宜些，你懂不懂？杀手可大都是些正派家伙，他们不乐意杀女人。”

“明白了。是男的，四十五岁左右，拍照片的。”

“有钱？没钱？”

这个问题也让考林糊涂，他不知道该怎么回答。

“我不是跟您说过吗，”高施古洛夫不耐烦地解释，“杀手大都是正派人，他们不会向一个穷光蛋开枪的，这下您明白了吧？”

考林明白了。“他有钱。”他说。

“那就好。我能拿到多少？”

“我不清楚行规。你说你要多少？”

高施古洛夫跨步到考林跟前，用刀尖点了点考林的前胸，说：“好吧，我摊开了说，我自己跟这事没一点儿关系，我只管把你要的人找到，我们不认识也从没见过面。”

“那是当然。”

“我要说的是……给我一万，还要另付一万给那个人。”

“同意。”

“你叫什么名字？”

“叫我亨利希好啦。”

“好奇怪的名字，我不过随便说说而已。那行，就这样定了，亨利希。下个星期的今天，还在我店里，到时我一定能弄到你要找的人。现在你尽量别惹人注意，快走吧。”

考林依言行事。

外面街上已经下起了瓢泼大雨，考林蹿进隔壁简陋的小吃摊里，此时他很想灌点伏特加，没几分钟几杯烧酒接连进了肚，这才让他有足够的气力挨到他的车子那儿。

虽然一肚子的酒水，考林脑子里还是很清醒。他必须除掉布罗德卡，只要这个家伙仍旧出现在他的生活，只要布罗德卡还拥有朱丽埃特，他的老婆就不会再回到他身边。布罗德卡必须消失。而他，考林，将设法弄到一个铁定的不在场的证据——去外国开会或者旅行。该不是他而是让别人的手沾上血。他亲亲苦苦工作一辈子为了什么？他留着那么多钱干吗用？

考林打火，脚踩油门。他对自己的驾车水平一直相当自信，就算酩酊大醉他也能把车开回家——习惯使然。这世界上除了警车之外谁都不能阻止他行进。

经过旧城环道的一个隧洞下面，雨刷吱嘎嘎地刮拭着挡风玻璃，考林用力将雨刷控制摇杆向上一掰。等他从隧洞里开出来行驶到艺术学院的大楼前，他再次往下掰控制杆，啪的一下控制杆竟然断了，雨刷再也无法摇摆。

大雨噼里啪啦地砸在前挡风玻璃窗上。车前灯和街道上的亮光明灭模糊。车被夹在两侧的车流中间，让考林无法停下车子。过了一个十字路口他试图将车拐进右边车道，结果惹起一通不耐烦的喇叭声，考林只能继续往前开。

开到伊萨尔桥上的时候疾风骤雨拍打着挡风窗，考林的眼前黑茫茫一片，他只想冲出这团漆黑。他猛踩油门。车尾在湿滑的桥面上向右甩去，紧接着后轮突然向前一弹，车头斜冲向对面的车道，伴随着一声巨响车重重地撞在桥栏上，力道太大，以至于车尾倒竖起来，微微摇晃几下，车子跌落桥下。

考林清楚地听到气囊爆开时的震耳欲聋，然后他觉得自己宛若在空中飘浮——有如梦境般的醉意陶陶的感觉。

之后就是无边无际的黑暗，所有的声音也随之沉寂。

同一天夜里，朱丽埃特没有睡着觉。她向布罗德卡一一讲述老仆人阿尔诺发对她说的那些话。布罗德卡立即表示花钱买情报绝对值得。他说，阿尔诺发手中攥着的无疑是解开一切谜团的钥匙。

朱丽埃特很高兴布罗德卡能来罗马，她多么希望酒店里他们相见的那个场面从没有发生。另外，她的想法并不同于布罗德卡，他一直坚信这次的假画案和那些出于莫名原因追踪他的那伙人有着某种勾联，对此朱丽埃特始终莫衷一是，布罗德卡母亲的死能与假画扯上关系？

朱丽埃特躺在床上辗转难眠，妄图不再去想克劳迪奥，可她越是想忘掉，头脑中的他却越清晰。她从来没有想到，自己在这个年龄会为了一个男人而面红心跳，而同时她心中也明镜似的，克劳迪奥只是她的一次放纵，一场春梦。

忘记他，她对自己说，忘记他。

电话铃声大作，吓她一跳，不到四点钟，天还黑着呢，她轻轻咒骂几声抓起了听筒。

是克劳迪奥。

“你疯了啊！”朱丽埃特责怪他，“你知道现在才几点？”

“尤利埃塔，”克劳迪奥慢慢地说，“尤利埃塔，我该怎么办？我爱你。我……”

“别胡说了，克劳迪奥，你所称之为爱的东西，不过是一时的欢愉。我们应该把一切都忘掉。”

朱丽埃特知道，这样说不光对克劳迪奥太过粗暴，而且更让她自己痛苦，她对这个男人仍然难以割舍。她想要跟他道歉，告诉他，她不是那个意思，此时的她也并不是不在乎他，就在她要开口说出这些之前，克劳迪奥说话了，他的声音喑哑低落。

“对不起，尤利埃塔，我实在无法控制住自己，我一定还要再对你说，我是多么爱你。我明白，我们两个绝无可能在一起，可是我会永远地爱着你，我只要你知道。”

说完，他挂上电话。

罗马的早晨开始了，威尼托大街渐渐热闹起来。朱丽埃特起床淋浴，她让冷热水交替冲浇在身体上。

她和布罗德卡约好七点半共进早餐，八点钟阿尔诺发·卡拉奇会来。

来者却是一个年轻人，他自称巴尔塔萨·考拿罗，卡拉奇是他的叔叔，他带来卡拉奇的一封信，他叔叔认为不再亲自露面更好些，具体情况都写在了信里面。

朱丽埃特接过信，信封上有她的地址。她无所适从地看着布罗德卡，出什么事了？

布罗德卡怀疑这里头有花招，他尾随着匆匆离去的卡拉奇的侄子上了大街，看见那个年轻人钻进一辆漆有“巴尔塔萨外送比萨”字样的小货车，之后车子朝巴尔贝尼广场方向驶去。

在酒店大堂一处安静的角落朱丽埃特启开信封，布罗德卡简直无法相信自己的眼睛，信里面竟赫然有一条结成套圈的绸带——一条紫颜色的带子。

他们急切看完阿尔诺发潦草写就的信。

尊敬的女士！

我希望您不会怪罪于我，我没有按照约定去找您，我害怕。在法索利诺的日程本上我发现他记有：埃克塞尔大酒店，203 房间。这应该是您的房间号码，很明显，您处于监视之中，而我们的见面会被人发现。

很抱歉，我不能给您打电话把这一新情况通知您，我必须得考虑到我的任何一次通话都有人窃听。因此我让我的侄子巴尔塔萨过去。他是唯一关心我的人，昨晚他顺便来看我，我就托他把这封信带给您，您可以相信他。

我要告诉您的是，法索利诺不过是这个庞大的犯罪组织中的一条小鱼，而他的幕后主使者端坐在梵蒂冈的高墙之后，是那些身披高贵法衣、位高权重的大人物们。就连教皇本人——他的名字几乎没人知道，也只是任由他们摆布的一个可悲的棋子。一些人甚至以为，教皇早已去世，只是缘于某种原因未能公之于众。我太老了，已经没有勇气去揭露这个阴谋。

随信带去的紫色绸带打成的结扣是这个组织的秘密信物。据我所知，它既是对做出某些特别事情的人表彰的勋章、奖品，也是类似于钥匙的东西，有了它就可以被允许去某个秘密地点参加秘密集会。

如果我对您说的这些事情引起了您的好奇，并且您仍然对寻找涉及您案件的证据感兴趣的话，我建议您，在今天下午太阳下山之前到坎普圣多明各[1]去，如果没有意外的话，我会在那里等您。

请您，女士，接受我崇高的敬意。

您忠诚的仆人，阿尔发诺·卡拉奇。

又：因为法索利诺先生知道我的帐户，我请求您，有关钱的事宜请和我的侄子巴尔塔萨处理解决，他住在萨勒街171号。请原谅我写得如此潦草——我实在是太匆忙了。

布罗德卡从朱丽埃特手里接过紫色绸带打成的扣结，他的手在发颤。他心事重重地把丝带在指间绕来绕去，晃着脑袋，然后抬头看着朱丽埃特说："我搞不懂这一切，我们和这些人有什么关联？"

朱丽埃特的面色惨白。"我们必须得离开这里，"她压低嗓音小声地说，"也许我们早就被人盯上了。"

布罗德卡拉起她的手握住，"你说得对，我们得逃出这些人的视线。听着，你现在就回房间，收拾好东西，在此期间我把房账结了。我们从后面的楼梯下到地下室。"

"我们到地下室做什么？"

"我们从后门出去，通常酒店的地下室都有通往外面的后门。"

他们分别行事。三十分钟之后，经过厨房和在它后面的洗衣房布罗德卡和朱丽埃特到达地下停车库的出口，这一路上几乎没人留意到他们。

"你想过了吗，我们该去哪儿？"朱丽埃特问，她拖着行李箱走在陡峭的车道斜坡上。

"老实说，还没有。"布罗德卡应声说，"重要的是，我们离开这里，走出这个可以监视我们一举一动的酒店。罗马有成千上万家小旅馆和公寓，总会找到一个能让我们安心呆上几天而不被发现的去处。"

布罗德卡把他的包放在朱丽埃特的行李箱旁边，让她等一下，

---

① 德国墓地。

他去叫辆出租车。他有意不沿着通往威尼托大街的路面上走，那样很容易被发现，他取的是相反方向。

过了十分钟他的运气来了。一辆车身遍是磕碰掉漆的雷诺出租车停了下来，问他想要去哪里，布罗德卡费了不少口舌，才让司机明白，得先去离几个马路远的地方接他的老婆，然后再拉着他们找一处安静点的小公寓。

布罗德卡让司机在地下车库出口前停下，神色紧张的朱丽埃特正等在那里。她带着行李站在马路边上，一副可怜巴巴的模样，以至于司机要求他们先预付车费才出发，一般来说罗马人不会这样做的。

布罗德卡用食指和中指夹着一张五万里拉的钞票递给司机，后者脸上原本狐疑的表情一扫而光，他甚至有些雀跃地说，他忽然想起一家小公寓，就在蒙特马里奥山[①] 方向，离马志尼广场不远，名叫“滑铁卢”。

好，就是它了，布罗德卡说。

司机以圣弗兰希思卡和与之同名的母亲的性命做担保，车程不会超过半个小时，而车费也刚好够了。

出租车司机的话自然是不可救药的夸张，路上花了差不多比他原先宣称的多一倍的时间。“滑铁卢”倒是一幢挺不错的公寓，从顶楼可以望到蒙特马里奥山峰，不过客人必须得徒步爬上五层旋转楼梯。

他们盼着傍晚的来临，在约定的时间去和法索利诺的仆人见面。在难熬的等待期间，布罗德卡把那封信又看了无数遍。他还翻来覆去地摆弄那条紫绸扣结。他思忖着阿尔诺发对此的说明解释，脑海中浮现出诺拉·莫娜死时的惨状，还有提图斯，那个神秘的前神职人员，突然不明原因地从慕尼黑消失得无影无踪。布罗德卡想知道，提图斯到底是暗中监视他的敌人，还是需要他帮助的人。他曾经在提图斯家里见过同样的一个紫绸扣结，它是勋章、奖品还是

---

① 罗马处于七座小山丘之中，最高的山叫蒙特马里奥。

一把钥匙，像阿尔诺发信上写的那样？

没准提图斯就是这个秘密组织的成员，可他为什么要躲起来？为什么他对那个“圣徒黑帮”有如此深的恐惧？

毫无疑问，阿尔诺发对这个秘密组织知道得更多更深入，大概他已经意识到他知道这么多事情的严重后果。他信上还提到过“阴谋”，布罗德卡无论如何也想不通，他——或许还有朱丽埃特——怎么可能就是这起阴谋的目标？

布罗德卡把信和扣结放回信封，他站到窗前，外面没有一丝风，城市上空的云团不时变幻出各种轮廓。

朱丽埃特正忙着收拾行李，把衣物整理进房间的大衣柜。布罗德卡思考着，生活中他有哪些弱点。每个人、每个人的生活都会有这样那样的弱点，而他的敌人就会利用这些弱点将其逼迫到一个他全然没有想到的绝境。

布罗德卡想到他在十年前破裂的婚姻，不会的，那不会给人留下攻击他的把柄。那是一次双方协商一致、干脆利落的分手，而且他给了他前妻一大笔补偿费。至于他的工作方面——诚然，他不仅仅是交到朋友，也有一些同事——他从他们手里抢走了待遇优厚委托项目——或许会希望他没有好下场或者不得好死。但是即便他们为了报复他，也不必如此耗费周折绕这么大圈子呀？难道是他和朱丽埃特的情人关系？确实，这是他的生活中一个可以被人钻空子的地方。不过自从被考林发现，他们之间的战线已经拉开，而考林也曾表明，他要靠自己的力量作战。再说，朱丽埃特的丈夫几乎不可能为了整垮他而加入一个犯罪组织，况且，那些人在考林知道布罗德卡和他老婆的关系之前就已经虎视眈眈地盯住他了。

“你在琢磨什么呢，琢磨了那么久，布罗德卡？”朱丽埃特的声音像是从很远的地方飘过来。

布罗德卡转过身，和她平日里的习惯不同，今天朱丽埃特穿得格外简单，牛仔裤和一件宽松的大领口套头衫。

“我在想信的内容，”他回答，“里面写的事情能否和最近几个月发生的一连串事件联系起来。”

“是吗？想到什么没有？”

布罗德卡摇摇头。“所有的一切掺和在一起就实在太过离奇，如果真照阿尔诺发所说，整件事简直匪夷所思。”

“兴许今天晚上我们就全都知晓了。什么时候和阿尔诺发见面？”

“太阳下山之前，他信上是这么说的。”

“一个挺特殊的时间，你不这样认为吗？”

“当然。”布罗德卡同意。

“而且见面地点也不寻常，他为什么要挑选这么一个地方？”

布罗德卡把脑袋一歪，端端肩膀，“不知道，卡拉奇一定有他的理由，或许他选择那个地点，是因为他觉得那里安全。你说呢，我们能信任他吗？”

寻思了片刻——朱丽埃特想问题时常常像个女学生似的把食指按在嘴唇上，布罗德卡最喜欢看到她这副模样——她回答说：“阿尔诺发跟我们讲了那么多，远不像在戏弄我们。不，我想他是因为受到法索利诺一家的冷落后深感失望，我能理解他。”

布罗德卡点点头。

德国墓地处于圣彼得大教堂的阴影之下，在一长排房子的外墙左侧，是一处古老的小型墓地，里面那些著名的德国人的墓穴板在岁月的磨砺下已经剥蚀风化。这块墓地的历史要追溯到卡尔大帝①时期，卡尔大帝从当时的教皇手里没花多少钱买走了这一小块土地。

布罗德卡和朱丽埃特信步进入这块墓地，两人一下子恍惚觉得自己置身于天堂乐土中，这里宛若圣人的居所，他们激动地驻足站

---

① 卡尔大帝（Karl der Große，768－814在位），是加洛林王朝（Karolinge，751－911）的第二个国王。公元800年，罗马教皇给卡尔加冕称帝，称为“罗马人的皇帝”。此后，卡尔大帝成为原罗马帝国的继任者和基督教会的保护人。

CAMPO SANTO TEUTONICO
ALTESTE DEUTSCHE NATIONALSTIFTUNG IN ROM ERRICH-
TET AUF DEM GELANDE DES NERONISCHEN ZIRKUS. HIER
ERLITTEN IM JAHRE 67 CHRISTEN DAS MARTYRIUM ALS
"SCHOLA FRANCORUM" 799 ERSTMALS ERWAHNT BEFINDET
SICH DIE STIFTUNG IM BESITZ EINER UM 1450 GEGRÜN-
DETEN ERZBRUDERSCHAFT DEREN MITGLIEDER KOMMEN
AUS DEM DEUTSCHSPRACHIGEN UND NIEDERLÄNDISCH-
FLÄMISCHEN KULTURBEREICH UND BESITZEN HIER DAS
BEGRÄBNISRECHT. DIE KIRCHE WURDE 1500 DER
SCHMERZHAFTEN MUTTERGOTTES GEWEIHT. SEIT 1876
BEFINDEN SICH IN DEN ANSCHLIESSENDEN GEBÄUDEN EIN
WISSENSCHAFTLICHES PRIESTERKOLLEG UND SEIT 1888
DAS RÖMISCHE INSTITUT DER GÖRRESGESELLSCHAFT

德国墓地

立。在落日的余晖中大教堂穹顶展现出一副大气雄浑的壮丽美景：窗户、拱廊、壁柱，如同安瑟尔·费尔巴哈[1]的油画。墓碑之间的柏树和棕榈树被夕阳染成金黄色，这里除了树叶时不时地发出簌簌声响之外，几乎听不到任何声音。白天的游客，主要是德国人和日本人早已经离开。朱丽埃特扯扯布罗德卡的衣袖，她没有说话，只是用头示意墓地最后面的角落，阿尔诺发就坐在那儿的一块墓石上，双手插在灰色大衣的兜里。

等朱丽埃特和布罗德卡走近，他们发现阿尔诺发身体弯曲的坐姿很古怪，他的双目闭合。

“阿尔诺发先生。”朱丽埃特轻唤。

他纹丝未动。

“他是怎么啦，布罗德卡？”朱丽埃特小声问布罗德卡。

布罗德卡蹲到阿尔诺发面前，拉拉他的手，手心还是暖的，他摸摸阿尔诺发的脉搏，已经摸不到了。他又把耳朵贴在老人的胸口，没有心跳，但是他看到卡拉奇的胸口在缓慢地一起一伏。

“他在呼吸。”布罗德卡说着抬头看看朱丽埃特，“我们得赶紧找医生，那边，”他手指着入口大门，“你去那儿瞧瞧，能不能找到一个教堂差役或者别的什么人叫辆救护车，我留在这里。”

朱丽埃特赶紧快跑。

布罗德卡平静地对卡拉奇说：“阿尔诺发先生，您能听见我说话吗？”

刚开始老人没有任何反应。

“您怎么啦？您哪里痛吗？”布罗德卡的语调急促起来。

蓦地从阿尔诺发的胸腔发出呼噜呼噜的声音，起初很轻，接着越来越大，后来他大口喘气，就像是溺水后又冒出水面。

老天保佑，他还活着，布罗德卡心说，他注意到阿尔诺发试图举起右胳膊，像要指着什么，可是没有成功，胳膊又垂下来，他的

① 安瑟尔·费尔巴哈（Anselm Feuerbach，1829—1880），德国新古典主义画家。

身体向前倾，直直地摔下去，布罗德卡连忙接住他，将其扶靠在墙垛上。

救护车火急火燎的鸣笛声由远及近。没一会儿工夫朱丽埃特带着急救医生和两名急救员小跑过来。

“他还活着。”布罗德卡急迫地说，“你们快点！”

急救员把卡拉奇抬上担架，医生撩开眼皮检查他的眼球，然后给他注射。

“这个人叫什么名字？”医生问。

“阿尔诺发·卡拉奇。”朱丽埃特赶忙回答。

“您是亲属？”

“不是，我和他不过点头之交。卡拉奇先生只有一个亲人，他的侄子，巴尔塔萨·考拿罗，住在萨勒大街171号。——你们把他带往哪里？”

“圣灵医院！”急救医生说完匆匆离去。

朱丽埃特坐在阿尔诺发才刚靠着的那处墓墙垛上，闷闷地出神。

布罗德卡也挨着她坐下，她把手扶在他的大腿上，似乎想从中得到温暖和保护。

“有的时候，”布罗德卡的声音很疲倦，“我似乎觉得整个世界都在和我们作对。”

朱丽埃特没有顺着他的话题走，而是说：“太让人揪心了，他能挺过去吗？”

“但愿如此，我衷心地希望他能挺过去——我们当然也能。”

“他说过什么没有？”

“没有，但我老觉得，他好像要告诉我什么。那情景真是可怕，这个可怜的老人竭尽全力，他是那么用劲地举起胳膊，”布罗德卡模仿老人的动作，“就指着那个方向，他似乎想告诉我，但是……”布罗德卡一时语塞，怔怔地望着前方。

朱丽埃特疑问地看着他，她吓坏了，只见布罗德卡脸孔煞白，全无血色。朱丽埃特抓住他的胳膊，摇晃着他，“布罗德卡？布罗德卡！”

布罗德卡似乎毫无知觉，眼睛仍旧直直地向前看。朱丽埃特用右手使劲拍打他的脸颊，他才回过神来。他注视朱丽埃特的眼神，就像她是个陌生人，然后他手指对面的那座墓碑，说：“看那儿！”

朱丽埃特不明白，那是座新修的墓穴，上面的墓碑新式简约，有别于墓地里其它超过百年历史的墓碑，碑前面摆放的一捧捧花束也让它与众不同。

“那是什么，布罗德卡？”

“你瞧上面的碑文！”

朱丽埃特仔细看去，墓碑上刻着：C.B.1932 年 1 月 13 日 – 1998 年 12 月 21 日。

“那是我母亲的生卒年月，朱丽埃特！‘C.B.’就是‘克莱尔·布罗德卡’！”

胡说，朱丽埃特差点脱口而出，你的神经又出毛病了吧。出生年月和死亡日期相一致，也许只是碰巧，名字相重也是有可能。接下来她越想越不是那么回事，碰巧？不会的，哪有这么碰巧的事。

“那是阿尔诺发想让我注意到的东西。”布罗德卡激动地说，“这也就是为什么他偏偏把我们约在这里的原因。”他望着朱丽埃特，用近乎耳语的声音接着说道，“朱丽埃特，快对我说，我没有发疯。你把墓碑上的文字读出声，快读出来，让我用自己的耳朵听到它。”

“你弄疼我啦。”朱丽埃特抗议说，布罗德卡正死死地拽着她的胳膊。

“快读出来。”他又说。

她读出墓碑上的碑文。

朱丽埃特读的时候布罗德卡拼命地点着头，然后他似有千斤重担压身一般缓缓地坐在阿尔诺发之前坐过的那块墓石上。

“朱丽埃特，”他轻轻地说，“你一定要帮我走出这个迷宫。”

8

如同每个星期二，除非在圣周[①] 或者这一天是个重要的宗教节日，阿尔贝托·法索利诺走出他在圣心银行大街的豪宅，前往附近的圣乔瓦尼教堂，参加那里的唱诗班排练。法索利诺并不是一个天才的歌唱家，他每个星期参加这种活动是出于一个现实理由。罗马人绝对不是天生就是虔诚的信徒，会自觉自愿地投入到唱诗班的排练。法索利诺这样做多半是为了满足他的太太安纳斯塔希亚的愿望。而她的理由也很充分，足以让阿尔贝托在星期二的时候不留在家里。

法索利诺刚刚离开家门，一辆黑色的沃尔沃轿车载着枢机主教史莫雷斯基从科索维克托－埃马努埃莱大道方向过来，枢机主教亲自开车。史莫雷斯基穿的是便装——黑色西服，那些只能靠他那华贵的紫颜色的教职长袍认出他的人——大部分人都是如此，就算此时从他身边经过也不会留意到他。

出于什么样的动机让这位罗马教廷国务卿愿意自己开这样的一辆大轿车，而此车产于那个天主教徒比松露还要稀罕的国家，这是

① 复活节前的最后一周。

他的秘密。史莫雷斯基把他那辆出自新教国家的轿车停放在一个街区之遥，以免引起怀疑。他左手拎着公文包步行往回，直到在法索利诺家的房门前站住，摁三下门铃。

这时候不管是谁看到史莫雷斯基，都有可能把他当成任何别的什么人，而绝不会是教廷国务卿——梵蒂冈的第二号人物。史莫雷斯基是个有着两副面孔的人，严格地讲他甚至有三个，而每副面孔之下他过着截然不同的生活，被一堵沉默的高墙所保护。

没有人能从这个此时立在门前、不起眼的男人身上看出他竟拥有无上的权力。史莫雷斯基也就一米六零高，很像是故事中常常被比作成丑陋怪物的侏儒。他脸上通常的表情类似于猛禽，但是他能将这种相貌在转瞬之间进行变换，洋溢出慈善、和蔼的神态，就好像他是圣彼得广场柱廊上那一百四十座圣徒像中的一个。

周遭的人对他脑瓜顶上几缕稀疏头发的本来颜色只能是暗自猜度，因为史莫雷斯基把他的所有毛发——包括眉毛——都染成乌鸦般漆黑，那几根发丝被平平整整地梳向脑后，突显他的额头更高一些，使得他——如同他所期望的——具有某种学者风范。他的黑眼珠射出凛厉的寒光，令他的对手不寒而栗。

史莫雷斯基习惯抽拇指粗的廉价雪茄，并常常整天将未点燃的雪茄咬在嘴里。说到他个人的习性，史莫雷斯基的节俭近乎于病态，他总是随身携带一个公文包，里面装了一小袋子不同尺寸大小的金属圆片，这位教廷国务卿的癖好就是将这些小铁片投进停车场的咪表、电话亭以及其他自动服务机的投币口，而每次这样干，都会给他带来深深的满足感。

看外表，史莫雷斯基身上最奢侈的东西莫过于他右手无名指上那个硕大无比的枢机主教戒指，而镶嵌在戒指上的红宝石，只不过是索斯比拍卖行在九十年代拍到二十五万英镑的宝石的仿制品。

维克多·史莫雷斯基出生在1920年的圣烛节[①]那天（二月二

---

① 一个天主教的节日，原本圣烛节是为纪念爱尔兰女神布丽姬，她是火、诗歌、疗伤、助产的女神。

日)，是偏僻穷困的小村子里的一个农民家的第九个孩子，或许这就是养成他病态般节俭的原因。这个小村子惟一的财产是一座教堂和一匹耕地的马，谁都不知道后者是怎样在战争中存活下来，所以被村民视为一个奇迹。

史莫雷斯基的父亲突然于某天在村子里销声匿迹，而他母亲只有一种可能才能养活她的孩子们，她把七个儿子分别送进了七所神学院，另外两个女孩她自己勉强拉扯大。

就像后来证实的，史莫雷斯基的父亲并没有死掉，他为了摆脱这个多口之家，找机会离家出走。如果他不是在 1933 年闹出个头条新闻，他的这些事大概永远不会有人知道，他杀掉一个和他同居多年的妓女，并将肢解的尸体抛进河里。

年轻时的史莫雷斯基从没有在他从小耳濡目染的对上帝的笃信中也没有在偶尔的放纵生活里获得过身心的餍足。现在，他日渐老朽，却在每星期二的法索利诺家真正感受到心满意足。

他前来看望的当然不是法索利诺先生，而是他的太太安纳斯塔希亚，她和他在这一天将共同完成一次罕见的仪式。

安纳斯塔希亚在房子三楼的一间屋里接待史莫雷斯基，这个房间她的丈夫阿尔贝托从未得到允许踏进去半步，他十分清楚，他不在家的时候里面会发生什么。同每个星期二一样，安纳斯塔希亚身披一件长长的下摆飘垂的黑色丝绸睡衣，露出半遮半掩的乳房。阿尔贝托的太太虽算不上年轻，可她丰满的肉体和骨子里的风骚狐媚却让某些男人极为痴迷。

史莫雷斯基就是其中的一个。两个人还没有交谈几句暖气氛的话呢，他已把自己的黑西装和紫色内衣裤扒了个一干二净，光溜溜地站在屋当中一块花团锦簇的波斯地毯上，细细的双腿撑着肥膪膪的肚子，他有些难为情。厚重的巴洛克式五斗橱上的一支烛台燃着九根蜡烛，使得这间充斥着丝绒装饰的屋子笼罩着柔和的光晕。

可能以为史莫雷斯基浑身抖动是因为冷，实际上他太兴奋了，以至于他的整个躯干筛糠般簌簌发颤。安纳斯塔希亚向他走来，同时把脱下的丝绸睡衣扔在地上，史莫雷斯基跪趴在地上就像个哈巴狗蜷伏在女主人的脚下，把她当作圣母玛利亚一般。

安纳斯塔希亚脚蹬黑靴的足跟又高又尖。两条长腿套着黑丝袜，宽边的吊袜带由两条饰带固定在紧身胸衣上，勾勒出蜂腰巨乳。她的皮肤是奶白色的，脸上耀眼的浓妆宛如一幅表现主义油画。

安纳斯塔希亚在一把已有些磨损的圈背椅上坐下来，跷起二郎腿，姿态像是一个低贱的婊子，史莫雷斯基朝她匍匐爬去，亲吻她的靴子。这样一番动作更让教廷国务卿大为刺激，蠢蠢欲动。他嘴里发出咕噜咕噜声响，好像是头饲料槽前的猪猡，安纳斯塔希亚也乐在其中。满足之后的他四仰八叉地躺在地毯上，像一堆软绵绵的肉团。

直到这时两个人都没说过什么话，这种延续多年一成不变的程序并不需要额外的要求和提醒。这就像是一场弥撒，从始至终贯穿着仪式感，只不过不是由史莫雷斯基主持，而是安纳斯塔希亚。

“要尽快把那个德国荡妇解决掉！”安纳斯塔希亚突然叫嚷，“她来过这里。这个女人很危险——她的脑瓜很管用。”

光身子的教廷国务卿手托下巴，眼睛盯着角落里的一个獠牙暴龇的陶瓷豹子，“你相信我，”他说，“她不会再烦你多长时间。目前我还需要她，她可是我这盘棋中一个重要的棋子。没想到这个女人会主动来罗马，简直就像是自己走进了狮子洞。”

史莫雷斯基哈哈笑着站起身。他极其细致地把衣服一一穿戴好，然后他问安纳斯塔希亚：“有没有你侄子的新消息？”

安纳斯塔希亚轻蔑地挥了挥手，将暴露在外的乳房收进紧身衣里，“有人在慕尼黑见过他。他曾给我打过电话，向我要钱。”

“什么？你给他了吗？”

“没有，一个子都没有。你还知道些什么？”

“据我所知，他还没有完成任务，他是个笨蛋，不过或许他还能帮我们一次。他开起枪来真是他妈的准。”

圣乔瓦尼教堂的大钟响起。

安纳斯塔希亚慌忙披上睡衣。“九点了，”她说，“你该走了，如果你不想在路上碰见我的歌唱家的话。”

史莫雷斯基点点头，他将他的银灰色领带系好，抻直抚平，打开公文包，从里面拿出一捆已数好的钞票，双手托着放在烛台旁。

像每个星期二一样，安纳斯塔希亚向史莫雷斯基走上前一步，屈膝，拉起他的右手，亲吻上面的枢机主教戒指。

史莫雷斯基满心欢喜地接受敬意。

当朱丽埃特一觉醒来，一道晨光透过窗户照进滑铁卢公寓的这间小客房。昨天她和布罗德卡商议到后半夜，分析形势，研究对策，最后决定，他们眼下还是不要轻举妄动。

布罗德卡的母亲被安葬在圣彼得大教堂旁边的德国墓地，这种假设令人难以置信，但是证据确凿，那位老家仆一定知道些什么。

朱丽埃特伸手去够布罗德卡，这才发觉，她旁边的床上是空着的。随即她就明白，她一定能在哪里找到他。她穿好衣服，去餐厅喝了杯咖啡，然后赶往梵蒂冈。

这个时间圣彼得广场还很安静，空旷的场地上只零星地听到几声回响，几位行色匆匆的修女穿过铺石的路面。

那片德国墓地孤零零地躺在高墙的阴影之中，偶尔有鸟儿在啾啾欢鸣。

朱丽埃特没有猜错，布罗德卡坐在墓地最后端的角落里，他仿佛入定似的目光直直地朝向天空，听到朱丽埃特的脚步声，他把身子转向她。

“我一想就能在这里找到你。”朱丽埃特说。

布罗德卡点点头说：“睡不着，脑袋里总有太多问题，天一亮我就到这里来了。抱歉，我没有给你留下口信。”

“你不需要为此道歉。快告诉我，你现在打算怎么做？”

布罗德卡看看表，站起身来说：“你跟我来。”他拉起她的手。

两人走出墓地的石柱大门。“这里肯定有教堂差役，”布罗德卡说，“或者别的什么人负责管理德国墓地。”

在柱廊南边的问讯处他们获知，墓地不属于梵蒂冈的管理范围之内，而是直属于德国修士团。他俩又折回原处，在一个四白落地、无任何装饰的房间他们找到一名方济各会[①] 的托钵修士。他穿着褐色带帽修士服，坐在木桌子后面，这是房间里唯一的陈设。他说话带有南德口音，他说他来自巴伐利亚州阿尔特廷的圣康拉德修道院，他还无不惋惜地补充，他在那里曾负责一个图书馆。然后他才问，他能为他们做些什么。

布罗德卡说，他想打听有关德国墓地那座新墓穴的事，墓碑上刻有“C.B.”，他想知道是谁葬在里面。

就在才刚还说个不停的修士突然合上嘴巴，接着又说他不管这类事情，他还抱怨，自从上回头撞过车门之后他的脑袋不太好用，医生——修士用手指节敲敲脑瓜——往他的颅盖里放进去一块小银片，但也没什么效用，他的记忆力明显地减退，他们应该去问讯处再打听打听。

布罗德卡长叹口气，向修士解释，就是问讯处让他们到这里问问看的，他一定知道最近葬在德国墓地里的那人是谁。

这位修士，像所有的布道者一样演技拙劣，他做出一副思考的模样，然后说他确实想不起来了。最好的办法是，布罗德卡给德国修士团写份书面材料，不过他得耐心等待答复。

朱丽埃特看到布罗德卡被心里的气憋得脸通红。她扯着他的胳膊，轻轻地将他拉出这个空荡冷清的房间，拽着他来到阳光暖融融照着的罗马广场。

去往圣灵医院的路上两个人都很沉默，布罗德卡忧郁地看着车窗外。

颇费周章，他们才打听出阿尔诺发·卡拉奇被送进了哪个科室。这里的楼道和走廊像迷宫一样曲折迂回，让布罗德卡想起维也纳的那家精神病院。

负责卡拉奇的住院医师是个上了年纪、表情严峻的医生，恐怕

---

① 方济各会，或译方济会，是天主教托钵修会派别之一。其会士着灰色会服，故亦称“灰衣修士”。方济各会提倡过清贫生活，互称“小兄弟”。

早已过了退休年龄。他冷淡地将布罗德卡和朱丽埃特带进一间光线暗淡的会诊室，他先是问他俩和阿尔诺发·卡拉奇是否是亲属关系。

布罗德卡解释说，他并不是卡拉奇的亲戚，当时他发现这个老人状况危机，就叫来救护车将其送入医院。医生扶了扶他的无边眼镜，用一种例行公事的口吻说，病人于今天凌晨去世——是心脏病。他很遗憾，必须把这个令人难过的消息告诉给他们。

布罗德卡和朱丽埃特两人你看看我，我看看你，万分惊讶。

住院医生接着问他还能为他们做什么，还没等对方开口，他又说，他有事情不得不告辞。

离开医院，布罗德卡真想破口大骂，老人的意外辞世让他再一次措手不及，他本来确信，在卡拉奇的帮助下他至少能从这种混乱局面中走出一步，单从见面地点选在德国墓地就显示出卡拉奇对这里面不为人所知的关联是略知一二的。

朱丽埃特捅捅布罗德卡，医院前面的街道上停着一辆小菲亚特，车身喷有“巴尔塔萨比萨外卖”的标识。车要不是停在人行道的中央，他们肯定不会留意它。

“他一定是去医院看他叔叔，我们要不要等在这里直到他出来?”朱丽埃特问。

布罗德卡点点头。

静静等了十分钟，巴尔塔萨出来了，他看上去很疲倦。

布罗德卡和朱丽埃特朝他走去，向他致哀，并说他们和阿尔诺发本来约好见面的。

显然巴尔塔萨知道此事，因为他仅仅听着，没问任何问题，就连布罗德卡提到卡拉奇原打算要卖给他们一些情报时，他也只是点头，眼睛盯着脚上的鞋。

最后他抬起头说：“或许我能帮你们，阿尔诺发叔叔跟我很亲近，想必你们也知道。他跟我讲过这是怎么一回事，对于他来说也不单单为了钱。”

“那您知道您叔叔向我们要求多少钱吗?”布罗德卡问。

巴尔塔萨点点头，“他说过。”

“那么他也一定对您说起他准备告诉我们什么吧？您的叔叔曾经暗示过我太太，对他的情报我们绝对会感兴趣。只要您把他告诉您的那些话说给我们，我们将很乐意给您相应的谢礼。”

同所有的意大利人一样，巴尔塔萨爱钱，也同所有的意大利人一样，他耻于承认。因此即便跟他心里的想法相反，他嘴上还是说：“先生，如果我真的能帮到你们，钱不是那么重要，况且这也是阿尔诺发叔叔的意思，愿上帝保佑他安息。”

布罗德卡和巴尔塔萨约好隔日见面，而朱丽埃特则不能同去，一张慕尼黑法院的传票正等着她。

从机场出来，朱丽埃特径直去了位于包根豪镇高级住宅区的考林的别墅，取她的衣物和重要文件。她还有些担忧，唯恐会遇上她的丈夫，幸好是上午，这个时间她的丈夫铁定在医院。

她推开房门，一股难闻的气味扑鼻而来，房子似乎有几个礼拜没有通过风。客厅里堆着两大摞衣物，过了一会儿，朱丽埃特才醒悟那全是她的衣服。

她快步走到二楼她的睡房，柜子和抽屉的门都敞开着，像是一个神经病曾在这里发过疯，或是酒鬼耍酒疯。

看到此状朱丽埃特顿时心头火起，她跑下楼梯，奔向电话机，叫了辆出租车。

出租车司机不知如何是好，坐进车里的这个暴怒的女人连连催他快点开，就好像有性命攸关的大事在等着她。到了考林的医院，朱丽埃特塞给司机一张钞票，冲出车去，甚至忘记关车门，她一阵风似的闯进医院。

前台女秘书看见老板太太进来，从座位上立马站起，什么都没说，朱丽埃特一把拉开房门，考林不在里面。

她转回身，盯着女秘书冷冷地问：“他在哪里？”

女秘书咽了口唾沫，把目光移开，吞吞吐吐地说：“很对不起，但是……”她没再说下去。

朱丽埃特猜这个女人闭口不言一定是考林嘱咐过，对她喊道：

“我想要知道，我的丈夫在哪里，该死的，我再说一遍！”

女秘书终于开口，她怯懦地嘟囔着：“请跟我来。”她领着朱丽埃特上了四楼，停在走廊尽头的一个房门前。

朱丽埃特按住门把手一拧，门开了，她不顾一切地冲了进去。

她无论如何都不会料到，里面等待她的是什么，气头上的她只瞧见考林的脸，他咧着嘴巴阴笑着，一如以往。

接下来朱丽埃特被惊得骇然失色，考林是坐在一辆轮椅里，他的脑袋被一些锃亮的钢条固定撑住，好似被套进了一个铁罩子里，他僵硬的身板就像是埃及木乃伊，他的眼睛死死瞪着朱丽埃特，那眼神真是可怕。

“我的上帝啊！”朱丽埃特恐慌地叫起来。

一定是女秘书通风报信，这时候考林的总医师也急步走进房间，后面还跟着一名女护士。他拉起朱丽埃特的胳膊，请她跟他出去，朱丽埃特一把甩开他。“我的丈夫怎么啦？”她问道，“出什么事了？”她看着考林，“亨利希，你快说话呀！”

教授给总医师递了个眼色，眨了一下眼睛，表示着什么。

总医师替考林回答：“您的丈夫出了车祸，很严重，自脖子以下都无法再动，他瘫痪了。”

“瘫痪？”朱丽埃特靠近考林，直视他的脸。“发生什么事，亨利希？”她怯生生地问。

“他说不了话，”总医师说，“但是他的听力正常。”

“您说是车祸？”朱丽埃特问。

总医师点点头。

朱丽埃特看着他。“当时他喝酒了吗？”她说着扫了一眼她的丈夫。

总医师不语。

“可怜的家伙。”这一刻她对考林的惟一感觉就是：怜悯。

总医师带朱丽埃特出了考林的病房。他们走在长长的廊道上，总医师试图安慰她，他说：“教授坚持要在自己的医院治疗，而我们医院对于这样的重症根本没有相应的治疗能力，他自然也明白这点，可他坚决不去专科医院。您是了解他的，如果他一定想要怎么样的话……”

“这么说来他以后再也不能走路了？”朱丽埃特停下脚步，问道。

“我不能让您心存妄念，实际上，您丈夫的情况还要更糟糕，恐怕教授的余生都要在支撑架里度过，这个您刚才也见过了，必须把他的身体牢牢绑在轮椅上，而他的头也得被固定撑托。我很难过，不得不把这些事情都告诉您。”

就连这么严酷的事实也没让朱丽埃特心里有丝毫惋惜的情感，而她不喜欢自己竟然会这样。她从来没有想到，她对考林的感情竟然如此冷漠，她对他只有怜悯，她也没有想到这场变故会给她自己带来怎样的后果。朱丽埃特只觉得心中空落落的。

接下来总医师对她又说了什么她几乎没有听进去。“多亏现在先进的医疗设备，您的丈夫至少能借助轮椅四处走动。大概您也瞧见了他嘴巴前的那把勺子，他只需用嘴咬住勺子，就可以操纵轮椅——多么了不起的发明。”

“是的，了不起的发明。”朱丽埃特苦涩地应道。她跟总医师简短地告别，离开了这家依然挂着她丈夫名字的医院。

朱丽埃特不想回别墅，那个家就像是禁区，有一道无法逾越的障碍。她知道，她在那里会胡思乱想，想考林的事，想她自己，还有想她对她丈夫原来是如此的漠视——这是她之前未曾料到的，连她自己都感到惊讶。她坐车去布罗德卡的家，到了之后给在罗马的布罗德卡打电话，可是没人接。

她从信箱里拿出邮件，特意把它们放在写字台上，提醒自己别忘记给布罗德卡带到罗马去。

她又试着联络布罗德卡，此时她迫切地想和人聊聊。她不是要人同情她，她也不需要任何人为她难过，因为她自己也没有那么伤心，她只想有个什么人听她倾诉，听她说都发生了什么事情。

朱丽埃特静静思考着。

诺波特，对了，他是最合适的人。他常常将满腹的心事向朱丽埃特诉说，而她也耐心地听他讲同性恋圈子里的故事。

这次是她自己需要一名听众。

诺波特十分热情地欢迎朱丽埃特的到来。朱丽埃特不知道，他早就知道考林发生的不幸，所有的报纸都报道了那场可怕的车祸，考林和他的座驾翻进伊萨尔河，差一点淹死在车里。不过诺波特很是体贴，他表现出足够的讶异和震惊，他让朱丽埃特自己把经过讲完，她觉得身心轻松了好多。

“有时候，”把她在这几个小时所经历的情感起伏说出来之后，朱丽埃特叹了口气说，“有时候我想，这一切怎么就这样没完没了呢，这段时间简直厄运连连。更糟糕的是，现在我再也摆脱不掉他。”

“你这么说是什么意思？”诺波特奇怪地发问。

朱丽埃特垂下头，不让诺波特发现她眼睛红了，“我原来准备跟亨利希离婚，和布罗德卡结婚。”

“是吗，那又怎样？你改变主意了？”

“可我怎么能和一个残废离婚，他从脖子以下都再也无法动弹……”

诺波特默不作声，摆弄着左手的五根手指和右手的四根手指，过了一会儿他说：“若是这种状况要求离婚看上去自然不那么磊落，可如果你丈夫是个正直的人，他会主动提出离婚。”

“亨利希——正直的人？我快要笑掉大牙，他会竭尽他目前的处境，来折磨我，羞辱我，只会比以前更要卑劣。”

“我不明白，还有什么能阻止你和他离婚呢？你丈夫有足够的钱聘请一个团的护士照顾他。”

“或许你说的有道理。”朱丽埃特嘟哝说，“如果我留在他身边，他会让我如同生活在地狱里。”

诺波特坐在钢琴前，这架三角大钢琴几乎占据阁楼的一半空间。他先轻轻地奏出几个和弦，进而弹出一个旋律来：“当时光逝去”。朱丽埃特记不起来，自己何时曾跟诺波特提起过她和这首曲子的故事。

“你为什么弹这首曲子?”

“什么为什么?”诺波特双眉紧蹙,“我喜欢这支曲子,所有的酒吧钢琴师连睡梦中都会弹奏它,你不喜欢吗?”

“哦,不是的,我非常喜欢,对我来说它有着特别的含义。”

“我们会在某些曲子上投入特别的感情,大多和回忆有关,美妙的旋律重新唤起一段记忆,我们酒吧钢琴师就是靠这个谋生的。让我猜猜看:布罗德卡。”

朱丽埃特点点头说:“那是三年以前的事,在纽约……”

“那座城市拥有世界上最杰出的钢琴师,我梦想成为他们中的一员。”

沉默片刻,朱丽埃特说:“你知道威尔第的《茶花女》中‘啊,爱情的魔力’那段旋律吗?”

诺波特会心地一笑,抬头望着天花板,就好像那上面写有乐谱似的。然后他弹出三个和弦,一曲饱含充沛激情的爱的旋律在他灵动的指尖下流淌。

是朱丽埃特眼中飞扬的神采,还是他确信,在每个人的生命中都有某个曲子被赋予特殊的意义?诺波特凝视朱丽埃特良久,直率地说:“让我猜猜看,朱丽埃特,他是个意大利小伙子,一头黑发,外表洒脱帅气,没准还要比你小上几岁……”

朱丽埃特睁大眼睛看着钢琴师,“你是怎么知道的?”

“这可以猜出来。”

“如果我告诉你,你说对了呢?”

“那我也不会有任何惊讶。”

朱丽埃特觉得自己的心思被人看穿,但她没有任何不快,刚好相反,现在她可以毫无保留地信赖诺波特。

“你说,”她小心翼翼地问,“你认为一个女人能同时爱上两个男人吗?”

“不,我不这样认为。”诺波特立马回答。

“为什么不能?”

“如果你声称，你同一时间爱上了两个男人，你就是在自己骗自己，或许两个你谁都不爱，因为你对一个人称之为爱的，只是一种习惯，而对另一个人的感情是冲动或者是激情。”

朱丽埃特走到仍旧坐在钢琴前的诺波特的旁边，说：“如果我知道我该怎么做就好了，他叫克劳迪奥，我在罗马与他相识。”

诺波特摇了摇头，“不要跟我提什么罗马男人！他们的名声是全世界最差的。”

“那不是真的！”朱丽埃特生起气来，接着她又低声说，“也有可能如此，但克劳迪奥可不是胡来的小伙子。”

“那你就跟他吧。”

“我爱布罗德卡。”

“那就留在布罗德卡身边。”

朱丽埃特叹了口气，说：“你也帮不了我。”

诺波特举起两只胳膊，“这件事情必须由你自己做决定，跟着感觉走，不要思虑过多，这是我能给你的唯一建议，其它的一切取决于你自己。”

就她目前的情感来说，朱丽埃特倾向于布罗德卡，可是一想到克劳迪奥就让她怦怦心动。不仅一次——但总是毫无结果——她问自己：这个小伙子身上究竟有什么东西是布罗德卡所没有的？

克劳迪奥并不比布罗德卡长得更好看，恰好相反，和布罗德卡在一起要比这个意大利小伙子更为体面。而且布罗德卡是个阅历丰富的男人，自信、成熟、事业成功，相比之下，克劳迪奥只是个讨人喜欢的情人，他缺少一副能够让女人依靠的坚实臂膀。

尽管如此，为什么她对他还是恋恋不舍？

如果朱丽埃特能回答这个问题，那么好多事情就简单多了。

“你接下来有什么打算？”诺波特问，他看得出来朱丽埃特的心绪已飘天外。

“因为假画一案明天我会被法庭传讯，之后就飞回罗马。”

“去找克劳迪奥还是布罗德卡？”

朱丽埃特微微一笑，“我想我最好现在走，否则你的问题会让我的心思越来越重。”

她正要向门口走去，突然一个东西撞进她的眼里，让她血管里的血似乎一下子凝固。虽是不经意，但绝对清晰可见，钢琴上摆着一个紫色的丝绸扣结。

朱丽埃特努力不让自己流露出错愕的神情，不让自己就此慌乱地逃离。毫无疑问，诺波特，这个她所一直信赖的人在骗她。

第二天的法庭传讯让朱丽埃特非常不愉快。检察官拿出曾格博士和海曼教授的两份鉴定证书与她对质，这些证据证实，雅弗林斯基的版画和已经售出的乔治·德·基里柯的画作无一例外全是假的。检察官还说，海曼教授认为，简直无法想象，一个像朱丽埃特·考林这样被大家所公认的艺术史专家和具有丰富经验的艺术品经销商竟然会辨认不出这样的赝品。

由此，检察官试图逼迫朱丽埃特坦白认罪，供出幕后主使，一旦此案被审理，这会缩短诉讼时间，简化程序，更重要的是将减轻她的刑事处罚。

朱丽埃特一再向检察官重申她第一次就说过的话：她是这起密谋事件的受害者，她发誓，她在画廊接收并确认这批画时，它们就是原件，她不知道什么时候这些画被换成了复制品。

检察官坚持他的观点，即这是一个十分站不住脚的解释，并且没有任何证据，她将因恶意诈骗而被诉讼调查。

即便另外四幅黑克尔、诺尔德和迪克斯的画经鉴定确实是真迹，朱丽埃特也避免不了同样的后果，即画廊的声誉会因这场诉讼而毁于一旦。

接近中午时朱丽埃特电话找到了布罗德卡，向他讲述考林因车祸而瘫痪的经过。她决定先不把她即将被起诉的事情和在诺波特家的意外发现告诉给他，对于布罗德卡来说眼下的事情已经足够复杂。

他默默地听着朱丽埃特的电话。

“你还在听吗？”说完之后她问道。

"是的，在听，"他回答，"我想，你知道这对我们两个意味着什么。"

"你这话是什么意思？"

布罗德卡的声音变得很小，"在他这样的状况下你不能和他离婚。"

朱丽埃特一阵沉默。

"我知道，他是个混蛋，"布罗德卡又说，"他甚至想要杀死我，但照目前的情形你绝不能甩掉他。"

"你一直都在说他，怎么就没考虑到我的感受？我该怎么办？难道该由我照看他的下半辈子吗？难道你想不出来，他就算坐在轮椅里也仍然让人讨厌？"

"我能明白你的心情，不过我以为，我们只能是忍耐和承担，虽然这话听上去很残酷。"

朱丽埃特不言语。

"我们不该在电话里谈论此事，"她听到他说，"你什么时候回来？"

"等我把这边的事情处理好，就通知你。"

朱丽埃特挂上电话，离开布罗德卡的家，她直接去了飞机场。

飞往罗马的 AZ435 航班上还有空座位。

罗马，菲乌米奇诺机场。

在等行李的时候朱丽埃特往克劳迪奥家里去了电话，是空号，没人接，打去他的办公室也找不着他。

她叫了辆出租车开往特韦雷河对岸克劳迪奥的家。车驶向内城，一路上她想象着自己躺在他的怀里。她再也不愿意去想考林和布罗德卡，脑子里只剩下了克劳迪奥，他的温存爱抚会让她暂时忘记所有的烦恼。她渴望拥在这个男人的怀里过上一个漫漫长夜。

出租车停在克劳迪奥家所在的房子前，朱丽埃特一口气跑到顶层，她使劲地按门铃，敲打房门，大声叫喊。

没有回应。

朱丽埃特决定到楼梯间等他。她不知道坐在台阶上过了多久，外面已经黑下来，楼道里不知哪儿处的灯亮了，没一会儿又倏地熄灭，克劳迪奥仍没有出现。

朱丽埃特正打算放弃离开的时候，她听到从楼下传上来克劳迪奥开怀的笑声。

终于回来了，她想。可一转眼她兴奋的心像是被浇了盆冷水，克劳迪奥不是一个人回来，还带着一位姑娘，从她咯咯的傻乐声就知道。

朱丽埃特越过栏杆往下看，这一看不要紧，她恨不得找个地缝钻进去。那一对男女正嬉闹成一团，两人一边动手动脚调着情一边往楼上走，克劳迪奥还把那姑娘的上衣纽扣一个个解开。

等他俩趔趔趄趄地上到最后一层，以为不会被其他住户瞧见，克劳迪奥把那个姑娘压到台阶上，他撩起她的超短裙，把手摸了进去。

两人的淫声浪笑让朱丽埃特觉得分外的刺耳和厌恶。这个男人，她竟然和他温存过一夜？难道就是那个款款情深温柔体贴的克劳迪奥？

她注视着眼前的一幕，一时间不知道该如何是好。紧接着她火冒三丈，这种被耍弄、被强暴的感受让她觉得自己很屈辱，竟然上了这个男人的当，这个今天和这个女人、明天又和那个女人上床的家伙。罗马的男人的确是世界上最最差劲的男人。

朱丽埃特走下楼梯。

克劳迪奥起初没有注意到她，等她冷不丁地站在他上边，他抬头一看是朱丽埃特，立马愣了，全身的动作戛然而止。

“我可以过去吗？”朱丽埃特问，就好像什么都没发生一样。

克劳迪奥从姑娘身上下来，结结巴巴地咕哝着什么，慌里慌张地整理他的裤子。

朱丽埃特顿了片刻，然后迈开大步跨过那姑娘的大腿，她不过二十出头，脸上涂着厚厚的脂粉，五颜六色的染发。克劳迪奥竟然和这么一个小骚货鬼混，这更让朱丽埃特心里难受。

她装作满不在乎的样子对那个姑娘说：“但愿你不会对他太过

失望，年轻的女士，他是个蹩脚的情人，相信我，我知道我在说什么。”

还在惊愕于她的突然出现并被她的风言冷语羞得臊眉耷眼的两个人难为情地胡乱穿好衣服，并给朱丽埃特让开路。她走下台阶，看都不看克劳迪奥。

克劳迪奥轻咳几声，在后面冲着朱丽埃特喊道：“等等，你听我跟你解释！”

朱丽埃特手一挥，继续往前走。等她下完楼梯，她回过身，向楼上高喊，只听楼道里回响着：“这话你向她说去，那个小娼妇或许还会相信你！”

街上弥漫着混合洋葱、海鲜和奶酪的比萨香味。特雷韦河对岸的大街小巷为数众多的小吃店受到吃客们的追捧，最重要的原因就是从后厨飘出来的阵阵香气。

你竟然像个笨头笨脑的婆娘，朱丽埃特责备自己，你的举止如同十几岁的傻乎乎的少女，爱上第一个出现在自己面前的油滑小子，这等蠢事你怎么也干得出来。

她沿着街道闲逛，心里想着该不该去滑铁卢公寓找布罗德卡——可她对他说的是明天才会到啊。肚子饿了，她走进一个街头小吃店，铺着花花绿绿的桌布的餐桌和餐椅在露天摆放得倒也十分齐整。

她飞快地瞧了一眼手写的菜单，要了一份蛤蜊通心粉和一瓶葡萄酒。她没精打采地手托下巴，搭眼望着过往的行人。一想到克劳迪奥，她就想扇自己个巴掌。

热气腾腾的通心粉香气扑鼻，朱丽埃特学意大利人的吃法，用一个张开口的蛤蜊壳作为钳子，把其它蛤蜊壳里的肉夹出来。她一门心思地吃着，根本没有留意到一个大腹便便的先生坐到她邻桌的座位上。

当她抬眼看到那个胖先生向她友好地点头致意，觉得他依稀哪里见过，就在她暗自思索的时候，此人笑着用德语说：“嘿，美丽的女士，今天您独自一人啊？”

朱丽埃特可没有情绪去应付这种无聊的搭讪，接着她猛然记起在哪里见过这个男人了：他就是在纳沃纳广场上的那家餐馆里傍晚吃早饭的作家。

朱丽埃特勉强挤出敷衍的笑容，耸了耸肩膀，说："是的，您也看到了。"

"您心情不太好？"

"您哪里看出来的？"

"恕我直言，您一副垂头丧气的样子。"

"我没有。"朱丽埃特生硬地回答。

"是我的唐突，谁都不愿意被某个莫名其妙的家伙指指点点，对不起，请原谅我的冒昧。"

"我不是这个意思。"朱丽埃特想转移话题，她停了停，又说："您是位作家，不是吗？"

胖先生呷了一大口红酒，络腮胡子的后面露出一张笑脸，"可以这样说，我试着让自己胜任为一名作家。我叫史佩林根，保罗·史佩林根。"

"朱丽埃特·考林。"

"很高兴认识您。您是来罗马度假的？"

"度假？不是，不能这么说，我来这里是公事。"

保罗·史佩林根扭动他那庞大的身躯，朝朱丽埃特凑过来，肆无忌惮地端量着她。"您让我猜猜看，"他说道，"您的职业和艺术有关，音乐还是绘画？"

朱丽埃特不由得一颤。这人怎么知道？关于她他还知道些什么？

"您从哪里看出来，史佩林根先生？"

"只是一种揣测，基于长期的生活经验。您是知道的，一个拳击手的脸上会暴露出他的凶戾，一位神甫就算是在窑子里也无法掩饰他的那种虔诚，而一名律师即便在最狂欢的节日也是一脸的正义凛然。"

"您这样认为？"朱丽埃特说，"难道您看见过神甫在妓院里出没?”

“还不止一个哪。从您的脸上我能瞧出更多的只有在音乐和绘画中才会凝聚的和谐，我没说错吧?”

“不，您没有说错。”

“您是搞音乐的?”

“不，是绘画，我是艺术品商。”

“您瞧我没猜错吧?”史佩林根很得意地笑。

“您是一名作家，”朱丽埃特说着跟服务生付完账，“您都写些什么?”

“历史小说，故事多发生在古罗马，里面有爱情、罪恶和激情。不过您一本也不会看到，因为至今为止我还没有出版呢，都锁进了我的抽屉里。我在罗马已经生活了三十年，根本无法想象在其它城市也能这样的生活。这或许是因为我的生命诞生于罗马，我的父母来罗马做蜜月旅行，九个月后我的母亲把我和我的双胞胎兄弟带到这个世界。我的双胞胎兄弟也在罗马。”

“真是令人惊奇。”

“还不仅仅是表面上的如此。不是有一种理论吗，说是人类总是急于回到他被创造出来的地方。我的兄弟，举例说，发誓一定要来罗马，在年纪还小的时候他就立下志向作教皇。”

朱丽埃特被逗乐了，她以为这不过是作家随意编的玩笑，当史佩林根接下来继续说的时候，她闭上了嘴。

“不过他在梵蒂冈只坐上了枢机主教的位置。”史佩林根朗声大笑，他的胖肚子随着笑声一起一伏。他递给朱丽埃特一张橘黄色衬底的名片，上面有名字和电话号码。“我不多耽搁您了，这是我的名片，如果您需要一个内行的导游带您在罗马转转的话，随时找我。代我向您的丈夫问好，女士!”

“您怎么知道我结婚了?”朱丽埃特再次流露出惊讶的神情。

史佩林根乐呵呵地用手捋着下巴上的胡子，“啊这个呀，您知道，实际上并不困难。一方面，像您这样的美貌女子总是结了婚的，另一方面我已经向您解释过了，一个人的命数总会在他的相貌上有所展现。”

“那么从我的脸上您就瞧出我已经结婚了?”

“正是如此。我甚至敢于这样说，您婚后很幸福。”

你都知道什么啊，朱丽埃特心说。

此时的她真想大哭一场。

朱丽埃特走进滑铁卢公寓，将近午夜十一点，布罗德卡已经上床了。

朱丽埃特准备了好几个借口，她为什么没有知会一声就回来，但朱丽埃特在说这些理由时总是颠三倒四，还老拉扯着衣服，好像上面有多少皱褶似的，她的那份紧张不安暴露无遗。

布罗德卡一把拉她入怀。

“出什么事了?”他问，“你脑子里好像很乱。”

朱丽埃特很想说出实话，可她没有勇气，于是她回答说——这个回答也不全是谎话：“考林的事搅得我心烦意乱，那副场景老在我眼前晃动，他被捆在轮椅上，不能说话，不能动弹。”她打了个寒战，“就好像他是被绑在电椅上，等着被处决一样。你根本想不到，他的样子有多么可怕，还有他那副狞笑的表情。”

“胳膊也不能动吗?”

“不能，他必须用嘴巴咬住某个类似勺子状的东西才能操纵电动轮椅，恐怖极了。他原本该进一家专门的医院，那里才有相应的医疗条件，可他就是不干，他存心要让自己和他的医院一起垮掉。”

布罗德卡抚摸着朱丽埃特的发丝，她的目光在闪躲，他把这归咎于她内心过于紧张。

“你现在怎么看他?”他措辞小心地发问，“我能想得出，你对考林的感情会有所改变……”

“就因为他瘫了，没有自理能力?”朱丽埃特晃晃脑袋说，“如果亨利希自己有所改变，或许有这种可能。你真应该瞧瞧他那张恶魔般的嘴脸，我仿佛觉得他在说：我终于把你彻底地牢牢绑在身边了。”

布罗德卡没有再说下去，他把朱丽埃特拉到床上，而她很快沉入梦乡，虽然在梦里也不安宁。

布罗德卡和巴尔塔萨——阿尔诺发的侄子——的见面时间定于十点钟。他让朱丽埃特留在公寓。昨天夜里她猛然惊醒，吞下一片安定后才慢慢睡着，布罗德卡在她耳畔轻轻说，他中午左右就会回来，朱丽埃特只是“嗯”了两声又昏昏睡去。

巴尔塔萨的小货车停在萨勒大街的房前，这个时段还没什么生意。巴尔塔萨的样子十分激动。看见布罗德卡走来，他迎上前去，带着他从狭窄的楼梯上到二楼。

“您请进，先生，您自己看看吧！”他气喘吁吁地说，同时把胳膊使劲一挥。

二楼只有一间屋子，屋里有两扇朝向街道的窗户，举架很低，伸直胳膊就可以顶到天花板。

屋里面混乱狼藉。衣柜门大敞四开，桌子抽屉全被翻倒出来，大小物件滚在地上到处都是。巴尔塔萨的老婆阿德里安娜也跟了进来，她哭天抹泪的，时不时地擦擦眼睛。

“一定是昨天夜里干的。”巴尔塔萨摇摇头说。

布罗德卡探询地看着这个年轻人，“是窃贼？”

巴尔塔萨两手挥舞，用很夸张的声音高喊：“窃贼到我巴尔塔萨·考拿罗家里有什么好偷的？”

“谁知道呢。”

“巴尔塔萨·考拿罗家里没值钱的东西可拿，每天晚上我都会把一天的进帐存入银行的过夜保险箱。”

“您什么动静都没听到？”

“我们睡觉是在楼上三层。常常是在凌晨两点才会停业，然后累得像死狗一样倒在床上。不，没有，我们两个什么都没听见。”

“看这样子，似乎是有人特地来找某种东西，”布罗德卡说着在房间里转了一圈，“你们知道那东西可能是什么吗？”

巴尔塔萨一直阴沉的脸豁然明朗起来，嘴角浮现一丝狡黠的笑意。“可能是这个。”他说着从裤兜里摸索出一把钥匙，交给布罗德卡。

布罗德卡仔细地端详这把钥匙，这是一把小巧的双排锯齿钥匙，上面镌刻有一串字母，下面是一组数字。“这把钥匙从哪里来的？”他问。

“我叔叔阿尔诺发去德国墓地准备跟您见面时就带着它，我在他大衣口袋里找到的，这把钥匙和四万五千里拉的现金是阿尔诺发叔叔身上唯一的东西。”

“您怎么看，巴尔塔萨？”

“阿尔诺发叔叔是想把这把钥匙卖给您。”

“何以见得？”

巴尔塔萨迟疑了一下，他举起双手说道：“先生，您可以开诚布公地和我谈。我知道是怎么一回事情，我也了解阿尔诺发叔叔向您要求了什么，他希望您能付给他两千万里拉，现在我也要同样的数目。”

“而我能得到什么呢？”布罗德卡问，“是您叔叔原打算透露给我的信息？或者仅仅是这把钥匙？我不会连是什么货都不知道就出大价钱买下。”

巴尔塔萨耸了耸肩，“这就是您的风险了。”

“您叔叔有没有同您说起过他的情报是什么？”

“我跟您挑明了吧，先生，阿尔诺发叔叔曾发誓，一定要报复法索利诺和他的太太安娜斯塔西亚，而他想出一种可能性，即他只需要找到一个能帮助他达到此目的的人就可以。这时恰巧您和考林女士找上门来，你们刚好和他一样要向法索利诺算帐。”

“您叔叔究竟握有法索利诺的什么把柄？”

“阿尔诺发叔叔常常说：‘即便最最狡猾的骗子也有被自己忽略的软肋，你只管找到它就行了。’阿尔诺发叔叔在法索利诺家里没用多长时间就找到了。法索利诺有个习惯，他惯于把所有的电话，不管是无关紧要的来电还是生意方面的重要电话，统统录下保存下来。他把这些录音磁带分门别类地收在一个文件箱里——总共超过上百盒。他大概是出于某种理由想使得自己有所保障。起初是由阿尔诺发叔叔负责整理这些磁带，后来他被不允许碰这件事。不过这段时间以来他一点点地把磁带从法索利诺家里带出来，大概有二十来盒吧。我敢断定，有人闯进我家就是为了那些录音带。”

“磁带现在放在哪里?”

巴尔塔萨面孔一板，说：“这个阿尔诺发叔叔没有告诉我，虽然我知道他差不多所有的事情。他只是暗示过我，那些磁带藏在一个十分稳妥的地方，在锁头和舌簧的后面——他是这么形容的。他还说，那里面有足够的证据让法索利诺和他的党羽彻底完蛋。”

布罗德卡沉思着，巴尔塔萨的这番话再明白不过了。“很好，”他说，“不过我要这把钥匙有何用，既然我连它是开哪把锁的钥匙都不知道?”

巴尔塔萨给他看钥匙的圆柄把，布罗德卡清楚地看见上面刻着三个字母——GHE，下面是数字 101。

“阿尔诺发叔叔原来打算告诉您，这些都表示什么意思。”巴尔塔萨说。

“或许吧。”布罗德卡点点头，他的注意力依旧在那把钥匙上，“您是想和您叔叔同样的价格将这把钥匙卖给我，但您却不知道用这把钥匙开启的保险箱或者保管柜在哪里，因为如果您知道在哪里的话，您早就拿到那些磁带了。”

“您这样说也没错。”巴尔塔萨说，“其实要想找到，也并不是那么困难，一定是车站或者某家银行的保管柜里。”

“如果这个保管柜是属于别的什么人呢？某个朋友或者熟人?”

“阿尔诺发叔叔没有朋友，他们全都去世了。他平日里深居简出，这您一定知道。”想了一下，巴尔塔萨又说，“好吧，布罗德卡先生，我们说定了，一千万里拉。除此之外我还会把一切跟阿尔诺发叔叔有关的事情通通告诉您，然而您不要对此期望太高。”

“同意。”布罗德卡把钥匙往空中一抛，又灵巧地将它接住。他掏出钞票递给巴尔塔萨，“如果您又想起了什么，您能在滑铁卢公寓找到我们。”

9

十五年之后，罗马的雷吉高利监狱为吉塞佩·帕尔迈扎诺打开了大门。帕尔迈扎诺，又名“杀手”，他用裁信刀捅死一名画廊经理之后，这个身高仅有一米六五的小个子的体重就一直在八十公斤左右，连监狱里糟糕的饭食也没能把他变瘦一点儿。

十五年的牢狱生活丝毫没能改变他的本性，而他的外表模样——与其说是一个杀手，看上去倒更像是来自科索大街的银行家，也未曾在这段时间有所变化，除了他脑瓜皮上早先就仅存的一圈黑发，现在有些花白。和从前一样，他遵从人体解剖学的原理只穿背带裤，还有那个不论配哪种颜色的西装脚上一律是白袜子的习惯他依然保留着。

然而他的衣服毕竟年久了，有些破旧，但帕尔迈扎诺懂得，穿上这些衣服要把腰板挺得直直的，头略微扬起，显示出某种做派来。他这样的身姿无疑是缘于他的骄傲，让他昂首挺胸，另一方面对于那些身材矮小的男人们来说也并不少见。

那些第一次看见帕尔迈扎诺的人，都以为他是搞艺术的，而绝想不到他是一个残忍的杀人犯，而这两点在他身上结合，正是这个男人最让人瞠目结舌的地方。“杀手”既可以谈笑风生地评论法拉利500，也可以不动声色地扣动一把枪支的扳机，在他做后一种事情的时候，他那平日里还算温和的面孔会在瞬间扭曲为一张丑陋、凶险的嘴脸，让人望而生畏。

吉塞佩·帕尔迈扎诺在春天的暖阳下眨眨眼睛，喜悦的微笑浮现在他饱满的脸颊。他眯缝着双眼扫视着监狱前的小空场，在他的记忆中这里完全是另外的样子。他的左胳膊夹紧一个长条包裹，右手拎一个鼓囊囊的旅行包，给人一种完全不晓得何去何从的印象。

历经十五年零七天的囚牢之后，没什么好奇怪的！

帕尔迈扎诺本来已经不再相信，他会被释放。在入狱后的第三年，他把一名狱警一拳击倒在地，打断他的下颌骨，狱警被急救送进医院，只因为那个狱警拿他唯一的爱好开玩笑并嘲讽他。帕尔迈扎诺最不能忍受的就是别人不把他当回事，因为他——“杀手”是个天才。

他觉得自己很像古希腊的画家阿佩里斯[①]，阿佩里斯被视为古希腊罗马最伟大的画家，他画的葡萄实在是过于逼真，叫人忍不住伸手去摘。帕尔迈扎诺也有这个能耐，只不过他最大的才能是临摹古典大师们的作品。他的这一天赋让他在某个圈子里极为受到欢迎，而在另一个圈子里却令人恐慌。总而言之，具有多重性格的帕尔迈扎诺是个相当少见的人物，就算在整个罗马也是独一无二。

百无聊赖的出租车司机等着拉客，此时他犯了一个错误，因为他冲正朝他走过来的帕尔迈扎诺问了个问题：“你能付我车费吗，老兄?”

帕尔迈扎诺把手中的行李往路面上一撂，对着司机就踹一脚，脸上露出让任何人看了都会胆战心惊的凶悍恶相，呵斥道：“如果你再问我一次，我就让你穿着鞋子到台伯河底散步去，听见没有?”

出租车司机吓得腿肚子转筋，慌忙把这位暴戾的乘客的行李放进车里，然后怯声怯气地说：“我该把您送到哪儿……”

“圣心银行大街，”帕尔迈扎诺打断他说，“车费我来定。”一路

---

① 阿佩里斯（Apelles），公元前四世纪后半期古希腊画家。

上他没再说过话。

吉塞佩·帕尔迈扎诺在按响写有“法索利诺”字样的名牌下端的门铃之前，再次抻了抻身上那件显然早已过时的上衣外套。

一个年轻的家仆前来开门，彬彬有礼地问他找谁。

帕尔迈扎诺把家仆拨拉到一边，叫嚷着：“别在这里碍事，快去拿我的行李，伙计。”他大踏步迈进半明半暗的前厅。

“法索利诺在哪儿？”等家仆拎着行李惶恐地跟上来，帕尔迈扎诺问道。

“我马上请他出来。”家仆忙不迭地作答。

不长时间，法索利诺从房子里面走出来，他立刻认出帕尔迈扎诺。

“是你？”他非常震惊，“我以为你会一辈子呆在里面！”

帕尔迈扎诺嘴角一咧，说道：“原来没准是这样，可是后来那些先生们改变主意了。”

“我的上帝啊。”直到此时法索利诺才恍然醒悟这件事情将带来怎样的一个后果。吉塞佩·帕尔迈扎诺现在自由了。帕尔迈扎诺知道太多的事情，足以让他们全都败露。法索利诺觉得两腿发软。

“我可以在这里呆上几天吗？”帕尔迈扎诺完全是理所当然的口气在问，“我从牢里一出来就直接奔你这儿，我对今后还没什么打算。没有钱，也没有住的地方。你明白吗？”

“那是当然！”法索利诺赶忙说道，并试图让自己平静下来，“你当然可以留在我家，不过或许酒店的娱乐花样多……”

帕尔迈扎诺走到法索利诺面前，“你不乐意我住在这儿，是不是？”

“你想到哪儿去了！你当然能留在这里！只要你愿意，想呆多久就呆多久。”

帕尔迈扎诺脸上堆着笑，拍拍法索利诺的肩，他下手太重，使得法索利诺的双膝猛地向下一屈，差点跪在地上，他毫不怀疑，帕尔迈扎诺是在威吓自己。

两人就这样面对面僵持了几秒钟，最后帕尔迈扎诺说：“我要和史莫雷斯基谈，叫他马上过来。”

法索利诺吓得一哆嗦。在他不愉快的记忆中，他知道，哪怕一点点小事都会惹起帕尔迈扎诺的暴怒，进而大施拳脚，他不慌不忙地说：“我很愿意为你效劳，帕尔迈扎诺，可是此时的史莫雷斯基已经爬上高位，他成了教廷国务卿……”

“你把我当傻子了？”帕尔迈扎诺拔高嗓门，“不要忘了，你自己也在牢里蹲过七年。你是知道的，那里面的人什么事情不知道啊——尤其是涉及到自己人。我当然知道史莫雷斯基发达了。我要和他谈，就在这里，而且马上！”帕尔迈扎诺抄起电话，把话筒递给法索利诺。

法索利诺战战兢兢地拨了一个号码，然后同样战战兢兢地对着话筒说：“主教阁下，请原谅我打扰您，可我这里有一个人，您肯定还会清楚地记得，吉塞佩·帕尔迈扎诺。”

电话另一端的那个人足足有一分钟或许是一个字都没说，或许是仰头向上连连咒骂，因为过了一分钟之后法索利诺才毕恭毕敬地又说：“是真的，阁下，帕尔迈扎诺就在我身边站着，他急着要跟您说话，他让我请您到我家里来。”

通话期间，帕尔迈扎诺一直勉强带着笑意看着法索利诺，他终于按捺不住，从法索利诺手里抢过电话，大叫道：“你好，阁下，你没有想到吧，嗯？”

受惊不小的枢机主教在电话里对他胡扯些什么无期徒刑的话，并询问他被释放的原因，是不是因为他病了？

“我，病了？”帕尔迈扎诺对着话筒扑哧乐了，“除非圣彼得大教堂的穹顶塌了，我才会生病。穹顶还好好地在那儿呢，不是吗？”他一阵爆笑，“不，我亲爱的史莫雷斯基，我被提前放了出来，是因为我表现好。我把牢里所有男厕所的墙面都涂上米开朗基罗的湿壁画，连监狱长小便时都会沉溺于其中，眼泪汪汪的。”

法索利诺用手捂住嘴巴，不让自己笑出声。

帕尔迈扎诺又突然严肃起来，他恶狠狠地说：“我才不管你什么职位呢，史莫雷斯基，我在法索利诺家里等着你。就这样定了，半个小时后见。”说毕他撂下电话。

一分钟不差，刚好半个小时之后教廷国务卿史莫雷斯基迈进了法索利诺家的大门。和平日里出入这座宅邸时一样，他一身黑西装，手上拎着公文包。虽然这次前来和以往的缘由不同，可教廷国务卿内心的紧张程度毫不亚于等候与安娜斯塔西亚偷欢的那些时刻。

帕尔迈扎诺亲吻枢机主教，他并未依照习俗亲的是枢机主教的戒指表示敬意，而是在史莫雷斯基充满红血丝的左右面颊上不停地亲了又亲。站在一旁的法索利诺看出教廷国务卿的表情很是尴尬，于是他拽了拽帕尔迈扎诺，后者似乎还不打算停止这种亲昵的表示，干脆把他拉到一边说：“好了，够了。”

意犹未尽的帕尔迈扎诺好像备受侮辱，“我觉得，你根本不高兴我被放出来。这么多年过去，你如此冷淡我是咋回事?”

“你一定得体谅我，”枢机主教一边眼睛瞟着法索利诺寻求他的支持，一边说，“这一切来得太突然，我们当然为你高兴。”

“那是那是。”法索利诺使劲地点头附和。

“我生你的气是有好多原因的，史莫雷斯基。”帕尔迈扎诺不怀好意地说。

“请你别再说了！已经过去那么长时间，忘了吧。”史莫雷斯基拱了拱手说。

帕尔迈扎诺可不这样认为，他高声说道：“那些没被关进牢里的人倒是宁愿什么都忘掉，可谁一旦进去过，就什么都不会忘记。我反正永远记得，你们把我像个烫手的山芋一样抛了进去!”

史莫雷斯基一贯红通通的脸膛这下子涨得更红了。枢机主教喘着粗气说道：“帕尔迈扎诺，你是一个天才的造假画匠，却也是一个蹩脚的凶手，如果没有百分之百的把握不被人发现，就不要去杀人。”

“你说得倒轻巧，”帕尔迈扎诺的嘴巴毫不示弱，“在你动手杀人的一刻，想这些已经太晚了。我那时只有一个念头：你有目击证人，你必须除掉他。况且如果那个人还活着的话，你今天也不会有现在的位置。你信我的话吧。”

史莫雷斯基竖起一根手指说：“你的任务是按计划执行，根本谈不上什么谋杀。我可是一个正派的枢机主教！”

“我怎么能想到，那个卖古董的会在半夜三更返回他的店铺？突然间我俩就大眼瞪小眼地脸对脸了！难道那时我该说，对不起，我把店里的门撬开了，然后就手拿着提香[①]的真迹跑掉，把仿画留下来？慌乱中我顺手摸起一把裁信刀……另外说一句，那把刀上的银饰雕刻得真是精美啊……朝他捅了过去。起诉书上说总共有十三个创口。”

“你反正没照计划行事！”史莫雷斯基的声音又尖又细。

“计划是这样，实际情况又是那样。而且我们也没有约定，要我对幕后主使守口如瓶呀。”

“根本没有凭证证明有主使，帕尔迈扎诺，没有证据！”

“是的，那是因为我嘴巴严，史莫雷斯基，如果我把你供了出去，恐怕你就不是今天这个样子了。”

“出卖我们，对你有什么好处，你反正杀死了人，这是无法挽回的事情了。”

“那是，我也是这么想的，所以我把全部罪名都揽在自己头上。我还对自己说，只要你从牢里放出来，那些被你庇护的家伙一定会报答你的。”

“那可是你自己以为的。”

“没错，我是对自己这样说的。”帕尔迈扎诺把两个胳膊抱在胸前。

教廷国务卿紧拧眉头，随后他语气松缓，用几乎听不清的声音小声地问：“你想要怎么样，帕尔迈扎诺？”

“钱。”

---

① 提香（Tiziano Vecellio，1490—1576），意大利文艺复兴盛期威尼斯派画家。

提香的《抹大拉》

“多少？”史莫雷斯基的口气凶横。

“一亿里拉，马上就要，还有挂在梵蒂冈博物馆第四展室的列奥那多·达·芬奇的《圣母像》。”

“你疯了吧！”

“有可能，有可能，但就算是一个疯子也需要钱去生活。他从牢里出来的时候，你给了他多少？”帕尔迈扎诺手指着法索利诺。

全身黑衣的男人清清嗓子，和法索利诺交换一下暧昧不明的眼色，然后回答：“在他被关进去的那段时间，教廷每个星期付给他的太太安娜斯塔西亚生活费。”他叹了口气，“好吧，关于钱的问题我们再做商量。至于列奥那多·达·芬奇的《圣母像》么……你要它何用？”

“很简单，你们请看。”帕尔迈扎诺说着把他一直带在身边的那个长条包裹拿到跟前，解开捆扎的绳子，拆掉包装纸。他把里面的《圣母像》取出摊开来，画面尺寸为 103 厘米 × 75 厘米，这张美轮美奂的画作散发出宁静祥和的气息。帕尔迈扎诺把画摆在史莫雷斯基脚前的地板上。

史莫雷斯基蹲下身去，仔仔细细地察看这张画，不时发出迷醉的叫声。他抬起头对帕尔迈扎诺说：“要不是我确定地知道梵蒂冈里挂着的是原件，我会说这张就是真的列奥那多。实在太了不起了！”

帕尔迈扎诺张开双臂，像是舞台上接受欢呼掌声的演员，他对着假想中的观众俯身鞠躬，说：“请原谅，列奥那多·达·芬奇。”

法索利诺也跪在史莫雷斯基旁边，就在他也对帕尔迈扎诺高超的临摹技巧赞叹不已直晃着脑袋的时候，枢机主教又说：“你的确是个天才，帕尔迈扎诺，你只是——这是你的悲哀——晚到这个世上五百年。”

“啊，哪里！我再也画不出比这张更好的啦。大家都知道，列奥那多的画有多难模仿。”

史莫雷斯基激动的情绪渐渐平息，他始终跪在画前，脸上带着如醉如痴的神情问道：“这是你在牢里画的吗？”

帕尔迈扎诺点点头说："照着监狱图书馆里面的一本画册临摹的。"

"为什么偏偏是这一幅?"

"我是受一个头脑有些疯癫的美国人的委托。"

"你怎么与这个人扯上瓜葛？或许这样说更准确，他是怎么联络上你的?"

"我这么说吧，谁要是以为关在牢里的人跟外界隔绝，那就是大大的误会。在牢里你能知道外面发生的一切事情，你也可以拥有一切你想要的东西，你只需要一样：那就是钱。狱警们的薪水很低，少得可怜。"

"我明白你的意思了，"史莫雷斯基回过神来，"你是打算用你的这张画换下梵蒂冈里的真迹，再把真迹卖给美国人，是吧?"

"你想得没错!"帕尔迈扎诺拍拍巴掌，"不会有人发现的，你自己也说，这张复制品完美无缺。"

"美国人愿意为真迹出多少钱，帕尔迈扎诺?"

帕尔迈扎诺故作矜持，他沉默几秒，然后压低声音回答："两百万美元。"

史莫雷斯基眉毛倒竖，说道："那是一大笔钱，可对于列奥那多的杰作来说这只是在艺术品市场拍出价格的一部分。"

"这个我也很清楚，"帕尔迈扎诺说，"不过就算那个疯狂的美国人得到真的《圣母像》，他也不能公开宣称，这是列奥那多·达·芬奇的真迹，即便它确实如此，要是他这样说了——也没人相信。他只能对外说，他有一张达·芬奇的复制品，尽管画是原件。只有少数几个人知道此事，画的价格自然不会太高。"

史莫雷斯基作思索状，稍后他说道："如果我说不呢?"

"你那是什么意思——'如果我说不?'你打算砸了我的生意吗？如果我是你的话我会好好思量一番，史莫雷斯基。世人将震惊，当他们最终知道梵蒂冈城内究竟发生了怎样的事情。"

"你是从哪里知道的，帕尔迈扎诺?"

"噢上帝啊，有那么多爱管闲事搬弄是非之徒。"

达·芬奇的《圣母像》

史莫雷斯基双手背到身后，一脸假笑地说：“尽管如此，我还是说不。”

德国墓地里的那块新建墓碑搅得布罗德卡神思不定，既被它折磨，同时又被它着魔般吸引。他没有一天不去梵蒂冈，他向任何可能的部门打听咨询，希望能获得有关这块墓碑的情况。

凭借一个历练丰富的摄影记者的坚持和一张盖着绿戳的通行证，他甚至找到梵蒂冈的民政局，就在圣彼得大教堂的后面，这是一座宏伟的建筑群，楼里面有望不到头的回廊和数不清的办公室。

在这里布罗德卡同样遭遇到蓄意的冷淡和缄默，人们把他从一个部门支到另一个部门。他感觉得到，部门的级别越高，里面的官员所表现出的假装自己一无所知的痕迹就越明显。

最后，布罗德卡从平民管理署拿到一张手书的介绍信和一份向德国修士团的负责人请求协助的申请函——这个德国修士团布罗德卡三天前曾造访过。

即便这样他也没有放弃，他心存一线希望——或许平民管理署的文件能起作用，布罗德卡又一趟前去，在那间空荡荡的办公室他再次碰见那位头撞车门因而脑损伤的修士。

不知道是平民管理署的介绍信发挥了效果还是这位修士今天心情不错，反正这次他的话多起来，也愿意为布罗德卡做些事了。

布罗德卡把事情从头到尾又复述一遍，再次提出疑问，即德国墓地里那座新建墓碑上镌刻着的“C.B”是什么意思。

修士一副无辜的模样，信誓旦旦地说他不知道有这样的一块墓碑，他们不妨先去墓地看看。

这话差点把布罗德卡气疯了，但他很快定下神，同意了。

站在墓碑前，布罗德卡大吃一惊，简直不敢相信自己的眼睛：碑面上没有任何字母、日期，光滑平整，丝毫没有刻凿的痕迹。

“碑文呢！”布罗德卡的叫声在墓地上空回响，“墓碑上的碑文哪儿去了？”

修士把两只手蜷缩进长袍的袖子里，一动不动地站着，脸上呈现出神职人员惯常的那种目空一切的睥睨神情。“您在说什么呢，我的耶稣兄弟?”他说着朝布罗德卡投以胜利者的微笑。

布罗德卡转过身来，他一脸的沉重，修士趾高气扬的笑容倏地消失了。

“昨天石碑上还刻有‘C.B.’两个字母以及生、卒年月日，该死的，又是这样!”

修士说:“我的耶稣兄弟……”

没等他说完，布罗德卡抢下话来:“您不要称呼我为耶稣兄弟!别这样那样地叫我!您快点告诉我，这块墓碑到底是怎么回事!”

修士笑嘻嘻地说:“您宣称这块碑上昨天还刻有什么碑文，您是认真的吗?如果真的如此，我们就成了神迹的见证者，甚至比圣皮奥[①] 创造的奇迹还要令人惊奇。可是我只能让您失望，墓碑上从来就没有碑文，从来没有。因为墓碑的主人，一个德国名门望族的后裔仍然活在人世。”

“可不光是我亲眼看到碑文，还有我的太太也……”

“那是有可能的,”修士提高嗓门打断他说，“是不是最近这段时间至亲的去世让您心烦意乱——出于某种我不知道的缘故?”

依旧困惑的布罗德卡只是低着头。

“您看,”修士又摆出先前那副傲慢架势，双手缩进长袍，微扬着头，说:“我们有时候不是生活在臆想之中吗?我们不是也会成为妄念的牺牲品吗?谁又能说他自己的头脑从没有混乱过呢?”

就在修士以一个布道者的口吻在那里喋喋不休的时候，布罗德卡愤愤地转身离开墓地。他从未怀疑，自己的的确确见到了碑文。他的脑子渐渐清晰，他完全肯定，这是一桩阴谋。近几个月以来接二连三发生的事件都出于一种动机，为了达到一个共同的目的——虽然这里头的关联看上去是那么的荒诞无稽。

布罗德卡向朱丽埃特讲述事件的进展，他本希望能从她那里获

---

① 教宗圣皮奥一世，或译圣庇护一世，约 142 年—155 年在位。

得一些同情，他以为，她知道怎么去安慰他，给他鼓励，使他振奋。

可朱丽埃特的反应是他最没有想到的。他把碑文消失了的怪事说完之后，她突然放声大笑，一遍又一遍地叫着：“神迹，神迹，神迹！”

布罗德卡从未见过她这个样子，他摇晃她的身子，可是没用。就在他扬起手想给她来个巴掌之际，她断然住了口，盯着他，她的目光是惊奇？是愤怒？抑或失望？他读不懂她的眼神。

“原谅我，”他轻轻说道，不敢迎视她的眼睛，“我……对不起。”

“没关系，”她说，“我自己也不知道怎么会这样，也许大多数人都会有这样的反应，当绝望和荒谬之感一股脑地袭来。”

“或许如此。”布罗德卡温和地说。

“还有，”她迟疑地说，“我向你隐瞒了一些事情，我……我只是不想再让你不安。”

布罗德卡在床沿坐下来，头埋进两只臂弯里。

朱丽埃特走到窗前，望着窗外马志尼广场外围的一排排房顶，“我跟你提起过诺波特的事，就是那个只有九根手指头的酒吧钢琴师……”她一时噤声。

“你提过他，他怎么了？”

“我认识他已经好多年了，并且一直把他当成一个可以信任的品行端正的好小伙子。我们常常互相帮忙，对他来说我既是听他忏悔的神甫，又扮演他母亲的角色，而有的时候我也会在他那里敞开怀地痛哭发泄。最后一次是在几天前的慕尼黑。”

“如果是这样，你不必为此内疚。”布罗德卡站起身来到倚窗伫立的朱丽埃特旁边。

“不，不是这样的，不是你现在想的那样子。在我向他告别的时候，我在他房间看到了一样东西，是我之前从没有注意到的……”

“是什么？”

“一条紫色绸带，被打成了扣结。”朱丽埃特转过身。

“你说什么？”布罗德卡几乎在喊。

“我也无从解释。”朱丽埃特偎依在布罗德卡的怀里，“我们是不会就此屈服的，不是吗，布罗德卡？我们不会屈服。”

从巴尔塔萨·考拿罗那里布罗德卡知道，阿尔诺发·卡拉奇的下葬仪式于明天上午沃雷诺公墓举行。布罗德卡和朱丽埃特现在对墓地已经非常厌烦，但老家仆的葬礼或许是个机会，可以查出更多的线索。

这样做对他们两人很冒险，绝不能让法索利诺及其同伙看见，谁知道他们都是些什么人呢。他俩在葬礼开始之前早早地悄悄来到公墓。

在由一块块墓石和豪华的纪念碑组成的石林中找出一处藏身的地方很容易，他们静静等候送葬队伍的到来。

本以为是一个多人的送葬行列，这在意大利很普遍，他们惊讶地看到抬棺人后面除了神甫之外只有七个人，侄子巴尔塔萨和他的妻子阿德里安娜、娜斯塔西亚·法索利诺，没有她丈夫法索利诺，两个仆从模样的小伙子，还有两个男人，而后两个人引起他们的分外关注。

“那位就是神秘的摄影师！”当送葬的小队伍朝墓地走去，朱丽埃特悄声说道，“这个家伙和阿尔诺发什么关系？”

布罗德卡耸耸肩膀，“另一个是谁？我好像在哪里见过他。”

“没错，”朱丽埃特说，“是的，我也有这样的感觉……”

神甫开始用又尖又细的嗓音为死者做祷告。布罗德卡说：“我不确定，我们能否信任巴尔塔萨，虽然表面上看起来我们和他像是有共同的敌人。”

“他们把他的家翻个底朝天，而且他还把钥匙给了你。”

“是卖给了我，朱丽埃特，那是用钱买的！况且还需验证，才知道这是不是场骗局。”布罗德卡不自觉地把右手插进裤兜，摸了摸钥匙。

十五分钟之后殡葬仪式结束，送葬的客人旋即四下里分头散去。

“可怜的阿尔诺发。”他俩离开公墓时，朱丽埃特说道。

“真希望这个老人能再多活几年，”布罗德卡带着嘲弄的口吻继续说道，“那样我们至少会知道，拿着这把该死的钥匙从何下手。”

寻找这把钥匙所属的保险柜要比布罗德卡想象得更为困难重重。和巴尔塔萨·考拿罗交谈之后他确信，这是把打开银行保管柜的钥匙。可是从巴尔塔萨为他的叔叔开办帐户的银行得知，那里并没有这样的一把钥匙，阿尔诺发工作地点附近的其他银行同样也都没有，布罗德卡的希望落空了。

等他们翻看了电话簿才知道，在罗马有超过上千家银行及其分行——逐一排查是不可能的。于是布罗德卡尝试通过这些银行设在罗马的总部去询问其分行的保险柜钥匙的设置。

这种尝试也走进死胡同，布罗德卡在众多银行都碰到钉子，银行拒绝透露自己用的是哪种钥匙，他们还说，从来没有人问过这样的问题。

一无所获，布罗德卡越来越迁怒于巴尔塔萨，他很可能是骗他的。布罗德卡琢磨着要不要把毫无用处的保险柜钥匙退回去，索回他的钱。

和平常相反，在这件事上朱丽埃特表现出更多的耐心。她说服布罗德卡，就算是为了钱，巴尔塔萨说出太多有关他自己和叔叔的事情，可这也太冒险了。另一方面，朱丽埃特认为，布罗德卡不能指望在像罗马这样的一个几百万人口的大城市只用两天时间就找到一把钥匙适用的保险柜。

布罗德卡很赞同朱丽埃特的意见。他们决定试一试，去罗马的中央车站实地察看那里的保管箱。

但这最后的希望也如同肥皂泡般破灭了。两个人心灰意冷地沿着共和国广场方向走，打算在街头吃些东西，商量一下接下来怎么办。

找街边店吃饭的时候他们在陶里诺大街撞见一个配钥匙的小店

铺。

布罗德卡和朱丽埃特四目对视，两人同时有了同一个想法。

这个配钥匙的小店纵深十米长，宽不到两米，墙面密密麻麻地挂有上千把钥匙。高高的天花板上两支荧光灯让店铺处于苍白的冷光中。

店后面出来一个穿灰色罩衫的男人，咳嗽完了就大声擤鼻涕。这个中等年纪、小个头的锁匠师傅的鼻梁上架着副角边眼镜，一双眼睛从镜片的上端看向两人，他能为他们做些什么？

布罗德卡将那把双边锯齿钥匙递到他眼前，问他是否知道，这样的一把钥匙是干什么用的。

锁匠从头到脚打量布罗德卡，接着又把怀疑的目光移到朱丽埃特身上，最后才转向钥匙，把它翻过来调过去地瞧来瞧去，迎向管灯举着看，用沙哑的声音问道："您为什么想知道这个，先生？它不是您的钥匙吗，不是吗？那您一定知道它用在哪里！"

布罗德卡有些尴尬，他给锁匠讲了一个故事，这是之前他和朱丽埃特一起编出来的："您知道的，先生，我们的一位近亲去世了，就在罗马，我们在他的遗物中发现了这把钥匙。我们估摸着，他在这城里的某个地方申请了一个保险箱，"布罗德卡笑着说，"没准我们成了富人，而我们对此却一无所知呢。"

这个小故事让锁匠很高兴，他阴沉的脸孔变得明快起来。他再一次地把钥匙举到空中，仔细地观察两侧的锯齿，然后他试图从墙上的无数把钥匙中找一个相像的出来，最终还是没有找到。锁匠说："告诉你们，这把钥匙并不复杂。在我看来，不会是开银行保险柜的，应该是五十年代打造的。"

"您的意思是说，这把钥匙可能是用来开老式的私人保险箱？"布罗德卡问道，他几乎不抱什么希望了。

"我不这样认为，先生。"

"那你怎么看？"

"有那种组合保险柜，它们的每把钥匙之间只有细微的差别。您看，这里，"他指着钥匙的齿边，"从这里我们可以变化出三乘三等于九，再乘九就是八十一个锁头。或许是个小型的组合保管柜。这把钥匙很有可能是开酒店的托管柜或者是公司用的存物柜。不可能的，世上没有一家银行会用这样的保险柜——当然是出于安全原因。再多的我也对你们说不出来了。”

布罗德卡塞给锁匠一张钞票，表示谢意，“您帮我们大忙了。”

在一街之隔的约翰尼小饭馆，布罗德卡和朱丽埃特研究刚才的发现，他们的情绪并没有因此好起来。

不管怎样，他们现在知道，阿尔诺发·卡拉奇不是在银行申办了保险箱，而用这把钥匙所能打开的托管柜或者存物柜并不是那种最安全的设计，除此之外，锁匠的话对他俩并没有太多帮助。

酒店里的托管柜，朱丽埃特认为，依照老家仆的生活水平先不用考虑。大概在他生前终年劳碌的日子里从来没有哪个晚上是在酒店度过。至于公司员工存放物品的柜子，倒还真有可能，阿尔诺发会和哪家公司或者机构有往来呢？

这个问题只有他的侄子能回答。

去往巴尔塔萨·考拿罗家的路上布罗德卡和朱丽埃特要穿过威尼托大街，埃克塞尔大酒店就在这条街上。对这家酒店两人有着不同的回忆，而不由自主地他们都选择走在酒店对侧的人行道上。

乍地朱丽埃特停下脚步，她注视着酒店大楼。布罗德卡猜到她的心思，不想追问她为什么突然站在那里出神。他已经不再去想那件不愉快的事情，但要彻底忘掉现在还不能够。

“布罗德卡，”朱丽埃特说，她的目光依然朝向酒店，“你还记得出现在阿尔诺发葬礼上的那个陌生人吗？现在我想起来在哪里见过他了。”

布罗德卡半信半疑地望着她，“那人是谁？”

“埃克塞尔大酒店的服务生。”

布罗德卡说：“该死，我怎么没想到，你说得对，但这又怎么解释呢？”

朱丽埃特问：“钥匙在哪里？”

布罗德卡从兜里掏出钥匙，放在朱丽埃特的手上。

“这里，”她指着钥匙把柄上的三个字母说，“GHE[①]。”

布罗德卡愣住了，过了好一会儿，他才从朱丽埃特的推断中醒过味来。他拉起朱丽埃特的手，带着她急跑，横穿过威尼托大街上的车流，全当没有听见司机们狂按的喇叭声，一直冲进酒店大门。

“那里！”朱丽埃特指着接待台后面的服务生，“真的是他！”

那个服务生——一身得体装扮的老先生用同样得体的话语向前来问讯的客人们打着招呼，回答他们的问题。

“您认识阿尔诺发·卡拉奇吗？”布罗德卡直截了当地问道——事后他才发觉这样做实在太过鲁莽。

被问者看着两人，神色有些慌乱。他抻了抻身上的老式燕尾服，好像在故意磨蹭时间。“是的，我认识，”他终于说道，“请问，你们是谁，你们为什么对阿尔诺发感兴趣？他已经去世，昨天下葬的。”

“我知道，我叫布罗德卡，就在前几天我们还住过这家酒店。阿尔诺发·卡拉奇是我们的一个熟人。”

“啊，这样子。”老服务生说道，他看看布罗德卡又看看朱丽埃特，“哦，想起来了，我还记得你们俩。”

“您和卡拉奇先生是什么关系？”布罗德卡问，“你们是朋友吗？”

老服务生斜歪着脑袋说：“是的，阿尔诺发是我学生时代唯一的朋友，现在只剩下我一个。也许对魔鬼来说我的心肠好了点，而对上帝来说我又坏了点，谁知道呢？”

布罗德卡把握成拳头的手张开，问道：“您认识这把钥匙吧，先生？”

“您就叫我玛尔考好啦。”玛尔考指了指别在他左胸前的小铜牌说，“我当然认识这样的一把钥匙，它是用来开我们酒店的托管柜的。您让我再瞧瞧。”他拿起钥匙，读出上面的编码，然后用食指在一份打印好的清单上划拉。

---

① GHE：埃克塞尔大酒店（Grand Hotel Excelsior）的缩写。

突然他停住查找，“您从哪里得到这把钥匙，先生？它是阿尔诺发的。”

布罗德卡点点头说：“我知道，但现在它属于我。”

“那是什么意思？”玛尔考有些生气地说，“是我让阿尔诺发使用这个托管柜。据他说他在里面存了些重要文件。阿尔诺发认为，没人能想到它们会在这里。您知道吗，他和他的雇主阿尔贝特·法索利诺发生了一些争执，阿尔诺发只是暗示我有这样的事情，却从未讲那到底是怎么一回事。不，我不会让您动那个托管柜，先生，只要我活着，你就别想。”

布罗德卡暗暗地看了看四周围有没有人盯着他们，然后他俯身在柜台上说：“您听我说，玛尔考，我为了托管柜里面的东西付给阿尔诺发一大笔钱。在约好交易的当天他却突发心脏病，之后没多久就去世了。那天正是我们俩把他送进医院。”

玛尔考听布罗德卡说这些话时，始终在目不转睛地看着他。“阿尔诺发拿到钱了吗？”他问。

“没有。”布罗德卡回答说，“他突然病倒，接下来的事情就没法进行了。不过，阿尔诺发的侄子知道我们之间的交易，于是我把钱给了他，从而从他那里得到托管柜的钥匙。”

说到这里玛尔考举起双手表示反对，“这个嘛，恕我直言，这不是事实。”

布罗德卡被惹恼了，朱丽埃特在一旁看出来，连忙把手扶在他的胳膊上，她的眼神似乎在无声地请求：别激动，否则你只会把事情越弄越糟。

布罗德卡定下神来，说道：“您一定得给我解释清楚，我为什么要撒谎呢？”

“您听我说，先生，我是唯一知道有这个托管柜的人。连巴尔塔萨——就算他别的事情全都知道——也不晓得阿尔诺发把他的文件藏在了哪里。而我直到现在也不知道里面都是些什么东西，虽然我知道藏匿的地方。不，先生，我一个字都不相信您。”

这名老服务生像是在考验布罗德卡有无持久的忍耐力。布罗德卡抓起电话，交到玛尔考手上，对他说："那您给巴尔塔萨打电话好啦，他能证明我说的话绝无半句虚言。"

玛尔考真就把电话打了过去，这一通电话打了好长时间，只听见他时不时地说"真的嘛?"搁好话筒之后，玛尔考说："很抱歉我这样怀疑您，先生，您说得完全正确，我不知道事情发展成这个样子。"

"没关系，"布罗德卡摆了摆手说，"托管柜在哪儿?"

朱丽埃特宁愿呆在大堂里等着。布罗德卡和玛尔考走进中控室旁边的一间约九平方米的小屋。里面对着房门贴墙摆放着一排托管柜，左手是一张简陋的木桌子，右面墙壁上端的角落里有一架小巧的摄像头。

"请您在登记簿上签上您的名字、托管柜号码以及登记日期。"玛尔考指着桌上的一本登记簿说。

布罗德卡签好名字和时间，他把钥匙插进标有 101 号柜门的锁眼。玛尔考的眼睛移向别处，好像他和这事没关系一样。

当初一走进这个放置托管柜的小房间布罗德卡就有种很不好的感觉，一种不祥的预感。等他把柜门打开，发现里面空空如也时，他倒表现得不那么惊奇了。

他把玛尔考叫到身边，二话没说，只是示意他看空空荡荡的托管柜子。

玛尔考眼里流露出诧异和惶恐的神色，过了好一会儿他才能开口说话。"先生，"他说——他的震惊不像是假装出来，"一定出问题了。我亲眼看到阿尔诺发把什么东西放进这里面。"

"是吗，您亲眼看见的?"布罗德卡苦着脸说，"我想问一下，每个柜子都还有一把备用钥匙吗?"

"没有，先生，那样太不安全了。"

"可如果一旦钥匙丢了的话怎么办?"

"酒店经理有一把万能钥匙，据我所知，那把万能钥匙还从来没用过呢。"

布罗德卡关上柜门，出来找到朱丽埃特，她简直无法相信布罗德卡的话是真的。

“那么就只有一种解释，”她说，“巴尔塔萨骗了我们。”

布罗德卡倒不太相信阿尔诺发的侄子敢这样做，因为实在容易被戳穿。布罗德卡的怀疑更多地落到酒店经理头上，他是唯一掌握万能钥匙的人，可他怎么知道那个柜子里面有至关重要的东西呢?

布罗德卡把他的怀疑告诉给玛尔考，玛尔考请求他千万不要声张。也许有个办法可以查清楚，是否有人打开过那个托管柜。他请布罗德卡晚上七点左右他下班之后再来趟酒店，那时他们可以一起看监视探头拍下的录像，进入到放托管柜的小房间的人是不可能不被探头摄到的。

晚上七点刚过，布罗德卡和朱丽埃特再次走进埃克塞尔大酒店，玛尔考已经在等候他们。

没有穿着那件老式燕尾服，玛尔考看起来年轻了十岁，他的表情也不再像穿着制服时那样拘谨严肃。他请两位进了中控室，整面墙上是多台监控屏幕，它们显示着酒店入口、地库、装卸货品的庭院以及 VIP 套房的通道的监视画面。

玛尔考摁下一个按钮，从一台原来关着的监视器上出现了托管柜房间的场景。

“里面的监视探头，”玛尔考解释说，“每八秒钟摄入一个镜头，一旦有人进入房间的话，同时日期和时间也会插进画面。我们从哪一天开始好呢?”

布罗德卡和玛尔考商量决定先看最近三天的录影。

第一天的画面显示总共有十六个人进入房间，在那些人当中布罗德卡只觉得一个身材富态的胖女人值得怀疑，她把她的金银首饰一件一件放进柜子之后，还不厌其烦地把她的这些宝贝在柜子里来回摆弄。

第二天的监控录像也没有什么疑点，没人碰过 101 号柜子。

监控屏上出现最后一天的情景——屏幕一角显示当时是午夜一点三十分——大家发出一声惊呼。

“那儿！你们快看！”玛尔考指点着屏幕。

布罗德卡嘴上咕哝着："这怎么可能……"

一个中年男子，黑发、鹰钩鼻，他走进房间，用钥匙打开 101 号柜门，从里面取出一个小包，那小包不比一个雪茄烟盒大多少。

"等一等，我倒下带子！"情绪激动的玛尔考按下键钮，录像又从头放了一遍。

"我在哪里见到过这个人，"布罗德卡的视线一直停留在画面上，"该死的！我怎么就想不起来了……"

"他叫做瓦尔特·凯泽林根，一个摄影师。"玛尔考说，"他在阿尔诺发的葬礼上出现过。"

"凯泽林根？"放第三遍带子时朱丽埃特问道，"他不是意大利人？"

"他是从德国来的，和一个意大利女人结了婚。如果我没记错的话，他住在加埃塔，那地方是在罗马和拿波里之间。我的上帝啊，我怎么就轻信他了呢！"

布罗德卡询问地看着玛尔考。

玛尔考有些狼狈地说："我没有告诉你们，凯泽林根也知道那个托管柜的存在，是我告诉他的。您一定要理解我，先生。葬礼之后，凯泽林根来酒店找我，他说了阿尔诺发的许多好话，让我以为他们俩是很好的朋友。除此之外，凯泽林根还向我表示出他对法索利诺的怨恨，叱责他对阿尔诺发的态度是多么的恶劣。他牢骚满腹，说法索利诺待他自己也好不到哪里去，他等着合适的机会报复法索利诺。于是我就跟凯泽林根说了文件的事情，告诉他文件被阿尔诺发藏在托管柜里。可他是怎么拿到钥匙的呢？"

画面上的时间显示那次窃取——还能用别的什么词来形容呢？——是在阿尔诺发葬礼仪式完毕后的当天夜里，也就是凯泽林根同玛尔考交谈之后，不过这并不能解释凯泽林根是如何取得钥匙的。

布罗德卡沉思片刻，"有托管柜钥匙的人可以随便出入那个房间吗？"

"原则上如此，我们陪同酒店的客人到房门前，出于保护客人的隐私考虑只等在门口，前提是这些客人有开柜子的钥匙。”

“万能钥匙就不那么重要了？”

“老实说，先生，我们还从未遇到过需要使用万能钥匙的情况哪。我的上帝啊，这件事实在让我坐蜡。我就不该为阿尔诺发办理这个托管柜子，他又不是酒店的客人。您不会出卖我吧，先生？”

“谁在那天夜里值班？”

“等一下让我想想……昨天啊，那是阿莱桑德罗当班，他很可靠。我不知道，怎么会出现这样的事。凯泽林根一定是伺机等待最合适的时间，即我不上班的时候。你们现在准备怎么办？”

“如果您是我的话该怎么做？”布罗德卡反问道。

玛尔考思索片刻，“我会毫无迟疑地找凯泽林根去问个究竟。这人到底是用什么手段搞到万能钥匙的？”

“我可以在哪里找到凯泽林根？”

“我已经说过，他在加埃塔，距罗马以南几百公里远的海边。那个地方不大，不至于找不到个把人。如果您愿意，我可以陪您一同去，毕竟是我做坏了事，我还要跟凯泽林根算老帐呢。想必您能理解，先生。”

这个提议不错。好像一直以来布罗德卡都能得到酒店服务生的帮忙。他们约好第二天出发。

10

出乎所有人的预料，考林教授恢复了说话的能力。这个瘫痪病人在车祸发生后的第十天开始发出嗯嗯呀呀的含混不清的声音，此后他每一天都有进步，最后他已经能够说出简短的句子，大多是粗暴的命令或者是恶意的找碴儿，医院的所有医护人员被逼得快要疯了。

他顽固地坚持，他所在的四楼房间的门不管是白天还是晚上都要敞开着，这样他就可以随时关注病房外的动静。很快，他又能借助于嘴边那个勺子样的操纵仪坐着轮椅出了病房在廊道里来回走动，只是在搭乘电梯时需要人帮他摁按钮。

总医师尼可罗韦乌斯临时负责医院的事务，不过名义上和从前一样考林还是老板。尼可罗韦乌斯的活可不是好干的，因为卡林无时无刻不在用质疑的眼光盯着他的一举一动。这两天他甚至还要求，每逢重大的手术他都必须在场。

只要他旁观的手术开始之前，得有人把这个坐轮椅的人的躯体和穿的衣服费时费力地消毒，这越来越成为医护人员们不堪承受的负担。不少人都盼望着这个喜怒无常的活阎王快点下地狱。尤其是那些护士要常常对他突如其来的无端攻击忍气吞声，考林用恶毒的话训斥或者辱骂她们，没人能让这个坐在轮椅里的变态男人满意。医院的大多数医护人员根本就拒绝踏入四楼他的病房半步。

考林的身体状况以及由此丧失的行动能力只是让他暂时断了酒瘾。而之后在他的总医师尼可罗韦乌斯的默许下他喝得比以往还要多。他灌进大量的白兰地——这样他才能够忍受他的处境，可对于他的同事们来说因而受到的折磨就更多了。

医院的楼房管理员，一个技术狂人，将考林的电动轮椅进行改装，使得轮椅行进的速度比以往快了近一倍。此后，考林操纵着轮椅以极快的速度在楼道里来往穿梭，追逐、刁难病人及医护，这种玩法成了他生活中的一大乐子。

考林似乎只对酒精和陷别人于痛苦境地感兴趣。

考林原来的女秘书在他的授意之下去调查朱丽埃特的行踪。这个任务几乎耗去她全部的时间，即便考林向她提供了好多家咨询机构的名字和地址，可是都没查出结果。

于是考林勒令她，整个白天都去监视布罗德卡家的门口。女秘书守在车里呆了十二个钟头——依旧未果。

第二天她向考林汇报此事，教授大发雷霆，他让轮椅一个劲地在原地转圈，还破口大骂。女秘书哆里哆嗦地躲在房间一角。

她眼中的惊恐更加激怒了考林。他调整口中勺子的方向，轮椅迅猛地朝那个可怜的姑娘冲了过去。她试图避开，可是考林的反应更快，轮子向旁边一偏，将姑娘抵在墙上。

她大声尖叫，呼喊救命，疯了似的使劲拍打考林的脑袋。

考林的双眼冒出凶光，他将他那可怕的座驾后退十几公分，以便更用力地顶上去。同时他用他已经僵死的膝盖去戳姑娘的大腿，就听见她凄厉的叫喊——不是出于疼痛，而是对这个怪物的嫌憎。

终于，经历了似乎无休无止的身心折磨的秘书盼来了援手——一个护工慌慌张张跑进来，目睹这个场面，他试图将考林从轮椅上拽下来。考林忽地将他的座驾一百八十度掉头，撞得护工踉踉跄跄，幸好他及时抓住一根发动机的电源线，他一把扯下电线，轮椅顿时停下来。

女秘书抽噎着蹲在地板上，护工搀她起来，扶她出了房间，留下考林呆呆地坐在一动不能再动的轮椅上。

第二天在谈到这件事时，考林装作茫然不知的样子。他口齿不清地嘟哝着，所有的指摘都是弥天大谎，人们不过是莫须有地挑他毛病，就想把他甩掉。

虽然这起事件只让考林的女秘书的身上留下几块青紫色的淤痕，并没有大的伤处，但尼可罗韦乌斯十分重视，晚上他特意把所有的医护人员召集到他的房间。他向大家解释，考林不能送进专门的疗养院，因为这违背教授本人的意愿，再说也没得到他太太朱丽埃特的同意；而另一方面，就考林目前的精神状况来说，他的存在的确带给医院的病人和工作人员很大的威胁。

考林疯了，那个把女秘书从考林的暴行下解救出来的护工说道，如果让他继续留在医院，大家在情感上难以接受。

出于对教授的无理取闹的恐惧，有两位护士要求辞职，另外两位助理医师拒绝再为病人治疗，只要“那个精神病”还在医院里发疯。

考林驾驶着轮椅悄悄来到总医师的房门后，亲耳听到大家对他的控诉，可没人看到此时他脸上瞬间滑过的狰狞笑容。

玛尔考开的是一辆浅蓝色的菲亚特500，车身上有好几处磕撞后的坑包。和所有的意大利人一样他爱他的小车胜过一切。人们可能想，这种爱会体现在对车子的保养上面，这可不是事实。坐在方向盘后面的玛尔考一改在酒店上班时的冷静沉着、一丝不苟，开车的他简直是另一个人。

他狂踩两气缸发动机的油门，就好像他驾驭的是一辆法拉利。鉴于车性方面的速度缺失，他充分利用车小的优势，反正他老是能在如织的车流中插进缝隙并线超车，在通往城外的公路干线上向南疾驰。

副驾驶座位上的朱丽埃特看到车窗外大卡车和货车的保险杠近

乎就贴着菲亚特的车身而过，吓得花容失色。而后排坐椅上的布罗德卡则受到后置式引擎的轰鸣噪音的摧残，同时他还得忍受玛尔考口水满天飞的无数意大利语脏话，谁让他们赶上了上班的早高峰呢。

他们从二号公路去往加埃塔，虽然高速收费，但是一路畅通。出了卡西诺，玛尔考走的是630大道，这条山路蜿蜒盘旋，一直通向海边。

加埃塔位于一个半岛上，这个小地方从中世纪起就有了，现在沿着石头港湾和长长的海岸线是鳞次栉比的酒店和海景别墅。

大多数酒店的服务生通过电话往来早就彼此熟络。玛尔考直接把车停到塞拉坡酒店，这家酒店依着魔术山的山势而建。玛尔考去里面打听瓦尔特·凯泽林根的下落，布罗德卡和朱丽埃特则在车里等着。

十分钟之后玛尔考带着消息回来，从这里深入内陆二百米就是凯泽林根的住处，他家房子的外墙被涂成玫瑰红色，这在意大利很普遍，但在这一区域却很少见。

玛尔考一眼就瞧见了那座房子。布罗德卡请他先留在汽车里，盯住大门。布罗德卡和朱丽埃特穿过由低矮的篱笆丛围成的大花园，走到房门前。

门铃响过之后，一个姿容妩媚、肤色黝黑的女人前来开门，等凯泽林根也露出脸来，那个女人马上转身进屋。

有那么几秒钟房子的主人和意外到访的来客全都一言不发地面对面站着。布罗德卡担心凯泽林根会给他们吃个闭门羹，而他突然开口说话，并没有掩饰自己的惊慌："我知道，总有一天你们会找到我，只是没有想到这样快。你们请进吧！"

布罗德卡和朱丽埃特快速地彼此对视一下讶异的目光，随后进了屋子。

里面凉爽舒适，这要归功于铺在地面的石板，意大利沿海的许多房屋都是这样装修的。他俩在古朴的原木椅子上落座，椅子腿压着石板响起吱吱嘎嘎的声音。还没等来客张嘴解释前来登门的理由，凯泽林根就说开了。

“法索利诺是头猪猡，”他说，“我不想兜圈子，说来说去半天都点不到正题上。我是拍社会新闻照片的，并不太成功，原因很简单，有太多人干这行了。或许因为我不是那么爱纠缠到底和无所顾忌，去拍那些不计后果但是能赚大钱的图片。反正我很高兴，能时不时地从法索利诺那里拿到拍片的委托。他出手很大方，至少开头是这样。只要钱包满满，让我拍什么都无所谓，这个你们想必能理解。渐渐地我觉察出，法索利诺在利用我干些非法的勾当。给我任务时他从不告诉我为什么，肯定是不正当的事，这是明摆着的。那次他安排我去慕尼黑的一个画展开幕式，让我把画廊的里里外外包括每个犄角旮旯连同在场的人全都一一拍下来，为此他答应付我一千万里拉。当我把照片交到他手上，他却只给了我五百万里拉，他的理由是大多数照片没有实用价值。现在你们或许明白我为什么那么恨法索利诺了。”

因为不想中途打断凯泽林根，等他终于说完，布罗德卡用温和的语气说道：“这对我们来说也不是什么新内容，凯泽林根先生，我的意思是说这不是我们前来的目的。”

凯泽林根的表情看上去很困惑。他高声叫他美丽的太太给大家拿一瓶普罗赛克葡萄酒。她默默地把酒和杯子放在桌子上，然后悄声走开。凯泽林根奇怪地问：“那你们为什么到这里来？”

布罗德卡的话语中含带威胁的口吻，他回答说：“您将一些不属于您的东西占为己有，而那是我的。”

“啊，什么？”凯泽林根觉得很好笑，“那是什么东西？我根本不知道您在说什么，您叫什么来着……”

“布罗德卡。考林太太就不必我为您介绍了。”

凯泽林根好像真的不知道这两个不请自来的客人为何找上门来，他启开瓶盖，把酒杯一一斟满，轻轻问道：“我把什么……本属于您的东西占为己有了？”

“埃克塞尔大酒店 101 号托管柜里面的东西。”

凯泽林根端起他的酒杯，轻轻摇了摇脑袋，一口喝光，然后把酒杯咣的一声放在桌子上。“您让我讨厌了，您叫什么来着……”

“布罗德卡。”

“那个他妈的托管柜跟您有什么关系？它属于阿尔诺发·卡拉奇——法索利诺的家仆。”

布罗德卡的声音高了起来：“法索利诺家里的事情我们知道得足够多了。问题是您用不正当的手段偷走了柜子里的东西！”

“不正当的手段！太可笑了！我为此花了一千万里拉呀。”

“您说什么？”

“没错！我付钱给巴尔塔萨·考那罗，阿尔诺发的侄子，作为交换他给了我一把钥匙，他还保证说，在柜子里可以找到揭露法索利诺罪证的材料。”凯泽林根起身走出房间。

布罗德卡恍然大悟，“这个骗子，这个巴尔塔萨！怎么就没有想到是那个混蛋在捣鬼！”

凯泽林根返回来，手里攥着一把钥匙，和布罗德卡的那把几乎一模一样，只不过没有原配钥匙上的花纹。“我一直希望能搞到揭露法索利诺罪证的材料——反正巴尔塔萨是这么声称的。我要拿它报复法索利诺，他骗我好多次，赖我钱。而这次巴尔塔萨竟然也把我给骗了。”

“巴尔塔萨又是如何骗您的？”朱丽埃特问，“柜子里面到底有些什么？”

凯泽林根扮出怪相，好像一想到此事就引起他身体的刺痛。“我本来以为会是一些丑闻的照片啊、票据啊或者合同什么的，有这些证据足够可以起诉法索利诺了。可是柜子里存的不是这些东西，而是一个小盒子……”他摇了摇脑袋，“你们肯定猜不到。”

“微缩录音磁带。”

“您怎么知道？”凯泽林根惊愕地问。

“很简单，”布罗德卡说，“是阿尔诺发·卡拉奇告诉我们的。在他还活着的时候他把这些东西卖给了我。”

“您是说卡拉奇？”

“对，就是卡拉奇，遗憾的是他的心脏再也不能跳动了。他的侄子巴尔塔萨由此拿到了钱。”

“您怎么能证明呢?”

布罗德卡和朱丽埃特四目相对，什么话都没说，朱丽埃特站起来朝外面守候着的玛尔考走去。

等凯泽林根认出又进来的一位是玛尔考，他大叫：“好了，好了，够了！算你们赢了。”

这下该由布罗德卡安抚凯泽林根了，“我没有责怪您的意思，骗子是巴尔塔萨·考那罗。玛尔考可以证明，我们两个都向巴尔塔萨付了钱，对此我们也都拿到了保险柜钥匙，和您不同的是我的那把是原配。”

玛尔考在一旁连连点头。这个老人不错眼珠地盯着凯泽林根，他的脸色变得阴沉冷峭，嘴巴紧紧地抿成一道线，可以看得出来他在强压自己心头的怒气。“我怎么也没有想到你竟会干出这种事情，先生，”他终于说道，“你无耻地利用一个人的悲伤感情，他去参加他最老的朋友的葬礼。我对你说的话信以为真，以为你是阿尔诺发的朋友。你这个骗子!”

玛尔考恨不得往地上啐唾沫。

瓦尔特·凯泽林根表现出追悔莫及的样子。“我的本意不是这样，真的不是。”他嘀咕着，“事情就这样发生了。对法索利诺的愤恨让我一门心思地只想去报复他。”

“什么?”布罗德卡问，“您打算去报复法索利诺?”

凯泽林根摆了摆手说：“肯定不是借助于柜子里的录音带，它们没有一点儿价值。我活该如此。”

“没有任何用处?”朱丽埃特跳起来，再也掩饰不住她的激动，“您撒谎。”

“如果我再多说一些有关那些磁带的事情，您可能就会相信我。磁带上是法索利诺和一些我不认识的人的电话录音。里面说的内容根本毫无意义——他们就像在打谜语，尽是些稀奇古怪的名字和代号，还常常用圣经里的文字暗示某种意思。录音中最频繁听到的是一个代号叫‘Asmodeus’的人，他下达一些莫名其妙的指令。我很乐意把那些磁带送给你们，只恐怕你们会跟我一样不知如何是好。”

凯泽林根走出房间，留下满脸困惑的客人。朱丽埃特看着布罗德卡，“你想阿尔诺发·卡拉奇是在骗我们吗？”

这时一直在默默听话的玛尔考可不容忍有人这么说他的朋友，“我敢为阿尔诺发打保票，他绝对做不出这种事来。”

“不会的，”布罗德卡说，“我不这样想，阿尔诺发一定知道这里面的秘密。想想我们的会面地点德国墓地，朱丽埃特，那个地点他是经过深思熟虑才定下来的。了解了这么多事情之后，我认为绝对是有可能的，那就是阿尔诺发还有第二把钥匙，我是指在他的头脑里。”

“你的意思是说，他想告诉我们那些名字和代号所代表的含义，进而抽丝剥茧地揭露出隐藏的事实真相。”

“正是。”

“那我就不明白了，法索利诺和他的党羽们是出于什么样的理由不直接把事情说清楚呢？而法索利诺为什么还要把这样的谈话录音并保留呢？”

布罗德卡耸耸肩膀，“阿尔诺发说过，这是法索利诺的怪癖，没有别的考虑。至于那些有如密码的言辞，只能有一种解释：只给收听者发出情报，而不让外人知道是什么意思。”

朱丽埃特把耷拉在眉眼前的发帘吹得飘忽了几下——这表示她很紧张。“那就意味着法索利诺在为一个秘密组织工作。”她说。

布罗德卡干笑了一声，“你还能有什么其它解释吗？”

凯泽林根手拿那个装着微缩磁带的小盒子回来，他把盒子放在桌上，从里面拿出一盘磁带，放进摆在旁边的电话答录机里。

“Belphegor，”答录机里发出一个调门尖且细的声音，“今天不见面——《路加福音》[①] 2－26——推迟到明天——Belphegor。”

凯泽林根把磁带又倒回去，重新放了一遍。那个声音冰冷锐利，有种金属的质感，像是机器发出来的，听得房间里的每一个人

① 《路加福音》是新约圣经中四本福音书中的一本，一般排在第三部。

心里都瘆得慌。

“有人听出这是谁的声音吗？或者什么是《路加福音》2－26？”凯泽林根一边把磁带再次倒回去，让大家听第三遍，一边发问。

“我从没听到过这样的声音。”玛尔考说，这位老服务生，最为惊骇的就是他了，“圣经里的那段章节，我也不清楚是什么意思。你们中或许有谁知道？”

布罗德卡摇摇头，朱丽埃特也一样。

凯泽林根又再放了一遍，大家听了依旧是一头雾水，不知所云。朱丽埃特觉得是法索利诺的声音，被凯泽林根断然否定，认为她听错了。

“你们看，”凯泽林根转向他的客人们说，“你们跟我一样迷惑吧。”

“那又怎样？”朱丽埃特问，她烦躁起来。

“您答应过，”布罗德卡对凯泽林根说，“愿意把磁带送给我们。”

“好，你们拿走吧。”凯泽林根满不在乎地挥了个手势，“我反正是无能为力。”

布罗德卡没想到他这样慷慨，凯泽林根瞧出他脸上流露的惊奇，“毕竟我们两个有着共同的敌人。”他说，“如果这些磁带对你们挫败法索利诺能起到作用的话，对我来说也算是达到了目的。”

凯泽林根从答录机里取出磁带，把它放回原来的盒子，并把盒子交给布罗德卡。

“还有一点我想要告诉你们，”凯泽林根同客人们告别时，他说，“法索利诺和罗马教廷的关系非比寻常。虽然他声称，那是家族世交，但是我觉得他在说谎。法索利诺从事非法勾当，一直都是。”

归程中玛尔考从阿庇亚古道[①] 进入罗马市区。他的目标是萨

---

① 史上的第一条罗马大道就是阿庇亚古道，全长350英里，将罗马与南意大利连接起来，是通往希腊和东方的主干道。

勒大街巴尔塔萨的比萨店。

显而易见，布罗德卡和朱丽埃特低估了巴尔塔萨。他们以为他是一个诚实本分的人，为了生存苦苦挣扎，抓住一生中难得出现的机会做笔大生意，可是他把这笔生意在他貌似忠厚的外表下同时做了两次，就不是一个好人所能干得出来的了。

在傍晚的交通高峰到来之前他们回到罗马。玛尔考也加入到对这个老朋友的侄子的谴责中来。“你们知道吗？每个意大利人都有欺骗的本性，有的人多些，有的人少些。人们从来不知道，他碰到的是什么人。你们如何能指望这样的一个民族呢？这个国家前后共有三位前总统受审，超过三万个公民领取退休金，即便他们已死去多年。”

巴尔塔萨的比萨店里已经是人声喧哗，虽然还没有到正经的晚饭时间。

“巴尔塔萨在哪里？”布罗德卡和朱丽埃特以及玛尔考走进店铺。

身穿雪白厨师服的烤比萨的师傅上前满脸堆笑地说：“没有巴尔塔萨了，现在是多明尼寇！”

“您这话是什么意思？”

“巴尔塔萨把比萨店转卖给我了。他现在是有钱人，先生，他搬到卡塔尼亚[①] 去了。从今天起这家店改名为‘多明尼寇比萨店’，你们明白了吗？”

这回答没什么不好明白的。布罗德卡看到玛尔考脸上憋不住的笑意，要不是他肚子里还生着些许闷气，兴许他也会跟着一起笑了。

星期三的早上，六点一刻，停在切尔多萨大街上的一辆深蓝色沃尔沃大轿车被炸上了天，车体化为上千块碎片，也有可能是两千

---

① 卡塔尼亚是西西里岛上仅次于首府巴勒莫的第二大城市，是西西里著名的旅游城市。

片或者更多，这起爆炸殃及到旁边同时停靠的其他车辆，均被炸得七零八落。

罗马的警察当局把这起爆炸案定级为恐怖袭击，案中无一人死亡，由此看出作案者行事干净利落，照其作案手法来看是一次有预谋的恐吓行为。

虽然汽车爆炸案在意大利并不是很常见，但也算不上什么顶罕见的事情。这起事件可以从多种角度着手调查。其一就是这辆车的主人。车主不是一个警方所熟知的或者根本不知道的黑帮分子，而是梵蒂冈国务卿史莫雷斯基，罗马教廷的第二号人物。在爆炸案发生一刻钟之后，这位吓得魂飞魄散的枢机主教宣称，他在去早弥撒的路上差点被死神夺走性命。和大多数枢机主教一样，史莫雷斯基在城里有一套公寓，过着尘世生活。

撇开寻找爆炸动机和凶犯不谈，这起爆炸案有两处疑点。第一个奇怪之处是案发现场有十几条金鱼，是在布满残余碎片的石子路面上找到的；第二个令人费解之事是，在被烧焦变形的车骸之中竟然有列奥那多·达·芬奇的一张仿画残片。

因为以上疑点使得追究是哪个恶棍企图谋害枢机主教的这一问题退居其次，意大利报纸长篇累牍地对金鱼和画作之事进行各种推测，令枢机主教史莫雷斯基在两天之后不得不开口说话——平日里他把他的沉默视作是毕生的责任。

在教廷每星期召开的新闻发布会上——通常，这种长达几个小时的例行会议一般是针对宗教会议、教皇敕封圣徒称号的程序、教皇的通谕、女性担任神职人员以及基督教地位的有关事宜进行发布，而这次教廷国务卿竟然做了颇不寻常的两段陈述，内容和宗教事务并无多大关联。

教廷国务卿史莫雷斯基用寥寥数语简洁地解释自己是个养鱼爱好者，他是如何喜爱玻璃缸里游来游去的鱼儿。他把前天晚上买的金鱼留在车里，是为了第二天带到梵蒂冈的办公室去，金鱼的事情大体就是如此。

至于那些画作残片最后拼凑出一幅列奥那多的油画，那自然是张复制品。原作——每个人都可以看见——仍然挂在梵蒂冈博物馆的第四展室列奥那多厅。他本人，史莫雷斯基说，特意定制了这张画作的复制品，原是打算作为礼物送给一位宗教界朋友。

谁要是目睹过枢机主教史莫雷斯基一周两次把十二条金鱼装在透明的塑料袋里带回家，就会想当然地视他为心善仁慈的好人。但这只是表象——众所周知，表象给人以假象，尤其是貌似虔诚的外表。其实，教廷国务卿每个星期分别两次将塑料袋里的金鱼倒进一个二百公分长、五十公分宽、七十公分深的水族缸，喂给饥饿的食人鱼[①]，然后默默地守在一旁笃信地看着鱼类中的适者生存，直到水面漂浮起点点残肉碎屑。

还有那飞上空的列奥那多·达·芬奇的画作——如果真的如史莫雷斯基所声称的那样是复制品的话——教廷国务卿的解释分明漏洞百出，刊登在《信使报》上的一篇评论一针见血地指出，位居罗马教廷的第二号人物有什么理由要把一幅列奥那多·达·芬奇的复制品放在车的后备箱里驶过罗马街头。

布罗德卡和朱丽埃特自然也在关注这起案件在报纸上的连续报道。头一次看到报纸上提到史莫雷斯基名字的时候，布罗德卡立马反应过来，他想起母亲写给她的女友海尔达·凯勒、后来由海尔达丈夫收藏的那封信，信里克莱尔·布罗德卡写道，枢机主教史莫雷斯基是一个魔鬼。

就是这位枢机主教史莫雷斯基吗？

布罗德卡当然想得到，这世上不会有那么多名叫史莫雷斯基的枢机主教，他进一步推想，这个史莫雷斯基实际上就是这一连串事件中的关键人物，正是此人将他和朱丽埃特逼往绝路。

提图斯，那个形迹可疑的家伙，布罗德卡始终猜不透他究竟是怎样的一个人，他在维也纳也说起过，梵蒂冈有个秘密组织，一个披着宗教外衣的犯罪团伙，他们掌控着信徒们数十亿的资产。

提图斯的说法到底是真还是假，有许多迹象表明他的话属实。

---

① 产自南美洲的一种肉食鱼类。

不过布罗德卡无论如何也想不到，在他和教廷之间会有怎样的瓜葛。

布罗德卡从安德累奥里大街的一个家用电器行买来一台电话答录机，他和朱丽埃特几个小时地呆在他们的公寓里面，循环播放着充斥各种代号、暗语的电话录音。对这些毫无逻辑、晦涩难懂的对话听得越多，他们就越没有信心把里面暗藏的秘密破解出来。

毫无疑问这是个有组织的犯罪团体，他们的行动都是事先深谋远虑而后一步步精心策划安排部署，他们绝非是为了某种勾当临时搭伙的犯罪分子或者混饭吃的小骗子之类。

将所有的二十盒磁带——他们从凯泽林根那里就拿了这么多——从头至尾听了两遍之后，布罗德卡开始分门别类有条理地做记录。他把经常反复出现的名字代号一一记下，这事做起来非常耗费心力，因为对话中的大部分是从未听过的词语和名称。

朱丽埃特坚持认为，磁带录音中的一个说话者，即在电话交谈中被称呼为“Moloch”的那个人她听出来就是阿尔贝托·法索利诺。“Asmodeus”和“Belphegor”似乎是这个秘密组织的中坚人物。给她这种印象是因为这两个名字出现的次数频繁，而且言语间很是盛气凌人、颐指气使。代号为“Adrammelech”的人似乎和“Belphegor”有某种矛盾，更详细的情况从录音中听不出来。磁带中唯一的一个女性声音代号为“Lilith”，她甚至还出现过好多次。其他诸如“Baalzebuth”、“Nergal”和“Belial”显然是无足轻重的角色，他们向法索利诺下达各种令人不解的任务。还有一些代号称呼只出现过一两次，布罗德卡因为音效不清晰没能记录下来。

就这样来来回回地听着答录机发出吱吱呀呀的声音长达六个小时之后，朱丽埃特累得头晕耳鸣，她说：“现在你知道了，凯泽林根为什么会那么慷慨地把磁带留给我们。”

布罗德卡无话，只是点点头，将“Asmodeus”的声音再听上N遍，这个“Asmodeus”老是下发一些令人费解的指令。

“这段录音你发现什么特殊之处没有？”他看了一眼朱丽埃特，

问道。

“当然听出来了，对话背景中有一种很特别的钟响。”

“是连着响四声，这很不寻常，你不这样觉得吗?”

“是很特殊，这又代表什么呢?”

“钟声本身没有任何意义，但它会帮助我们查出打电话的人是在什么地方和法索利诺进行通话。”

布罗德卡一边说着一边把磁带从答录机里取出来，然后放进另一盒磁带。这次“Asmodeus”又用暗语布置了新任务，是一连串的数字，听上去令人丈二和尚摸不到头脑，使人联想到冷战时期，来自民主德国国家安全机关的女性播报员用覆盖整个欧洲的长波频率以一种平白冷淡的语气说出一串串数字向特工人员发布情报。在这段“Asmodeus”的录音中再次出现同样的钟响。

“你听!”朱丽埃特说着竖起食指，“没错，这两次通话都在同一个地点。”

布罗德卡接着放有“Asmodeus”声音的磁带，可是其它对话没再出现钟响。

“教堂的钟也不是一整天都响个不停的。”布罗德卡失望地说。

已经疲惫不堪的朱丽埃特叹着气问：“钻研了这么久，你现在有什么想法吗?”

“我正打算跟你说，”布罗德卡抬起头，为了强调自己的话，他用手掌拍了拍桌子，“我要做的，就如同世界上所有的密码破译员遇到这种情况时一样的做法，一遍一遍地听录音，直到我听出这里面隐藏的内容，就是这么简单。”

“简单? 天哪，我可不干!”朱丽埃特跳起来，在房间里大踏步地来回疾走，“布罗德卡，不知你注意到没有，我们俩的神经已经慢慢接近崩溃的边缘? 我们不能正常地思考、正常地谈话，我们的言行举止不就是精神科医生研究的典型病症吗? 或许那些家伙的目的正是于此，或许他们就是希望我们进了疯人院。要不要阻止这样的事情发生取决于我们自己。到此为止吧。我们到别的地方开始新的生活。像我们现在这种样子，这不是生活。我们会把自己一点点毁掉的！”

布罗德卡在一旁若有所思地看着朱丽埃特发火，激动地走来走去。从感性上说他也觉得她的话没有错，但同时他的理智却让他不能这么想。于是他回答说：“朱丽埃特，几个月以来我们一直在兜圈子，跑过来跑过去，始终找不到出口。现在好不容易发现了一个明确的追踪线索，沿着这条线索查下去我们就有可能找出谁是这些密谋的黑手。阿尔诺发·卡拉奇把这些极富价值的材料交给我们。我确定，如果他还活着，他能帮助我们破解这里面的谜题，那样的话现在的我们会走得更远。说阿尔诺发是骗子，这我无论如何都不相信。对此他有一个足够的动机——这唯一的动机，甚至超越了对钱的渴求，那就是复仇。朱丽埃特，我现在还不能够放弃。如果你觉得这里太危险，如果你想回慕尼黑，我完全能够理解你。”

朱丽埃特扑过去抱住他：“我不是那个意思，布罗德卡，原谅我那么说，这样的生活，我只是越来越绝望。那感觉，就好像整个世界在跟我们过不去。”

她的指甲都掐进了布罗德卡的脖颈里，他感到心痛，她像一个担惊受怕的孩子紧紧地搂着他。

尽管脑子里乱得很，朱丽埃特还是说出一直憋在心里的话：“最糟糕的是……这会影响我们之间的爱。”

这句话就像个凶耗，它在布罗德卡的心里翻滚了半天，让他说不出话来。

最终他说道：“在我来说，我对你的感情一如既往没有任何改变，朱丽埃特，我爱你。如果我没有像以前那样表达出来，那是跟眼下迫我们于绝境的这些事情有关。”

他们就这样默默地紧紧拥抱着。后来布罗德卡松开朱丽埃特，用有些倦怠的声音说：“我不知道还能干什么，除了在这个难受的旅馆房间听这些无聊透顶的录音磁带。”

朱丽埃特坐在房间里唯一一把扶手椅上，这把扶手椅让这个房间有了某种六十年代的风格，她思考着，“我们应该分头做事情，”她说，“长时间以来我觉得自己像个小跟班似的随着你在后面跑，现在我想要自己承担些工作。”

“你可以尝试着去查查那些代号都代表什么含义，”布罗德卡说着从桌上拿过来一张纸，上面写着那些代号称呼。“或许所有的名称都有特定的寓意。反正我不相信，这些称呼都是凭空编造出来的。比如说Moloch，如果我没有记错的话，这是中东国家的某个神祇的名字。显然，这个秘密团伙的幕后操纵者相当博学，或许还很有智慧。一般的犯罪组织成员之间完全是另外一种称呼，他们会叫做主子、老大或者大佬什么的，尽是些俚语，几乎就没有像‘Adrammelech’这样的叫法。”

朱丽埃特低头看了看纸上的名单：Asmodeus/Belphegor/Adrammelech/Lilith /Baalzebuth/Nergal/Belial

去哪里能查出这些名称的含义呢，朱丽埃特本想发问，可她还是咬住了下嘴唇，她不想在布罗德卡面前露怯。

他猜出了她的思虑，布罗德卡说道：“我也不知道你该怎么做才会查出这些资料来，不过你是个聪明的姑娘……”说完他又开始摆弄答录机，将另一盒磁带放了进去。

朱丽埃特把纸叠好塞进牛仔裤的裤兜，穿上她那件暗色调的外套，亲了亲布罗德卡的面颊，走出房间。

站在公寓楼前她心里琢磨着，该去哪里呢。再三考量，她抛开顾虑，决定前往《信使报》社的档案室。她打定主意，要不顾前嫌地面对克劳迪奥，纯粹公事公办。她骗不了自己，那个小伙子对她还有吸引力。

装着一脸无所谓的神情，就像她之前计划好的那样，朱丽埃特走进档案室，径直朝克劳迪奥·索特罗走去，她瞅了几眼才认出他来，他那头原来扎在脑后的长发剪得非常之短。

克劳迪奥看到朱丽埃特，大吃一惊，他傻愣愣地坐在电脑屏幕前。

朱丽埃特很客气地与他打了个招呼，好像两人之间从没发生过什么事情似的，她说：“我有个请求，这份名单上的七个名称很可能有些故事渊源，你能帮我查一下吗？”她把那张纸递给克劳迪奥。

此时的克劳迪奥看起来要比朱丽埃特记忆中的成熟许多，他始终凝神注视着她，未敢说一句话。

“你没明白我的意思吗？”朱丽埃特说话的腔调高且坚决有力，连其他的资料员都听见了，引起他们的侧目。

克劳迪奥站起身，走到她跟前挨得很近，轻声耳语道：“尤利埃塔，全是我的不对！我知道我的行为不可原谅，你听我跟你解释……”

“我到这里来，不是要听你的什么解释或者算旧账。”朱丽埃特淡淡地说，“我来查一些资料，这件事情十分重要，而且我也很着急。”

克劳迪奥依旧把嗓门压得低低地说：“我知道，你还在生我的气，我也知道是我把一切都搞砸了，但你至少要给我一个机会去解释。”

“现在我惟一感兴趣的解释是这些名称暗含的寓意，如果你不打算帮我这个忙的话，我去请教你其他的同事。”

“不要，不要，尤利埃塔！”克劳迪奥用衣袖擦了擦额头，好像短短的这么几句话让他冒出汗来。他拿起名单，照着上面的那些名称一一敲进电脑，每输入一个名字，他就摇下头。

只找到有关“Moloch”和“Nergal”的资料。“这是地中海东岸古国的两个神，一个是腓尼基人的，一个是巴比伦的。”

“那其他的呢？”朱丽埃特问。

“在我们的历史辞书中没有出现过这些名字，如果有的话，是能查到的。”

克劳迪奥专心致志地敲打键盘，查找着一本又一本的专业字典。

等在一旁的朱丽埃特也帮不上什么忙，她走到过道的咖啡机前，给自己倒了一纸杯卡布其诺。

她返回资料室，“找到了！”克劳迪奥远远地冲她大喊，“所有的名字都出在一本古老的巫术字典里。有关这些词条的解释内容虽不太多，但多少总有一些，尽是些稀奇古怪的人物！”

他交给朱丽埃特一张纸，她惊讶地看着：

Belphegor ——有着“美妙肉身”的恶魔，传说在圣庙所举行的神秘祭祀中被供奉。

Asmodeus ——色欲的魔鬼，在犹太人的传说中是肉欲和享乐的化身。

Moloch ——是腓尼基人[①]和迦南[②]人中传说的贪婪之神，是来自地狱的魔鬼。

Adrammelech ——古代巴勒斯坦撒马利亚人[③]的一个神，传说要把小孩献祭给他。

Lilith ——亚当的妻子，是上帝用污物和烂泥所造，源自亚述人[④]的一个长有翅膀的女性魔鬼。

Baalzebuth ——“苍蝇的主人”，原本是腓力斯人[⑤]的一个神，中世纪时被视作地狱里地位最高的魔鬼。

Nergal ——驼背之人，代表着战争、瘟疫、洪水和破坏，源自于巴比伦人[⑥]中流传的阴间恶魔。

Belial ——“无用之物”，代表着谎言、巧舌如簧之徒。

“我的上帝啊！我的上帝啊！”朱丽埃特连连说道。

克劳迪奥抬头看她，“哎，这些可都和上帝没什么关系，尽是魔鬼。”

---

① 腓尼基人又称闪族人，生活在今天地中海东岸相当于今天的黎巴嫩和叙利亚沿海一带，他们曾经建立过一个高度文明的古代国家。公元前十世纪至公元前八世纪是腓尼基城邦的繁荣时期。

② 巴勒斯坦古称迦南，其居民称迦南人，原是阿拉伯半岛闪族的一支。

③ 在新约圣经中撒马利亚人是一种具有犹太人和外邦人混合血统的人。

④ 亚述是公元前两千年到公元前六百年美索不达米亚平原上的文明古国。

⑤ 地中海东岸的古代居民。

⑥ 巴比伦人生活在底格里斯河与幼发拉底河流域的美索不达米亚平原。

朱丽埃特一本正经地向他表示感谢，就好像他俩是陌生人，接着又用挑衅的语气问："我该为此付多少咨询费？"

这句话伤了克劳迪奥的心，他目光里充满愁怨，低着头看地板，不再说话。

朱丽埃特转身离去。

她还没出信使报社的大门，克劳迪奥从后面追上来叫住了她。他挡在她面前，激动地对她说："我知道，尤利埃塔，你有一千个理由这样对待我。你容我解释清楚，虽然那次不愉快的相遇已经不能挽回，但或许你多少会原谅我一些。求你啦！"

朱丽埃特想把克劳迪奥拨拉到边上去，可他并不罢休。

"没有什么好解释的，也没有什么好原谅的，"她冷冷地说，"全都是我的误会，见鬼，我们根本没有必要再浪费时间谈论那件事。现在请你把路给我让开！"

朱丽埃特是这样的无情，令克劳迪奥无比绝望。情急之中他不知道该说什么才好，而在这种情境之下就算说什么也没有用，因为朱丽埃特被刺痛的自尊心只想让他——克劳迪奥——受到打击。

他最终让开路。朱丽埃特走上马路，他在她身后大喊："明天晚上七点，我会在纳沃纳广场我们的那家饭馆等你，尤利埃塔。如果一定要的话，我等你一晚上。"

朱丽埃特径自远去，好像什么都没听见。

这期间，考林的私人医院的处境每况愈下，总医师尼可罗韦乌斯已经在认真考虑中止这家医院的运营。他把这种意思表达在一封信里寄给罗马的朱丽埃特，希望她能尽快做出决定。

几乎所有的医护人员都围着考林转。自从考林能越来越清楚地说出自己的意思后，他把自己又当成了医院的负责人。在他用白兰地灌饱肚子的日子里，这位瘫痪的教授还能够忍耐，酒精能减轻痛苦，他这样解释。

大家不管是在走廊上还是病房里都会提心吊胆，畏惧于这么一个整天生活在轮椅上的残疾人，听上去有些滑稽。考林能把他的轮椅作为一种武器来使用。他拒绝躺到床上过夜，反正他睡不了几分钟，他坚持整个晚上呆在轮椅上。他像个影子一样悄无声息地在医院的通道里驶进驶出，在门后窃听或者用轮椅撞击房门，总医师尼可罗韦乌斯和身强力壮的护工皆不能阻止他的这一行径。

没人知道他内心的真实想法。表面上看，他似乎已经接受他的现实状况，同时把酗酒和施虐——肆意攻击周围的人，当成他的生活内容。

令人诧异的是突然有一天他的行为举止发生了变化。从那天起考林表现得异常安静，虽然他还是神出鬼没地出现在任何地方，不管是白天还是黑夜，但他不再专横霸道，有一次他甚至让他那辆人人痛恨的轮椅小心翼翼地穿过通道。

是尼可罗韦乌斯医生最早觉察出他的这种转变，他把这种变化归因于对教授采取的初步治疗的结果，他对病人目前的状况很满意。教授能够从那场严重的事故中大难不死，无论如何都不能指望考林的胳膊和腿脚再动换一下了。

考林从他的总医师那里搞到些酒，晚上十点左右他们告了别。考林请尼可罗韦乌斯医生帮他把“华沙音乐会”的磁带放进随身听，戴好耳机，然后如往常一样将他的房门敞开着。

就这样考林独自一人听着他最喜欢的音乐一动不动地坐在轮椅上良久。然后他利用嘴边的勺子转动轮椅，他万分小心地，生怕吵醒别人似的，将轮椅驶出房间，沿着走廊行进。

到了楼梯前，他将轮椅掉过头去，橡胶车轮挤压地面的吱嘎嘎声响把他吓了一跳，过了片刻，他又将轮椅驶回自己的房门前，再一次掉头。

亨利希·考林静静地坐着，目视前方，他的下巴颏缓缓地朝前探去，张开嘴巴咬住那把控制轮椅行进的勺子，轮椅开始向前驶动。

轮椅在走廊里疾驰。这一计划已经在考林的脑子里演练过上百遍，现在他唯一担心的是：计划落空。

轮椅前进到路程的一半时车速已经快得不行，刹车像是失控了一样。被牢牢捆绑在轮椅上的考林始终目视前方，就好像他的脖子是用铁水浇铸的。

他不敢看两侧一闪即过的房门，在这一扇扇病房门后自有一个个悲伤的命运。他早已经不再觉得，这家他一手建造的医院属于他，他已经不算数了，他心里明镜似的。他不得不承认，他败了，在各个方面他都输了。

亨利希·考林不是一个能忍受别人对他报以怜悯的男人。对他来说，怜悯是小人物的字眼。他能生活得很好，即使是被人怨恨着——但是如果被人怜悯，他无论如何都活不下去。他无法接受自己成为一个乞哀告怜者的事实，他不愿意去感激别人。他不想再过这样的日子，于是他任由飞速旋转的车轮向前方驰去。

他最后听到的是那可怕的响彻整个楼道的撞击声，轮椅以飞快的速度撞断楼梯栏杆，冲了下去。

轮椅顺着楼梯向下翻滚，还不时地蹦跳两下，就这样跌下三个楼层。

考林的脑袋重重地摔在水泥地上，就像一个满是泥土的花盆霎时间裂为碎片。

11

等朱丽埃特回到慕尼黑，考林已经死去两天了。尼可罗韦乌斯医生将她丈夫的死讯电话通知了她，他尽最大的可能用委婉的语气使其了解到她丈夫死于自杀，不过朱丽埃特对此的反应极为镇定。或许这样的结果对周围的人来说会更好，她电话里这样说。

街头小报对这样的爆炸新闻正是求之不得，趋之若骛。考林教授名声在外，尤其在慕尼黑的社交圈。他行事一贯相当谨慎，从未将自己的私事和麻烦暴露给公众知道，另一方面，他精心策划这一死法，尤其是连自杀这一行为过程中的每个细节他都考虑到了，实在是非同一般，众多报纸辟出专版讨论此事。

布罗德卡依照朱丽埃特的要求留在了罗马。她不想让他涉入，对于她考虑事情的周到以及对他的体贴令布罗德卡十分欣慰。

一直到下葬那天朱丽埃特仍旧被各报社的记者们围堵。只要她一走出房子，他们就像狗一样跟着她。身心俱疲的朱丽埃特面对这一切觉得自己软弱无力，形单影只的她好像是世界上最孤单的人。

葬礼当天，朱丽埃特在马克西米利安大街的一家时装店里为自己从头到脚置了一身皂衣。整个仪式对她来说像过电影一样。阳光充足，她戴了一副大墨镜。没有神甫，没有致词，只有握手，但是没有哀痛的表示。二十分钟之后朱丽埃特走出墓地，她暗暗发誓，再也不踏进这里半步。

回到家，她不停地忙于将能勾起她这十五年来婚姻生活回忆的东西一一清理干净。她推开房子里所有的窗户，打开所有的柜子、箱子和抽屉，剔除与考林有关的全部东西。她在考林书房的书架上发现十多瓶白兰地，考林在世时曾叮嘱过她不要进他的书房而她也很少进来。她嫌憎地将酒水倒进池子，瓶子扔进垃圾筒。整个房子弥漫着酒气，这气味闷得朱丽埃特透不过气来，她靠在敞开的窗前，呼吸着新鲜空气。

在处理与往事有关的物品过程中时时令她心生厌恶之情，同时也让她有种自由了的感觉。朱丽埃特把越来越多的旧物翻腾出来扔在地上，她憋堵多年的情感得到宣泄：照片、信件、明信片、记录簿和其他所有一年年积攒下来的零零碎碎现在都是垃圾了。

从写字台的抽屉里朱丽埃特找出那把打开嵌进墙体里的保险箱的钥匙，她在里面发现一大笔现钞，有马克、美元还有里拉，总共是多少，她也没兴趣一张张去数。另外在一个黑皮文件包里收有有价证券和存折，她根本不清楚家里还有这些，以及保险单、法律文件和证明文书等等。

虽然有早春柔和的轻风从大敞四开的阳台窗户徐徐吹进来，可朱丽埃特还是觉得气闷心慌。她走进二楼的卫生间，把脸放在水流下冲，双手捧起凉水揉拭着额头和太阳穴。她望着镜中的自己，脸上充满绝望和惶恐，她拿起一支口红，用拇指和食指死死攥着，在镜面上写下：

为什么？

考林为什么要这样做？

难道他只是简单地再也不想活下去了吗？难道他就是再也无法忍受别人的怜悯吗？或者他是想用他最后的行为捉弄她，让她——朱丽埃特——心生愧疚，永远地不得安宁？

电话铃声大噪，是布罗德卡。

朱丽埃特的喉咙好像被卡住了似的，她的声音沙哑而冷淡。把她过往的生活重新翻寻出来要比葬礼本身更折磨她的身心和神经。她机械地回答布罗德卡的关问，同样漠然地听他说些安慰的话语。

“我们明天再说吧，”最后她说，“现在我太累了。”

天黑之前，朱丽埃特在房子里总共收拾出三大堆东西，二楼的衣物、客厅里的零碎摆设和书房里摞成如小山似的文件。

大概晚上七点钟的时候她走出别墅，拎着一个旅行包去希尔顿酒店，她在那里定了房间。她希望在那儿不会让她再想起考林，至少是一个晚上。

可她没能睡着。十点刚过她从床上爬起来，穿好衣服，来到一楼，此时的大堂依旧人声鼎沸。她在吧台附近坐下来，要了杯红酒，心不在焉地看着进进出出的过客。

冷不防一个男人站在她面前，这个早已被她从记忆中抹去了的人外表平平、三十岁左右年纪、黑发，是诺波特。

朱丽埃特故意把身子扭向一侧，没有理睬他。

“怎么啦？”诺波特说，“我怎么着你啦？”

“这还要问吗？你自己心里一清二楚是怎么回事……”朱丽埃特喝下一大口酒，“你走开！”

诺波特并没有就此离开，他绕着朱丽埃特转了一圈，朝她俯下身去，用她在他身上从未见识过的粗暴语气说：“见鬼，我怎么得罪你了？你突然这样恨起我来？”

“那我就告诉你！”朱丽埃特愤愤地说，“这些年来你一直暗中监视我，然后向你那卑鄙的主子报告，而我竟愚蠢到什么都没觉察，还那样地信赖你。”

诺波特如坠五里雾中，他向酒吧侍者要了杯杜松子酒，挨着朱丽埃特坐在高脚凳上，头倚左胳膊，说道：“你能不能给我解释一下，这都是怎么回事？”

一肚子火气的朱丽埃特眯缝着眼镜，对他恶狠狠地说：“你是一个蹩脚的演员，诺波特，你怎么装都没用。我在你房间里看见了那条紫绸带，它说明了一切。”

“啊哈，”诺波特还是很糊涂，“你在我家看见了……一条紫色的绸带……”他停了一下，“哦，这样啊，是的，现在我明白你的意思了，你就因为那个东西而讨厌我？”

朱丽埃特轻蔑地摆了摆手，“算我没说，我也不想跟你这种人再有什么牵扯！”

她转回身喝光杯里的酒，把钱搁在吧台上正打算走，诺波特带着哭腔对她说：“你听我说，这之后你愿意怎么看我就怎么看我。你听我解释，那条紫绸带，就是你在我家看到的，那不是我的，而是我的一个朋友的，他是我不久前在花园广场的一间酒吧邂逅的。他没有告诉我他叫什么，即便当天晚上他就跟我回家了。我们……我们彼此对对方都有好感，而当我第二天追问他的名字时，他说：‘你就管我叫提图斯吧，所有认识我的人都这样叫我，虽然实际上我并不叫这个名字。’接着……”

“你是说‘提图斯’？”朱丽埃特豁然省过神来，“他是不是中等个头？皮肤白得瘆人？脸膛儿老是红通通的，头发掉了一半？”

“嗯……没错，”诺波特惊讶地回答，“你认识他？”

“很可能，”朱丽埃特嘟囔着，“你继续讲。”

“好，”诺波特接着说，“提图斯在我家住了几天，我逐渐喜欢上这个家伙，我们聊得很投机，可是当我提起他过去的事情，他要么不让我问，要么就转移话题。我马上明白，他的生活有哪里不太对劲，在这个小伙子身上隐藏着某种不为人知的秘密。我向他追问，他让我不要想歪了，对此他不再多说什么。

“一个星期之后我对提图斯越来越贴心，可同时我老是觉得他……他有些神秘兮兮的。一天，提图斯外出，我就往他的旅行包里瞧了一眼，你猜我发现了什么？一把手枪和那条紫绸带。我把这两样都摆在桌子上，想等他回来之后听他的说法。可是提图斯没回来，你却来了。我赶紧把手枪收拾起来，没有动那条绸带。我不知道那绸带是什么东西。

“你走了好一会儿，提图斯才回来。我把手枪搁在桌上，问他这是怎么一回事，提图斯对我大发雷霆，他骂我是暗探，背叛了他，然后他收好他的东西装进旅行包，头也不回地一走了之。此后，我再也没有见过他。

“你现在能告诉我，那条紫绸带是什么吗？”

朱丽埃特双手捂住脸，她摇了摇头，不敢看诺波特，“我想，我错怪你了。”

诺波特拧起双眉，又问：“究竟是怎么回事？”

“紫绸带打成一个扣结，”朱丽埃特轻轻地说，“是某个秘密组织的标志，整个欧洲都遍布着这个组织的爪牙。这个可疑的集团从事不动产投资、艺术品买卖和洗黑钱等非法生意，有些类似于黑手党，如果你一定要知道的话，只不过他们的老大不在拿波里或者纽约……”

“那在哪里呢？”

“在罗马，更确切地讲，是在梵蒂冈。”

“我的天哪！”诺波特一声惊呼，“你知道你在说什么吗？”

朱丽埃特苦笑一下，“我知道，这话听起来任何人都难以置信，我自己也没有真凭实据。你还记得布罗德卡出的那些事吗，你也知道我被卷进了一起假画案。所有的调查结果都指向了梵蒂冈——并在那里中止。”

诺波特呷了口酒，“我不知道我该对此说些什么。”过了一会儿，他说，“可是这些事和提图斯有什么关联？”

“我正要告诉你，提图斯是这个圣徒黑帮的一分子。没人清楚他真正的名字，我也不知道他的真名叫什么。”

“是这样子啊，现在有些事情我倒是明白了。”诺波特露出一副若有所思的神情，“有一次他说，他再也不能在同性恋酒吧露面了，我不明白，就问他，为什么要隐瞒自己的天性，对此他只是不屑地说，我是不会明白的。”

诺波特注意到朱丽埃特在那里出神地想她自己的问题，“喂，你在听我说吗？”

“哦，对不起，”朱丽埃特咽了下口水，“我能理解，提图斯的事让你很难过。我遇到的麻烦完全是另一码事。我原本过着正常的生活，我有自己的画廊，有丈夫——即便他是一个混蛋，但现在我失掉了这一切，我被牵连进一个突如其来的阴谋里。”

诺波特点点头。“平静下来，”他说道，“你会发现一切悄悄地恢复正常。”他话还没说完，就觉察出在眼下这种情形这句安慰并不合适。

朱丽埃特从高脚凳上滑下去，站到诺波特面前。她漆黑的双眸射出愤怒的火焰。“你认为这一切都是我虚构的吗？我的脑袋不正常，我患了迫害妄想症？”

“我没有这样说。”

“但你心里是这样想的。”朱丽埃特将杯里的红酒一口灌下，“我并不怪你。”

“朱丽埃特，你别这样！”

“好啦，到此为止吧。”她咣当一声把酒杯撂在吧台，转身朝电梯走去。

诺波特走回到立在大堂对侧的三角钢琴前，当他弹起“当时光逝去”这首曲子时，他的手在颤抖。

同一时间，罗马特雷韦河对岸城区的一家比萨店的地下室里，一张铺着绿桌布的巨大圆桌子摆在地中央，上端是一盏几乎垂到桌面的碗状吊灯。

楼上的店面又长又窄，天花板上的荧光灯照下来惨白刺眼的光线，塑料餐椅、餐桌，这环境似乎很难招引食客们进来，这绝对是有意而为之。如果真的有客人歪打正着地进了这家比萨店，想在这里将就填饱肚子，那么他将受到这里唯一的一个店伙计——此外他还身兼烤比萨的师傅——极不耐烦的甚或是粗暴的对待，他让客人知道，他所要点的食物得一个小时才能做好，这样来客就会失望地另去别处觅食。

这家距离台伯河岸两个街区的比萨店其实是不法分子们的一个合法掩体。在这个空间逼仄的比萨店下面的地下室实际是个不能公开的赌窟。这条街上的住户们差不多相互认识，任何风吹草动都逃不过他们敏锐的耳目——这种能力，特雷韦河对岸的居民从一出生就具备了——连这样的一群人都不能准确说出，在这家比萨店的烤炉后面正发生着什么事情，那为数不多的几个常客进到店里之后都在干些什么。

对面五楼的住户布拉特太太自从她的丈夫——一个小旅店店主去世之后，她的主要工作就是在这个街区的房墙上张贴讣告。她声称，这家比萨店里面一定有着不可告人的秘密。进入到这家店的人，几乎就没见再从店里走出来，而另外从店里出来的人，却没看见他们进去过。在这些人当中竟然有一位活生生的梵蒂冈的枢机主教——神明在上，她认出了他。

世界上没有哪座城市像罗马这样有如此多的奇迹发生，全是因为掌管这里的信仰相信神迹。不管怎样，布拉特太太说的故事肯定还没有神奇到令人信服的地步，即便她说的就是事实。

这个以比萨店为掩护的赌牌俱乐部，每天晚上流动着上百万的现金，赌资多半是偷来的或者是来历不明的黑钱，也有来自毗邻的梵蒂冈城的赎罪金和各方人士的捐款。

这座年久失修的房屋下面的地下楼层里通道纵横交错——这是早期基督教徒遗留下来的产物，它的优势在于从地下通道就可以离开这栋房子。

午夜时分，一个头顶只剩下一圈稀拉白发的小个子男人跨进店门，比萨店里的伙计着实被吓了一跳。来者就像所有消失在烤炉后面的那些人一样，衣着体面，胡子修剪过，步伐坚定有力，似乎一切都了然于胸。此人的出现令店伙计相当意外，他张口结舌地说：“杀……手！”

“对你来说我一直就是吉塞佩·帕尔迈扎诺，”小个子男人很不客气，“惊到你了吧，嗯？”

“是的，我真没有想到，”店伙计说，“已经过去多长时间了，帕尔迈扎诺先生？”

“十五个年头。”帕尔迈扎诺回答。店伙计以一种无所畏惧的姿态挡住他的去路，帕尔迈扎诺用左胳膊一把将他搡开，喝道：“请让开，先生。”

这个店伙计长得也是膀大腰圆，他妄图想阻止帕尔迈扎诺进到下面的地下室，但后者眼中的暴戾凶光让他望而却步。

通往地下室的楼道两侧墙皮早已经一块块剥落，帕尔迈扎诺记得在他入狱之前就是如此。地下室的前厅有通往四个方向去的门，这四道门全被漆成暗红色，使之有种郊区妓院里的暧昧味道。

帕尔迈扎诺有些晕头转向，不知该进哪扇门才好，这时他听到从播音喇叭里传出一个声音——显然这个房间有人监视，是店伙计在说：“左边，帕尔迈扎诺先生。”

帕尔迈扎诺朝左侧走去，推开门，扑面一股浓重的雪茄烟味，直呛他的鼻子。在漫射的光线中他辨认出里面有三个男人和一个女人，他们围坐在牌桌旁，手上攥着牌，每人面前是一打美钞。

那个背靠房门坐着的男人纹丝未动，说道：“算你有胆量，杀手，敢找到这儿来。”

帕尔迈扎诺立即反应出这是史莫雷斯基在说话，于是回击道：“真想不到，真想不到，我竟然会在这里看到你，主教阁下，而且还是在这个时间，一个正派的枢机主教此时早就该躺在床上，为了明天的早弥撒睡得不省人事了。”

嘴巴叼着只剩下四分之一的雪茄烟，和以往一样一身黑西装的教廷国务卿鄙夷地挤出一句“可恶的家伙！”他拿下烟头，用力捻灭，喝问：“你想要干什么，杀手？”

“别说什么蠢话了，”帕尔迈扎诺说着绕着牌桌踱了一圈，将牌桌上的另外那三人一一看进眼里，“当然是一起玩呀。”

像在这样的赌徒圈子里可不流行彼此相互介绍认识，缘于某些人的某种理由。选择这种匿名参与赌牌方式的原因出于一条古老的格言，意思是说我所不知道的事情，是不会让我激动的，用来解释此种情形就是，一个赌徒对他对手的关心莫过于他的钱。

此时这些人当中帕尔迈扎诺只认出了枢机主教左侧的那个女人：安娜斯塔基亚·法索利诺。她对面的那个粗脖子家伙看似愚笨迟钝，而与此相矛盾的是在他那肥壮的手指把着的牌前，摆着厚厚的一摞钞票。和史莫雷斯基坐对家的是一个外表病恹恹的小个子男人，始终烟不离手，跟史莫雷斯基一样他的脸膛也是通红，不知为什么，教会里位居高位的人都是以此脸面示人。

“我们已经有四个人了，”史莫雷斯基一口回绝帕尔迈扎诺的无理要求，“你走吧！”

这时安娜斯塔基亚插了一嘴：“没那必要吧？他可以代我接着玩，我反正没什么兴致。我今天不太走运。”说着她站起身，让帕尔迈扎诺坐她的位置。

帕尔迈扎诺身子微倾，彬彬有礼地谢过她，就像一个体面的男人应该有的那种举止，他在安娜斯塔基亚的座位上坐好。

“你的座驾被炸上了天，这种倒霉事够让你头疼的吧？”趁着史莫雷斯基右侧的粗脖子家伙在洗牌，帕尔迈扎诺说。

听到这话，其他两个牌友惶恐地望着史莫雷斯基。

史莫雷斯基把烟屁股呸的一声吐在地上，叫嚣着：“我们是在这里玩牌呢，还是向彼此致哀呢？”他停了一下，没等对方回答，又说，“你有钱吗，杀手？”

帕尔迈扎诺先是在他的双排扣西服的左侧内兜里摸索了半天，然后又去摸右兜，掏出一捆美钞，放在自己面前的桌子上。

“赌注是一百。”粗脖子说。每个人都抽出一张百元钞票，庄家开始发牌。

玩牌者埋头于手上的牌，安娜斯塔基亚站在枢机主教的身后，看着牌局的发展。

在仔细地将手中的牌从左看到右又从右看到左之后，史莫雷斯基阴笑着将一千美金扔到桌子中央，眼睛一直没有离开过他的牌，说道：“你可要倒霉了，帕尔迈扎诺，等我查出是你放的炸弹！”说这话的时候他点着头，好像知道什么事情似的。

“我？”坐在他左边的这个男人被激怒了，“你怎么知道是我？”帕尔迈扎诺假装考虑了一会儿，说，“跟上，再加五百！”

一个让史莫雷斯基不安的兆头。

帕尔迈扎诺旁边那个红脸膛家伙摇了摇头，将手中的牌收拢在一起，牌背朝上放在桌上，粗脖子也随着他照做。“还有谁出牌?”

史莫雷斯基从桌上拿走一张牌，换了张新的，他嘴巴咧得更大，一脸坏笑。帕尔迈扎诺晃了晃头。

“我要了，加上一百。”史莫雷斯基说着数出六张钞票，扔到桌上。

“再加一百。”帕尔迈扎诺不假思索地说。

史莫雷斯基出牌时一直不怀好意地笑着，从心理上震慑同桌的赌友，而帕尔迈扎诺始终是一副扑克脸，面无表情，偶尔还很严肃的脸孔，让人从中瞧不出他的任何底细。

史莫雷斯基又往桌上甩出了一百元，“我倒是要瞧瞧。”他说。

帕尔迈扎诺表现得十分平静，像是世界上最自然不过的事，他把手上的三个王、两个老尖摊开，没等史莫雷斯基掀开他的牌，就把桌上所有的钱归到自己面前。

在史莫雷斯基重新洗牌的时候，帕尔迈扎诺将他的美元一张张整理好，一边好似顺口说道：“你好像收了新人，史莫雷斯基?”

“什么新人?”枢机主教假惺惺地反问，像根本不明白发问者是什么意思似的。

“我是说列奥那多·达·芬奇的画，就是被炸成碎片的那幅，那可不是我的作品。可以透露那个天才的名字吗?”

史莫雷斯基像是没听见这句问话，只是接着说：“下注吧，我的先生们。”他开始发牌。

这个空气污浊、光线昏暗的房间里的气氛登时紧张起来。安娜斯塔基亚把双手扶在史莫雷斯基的肩膀上，另外两个赌徒一声不吭。

“那个人是谁，我想知道!”帕尔迈扎诺用威逼的口气又质问一遍。

史莫雷斯基撇了撇嘴角，似乎这次的新牌局很让他痛苦（他这是向他的对手转达：实际上我有一手好牌），然后他不情愿地回答：“一个德国人，他的名字无关紧要。”

“一个德国人?”帕尔迈扎诺收拢手上的牌，“一个德国人！随便哪个业余画画的都知道，自丢勒之后德国人中就没出现过一位真正的画家，已经过去五百年了，而这五百年来都是从意大利进口画家。”帕尔迈扎诺恨不得往地上啐口唾沫来表达他的蔑视。

“反正他画得和你一样好!”教廷国务卿一脸的无所谓表情说道。令他完全没有想到，这么简单的一句话深深地侮辱了帕尔迈扎诺。还没等他把话说完，那个家伙已经伸出胳膊，扣住枢机主教的左手腕，将他的小胳膊猛地一拉一拧，只听见胳膊肘咔嚓一响，史莫雷斯基就像斗牛场上被扎中的公牛发出痛苦的吼叫。

“你疯了?”帕尔迈扎诺松开史莫雷斯基，过了好长一会儿，枢机主教吵嚷着，“你差点把我骨头扭断了!”

“下一次我会这样做的，主教大人！我可是在牢里呆了十五年才学到这个本事。”

史莫雷斯基恼羞成怒，愤恨之情明明白白地显示在脸上，自己在粗脖子和红脸膛面前丢尽了颜面，尤其是安娜斯塔基亚还在旁边看着。他心里暗暗叫劲，他要用自己的方式去报复帕尔迈扎诺。

“我还以为你只是来玩牌的呢，”枢机主教说，“如果想滋事的话，请往别处吧，你说哪?”

帕尔迈扎诺将一打钱往桌上一扔，“一万。”他说着将手里的牌收了起来。

桌旁的红脸膛连脸都吓白了，而粗脖子摇晃着脑袋，大气不敢喘，尽可能让别人不注意到自己。

枢机主教把他面前所有的钱数了数，摞成一叠，推到桌子中间，灯光照着分外扎眼。他干笑着说：“豁出去了，五万美元!”

帕尔迈扎诺的喉咙咕噜一声，他开始清点他的现金。

“你可不能溜啊，杀手?”

这话大大刺伤了帕尔迈扎诺的自尊心。“当然不会。”他回答说，他发现自己还少三万三千，才能比得上教廷国务卿。

“可以打张欠条吗?”他稍有不安地问。

“当然可以。”

史莫雷斯基给安娜斯塔基亚递了个眼色，后者走出去，没一会儿她手里拿了张纸回来，把纸放在帕尔迈扎诺面前。

帕尔迈扎诺飞快地往纸上瞟了一眼，然后写出一个数目，签下自己的名字，他把欠条放在已经准备好的钞票上面，将其推到桌子中间。

“我跟了。”他的两道眉毛高挑，几乎连成半圆，“再加上一万。”

枢机主教不动声色地把手上的戒指脱下来，压在那叠钱上，“这个足够值一万，”他说，“翻牌吧！”

有一刹那在帕尔迈扎诺的那张扑克牌脸上闪现出一丝胜利的微笑，他掀开牌：三个老尖、两个王。“大满贯。”

教廷国务卿似乎一惊，但只持续了几秒钟，接着他将自己的牌一一亮在桌上——十、杰克、王后、王、老尖——他开怀爆笑。

“五颗心，同花顺。”

帕尔迈扎诺不禁愣住，过一会儿他的目光在史莫雷斯基和他面前的牌之间来回扫视。

说时迟那时快，帕尔迈扎诺的右手突然够向史莫雷斯基的左小臂，然后迅猛地将其向外一拧：从史莫雷斯基黑西服的袖口里面滑落出三张牌。

就在史莫雷斯基妄图把牌再次藏匿起来之前，帕尔迈扎诺用另外那只手稳当地接住掉出袖口的那些牌，一把丢在桌面上。

帕尔迈扎诺咂吧着嘴，脑袋摇来晃去，说：“天啊，难道这是一个正派的枢机主教能干出来的事情？”

片刻之间屋里鸦雀无声。枢机主教红通通的脸眼看变成了青紫色。在他身后的安娜斯塔基亚向后退了一步，她以为他会立马跳将起来，朝帕尔迈扎诺扑过去。其他两个赌徒至此尚未敢说一个字，身子僵直地坐在位置上，唯恐动换一下，就会招惹那两人中的一个拔出枪来。

接下来什么事都没有发生。帕尔迈扎诺伏在桌上，用两个胳膊把桌上所有的钱都划拉到自己面前。即使赢了这么多，他脸上的神情依旧冷漠平静。他收好钱，摞成几打，一边戴上枢机主教的戒指，再用衣袖擦了又擦，一边说："这些该归谁，我看没有讨论的必要，如果你的牌更好，就不需要作弊。对不起各位了。"

帕尔迈扎诺站起身，把钱塞进身上的所有口袋，然后从原路离开这个地下赌窟。不管怎么说，他赚到十万美金——还包括一个镶着假宝石的枢机主教戒指。

在博物馆做管理员的工作，与其他职业不尽相同的地方就在于管理员和管理对象之间存在着一种休戚相关的联系。通常来说，一个恪尽职守的管理员呆在一幅画旁的时间要比他留在自己老婆身边的时间还长，这也就是为什么博物馆的管理员大都没有结婚。

所以这也就不足为奇，有时管理员会爱上自己管理的一尊雕塑或者一幅画。他们成年累月地注视着他们看护的对象，对这些艺术品的了解远超过那些单是在纸上评论它们的人。

布鲁诺·梅拿狄，就是这样的一位博物馆管理员。他曾经一头浓密的乌黑卷发在历经六十一年的岁月洗礼之后变得根根雪白，这倒使他被赋予了某种富有学识的气质。布鲁诺来自于波佐利[①] 的穷人区，作为一个磨制珊瑚饰品匠人的儿子，他梦想有朝一日成为拉斐尔第二。在他十四岁那年，本来还该上学的年龄，他因为家境的关系——这是个多子女的家庭——成为一名招牌画匠的学徒，干这行，虽赚不了多少钱，但至少没有什么花费。

布鲁诺要成为拉斐尔第二的梦想最后破灭于他的叔叔韦基，现如今他已作古。那时候韦基叔叔在罗马有一间小小的绣品作坊，因此和教会的关系还算不错，于是他把他的侄子安插进了梵蒂冈的博物馆——虽然薪水低，但是很体面。

在拉斐尔展厅工作之后，布鲁诺从一个检票员升职为夜间看守。整整四十年，作为一名资深管理员他在这间神圣的展厅里深孚众望，他也把这里视为他的第二故乡。

---

① 意大利南部的一个港口城市。

四十年里布鲁诺每天都会被拉斐尔的杰出技艺所折服。在寒冷的冬日，稀稀拉拉没有几个游客进来观赏的时候，他的目光就会一直驻留在拉斐尔的画作上面。他贴近画面，只有几厘米的距离，两只眼睛盯视着画上的每一道笔触，那样子就像是在把画面的一点一滴牢牢地描摹于心。

让他觉得遗憾的是，没有一个人能和他正经严肃地谈论他的这种痴迷，包括梵蒂冈其它展厅里的同事，他们都没有把布鲁诺的话当回事，很长时间以来，布鲁诺就声称自己对拉斐尔的作品了如指掌，如果他精通用笔和颜料作画，他能把拉斐尔的任何一幅作品背着画出来。

一天早上，正值布鲁诺·梅拿狄当班，和往常一样，他要赶在大批观光客进来参观之前同拉斐尔的杰作进行心灵交流。他一下子呆掉了。在那幅描绘圣家族的油画上，这也是布鲁诺最喜欢的画作之一，他发现了一处极其细微的变化，那小小的变动是如此的微乎其微，没有其他人可以觉察出来。

在玛利亚的右手小拇指的指甲盖上有一道小黑边，就好像是圣母玛利亚在劳作之后忘记洗干净她的指甲。

起初，布鲁诺以为画面被刮着了或者只是个苍蝇屎，可是他把那道黑边仔仔细细察看许久之后——他在琢磨那点微疵是怎么形成的——最后确定无疑，是画本身有了改变。他把这一情况报告给他的上级主管，而主管对这幅画做了鉴定后得出结论，这完全是布鲁诺·梅拿狄的幻觉所致，拉斐尔的《圣家族》根本没有变化。

对于梵蒂冈博物馆的一名管理员来说，尤其是对布鲁诺来说，这样的断言无疑就像被人掴了一记耳光。因为上面说过，布鲁诺·梅拿狄对拉斐尔展厅里的所有画作都极为了解，其深入到哪怕是画面上最最微小的细节他都一清二楚，但主管极度令人沮丧的评语就意味着这只是布鲁诺单方面的自以为是。这让布鲁诺无论如何都坐不住了，于是在同一天他去找梵蒂冈博物馆的总负责人说了这件事，后者虽然对布鲁诺的汇报表现得很有耐心，但是同样不以为意。

拉斐尔的《圣家族》

这样布鲁诺·梅拿狄就给教廷国务卿史莫雷斯基写了封信，因为人们都说他是梵蒂冈城内除了教皇之外最有权势的人。随即布鲁诺得到一纸答复：布鲁诺·梅拿狄，因为健康原因即日起从他的管理员位置上离任，四年之内他可以得到百分之七十五的退休金（惯例是六十五岁才算正式退休）。此通告立即生效，此后他将不得再进入梵蒂冈博物馆。

一个像布鲁诺这样的人，他和他的画面对面地一起生活了四十年，他不可能从某一天起就从他原本的世界里脱离出来。布鲁诺·梅拿狄发了高烧，然后像是瘾君子的毒瘾发作一般，在第三天他换上便装，同其他游客一样买了一张参观券走进拉斐尔展厅，去看他的油画。

他眉飞色舞地向来自日本和美国的游客讲，他惊叹于圣母玛利亚白净的双手足足有四十个年头，可是一夜之间她的指甲盖上就有脏东西了。当他正在给一个来自西班牙的旅行团述说同样的故事时，他被两个瑞士兵营的士兵上前拿住，将他架出了展厅。

布鲁诺·梅拿狄一直全力反抗，手脚并用，这位老人的被捕引起众人的围观和舆论的关注。第二天的意大利报纸就报道了这名博物馆管理员的悲惨遭遇，一位在梵蒂冈博物馆展厅工作了四十年的老人于离职之后精神出了问题，他固执地认为拉斐尔的《圣家族》有了些微改变。

就在同一天，朱丽埃特抵达罗马回到布罗德卡那里。他的状态很令人担心，脸上挂着一副黑眼圈，面容憔悴苍白，动作毛躁略带神经质。此时布罗德卡的思维被困在一个点上，他不知该如何进退。他绞尽脑汁，那么多盒电话录音磁带，他已经听了无数遍，还是没听出个所以然来，难道阿尔诺发·卡拉奇是个骗子？布罗德卡无论如何都不相信。

朱丽埃特提议去纳沃纳广场吃晚饭，就是她第一次和克劳迪奥约会的那家菜馆，这只是她无心之言，却引来始料不及的后果。

“我以为你对罗马根本不熟哪。”布罗德卡惊讶地说，他们两个在铺好白色桌布的小餐桌旁坐下来。

“我现在也不是很熟啊，”朱丽埃特试图掩饰，“我从书上看到过，纳沃纳广场上的菜馆是全罗马最好的。”

这样的回答让布罗德卡暂时无话可说，即便他对朱丽埃特的解释并不是完全信服。现在他一门心思想的是其它问题。

布罗德卡向朱丽埃特询问考林自杀前后的详细情况。事无巨细他全都想知道，他并没有留意到这一连串问题会让朱丽埃特有多痛苦，但她还是把别人描述给她听的一一告诉了布罗德卡。

当布罗德卡又接着问她“葬礼怎么样？”时朱丽埃特的眼泪夺眶而出，她幽幽地说：“难道你不明白吗，我多么不愿提起这件事情？”

“对不起。”布罗德卡握住她的手，“看来，你丈夫的死让你非常伤心，你远比我想的还要悲痛。”

“是的，”朱丽埃特擦拭着眼泪，“但不是如你想的那个样子。”

“你这是什么意思？”

侍应生上前来点菜——自然是杂烩菜，等侍应生离开，朱丽埃特说：“布罗德卡，你不知道，亨利希有多卑鄙，我竟然和这种男人维持了十五年的婚姻。”她晃了晃脑袋。

“我知道他是什么样的人，”布罗德卡说，“虽然只是浮皮潦草的印象，但也足够了。”

一时间两个人沉默地闷头吃饭，直到进来一位食客，他认出朱丽埃特，向她颔首致意。

她也微微点了下头算是打过招呼。

“你好像在这一带谁都认识的样子。”布罗德卡说。

“别瞎说，我跟你提过那位作家，就是我偶然碰上的那个。”

“就是这个胖家伙？”

“正是，史佩林根，他是个夜猫子，他来这儿是吃早餐的。”

“吃早餐？”布罗德卡轻轻笑出声，他想让自己高兴起来，可是没用，心情并没有由此好起来。

“还有哪，”朱丽埃特说着把她还剩了大半块鱼肉的盘子推到一边，“是我错怪了诺波特，他和那些梵蒂冈黑帮没什么关系。紫绸扣结出现在他家，全是因为他新交的那个朋友。”

“让我猜猜看：是提图斯。”

“正确。”

“诺波特了不了解提图斯是个怎样的人？”

“不了解，他什么都不清楚，实际上他只知道提图斯是个同性恋。”

“他现在在哪里？我是说提图斯。”

“不晓得，他从诺波特家走掉后一去不回。那家伙是个坏蛋，谢天谢地，我们终于摆脱他了！”

布罗德卡观察那个胖作家有一会儿了。史佩林根把偌大的一张餐巾纸别在他胸前的金链条上。看他如何把咖啡喝进嘴里，就像在观赏一幕有趣的表演：他那向前凸挺的肚子令他要比正常体型的人费多点时间将咖啡杯从餐桌拿到嘴边上来，史佩林根用左掌心托着咖啡杯底，格外小心翼翼，不让咖啡洒到身上。

这情形看上去蛮滑稽的，布罗德卡忍不住乐起来。

“你在笑什么呢，这么开心？”朱丽埃特问他，她有些不太踏实。

布罗德卡用手捂住嘴巴，“他真是一个怪人，那位作家，你说过，他叫什么来着？”

“史佩林根，保罗·史佩林根，”朱丽埃特贴近他的耳朵悄声说，“他声称，他比任何一个罗马人都要更了解罗马。”

“啊哈。”布罗德卡细细打量那个胖子，“那个作家真的对这里很熟吗？”

“他也就是这么说说而已，你还打算对他的认知进行测试不成？”

“正有这个想法。”布罗德卡回答很干脆。

“你不要戏弄人家！”

“我可不是戏弄他，我有另一番打算。如果他比任何一个罗马人都更了解罗马的话，他或许能知道城里众多教堂发出的钟声都是怎样的。”

“你是指磁带上的钟声吗，”朱丽埃特说，“对呀，这倒值得试试，而且史佩林根跟我说过他很愿意帮我忙。我该请他到我们桌上来吗？他是一个很爱聊的人。不过，与作家交往还得谨慎，很多作家都自视为歌德转世，每句话都要在嘴里含上三遍之后，才把它们说出口——为此还得付钱给他们。”

“就好像你对干这行的人很了解、有很坏的经验似的！”布罗德卡笑起来。

“就是这样的。”

“你怎么从未跟我说起过？”

“啊呀，那是在认识你之前很久的事了。那人宣称，我是能启发他灵感的缪斯——只要我穿上吊袜带。”

“然后呢？那样子管用吗？”

朱丽埃特难为情地看着桌面，然后憋不住地扑哧一乐，“对他和我都不起作用。”

“他后来怎么样了？”

“你到底想要知道什么？”朱丽埃特敛住笑容，“我听说，他现在在西班牙的马略尔卡岛跳佛拉明戈舞。”

“那么他至少从事了一项还算理智的职业。”布罗德卡说完，两人开怀大笑。

“现在怎么办？”朱丽埃特问，“我要把史佩林根请到咱们桌上来吗？”

“当然，”布罗德卡说，“照他那身材我们也没什么好担心的，他跳不了佛拉明戈舞。”

朱丽埃特朝史佩林根走过去。

史佩林根是个很有魅力的男人，他那肥硕的躯体只是让他的行动有些迟缓，这与他敏捷的思维形成显著的对比。他向他们两个抱歉，他还没有完全清醒，刚刚才起床，他得好好地散散步，之后才能与人正常地交流。

对于布罗德卡关切的问题，史佩林根很遗憾地说，他虽然记得十几个教堂发出的不同钟声，但也不是对罗马所有的教堂钟声都熟悉，最好能亲耳听一听录音磁带上的那个钟声，才能辨别出自哪里。他可以同布罗德卡和朱丽埃特一起回他们的公寓，反正他也正准备做长时间的散步，而且今晚上不冷也不热。于是他们仨人朝滑铁卢公寓走去。

他们走上翁贝托一世桥，过了特韦雷河，横穿加富尔广场，又把哈德良剧院甩在身后。布罗德卡和朱丽埃特诧异于这个重量级男人有这样好的脚力，竟也能跟得上他们。

在公寓，布罗德卡给史佩林根播放磁带录音。

史佩林根坐在扶手椅里，双手合拢搁在肚子上，凝神屏气地谛听。只听了一遍他就猛地从椅子上站起来，得意地大叫："这是圣齐诺教堂的钟声，我绝不会听错！"

布罗德卡和朱丽埃特面露欣喜地彼此看了一眼。

"您能确定吗？"布罗德卡迟疑地问。

"非常确定。"史佩林根回答。

"圣齐诺教堂在哪儿？"

"离这里并不远。"史佩林根走到窗前，望着夜色中的城市，"大概是马志尼广场和圣天使堡之间一半的距离。这个磁带录音有点儿奇怪。"

"是的，极为不寻常。"布罗德卡笑得很不自然，"您当然想知道，是怎么回事……"

"请您别再说下去！"史佩林根举起双手摆了摆，"这是您自己的事。如果真能帮上你们，我就很高兴了。"

史佩林根与他们告辞，朱丽埃特向他许诺，明天请他吃饭以示对他如此帮忙的感谢。

布罗德卡把史佩林根送下楼。等回到房间，他长出一口气。

"我想对作家的偏见你得改一改了，这个史佩林根可真是个大好人。"

"我也这样认为。"朱丽埃特正趴在一张罗马地图上搜寻圣齐诺教堂的位置。她用手指戳着地图上的一处地方说："就在这里！圣齐诺教堂。”

布罗德卡端详着地图上教堂的地理位置，比较着距离远近，然后说：“那个‘Asmodeus’所处的位置一定就在这方圆五百米之内。”他用铅笔画了个圈将这一范围纳入其中。

布罗德卡和朱丽埃特两人各自双手托腮，望着这个神秘的圆圈，查看着圈里面每条街道的名字。

突然朱丽埃特说道：“报纸上报道的枢机主教的汽车是在哪里爆炸的？”

布罗德卡翻出报纸，朱丽埃特快速浏览那篇文章，之后又瞅瞅地图。

“布罗德卡，”她的语气很轻，“教廷国务卿史莫雷斯基的汽车停放在切尔多萨大街。而切尔多萨大街又是在哪里呢？跟圣齐诺教堂只隔一条马路，就是这里！”

“你说得没错，朱丽埃特。”

“你相信这是一个巧合吗？”

“几乎不会。”布罗德卡摇摇头说，“这意味着，教廷国务卿史莫雷斯基和‘Asmodeus’根本就是同一个人……”

12

那个在圣心银行大街摁响一所宅邸门铃的人，完全是一副落魄潦倒的模样，稀疏的头发脏得打成了绺，贴在后脑勺上，而异于常人的红通通的脸孔也好像是有日子没水洗过了。他的肩上背着一个鼓鼓囊囊的旅行包。

势利的年轻家仆前来开门，一瞧是个这样的陌生人就要立马把门关上，可是来人的一只脚已经迈进了门槛，他说："请帮我通报安娜斯塔基亚太太。告诉她，就说她的侄子来了。"

家仆满腹狐疑地上下打量这个外地来客，然后放他进来让他在客厅里等着。

提图斯听到安娜斯塔基亚的话音由远及近，她骂骂咧咧，脾气不是很好的样子。

身裹黑绸睡衣的安娜斯塔基亚·法索利诺出现在最高一层的楼阶上，头发乱蓬蓬的，没有梳理。她怒气冲冲地看着楼下大厅里站着的提图斯，尖利的声音在整栋房子里回响："啊哈，我的侄子先生又露面了。你没钱花了，嗯？"

安娜斯塔基亚的视线始终没有离开过提图斯，她一摇一摆地步下宽阔的楼梯，走到她侄子面前。

提图斯单腿屈膝，亲吻安娜斯塔基亚的右手，之后他直起身子，刚要说些什么，还没开口呢，安娜斯塔基亚又说："老天啊，瞧瞧你现在的模样！你是刚从垃圾箱里爬出来的吗？"

提图斯点点头，"差不多吧。我藏在从佛罗伦萨过来的运蔬菜的车上，而在此前我还从慕尼黑搭了一段载送汽车的运输车。总共十七个钟头。"

"你连火车也坐不起了吗？"安娜斯塔基亚眉头紧皱。

"坐不起，"提图斯回答说，"我身上半个里拉都没有。"

安娜斯塔基亚的目光在她侄子身上从头扫到脚，她摇晃着脑袋绕着他转了一圈。"我早该知道会这样子的，"她说着在他身后站定，"你一身垃圾的臭烘烘味道。洗个澡吧，当然是去客房的浴室，然后我们再说别的。"

提图斯拿起他的旅行包从边门出去。

安娜斯塔基亚走到电话机旁，拨通号码。

"Lilith 找 Asmodeus。"

片刻之后，她说："你知道谁在我家里吗？我侄子！全身恶臭，穷困潦倒，兜里一个子儿都没有。"

这时候阿尔贝托·法索利诺恰好从更衣室里走出来，无意中听到这通电话，他老婆安娜斯塔基亚数落她侄子的牢骚话悉数进了他的耳朵。

"我该拿那个家伙怎么办？反正他不能留在我这儿。"她的耳朵紧贴听筒，"好，就听你的。"

然后她挂上电话。

通常，在天气暖和而又不至于太热的日子，早餐总是在别墅景色如画的内庭院吃的。一如平日，安娜斯塔基亚身裹红色滚边的黑丝绸睡衣从房子里踱步出来，而阿尔贝托正襟危坐等候在餐桌旁。

"是我听错了，还是真的是你侄子在说话？"阿尔贝托·法索利诺假装什么都不知道的样子问。

“你没听错。”安娜斯塔基亚应声答道，正说着，洗完澡刮好胡子的提图斯满面红光地出现了。

“在这里呢，我的侄子先生！”法索利诺不无挖苦地冲他喊去，“你在那儿干吗呢？”

提图斯恭恭敬敬地向法索利诺躬身致意。

“别说没用的，”安娜斯塔基亚将一片白面包往咖啡牛奶里蘸了蘸，对提图斯说，“我和史莫雷斯基通过电话，告诉他你在我家里。”

“然后呢？”侄子怯生生地问，“他怎么说？”

安娜斯塔基亚推给提图斯一个鼓肚咖啡杯，“他要见你，而且是马上，你知道去哪里找他吧？”

自从破解出代号“Asmodeus”的现实身份之后，布罗德卡和朱丽埃特觉得他们眼下的处境比这段时间以来所遭遇的危难要更加险恶。虽然他们目前还不清楚电话录音里具体都是些什么内容，但单是教廷国务卿是这起密谋的主使者之一甚至有可能是最大的头目这一事实就已经很让他们寝食难安了。

不管怎么说他们现在能够确定，阿尔诺发·卡拉奇并没有欺骗他们，那些磁带的意义重大，值那些钱。没准那些磁带将会是唯一的证据，帮助他们摆脱缠绕在各自身上的麻烦。

整整用了两天一夜的时间，布罗德卡和朱丽埃特将这二十盘磁带上的录音对话通通记录下来，并着手破译。当这项繁重的工作终于做完，新的担心又在折磨着布罗德卡，那就是这些磁带可能被人偷走。

布罗德卡老是觉得有人在监视他们。他不信任住在滑铁卢公寓的那些看似友好的住户，尤其是经常换来换去的夜间保安。这些磁带放在哪里好呢？

公寓所在的那条马路的尽头有一家拿波里银行分行。布罗德卡在那里租了一个密码保险柜，磁带暂时有了安全之所。

这种未雨绸缪的防范措施到底有没有用，第二天就得到了验证。

布罗德卡和朱丽埃特在公寓的饭厅用早餐。正当他俩商议下一步的打算时，一个年轻女子的脸从玻璃门缝中探出来。

“那不是……”朱丽埃特放下茶杯，对布罗德卡耳语道，“我敢断定，那是阿尔诺发的侄媳妇。”

布罗德卡点点头。来人正是阿德里亚娜·考拿罗。

阿德里亚娜站在他们面前，道过早安之后，问她是否可以和他们聊上一小会儿。

“当然可以，”布罗德卡推给她一把椅子，“在这里看见您，太让我惊讶了。”他说着望了朱丽埃特一眼，那意思是：你肯定也是。

朱丽埃特点了点头。“您知道，”她对阿德里亚娜说，“从那件事之后，我们还以为您和巴尔塔萨将再也不会露面了。现在您突然在这个地方出现，还跟我们坐在早餐桌旁。”

阿德里亚娜扫视一下饭厅，确定没人旁听，然后她把她的皮包放在桌上，从里面掏出一个沉甸甸的牛皮纸袋来，搁在布罗德卡的茶杯旁。

“这是什么？”布罗德卡问。

“五千万里拉，先生，我们全部积蓄的一半。”

“什么？”朱丽埃特伸出手打开纸袋。

布罗德卡瞧到那绑成一捆捆的纸钞愣住了，他对阿德里亚娜说：“您这是什么意思？”

“巴尔塔萨让我来的，他想再买回那些磁带。”

“从我们这里？”布罗德卡一下子火了起来，“怎么偏偏是我们？是他将一把空保险柜的钥匙卖给了我们。”

“我知道，”阿德里亚娜小声地说，“从一开始我就反对借着卡拉奇叔叔的死去做交易。可是巴尔塔萨说，这样的机会一生只会有一次，必须要好好把握。他要是听我的就好了！”

布罗德卡盯着那个纸袋子，心里面想，他是不是该数出一千万，这个数目正是他从巴尔塔萨那里买个“一无所有”的价钱。鉴于那些磁带最终还是到了他手上，他还是姑且算了吧。他说：“女士，巴尔塔萨把磁带卖给了一个摄影师，他叫瓦尔特·凯泽林根，住在加埃塔。”

“这个我知道。我们就开诚布公地说吧，我已经找过凯泽林根，他把所有事情都告诉我了……普通人拿那些磁带也没什么用，于是他把磁带让给你们。”

朱丽埃特板起面孔紧盯着阿德里亚娜，“可是您为什么一定要拿回那些磁带呢，既然您自己也承认不知道该如何处理它们？”

“我坦白跟你们讲吧，女士。我们逃到卡塔尼亚，在那儿有我们的亲戚。巴尔塔萨想用这些钱开一家自己的餐馆，在远离罗马的西西里，我们以为这样就可以躲开法索利诺和他的帮凶。

“我们刚到卡塔尼亚才三天，法索利诺就在一个圣阿加萨教士的伙同下闯入我家，索要磁带。他大骂阿尔诺发叔叔是小偷、敲诈犯，还威胁我们，如果我们不交出磁带的话，他会让我们在卡塔尼亚无立足之地。”

“那个圣阿加萨教士是怎么回事？”

阿德里亚娜端端肩膀，咬了咬下嘴唇，“他咒我们永下地狱。我想就是他向法索利诺出卖了我们，万事都逃不过一个西西里教士的眼睛。”

“巴尔塔萨是怎么应对的？他说了他已经把磁带卖了吗？”

“当然没有，巴尔塔萨做出好像什么都不知道的样子。他说，偷藏东西不是他叔叔阿尔诺发的作风，就算他真的这样做了，也可以从他的遗物中找到。可是法索利诺不相信巴尔塔萨的这番话。他大吼大叫，威逼恐吓，然后才和教士离开。从那天起我们就老觉得被人监视着。如果此时在这幢公寓的大门口有人在暗中逡巡，我也不奇怪。”

朱丽埃特站起来，拉开窗帘向外张望，没瞅到可疑的人。

“我请求您，先生，”阿德里亚娜重拾原来的话题，“您就收下这些钱，把磁带还给我们吧，这是让我们重新安宁下来的唯一可能。”

布罗德卡和朱丽埃特迅速交换了一下目光。用不着再说什么，两人都知道对方的答案，而这个答案就是不。

“让我们假设一下，”布罗德卡说，“如果磁带真的在我手上，而我又把它们交给了您，你们拿它们怎么办，阿德里亚娜？”

“我们会把磁带还给法索利诺。求你们了！”

布罗德卡把装有钱的牛皮纸袋递给阿德里亚娜，说道：“对不起，我没有那些磁带。那上面的对话实在叫人捉摸不透，根本听不懂。我把它们毁掉了，当垃圾扔了。”

“这不是真的，先生！”阿德里亚娜强忍住眼泪。

“这就是事实。”布罗德卡不能对她说真话，对这个年轻女人他有一些歉意。很明显，她也并不相信布罗德卡的话，她只是无法理解，为什么这个德国人会拒绝这么一大笔钱。

她站起身，把纸袋塞进皮包，拿过来一张纸，写下一个电话号码，“如果您改变主意，这是我们的电话。”

她走出饭厅，留下茫然若失的布罗德卡和朱丽埃特。

阿尔贝托·法索利诺不是一个十分有勇气的人，所有认识他的人都了解这点，他自己也很清楚。他内心冲突了许久，权衡着在目前这种状况下他的处境，之后他做出一个决定。

途径左侧的瑞士兵营驻扎地后他径直朝圣安娜大门走去。

想进入梵蒂冈城，就需要有证件证明你是梵蒂冈城国的公务人员。而谁要是想踏入教皇的宫殿，除此之外还必须有一张特别许可证，这张许可证相当难弄到，一般情况下根本不可能得到。

法索利诺就是用了一个小小的物件，令一道道大门和一扇扇房门向他打开。他从兜里掏出那条紫丝带朝守卫晃了晃，两个执戟瑞士士兵守卫冲他敬礼，法索利诺进去了。

通往宫殿前厅的大理石台阶宽阔气派，围绕在两侧的大柱子厚重大气，让每一个拾级而上的人尤为感到自己的渺小。在一眼望不到尽头的廊道里走动，都能听到自己的脚步声响，更让人觉得自己实在是太过微不足道。

法索利诺并不是第一次来这里，因此对他置身于其中的壮丽雄

梵蒂冈城内的瑞士士兵

浑的宫殿没有太多顾及。长长的过道走到尽头是一扇通向外面空地的玻璃门。法索利诺匆匆穿过达玛索庭院，经过一个不起眼的门就到了内庭院的另一侧，再走上几步来到电梯前，自动开合的电梯门是用钢铁铸就，和这座古老的建筑物不太谐调。电梯门悄无声息地开了，法索利诺摁下标有罗马数字 IV 的按钮。

到了四层，一个一袭黑衣的教士向他迎过来，还没等他询问他的通行证，法索利诺便亮出紫丝带，教士点点头，做出一个幅度很大的邀请手势，意思是法索利诺可以自便，之后教士消失在一扇高大厚重的房门后面。

长廊里庄严肃穆，阒寂无声，寂寥得好像是夜深人静的墓地。

一直走到廊道的最末端，法索利诺敲响一道黑漆发亮的木门，这门高到让人以为它是专为巨人定制，门把手虽然安装在地面向上三分之一处，可是仍然很高，超过法索利诺的头顶。他走了进去。

这是一个方方正正的房间，四面墙上装饰着几乎顶到天花板的大幅油画，地中央是一张办公桌，后面坐着一个戴着厚厚镜片的小个子秘书，他头脸干净，就像是刚洗过澡。法索利诺走到他跟前，出示紫丝带。

为了免于回答秘书的那些烦琐提问——这是他唯一的工作内容——法索利诺已经领教过，他主动报出自己的姓名和前来的原因，他想要见教廷国务卿史莫雷斯基，有很重要的事情汇报。

枢机主教的秘书——他叫帕勒尼寇，这个“尼”字要拉长声——早就认识法索利诺，但他每次仍是同一套程序，他说：“Laudetur，请问您的姓名？”

“Laudetur”是拉丁文“赞美我主耶稣基督”的简语，保勒尼寇的这一发问近乎无礼，毕竟法索利诺已经告诉过他自己的名字。

法索利诺不耐烦地又重复了一遍。秘书拿起电话向里面通报法索利诺前来，法索利诺百无聊赖地透过玻璃窗望向外面的圣彼得广场。通话骤然停止，显然是史莫雷斯基挂断的。没一会儿，一扇和房间同样花色的壁纸裱糊的房门开了，史莫雷斯基从里面走出来，他身披枢机主教的紫色法衣。

“我没有叫你来呀，”教廷国务卿悄声低语，他似乎担心隔墙有耳，“你想要干什么，法索利诺？我的时间很紧。”

“我知道，阁下，因为这事情十分重要，我们不能把它再往后推了。”法索利诺用狐疑的目光瞅了瞅秘书，史莫雷斯基会意，枢机主教使了个眼色，法索利诺跟随他溜进史莫雷斯基的办公室。

谁要是以为这间办公室会跟梵蒂冈宫殿的长廊和前厅一样的排场或者更加阔气，那他就错了。这个房间虽然和秘书所在的前厅同样大小，大概二百来平米的样子，但是这里根本就看不到任何昂贵的艺术品和珍宝，而更像是一间隐蔽的指挥中心，它的用途一时令人很难明朗。

靠着足足有五米高的墙壁是直顶到天花板的书架，上面是一摞摞的书和文件档案。办公室里充斥着电脑、足有二十四台监视屏幕以及诸如传真机、无线电设备等等。所有的这些高科技设备都让人觉得，正是这间办公室控制着梵蒂冈，甚至是整个基督教会。里面还有四张写字台，上面是堆成小山似的文件和卷宗。最里面的角落摆着一张沙发，显示出枢机主教偶尔也会在这个绝不普通的地方过夜。

即便法索利诺对史莫雷斯基的王国已经相当熟悉，但他每次进来也都会再次地对这里的高科技装备叹为观止，枢机主教正是通过它们向他的秘密组织实施遥控。

法索利诺把门从身后锁上，史莫雷斯基从烟灰缸里夹起那支还在冒烟的雪茄，他坐进旋转椅里，直挺挺地伸出双腿，像是喝醉酒的马夫，二者不同的地方就在于他那身紫红色法衣，上面有手工缝制的三十个扣眼和短斗篷，还有那顶出自于加玛莱利[①]家族制衣的小帽，那里定制的男装以其做工精良和价格昂贵为世人所知。

教廷国务卿嘬嘬烟屁股，烟头眼看着就要熄灭，他怒吼道："好，你说，出什么事了，法索利诺？”他说话时目光还紧盯着来客

① 菲利浦·加玛莱利（Filippo Gammarelli）的家族从1798年起就为罗马教皇缝制服装。

圣彼得大教堂内部

后面的显示屏幕。

“阁下，”阿尔贝托·法索利诺唯唯诺诺地说，“其实我要说的这件事，是很让我难受的，您是知道的，我是您最忠诚的仆人。”

“说正题，法索利诺，甭那么多废话！”

“阁下，我有一个叫阿尔诺发的老仆从，已经给我家尽忠尽职地干了二十年。他年龄大了，最近几年有些……有些古怪，前不久突发心脏病死掉了。”

“他会得到安息的。你接着说，还有呢？”

“阿尔诺发去世之后我才发现，这个平常看似老实巴交的家仆竟然在他活着的时候偷我东西。他拿的不是钱，不是的，不是这样的。阿尔诺发显然是想敲诈我，他并不像他外表所表现出来的好心肠。他知道我很多事情以及我家里所发生的一切事。关于您，阁下，他甚至也知道一些。”

教廷国务卿从嘴里拿出烟屁股，使劲在烟灰缸里碾碎，他一言不发。

“显然，他偷听了我的电话，”法索利诺接着说，同时很是惶恐地瞅了瞅史莫雷斯基，“出于习惯，通常我会把所有重要的电话都录了音，以助我日后记忆，起到类似于日志的作用。直到阿尔诺发死后我才发现一个可怕的事情，二十盘录音磁带不翼而飞，我找不着它们了。”

史莫雷斯基猛地跳起来，动作幅度大得让他屁股下面的椅子后退都撞到了书架上。他背着双手，快步走到窗前。他看也不看法索利诺一眼，低沉着声音说：“你是想说，在那些失踪不见了的磁带上面有我们的秘密通话？”

“很糟糕，正是如此，阁下。照我看来，阿尔诺发单挑出那些磁带别有用心。”

“也就是说……”

“是的，阁下，他似乎知道我们的‘Urbi et Orbi’行动计划。”

“万能的上帝呀！”枢机主教轻轻叹息。

这还是头一次法索利诺从史莫雷斯基的嘴里听到这么虔诚的话

呢。枢机主教如此平静地接受了他的坦白，却更让法索利诺心里愈发惴惴不安。他太了解这个披着紫色法衣的人，他知道，枢机主教的勃然大怒多数发生在他长时间的沉默之后。

“我想，”法索利诺力图安抚他说，“没人能听懂那些对话是什么意思，所有名字都用代号称呼，谁能查得到背后的……”

教廷国务卿走到法索利诺跟前，双眼死死地盯着他，却仍旧是轻声地问道：“你那个忠实的仆从后来把那些磁带怎么样了？”

“他把磁带留给他的侄子，而他侄子又把磁带给卖了。”

“卖给谁了？”

“卖给一个以前常为我干事的人，瓦尔特·凯泽林根，加埃特的一名摄影师，不过他却把磁带白白转送给别人，因为他对那些代码暗号无可奈何。”

“这样子啊，这么说，送人啦？”

法索利诺神色慌张目光低垂，“我不敢说出送给谁了。”

枢机主教一只手抬起法索利诺的下巴，双眼冒出阴鸷的凶光，“送给谁了？”

“他对我们大家都不算是陌生人，他的名字叫布罗德卡。”

史莫雷斯基推了法索利诺一把，法索利诺向后一个趔趄没站稳，摔在地上。史莫雷斯基紧上前一步，两手抓起法索利诺，将他提溜起来，狠狠地往挂着监控屏的墙壁上撞。

法索利诺用余光瞥见其中一个屏幕显示着一个身披白袍的人，他静静地坐在椅子上。画面是从天花板上拍的，一看就是偷拍，和监控屏幕上的大多数画面一样。眼下他可没有兴致再瞧个究竟，史莫雷斯基的暴戾恣睢令他恐惧万分，他的喜怒无常更是让人胆战心惊。

奇怪的是枢机主教突然放开了法索利诺，他用手掌心向后抿抿没剩下几根却染得漆黑的头发，然后又坐回到之前的旋转椅上，从抽屉里拿出一支廉价的雪茄烟——他是源于悭吝的本性才抽这个，划着一根火柴点上火，他嘬着雪茄，从嘴巴里吐出一圈烟雾。

“法索利诺，”他压根瞧都不瞧他，“你是一个白痴，只有一个成年的弱智才会做出这样的事情。”

法索利诺弓着腰立在办公桌的另一侧，他站立的姿势就像是忏悔的罪人等待着宽恕。他就这么局促不安地站着，呛人的劣质烟味直冲他的鼻子，过了好一会儿他才敢问：“阁下，现在我该怎么办？”

教廷国务卿朝法索利诺俯下身，用一种冰冷得令人寒毛倒竖的阴森语气说：“我只对你说一遍，法索利诺，去把那些磁带弄回来，否则的话……”

史莫雷斯基没再多说，可法索利诺已经知道，那是什么意思。

上午下了一场雷阵雨，罗马城的上空乌云密布，偶尔太阳也会露出脸——在这转瞬之间，这座遍地古迹遗址的城市就有如精心打造的舞台布景一般明亮光鲜。

布罗德卡和朱丽埃特在暴雨来临之前跑回公寓，门口值班的保安交给他们一个大包裹，说是一个钟头之前一个出租车司机送过来的，让他们颇感意外。

灰色的包装纸上面用黑色油墨笔写着：给朱丽埃特·考林太太，滑铁卢公寓。地址下面划了两条横线。

布罗德卡和朱丽埃特想不出会有谁送这样的包裹给他们，对里面的内容更是摸不着头脑。这个包裹大约60公分乘80公分那么大，相当轻，里面不像有危险的东西，但他们还是怀着万分小心把包裹带回房间。

布罗德卡用刀子挑开透明胶带。等他把包装纸拆开，一张厚卡纸赫然在目，布罗德卡把它举起来，朱丽埃特发出一声尖叫。

包裹里面竟然是从她的画廊被偷走的版画，是原件！

“你能肯定吗？”布罗德卡也完全呆住了。

“绝对肯定！”朱丽埃特激动地说。

“这是怎么回事啊？”

朱丽埃特用拇指和食指摩挲着画纸，再一番验证，又把画一张张地对着灯光照，她摇摇头说：“如果我知道就好了。”

“有些不对头。”布罗德卡说，他已经从最初的震惊中平复下来。

朱丽埃特一次次地检查那些版画，找不出一点受损的痕迹，“这事好奇怪，我几乎要以为，有人打算和我们做交易。”

布罗德卡稍做思忖。“正是！”他大叫道，“是法索利诺想跟我们做交易！做笔互换的买卖，用版画换回那些磁带。”

“这就意味着，那些磁带对法索利诺来说价值五百万马克。”

布罗德卡吹出一声口哨，然后他晃着头说：“反正他不会是因为懊悔才把画送还给我们。”

朱丽埃特仔细地把版画一张张摞好，正想用拆开的包装纸再包装起来，这时她在最底层发现一个信封，打开信封，里面有两张机票：罗马至慕尼黑，意大利航空公司AZ434航班，起飞时间是三月十七日的十七点三十分，菲乌米奇诺机场。

“就是今天呀！”布罗德卡从朱丽埃特手中拿走机票，察看着，就好像它们会是假机票一样。“我们分析得没错，他们想摆脱我们，而且是马上。”

“我们该怎么办？”

“让我想想。”布罗德卡说。他坐在床沿上，双手托着下巴，朱丽埃特在旁边一筹莫展地看着他。

末了她说：“如果我这时回慕尼黑跟检察官说，版画的原件我又失而复得，一个出租车司机把它们送到我罗马的公寓，任谁都不会相信我说的是实话，那只会让我更受怀疑。”

布罗德卡笑起来，笑声里夹带着些许无奈的苦涩味道。“你说得很对，亲爱的。除此之外我更是觉得，在这个貌似慷慨的举动背后隐藏着一个险恶的阴谋。”

“但那些画明明白白是真的呀，它们是原件！”

“那是没错，”布罗德卡说，“可问题在于法索利诺和他的同党们把画送还给我们的目的是什么？”

“不知道。不过，他们同时把回德国的机票一并送来，那就是说，他们要我们离开。”

“正是这个让我诧异。那么看来，我们已经接近所有问题的答案，比我们自己以为的还要更贴近。”

朱丽埃特啪嗒一声把机票摔在桌子上。“这就像是在威胁我们，‘现在把偷来的画还给你们了，你们没有理由再掺和我们的事情，就此滚蛋吧。’”

“嗯，”布罗德卡抬头看了朱丽埃特一眼，“你别忘了，我是为了什么才到这里来。”

这时电话机铃铃作响，朱丽埃特拿起电话，话筒里传出一个陌生的声音。

“你们收到画了吗？”来电者说着带意大利口音的结结巴巴的德语。

“收到了。”

“很好，我们期待着，你们今天离开罗马。”

“如果我们拒绝呢？”

“考林太太，您是一个明智的女人。”

“对此还有待商榷。”

“另外，我们一定要拿回那些磁带。请您把磁带放在菲乌米奇诺机场的寄存柜子里。然后您把钥匙放进信封，不要忘记在上面注明‘Asmodeus’，我重复一遍，‘Asmodeus’。您把信存放在意大利航空公司的问讯处。此后，请您永远不要再在罗马出现。”对方刚一说完电话线就断了。

“是谁？”布罗德卡疑惑地看着朱丽埃特。

“不知道，一个陌生的男人声音。”她把电话的内容从头到尾复述了一遍。

布罗德卡从床头一跃而起，握住朱丽埃特的胳膊，“听着，我们这样行动：表面上我们按照他们的要求做，去飞机场，把磁带放进寄存柜，过安检，从登机口进去，准备上飞机的样子。我想一定会有人全程监视我们。等快要登机的时候，我们偷偷溜走，再取消航班。然后我们就在寄存柜周围盯着。”

“你真的打算把磁带还回去？”

“怎么可能呢，我们把一个空盒子放进柜子里。”

“这个计划太冒险了，布罗德卡。”

“我知道，但人生就是冒险，还能是别的吗?”

布罗德卡看着朱丽埃特忧心忡忡的面庞，说：“这是唯一一次能让我们从那些坏蛋的视野里走脱的好机会。在他们还以为我们已经回到慕尼黑的时候，我们在罗马找一个新的住处。你能想明白，他们是怎么知道我们在这里的吗?”

“这个问题有两个答案。”

“没错，巴尔塔萨或者史佩林根，一定是他们两人中的一个嘴巴不严实，而且很可能就是那一位。”

“你是说……史佩林根?”

“我怀疑是巴尔塔萨，那个史佩林根只是个与人为善的作家。”

“一个连一本小说都没卖过的作家。况且他在梵蒂冈有至亲，他的兄弟是枢机主教，他是这么说的。”

“这就意味着，以后我们的一举一动要更加小心谨慎。”布罗德卡思量了一下，拿起电话。

“你打给谁?”

“玛尔考。”

布罗德卡言简意赅告诉玛尔考，他们今天需要换个新住处，而且必须匿名入住，尽可能不被人认出来。

玛尔考想到一个地方，他认识一个女伯爵，他说，她在阿尔巴山上有一幢消夏别墅出租给外地游客，自罗马城向南也就不到一个钟头的车程。眼下是淡季，那房子肯定还空着。

“需要我帮你们联系吗?”玛尔考问。

“您能帮这个忙，那可太好了。”布罗德卡说。看来这座别墅似乎是最理想的藏身之处。

十分钟不到玛尔考又打回来说，他们今天就可以住进去，房租是每月两百万里拉。

“具体地址呢?”布罗德卡问。

“内米湖畔韦斯普奇九号别墅。那个女伯爵叫做米兰多利纳·玛菲，她会在晚上六点之后在那里等着你们。”

布罗德卡谢过玛尔考，用电话预租了一辆车开往菲乌米奇诺机场，他们收拾行装，作好上路的准备。

到了机场，一切照计划行事。在意航 AZ434 航班即将登机之前，布罗德卡和朱丽埃特从候机厅悄悄地走开，躲进就近的厕所里，换好各自的装扮。

然后他们分头行动。朱丽埃特从托运行李处取回装有那些画作的包裹，放到租来的车子里，而布罗德卡则转回到寄存柜所在的地下室。他静静地躲在不远处，视线不离寄存柜左右，之前他往柜子里面放进去一盒纸巾——仓促之间他在滑铁卢公寓也找不到更好的替代品。

过了一刻钟，仍然没有什么动静，布罗德卡开始急躁起来。他和朱丽埃特约好半个钟头后在接机大厅门外会合，她在车里等着他。

就快要到约定时间的时候，一名男子慢慢靠近寄存柜，他偷偷地往四周张望了一下，然后从信封里拿出一把钥匙来，那个信封正是布罗德卡存放在意大利航空公司问讯窗口的。

布罗德卡简直不敢相信，那个男人的头顶秃了一半，红通通的面颊泛着亮光——正是提图斯。

布罗德卡真是气不打一处来，他恨不得朝提图斯扑打过去，然而理智占了上风，他定定地站着，眼瞅着提图斯从柜子里取走了那盒纸巾，接着就像有复仇女神在后面追赶着似的急匆匆朝出口跑去。

内米是个风景如画的地方，紧挨一个火山口，由此在地表面上形成了一个幽深的椭圆形湖泊[①]。半山腰上生长着个儿大、汁多味美的葡萄。在这一地区的中央矗立着一座古老的宫殿，四周围环绕着外墙被漆成五颜六色的住宅楼和餐馆。从很久以前，一些富有的

---

① 内米湖位于罗马东南 16 英里阿尔巴群山中的山谷内。

罗马人就在阿尔巴山上建造他们的消夏别墅，在每年的七月到九月来这里躲避罗马城暑期的酷热。

布罗德卡和朱丽埃特向卖柠檬的小贩问路，他起先是耸了耸肩膀，等他俩买了一大堆柠檬之后他的脸色才好看起来，向他们描述路线，令他们没花多长时间就找到了要去的地址，韦斯普奇别墅，九号。

这座宅院的外观是橘黄色，在一个山丘脚下，山上是一大片葡萄园。按响门铃之后，院前的大铁门自动朝两侧拉开，布罗德卡把车径直驶到对开的房门前。

布罗德卡从车上一下来，就听到无数只蝉齐声鸣叫的声音不绝于耳。空气中飘浮着香甜的味道。

每个人对一个活生生的女伯爵的想象都不同。从房门里出来的这位女士，和前来的客人打起招呼，她下穿紧身牛仔裤，上着一件宽松的白色运动外套，足蹬高跟的轻便凉鞋，她的身高足有一米八十公分，古铜色的头发修剪得短短的，她说话的嗓音如同大多数意大利女人一样有种烟熏了似的沙哑。

女伯爵甚至连德语都会说，她特意说明，是年轻的时候在女子中学学的。

布罗德卡心里想着，应该离现在还不算太长时间，他估摸她的年龄在三十岁左右。

“你们就叫我米兰多利纳好啦，”当布罗德卡称呼她为女伯爵时，她说，然后她眯缝着眼睛又补充，“我的朋友们都叫我多利。你们打算在这里住多久？”

“四个星期。”布罗德卡回答，“房租可以预付，您看行吗？”

为了避免再被女主人问到为难的问题，朱丽埃特接着说：“我们两个在罗马都有公差，我是艺术品交易商，而我丈夫是名记者。您的房子真是太漂亮了。”

女伯爵把脸一沉说道：“我曾和一个波斯地毯商结了婚，他把我所有的家产都挥霍光了。嗯，差不多是我全部财产。留是留下了一些，可也没多少了。我听说就靠着从我这里弄到的那些东西他至今一直过得还挺不错的。三年前我们离婚了。”

“我很遗憾。”布罗德卡说。

“您犯不着为此有什么遗憾，刚好相反，还有比离婚更大的灾难呢，比如说结婚这件事。人们应该制定一项法律，禁止三十岁以下的人结婚。”

朱丽埃特哈哈大笑，“您的观点我相当赞同。”

“啊呀，这样说来您也有同样惨痛的经历?”

“更为惨痛。”

米兰多利纳挽起朱丽埃特的胳膊，她用左手指点着这片山谷。“我从我父母那里继承了这一地区十多处的民居和葡萄园，还有罗马城里的一处宫殿。可您知道，现在我只剩下什么了吗？只有这里。”她比划着地面，“连带城里的一套房子。因此我不得不在夏天把这座别墅租出去。如果我住在这里面的一个小套间，并从侧门出入，对你们不会有所打扰吧?”

“当然不会。”布罗德卡说。

米兰多利纳带客人熟悉这里的房间。颜色沉闷、个头笨重的十九世纪家具自然十分破旧，倒是二楼的卧室给人一种明亮亲切的印象。只要这里安全，不会被人跟踪和监视，是朱丽埃特和布罗德卡最为看重的事。

米兰多利纳向他们推荐一家餐馆，离她的房子徒步不超过十分钟。戴安娜餐馆以独家酿制的葡萄酒和颇具乡村特色的菜肴吸引了各方食客，就连歌德和劳尔德·拜伦品尝之后也都赞不绝口。头发花白的餐馆主人对意气相投的食客还会特别允许他们瞧一眼那本有众多名人签名的代代相传的客人名录簿。

这天晚上，餐馆一楼的座位已满，布罗德卡和朱丽埃特在二楼找到一张空桌子，他们坐了下来，这里远离嘈杂，可以好好地商议一下如何对付目前的新态势。

他们现在知道，教廷国务卿书史莫雷斯基是这一秘密组织的头，没有什么比居于那么神圣的地方指使他的犯罪团伙干坏事更为罪恶的了。这个人的阴谋到底是什么呢?

谜底，或者至少是指向谜底的线索，就隐藏在那些磁带录音当中，附着在那薄薄的只有三毫米宽的磁带上。另一方面，也很难解释清楚为什么那些家伙的态度来个突然大转弯。不管是史莫雷斯基还是法索利诺或者他们的同党一旦知道藏匿磁带的地点，就意味着这仅有的口实证据会落在他们手里，到那时布罗德卡和朱丽埃特的性命也将危在旦夕。

“你认为呢?”布罗德卡把他的这一想法告诉给朱丽埃特之后，他问她。

朱丽埃特在那儿愣愣地走神，她手捂着嘴巴打了个哈欠。

“你有没有在听我说话啊?”

朱丽埃特倦怠地笑了笑，“对不起，可是都快半夜了，这一天实在是紧张得要命。”

布罗德卡体贴地说：“那我们走吧，亲爱的。”他招手叫服务生过来结账。

带着几分醉意迈着沉重的双腿他们走回他们的新居所。

太阳刚刚升起，大弥撒师威廉·赛门枢机主教离开坎榭列利亚宫[①]，钻进一辆深蓝色沃尔沃大轿车。方向盘后坐着他的司机兼随从帕德勒·约翰内教士，人称“约尼”。

轿车快速驶至梵蒂冈城。青铜大门[②]的瑞士卫兵精神抖擞地向主教大人敬礼。赛门主管梵蒂冈的圣赦院，他的官邸位于高墙之外，在他手下工作的不过十来个人。

赛门步伐矫健，一步两个阶梯地向前走。他六十岁——对于教廷的枢机主教来说几乎就是一位年轻人。如果不是每天出入于这里，就算是枢机主教要在这么迂回的长廊和众多楼道里不迷路也是

① 坎榭列利亚宫（Plazzo della Cancelleria），15世纪末教皇西斯科特四世（SixtusⅣ）为其侄子所建的美丽宅邸，目前是梵蒂冈教廷的办公室，不对外开放。

② 青铜大门（Portone di Bronzo），位于圣彼得广场的右侧。

很困难的。赛门终于到了目的地——西斯廷教堂。

在西斯廷教堂举行的早弥撒中领读被视为一种特殊的荣耀，即便是对一位枢机主教来说。而赛门之所以被委以重任，是因为原定于今天，也就是星期三主持圣事的教廷国务卿史莫雷斯基，昨天晚上说身体不舒服，希望有人能临时代替他主持弥撒。对于引发他身体不适的原因——过量的廉价红酒和同样劣质的雪茄——史莫雷斯基自然是只字未提。

教士佛昂那多·寇德斯已经在教堂的法衣室静候赛门，他不会说英文，而赛门对西班牙语同样一无所知，如同对寇德斯家乡的斗牛比赛完全摸不着门道一样。两名格里高利神学院毕业的大学生作为辅弥撒者业已准备好了。

大弥撒师用他无可指摘的拉丁语领诵圣经，到了他该举起圣餐杯而辅弥撒者摇响手铃的那一刻，赛门把圣餐杯贴近嘴边喝下一大口，几秒钟之后，他突然静止下来，在这片刻之间，大弥撒师好像被神圣的光辉所照耀，他的眼神呆滞，表情仿佛神游天外，定定地立在祭坛前，而后枢机主教就像是一棵被砍断的大树缓缓地向旁倾倒，随即他法衣下的身躯轰然摔在祭坛前面的台阶上。

塞门的嘴巴张开着，像是要大声呼喊，他的双目怔怔地瞪着拱顶上米开朗基罗的《最后的审判》。

那些参加弥撒的人目睹了眼前发生的这一幕，谁都没有移动半步。这一切仿佛就像是米开朗基罗的法官用其粗壮的胳膊将大弥撒师打倒在地，是对非正义的行为做出正义惩罚。

接下来开始有人在交头接耳，然后是两人一伙仨人一帮嘀嘀咕咕，到最后殿堂内此起彼伏的叫嚷。

这时候教士佛昂那多·寇德斯才明白出了事情。他走过去将枢机主教了无气息的躯体拖下台阶，四肢展开摊在大理石地面上。他忙不迭地将弥撒服从主教头顶脱掉，耳朵贴在赛门的胸口，然后寇德斯两个拳头摞起来用力挤压枢机主教的胸腔。

做弥撒的人当中有两个意大利修女，此时才醒悟过来在她们眼前竟发生了怎样的事情。这两姐妹中的一个抽泣着奔出西斯廷教

西斯廷教堂

堂，另一个跪在已无生命迹象的枢机主教旁，双手捶打着心窝，号啕大哭：“我的上帝，他死了！”

等劳白罗教授手拎急救箱赶到，至少已经过去了二十分钟。劳白罗教授是一位颇具威严的内科医生，满头银发，戴着眼镜，他能出任梵蒂冈国的医疗保健主管要得益于他的祖父和庇乌斯七世关系密切的缘故。不过就算是早点赶到，劳白罗教授也只能确认大弥撒师已经死亡。

在教授的授意下教士佛昂那多，这名教堂司事、圣器看管人恭送所有来做弥撒的人出了西斯廷教堂。所有的大门关好锁上之后，教授让人把从枢机主教赛门手中掉落到地的圣餐杯拿过来，圣餐杯上有明显的磕痕。

教授嗅了嗅圣餐杯，板起脸孔，下嘴唇向外翻卷。他的目光转向那两个盛着水和葡萄酒的玻璃瓶，它们不引人注目地摆在一张小桌子上。

“是谁把酒倒进瓶子里的？”他把瓶口转圈闻了一下，就像是小狗绕着树根嗅，然后问道。

“是我，教授。”

劳白罗把瓶子递给寇德斯，让他也闻一闻。

寇德斯依言照做。在闻过第二遍之后，确认他的鼻子没有骗他，寇德斯把瓶子还给教授。

“这味道闻起来像是酒变质了。”寇德斯说着的同时端端肩膀，那意思是说，他也不知道瓶子里的酒怎么变成了这个样子。

劳白罗把瓶子放到一边，走到佛昂那多跟前，凑得很近，他还不安地朝左右看了看有没有人偷听他的话，他说：“教士，您知道，那瓶子里面有什么吗？”

“我不知道，教授。”

劳白罗脸上的表情非常严肃，“是氢氰酸，这种刺鼻臭味是它特有的味道，八十毫克就足以毒死一个中等体重的人。这种毒药会骤然使人的呼吸停止，几秒钟之内死亡。”

教士佛昂那多听得目瞪口呆，就好像劳白罗是在宣布他自己的死亡似的。接着，突然地这个套着白色长袍的魁梧男人开始颤抖，他的整个身体都在瑟瑟抖动。他胡乱地在胸前划着十字，狂乱的喊叫声在教堂里回荡：“神明在上，我和这事没关系，请您相信我，教授！”

劳白罗把一根手指搭在嘴巴上，提醒他要镇定，“弥撒用的酒的酒瓶放在哪里了？”

佛昂那多·寇德斯一句话都说不出来，他指了指边门。

劳白罗拿起圣餐杯和玻璃瓶，和佛昂那多一起走进那个小房间。一个巴洛克风格的大柜子占据了一整面墙，对面是一个同样年头已久的有好多柜门的餐具柜，左边是一个洗手池。

教授把玻璃瓶里剩余的酒倒进洗手池，用清水冲洗瓶子和圣餐杯。

“弥撒用的酒！”他呵斥教士，后者还在那里傻愣愣地不明所以地站着。

佛昂那多打开餐具柜的一个柜门，递给教授一个酒瓶。

教授隔着瓶口一定距离小心地闻了闻，然后拧开水龙头，把酒瓶倒扣，将里面的酒直接倒入下水口。

“把窗户打开！”他压低嗓门说，“要快！”

佛昂那多赶紧按照吩咐去做。

最后劳白罗挽起衣袖，他一边仔仔细细地洗着手，一边对教士佛昂那多说：“您好好听着我现在对您说的话。赛门枢机主教死于心脏机能不全，是心肌梗塞，您听懂了吗？”

“没有，”佛昂那多小声地回答，“您不是说氢氰酸吗，教授。”

劳白罗翻了个白眼，很不耐烦地哼了哼鼻子。然后他将刚才说的又重复了一遍，只不过这次他的声音更高，更具威慑力。“枢机主教赛门因心梗去世，我会在死亡诊断书上确认此为死亡原因。”

“可是……”

教授火了，“该死的，难道您不知道您是在哪里吗？您怎么就不明白，一个教廷的枢机主教是不能死于非命的。诚然，这是场谋杀，他是被毒死的！可是没人能知道，在这高墙里面已经有多少人被害死了。”

教士佛昂那多瞠目结舌。受人敬重的教授怎么可以说出这种话来？“心肌梗塞”，他嘴里念叨着，使劲地点头，他好像终于明白劳白罗话中的意思了。

“请您让我单独呆一会儿。”劳白罗说道，寇德斯从后门走了出去。

洗手池旁的墙壁上挂着一部电话机，劳白罗拨通号码。

教廷国务卿史莫雷斯基到达事发地点时，大弥撒师的尸体仍旧躺在西斯廷教堂的大理石地板上。史莫雷斯基的脸孔就像是洗过多次而褪色的祭坛布那样的苍白。

劳白罗向史莫雷斯基谦卑地行屈膝礼，并试图去亲吻他手上的戒指，这对枢机主教来说是很通常的礼节，而在平时史莫雷斯基是欣然接受的，可这一举动仅仅停留在尝试上，因为这个面无血色、德高望重的枢机主教不知道是什么原因忘记戴上他的戒指了。

教授掀起大弥撒师死前穿在身上而现在盖在他尸体上的法衣，史莫雷斯基一下子惊得透不过气来，手捂住嘴巴。大弥撒师的面孔呈青紫色，最为恐怖的是他的双目暴突，两颊下陷，使得尖下颏凸起像是一把石斧，仿佛赛门在他倒地的刹那还在注视着《最后的审判》这幅湿壁画。

史莫雷斯基扭开身子，劳白罗用两个拇指将死去的枢机主教的眼皮抹下来，把弥撒法衣又盖在赛门身上。

史莫雷斯基犹豫地问道：“所有该做的事您都已经安排好了，教授？”

劳白罗点点头，端量着教廷国务卿的脸，“请允许我说一句，您的脸色看起来相当糟糕，阁下。”

教廷国务卿别过脸去，好像不想让教授看清楚他的表情。“我觉得很不舒服，”他背对着劳白罗说，“老实讲，我难受极了。”

劳白罗搀扶着教廷国务卿坐到一把红丝绒包面的凳子上，从他的急救箱里拿出一支注射器，插进一个小药剂瓶里，抽了一管药

米开朗基罗《最后的审判》

水。“这会让您好过些，阁下。”说着他撸起史莫雷斯基的袖子。

教授给枢机主教在肘弯处打了一针。

史莫雷斯基委顿地坐在凳子上，目光垂向地面，过了一会儿，他仍旧保持着这个姿势说道：“我不知道您是否清楚，教授，这起谋杀本来是针对我。”

劳白罗朝史莫雷斯基弯下腰，不无忧虑地问：“您怎么会这样想，阁下？”

“这不难猜出。通常每个礼拜三都是由教廷国务卿在西斯廷教堂引领早弥撒。”

“这个我知道，大家都知道。”

“正是如此，今天就是礼拜三。”

“我的上帝，这是真的。”

“现在您明白了吧，我为什么会感觉如此糟糕，教授。”

劳白罗嘴巴抿得紧紧的，只是点头。“您知道，这可能是谁干的？”他一边问一边掏出大白手帕擦拭他的眼镜，来掩饰自己抖动不停的手指。

枢机主教装模作样地干笑两声，回答中带着几分凄楚：“梵蒂冈生活着两千五百人。几乎每个人都会有这种可能，从士兵到书记，从普通教士到主教，从枢机主教到教皇。”

“阁下！”劳白罗失声说道。

药水起了作用，史莫雷斯基很有精气神地从凳子上一跃而起，蹿到劳白罗面前，用他一贯的阴险语气说：“教授，我们之间就不用遮遮掩掩的了。梵蒂冈像其他上千万企业一样，是跨国际的康采恩，只要您愿意这样表达的话。而在每个康采恩里面都存在着猜忌、嫉恨、虚荣和贪欲，为什么教会的康采恩就会有例外呢？”

教廷国务卿的话音刚落，门被推开，两个身罩灰色工作服的力工搬着一口锌皮棺材走进来，他们合力将大块儿头的大弥撒师的尸体抬进棺材，然后面无表情地离开了西斯廷教堂。

一位枢机主教在引领早弥撒时暴毙，这一消息就像燎原之火迅速蔓延，如果是躺在床上死去，绝不会引起人们这样大的兴趣和关注。教廷新闻办公室发言人，庇特罗·赛伯主教，在枢机主教赛门撒手人寰归天之后，向记者们公布，五个钟头前大弥撒师在西斯廷教堂的早弥撒中因突发心脏病而辞世。

同梵蒂冈通常召开的新闻发布会一样，赛伯宣读了教廷国务卿史莫雷斯基的一份书面公文，在这里史莫雷斯基表达出对这位美国兄弟意外谢世的震惊以及对他毕生事业的褒奖，他从科罗拉多州的一介马夫做起，之后听从上帝的安排从事神圣的教职，受到世人敬重，却不幸因病故去。另外，这位大弥撒师在很长时间以来就由劳白罗教授治疗他在血液循环方面的病症。现在教廷方面只能是尽最大的努力去寻找和他同样杰出的人选来替代他。

这些文字当然不是事实，但是教廷的新闻发布会原本也不是为了发表真相而召开的，只是宣示官方公告或者辟谣。

赛伯主教对于记者们的提问，比如关于发生在西斯廷教堂的这一死亡事件的具体情形、目击证人和亲属状况一概避而不谈，守口如瓶，不愧于他的外号“Monsignore Non – mi – risulta”，意即“无可奉告主教”。

在新闻发布会行将结束之际，安德里阿斯·封·史都——《信使报》的明星记者，他秉持深入调查的作风为人所称道，也同样被人所畏惧——向赛伯发问：德国墓地里的那块新建无名墓碑是怎么回事？

聚集在新闻会议厅的这三十名记者的神经登时紧绷起来。安德里阿斯·封·史都在媒体圈子里人人皆知。虽然他有个德国人的名字，但是他的意大利语说得极为地道，令人误以为他是来自意大利北部某个地区，或者是南蒂罗尔，或者是加尔达湖。封·史都留着板寸，看不出那原本是一头金发，一双锐利机敏的眼睛隐伏在圆镜片后，这副朴实的镍框眼镜让他看起来年轻不少。

安德里阿斯·封·史都年近四十，是这个行当里的老手，他在新闻发布会上向赛伯主教爆出这一冷门问题，他清楚地知道他在做什么。光是把这一问题挑明就已经相当于公开了这个事件，而赛伯主教必须得拿一个态度出来。

赛伯自然是对这一发问毫无思想准备。他反应过激，并指责提问者，在这种场合安德里阿斯·封·史都应该问那些比某个墓地里的墓碑更适当的问题。

主教竟然用此种腔调来回答记者的提问，这下可被人抓住把柄，他尤其低估了安德里阿斯·封·史都。后者立马反击，指出处于圣彼得大教堂阴翳之下的德国墓地里的某块墓碑上的碑文竟然在一夜之间就消失得了无痕迹，这绝非寻常之事。

一时主教被驳斥得无言以对，闹了个大红脸，他的双下巴一会儿白来一会儿红。他喘着粗气，嘟囔着说德国墓地里没有什么消失的碑文。

对此，安德里阿斯·封·史都举起两张照片，上面显示的是同一块墓碑，一张照片上那块墓碑上刻着“C.B.”，还有生卒年“1932年1月13日－1998年12月21日”，而另一张的墓碑上面则什么都没有。他追问，那两个字母“C.B.”代表什么。

赛伯扯了扯卡在脖颈上的雪白硬领，让自己的呼吸更通畅，也为了磨蹭时间考虑对策。最后他支支吾吾地说，那块无名墓碑大概是属于某个教会资助人的，他将他的一亿美元遗产捐赠给教会，并希望死后能够安葬在圣彼得大教堂的荫蔽之下，偶尔也会有这样的事情。

新闻大厅内一片哗然。这个话题引起记者们的普遍关注，《世界报》驻罗马的通讯记者提出，是否不单单是德国人才有资格葬在德国墓地，他的这一推论是否正确，即那一亿美元的捐赠者就是一位德国人。

这些问题已经远不是赛伯主教所能回答出来的了。他汗流浃背，慌乱失神，对接下来的问题总是一成不变地答道：“‘Non mi risulta’——‘我无可奉告’。德国墓地不在教廷的主管范围之内。”

隔天多数报纸都对枢机主教赛门之死做了多角度多层次的报道。只有一些街头小报诸如《信使报》把枢机主教的突然归天没有当回事。《信使报》甚至占用大面积篇幅刊登这样的标题：梵蒂冈里的无名墓穴。将一亿美金遗赠给教会的C.B.，是谁？同时附带那两张一个有碑文另一个没有碑文的墓碑照片。

这篇报道宛如一石激起千层浪，由此引发一场轩然大波。

13

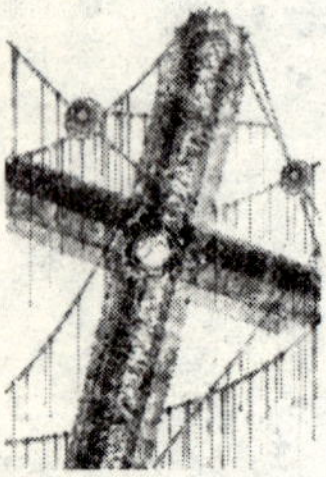

朱丽埃特在露台上准备早餐，布罗德卡脚步匆匆赶往主路上的一家面包店，一刻钟后他带着新鲜出炉的长棍面包和早报回来了。

这时太阳还未升高，山丘上的葡萄园处于一大片暗影之中。

“就算是度假心情也不会像现在这般畅快!”朱丽埃特欢快地说，“你不这样觉得吗？有时候我真希望我们能把来这里的缘由通通忘掉。”

“我也这样想。”布罗德卡说着在原木桌旁坐下来，与朱丽埃特面对面，“可惜这是不可能的，你也知道。”

朱丽埃特大声地从鼻子里哼了一声，布罗德卡知道这是她不高兴的表示，于是接着说：“或许我们休息上一两天也不错，看来在这里我们还很安全。”他朝山下那片幽蓝的湖水挥舞着胳膊，一叶划子在湖面上留下箭一般形状的波纹。

犹豫半天，好像布罗德卡才得以下定决心，他说：“你说得有道理，多一天少一天也不会让我们的调查有多少进展。车就停在院前，咱们去阿尔巴山玩玩，好吗?”

朱丽埃特像个孩子似的欢呼雀跃。

黑咖啡的浓郁香味在露台上飘散，布罗德卡草草地浏览报纸。他在《信使报》上发现了那则对德国墓地里的神秘墓碑的报道。

“有什么新闻?”朱丽埃特随口问道。继而她注意到布罗德卡脸上的神情突然变得十分严肃，刚才还乐呵呵的呢。“究竟出什么事了，布罗德卡?”

他摇晃着脑袋瞪着报纸，之后把报纸递给桌子对面的朱丽埃特。

朱丽埃特立刻就认出了那些照片，她快速地瞟了一眼，然后转向那篇报道。

“怎么会这样，”看完一遍，她轻轻地说，“这又说明了什么?”

布罗德卡站起身，双手插进衣兜，心事重重地沿着从露台通往花园的石阶而下。在最后一级台阶他停住脚步，身子倚在栏杆上，朝葡萄园林望去，葡萄树上柔嫩的枝叶在清晨的阳光下泛着光亮。

朱丽埃特重新看那黑体标题：“梵蒂冈里的无名墓穴。将一亿美金遗赠给教会的 C.B.，是谁?”

“现在我彻底糊涂了，”布罗德卡开口说道，“这一切难道都只是巧合？墓碑上确实是我母亲名字的花体字母缩写和她的生卒年月吗？为什么当我追究这些问题的答案时，碑文就消失得宛如不曾存在过？还有，墓穴里难道真的躺着这么一位富有的德国人吗？我反正绝对不相信，我母亲能捐赠给教会那么一大笔钱，或许还是……”他一时语塞了。

“还是……是什么?”

“还是，还是这钱来自那个来历不明的地产公司‘普罗古利’，就是和我母亲有过交易的那家。如果那是遗产的一部分，那么我肯定是知道的呀!”

二人暗自思忖着，谁都没吱声。过了好一会儿，朱丽埃特问道：“布罗德卡，你在处理遗产相关事宜的时候不是提到过一个新闻报社的记者，他就是因为揭发了地产公司的黑幕而被连夜调派国外?”

“是有这回事，多恩跟我说的。好多天以前，那个时候我还不知道从此以后会遇到这么多麻烦。”

“你还记得他的名字吗？”

“那个记者的名字？”

“嗯。”

“布多或者相似的发音。你为什么问这个？”布罗德卡走回桌前。

朱丽埃特把报纸交给他，“他也有可能叫做史都，安德里阿斯·封·史都？”

布罗德卡看着标题下面采写记者的署名，“天，就是他！就是这个名字。”

他从报头找到信使报社的电话号码，他拨通电话，对方是一个亲切的前台小姐，她告诉他说，史都要将近十点的样子才会到编辑部。布罗德卡留下电话，并且说，他找史都先生是为了那篇德国墓地里的无名墓碑的文章，他希望史都先生能够及时回电。

不到十分钟，史都打来电话。布罗德卡对他说，自己可能对揭示这起事件的谜底有所帮助，或许他有兴趣。

一开始，安德里阿斯·封·史都表现出很审慎的态度，而当他获知布罗德卡本人也是当事人之一，而且布罗德卡是从新闻报社知道他的名字时，陡然勾起了他作为记者的强烈好奇心，于是他问布罗德卡能否即刻前往罗马——但是尽可能独自一人。史都似乎还是心存疑虑。

他们约好十二点钟在波哥诺那大道十一号尼尼奥餐馆见面，毗邻西班牙阶梯，是摄影圈、媒体人士偏爱的聚集地，此外，那里还有最好的佛罗伦萨牛排①。而他，史都，穿着牛仔裤和蓝色外套。

布罗德卡临出门之前，亲了亲朱丽埃特，心思早就到了别处。她神情落寞地看着他的车绝尘而去，拐进主路，随后不见踪影。

---

① 佛罗伦萨牛排是意大利人引为以荣的美食。佛罗伦萨附近地区有许多牧场，牛肉与皮革制品都很有名，而佛罗伦萨牛排更是以其肉质好、块头大而著称。

几个星期以来他们虽然生活在一起——但是没有性，相互间也没有撩人心魄的激情。现在就只有那些事件将他们联系在一起，他们仅是一组团队，不再是一对情侣。

朱丽埃特坐在石阶上，阳光洒满她的脸庞。

她对克劳迪奥的思念乍起。

布罗德卡很了解罗马的交通状况，在内城停车尤其是个大麻烦。于是他把车停在中央车站附近的停车场，然后打车来到波哥诺那大道。

布罗德卡瞧见身穿牛仔裤和蓝外套的史都坐在角落的桌子旁。他们以前从没有见过面，虽然他们在一段很短的时间里为同一家杂志工作过。也许是有相同的背景或者别的什么，反正他们二人立刻就对彼此产生了好感，一见如故。

“多恩曾对我提到过您的名字——那时我在调查不动产公司‘普罗古利’，他告诉我说，您离开德国时非常仓促。”

“噢是的！”史都大笑，他叫了两杯卡布其诺，“已经过去有些年头了。实际上都是八竿子打不着的一些事搅和在一起。多恩是个胆小鬼，他老觉得有人跟踪他，黑手党或是某个帮派，纯属胡扯。我是由于别的原因才从德国跑掉的。”

布罗德卡自然很想知道史都为什么出走德国，但是他有更迫切的问题，于是他接着问史都，他是如何知道德国墓地里有那块墓碑的。

“其实很简单，”史都说，“我从某个人手里拿到那两张照片，此人在梵蒂冈有近亲。我有众多暗插在各处的线人。意大利是一个盛产告密者的国家。不管是通奸、逃税或者受贿——总是有一些人，只要他不喜欢你，就会到别人那里诋毁你。有一些报纸就是以此为生。坦言来说，这里边百分之九十的信息纯属子虚乌有，不过是猜忌和嫌怨所致。”

“那另外的百分之十呢？”

“那后面就真的是隐藏着故事了。”

“就像这件事一样。”布罗德卡用手指轻点着摊在面前桌上《信使报》里的那篇文章。

史都点点头，“没错，其实我对这件事的调查也没有多大进展。我几乎跑遍了所有的相关机构，通通碰壁。您对此事都知道哪些情况，能告诉我吗?”

布罗德卡有些局促地翻弄着报纸。他很清楚，他现在要说的事情对局外人来讲非常不可思议。终于他鼓起勇气，说道：“我有理由推测，我母亲克莱尔·布罗德卡就葬在德国墓地的那处新建墓穴里。”

“啊哈，”史都的反应好像他听了并不惊讶，“对此你有什么证据?”

“这样说好了，有好多地方值得推敲。其一就是名字的缩写相同，尤其是生卒年月完全吻合。”

“您的母亲是一九三二年一月十三日出生，一九九八年十二月二十一日去世?”

“是这样的。”

“不得不说，惊人的一致。您对此有什么解释，您母亲竟被葬在罗马，还紧临着圣彼得大教堂？在那块古老的墓地里安葬的尽是些知名人物，而且很长时间以来已经没人葬在那里了。”

“我也无从解释，”布罗德卡干脆回答，顿了一下，他接着又说，“我母亲被公开下葬于慕尼黑的森林墓地，但是当时我并没有在场。”

史都揉了揉鼻子，他似乎有些尴尬。“我也老实跟您讲吧，”他说道，“如果您不是我的同行，而是匿名的一个线报，我现在就同您拜拜了。您说，您母亲有没有捐给教会一亿美元?”

“肯定是没有。从我母亲去世之后有一连串的怪事发生。我调查得越深入，越觉得这种种事件的荒谬离奇。我就不一一举例免您听得无聊，可是有一点我要说，在慕尼黑的那处墓穴里埋的是一具空棺材。”

“由此您认为您母亲被葬在了梵蒂冈?”

布罗德卡听出史都话里的嘲讽，“不全是如此，”他回答，“我知道，这一切听上去的确毫无逻辑而言……”

“您母亲和梵蒂冈有什么瓜葛吗？”

“我也不十分清楚。她在给女朋友的信上面曾谈到过枢机主教史莫雷斯基，还抱怨说，为什么他‘要这样对待她’。”

“您说什么？”史都叫道，他一下子振奋起来，兴致大增。

布罗德卡耸了耸肩膀，“具体怎么回事我就不知道了，我母亲和我的关系相当疏远。”

安德里阿斯·封·史都非常激动，对布罗德卡的解释他似乎根本就没听。“您大概对枢机主教史莫雷斯基的认识有偏差，”他说，“人们通常是会把教廷的枢机主教想象成超凡脱俗、德高望重的老人……”

“我母亲在信上写道，史莫雷斯基活脱脱就是一个魔鬼。”布罗德卡打断史都的话。

“您对史莫雷斯基了解多少？”

“很遗憾，我知道的不是很多，您都知道些什么？”

这是两个男人之间一次小心翼翼的试探。他们彼此还不了解，所以不敢轻易地信任对方，但是两人也都意识到，大家出于同一个目的才走到一起来。

史都说到了正题，他言词谨慎：“我注意这个史莫雷斯基已经很长时间了，但也无法证明他都做过哪些恶行。此时我对您讲的一切，也并没有什么证据，就算您认为我是胡说八道，我也不会说什么。但史莫雷斯基确实就是某个组织的头，这个组织借着梵蒂冈的幌子干着人们所能想象出来的最无耻的勾当。”

布罗德卡意味深长地微微一笑，这让史都不太安心。

“您说的这些对我来讲都已经不是什么新鲜事。”布罗德卡说。

“怎么……您都知道？”

“我自己亲身经历过史莫雷斯基的恶行。在慕尼黑，有人向我开枪，在维也纳，有人试图将谋杀的罪名栽到我头上，还把我关进精神病院。而我的爱人被陷害，涉嫌贩卖假画。我真的不能说，这些人对我的关注太少。”

“您遭遇过史莫雷斯基本人吗？”

“没有，还从来没有过，那个家伙有足够多的爪牙为他效力。身为教廷国务卿怎么会脏了自己的手指呢！您害怕史莫雷斯基吗？”

“害怕？”史都笑得很坦然，他说，“那我可就选错了职业，不过我也用不着为此向您解释。”

“所以我想问，多恩声称，您从德国消失是因为您在《新闻报》上发表了那篇曝出地产公司‘普罗古利’黑幕的文章，这是真的吗？”

“瞎说，”史都摆了摆手，“我离开德国另有缘故。女人的事情，您明白的。您知道，谁是‘普罗古利’的幕后操纵者吗？”

“我猜是……是史莫雷斯基。”

“正确。他手下的人骗取那些单身女性的钱财。他们向她们承诺，会彻底免除她们的罪孽，并许愿她们永远幸福。光是这家公司的名字就充满了十足的挖苦意味：‘普罗古利’——‘为了教廷’。如果您母亲真的向教廷捐赠一亿美元的遗产，或许可以解释得通，她为什么会被安葬在德国墓地。”

“但是她并没有给教廷留下什么钱财，恰恰相反，‘普罗古利’把慕尼黑市中心最好地段上的一幢楼房以一马克的象征性价格卖给了她。我查阅了全部相关文件，我是她合法的继承人。”

“这我就不明白了。”从安德里阿斯·封·史都的眼神看得出来，布罗德卡刚才的一番话让他在心里很难接受。“‘普罗古利’地产公司可不是慈善家，皆是惟利是图之辈。”做了一番长时间的思量之后，史都又说，“我并不想冒犯您，所以请您原谅我这样问，您认为这是可能的吗，就是说您母亲曾为史莫雷斯基工作过？”

“说实话，我也曾这样问过自己。我母亲一定和史莫雷斯基有着某种过节，否则她不会在信里那样子表露出对他的厌恶，但是为什么——我不知道。就像我刚才说过的，我和我母亲的关系十分冷淡。等她去世了，我才真正地了解她，这话听上去很荒唐吧。在她还活着的时候，我以为她是一个爱好文艺、心地善良的女人，她过着隐居的生活，活在她自己的回忆之中。但在她死后我不得不改变了我对她的这一看法。她非常有钱，富有到我今日可以不靠我的工作过活。不单是她居住的那幢公寓楼属于她自己，我在她的房间还发现不少股票和有价证券，或许为此她还在卧室里备了把手枪。在当时一想到我母亲手握枪的样子，我都忍不住要笑出声来。现在我已经什么都笑不出来了。”

史都呷了一口卡布其诺，“这些事情听上去的确离奇，不合情理，但正是这样才更吸引人想去探查个究竟。如果您准许的话，我打算继续查这个案子。必须得设法接近史莫雷斯基，问题是……”

酒吧里的人越来越多。客人们当中也有一些竖白色硬领的先生，布罗德卡本来已经话到嘴边了，他想说出他手中持有一个重要证据，可以揭露枢机主教史莫雷斯基的真面目，就是那二十盒磁带。虽说他对史都的印象很好，但是此时他还不很确定，他能否可以毫无保留地信任史都，所以他欲言又止。

最后他是这么说的：“史莫雷斯基和他的党羽是不会喜欢有人去调查他们的。”

“您怎么知道？难道您有这方面的经历？”

布罗德卡点点头，“某一天有人把两张付了款的登记您名字的机票送到您房间来，如果是您的话，您会怎么想？而您从没有预定过这两张机票？”

“真有这种事？”

“千真万确。”

“但您并没按照要求去做，说得更准确点，被吓唬住。”

“您错了。”

“那您怎么现在坐在这儿？”

“表面上看我的爱人和我已经从罗马消失。我们离开我们住的公寓，开车到了机场，换好登记牌，在这之后从侧门悄悄溜走。眼下我们在阿尔巴山租住了一栋乡村别墅，但愿可以不被监视，继续我们的调查。”

“计划得相当周全。”

突然布罗德卡定睛朝一个刚刚走进酒吧的客人看去，这人像在找人的样子，后来没有找到，他就落座在靠窗的位置上，无所事事地瞧着外面。

布罗德卡立马认出这人是谁：提图斯。

布罗德卡看到一个上了年纪的老先生朝提图斯坐了过去，不一会儿，他们两个开始争吵起来。

史都跟随着布罗德卡的目光也注意到窗前的那两人。他摇晃着脑袋笑着说："您知道那人是谁吗？我是说那个年龄大的。"

"不认识，不过您会告诉我的。"

"就在几天前他的照片还被刊登在大小报纸上。一个令人心酸的故事。他名叫布鲁诺·梅拿迪，在梵蒂冈博物馆的拉斐尔展厅工作了四十年，而在这四十年里他每天都注视着同一些画作。他声称，画作上出现任何蛛丝马迹的变化他都能发觉。前几天他信誓旦旦地说，拉斐尔的油画《圣家族》跟以前不一样了，在圣母玛利亚的手指甲上突然出现一小丁点黑斑。竟然会有这种事！这个可怜的人。四十年来他眼中只有画面，长年累月沉迷于此，显然让他的大脑不太正常。"

"很有趣。"

史都看了看布罗德卡，想知道他是不是在开他的玩笑。

可是布罗德卡的表情很严肃。"您认识旁边的那个人吗？"他问。

"不认识，从未见过，您知道他是谁吗？"

"知道，他的名字叫提图斯，并不是他的真名，但这无伤大碍。更让人感兴趣的是他曾做过史莫雷斯基的秘书，后来两人发生不和。或者是史莫雷斯基将他赶走，或者是提图斯偷偷溜之大吉。反正史莫雷斯基派人跟踪他到他藏身的维也纳，因为他害怕……"布罗德卡停下来，"哎，您快看！"

此时提图斯塞给另一个人——被史都认出是布鲁诺·梅拿迪的那个老者——一个信封。梅拿迪撕开信封，数里面的钞票，这让提图斯很不自在，他紧张地瞧了瞧四周围，看有没有人在注意他们。

梅拿迪数完钱之后，满意地点点头，把钱塞进外套兜里，然后站起身和提图斯握了握手。他们一起走出酒吧。

“我们走！”史都把咖啡钱撂在餐桌上，“您盯着那个提图斯，我跟着梅拿迪，一个小时后我们再到这个酒吧会合。这是我的电话号码！”他交给布罗德卡一张名片。

“就这样办。”

布罗德卡很喜欢史都这种果敢麻利的行事作风，充分显示出他是一名优秀的记者。两人的信息交合在一起衍生出一个有趣的推论，从而得出一种可能。史都和布罗德卡同时想到，提图斯迫于某种原因来收买梅拿迪的沉默。

在尼尼奥餐馆口提图斯和梅拿迪分开。提图斯匆忙赶往科尔索大街，然后坐上一辆出租车，布罗德卡随即也招来出租车，追了上去。梅拿迪沿着狮子口大街[①]向北走，史都紧紧跟在后面。

要想不被提图斯甩下，对布罗德卡来说可不容易。在他向司机承诺丰厚的小费之后，司机闯了好几个红灯。布罗德卡就这样跟着提图斯到了圣心银行大街，最后亲眼看见他走进法索利诺家的房子。

而梅拿迪似乎有用不完的时间。他吃了一客冰淇淋，又进一家高级店铺为自己买了双鞋，最后拐进圣贾科莫大街，消失在一栋出租楼里，一层底铺在中午这个时段通常不开门。

跟在他后面的史都也到了楼前，楼洞里冷飕飕的，气味还很浑浊。门禁上有五十个门铃按钮，上面的名字大都被小广告糊住，有的还被抠下来，在最上面那排史都找到了“B. 梅拿迪”的名牌。于是他满意地返回波哥诺那大道的尼尼奥餐馆。

布罗德卡已经在等着他。

他们叫了佛罗伦萨牛排，彼此交换跟踪的结果。

“您对此怎么看？”布罗德卡问。

---

① 在这条街上，有著名的景点“真理之口”——能测是否说谎的“狮子口”。

“事情一目了然，”封·史都说，“梅拿迪应该就此闭上嘴巴，或者继续装疯卖傻。为什么呢？就因为他的发现是正确的！梵蒂冈里的拉斐尔的圣母玛利亚是一张赝品。”

布罗德卡皱起双眉，说道：“假设您说得没错，那您能接着向我解释，拉斐尔的那张真迹去哪里了呢？我以为，这种众人皆知的画作在黑市上没有可能被卖掉。”

“那是您这样想！我本来也认为这是不可能的事，但是艺术品市场就是疯子们的游乐园。为了能占有一幅杰作，古往今来有多少人为此丧了性命。有一些艺术品的价格高得离谱，已经和它们实际的艺术价值毫无关系了。这是世人的虚荣心在作怪。当一个收藏家站在他的拉斐尔或者伦布朗面前，朗声说道，你属于我，我是这世上六十亿人当中唯一可以这么声称的人。他的内心是会获得多大的满足啊。”

“看来您在这方面很有研究啊，史都。只是有一点我不明白，像拉斐尔的圣母玛利亚这样无人不知无人不晓的画作被易主一定要很保密，一般来说不会有几个人知道。这就意味着，像这样一个癫狂的收藏者必须要用一生的时间向外界隐藏他这种狂热的占有欲。”

“那是一定的。世上就有这样的人，而这点正是刺激他们的地方。”

“但是这一切的前提是世界上存在有这样的造假者，他们的临摹技艺高超到令人难以置信的地步。”

“有这样的人，我亲爱的朋友，有这样的人，这世上有这样的天才。最近几年，造假者在技术上也有了突飞猛进的进步。他们利用X光和紫外线作画，还借助化学手段把画面做旧，使其看上去有上百年的历史。从X光射线透视屏幕上他们甚至可以归纳艺术家运用笔触的个性特征。至于如何搞到那些必要的材料，造假者通常偏爱从拍卖市场买到同时代的二流乃至三流画家的作品，然后用那些原始画布、木板或者铜板作为复制品的材质，并将上面的颜料刮掉，碾磨之后掺入新的颜料，用这种方式创造出令人信服的色泽效果。”

"了不起啊了不起。如果真是这样，我会有所联想，在卢浮宫、普拉多博物馆[1]或者慕尼黑古绘画陈列馆[2]里展示的画作有可能一半以上都是复制品，而真迹挂在某个收藏家的秘密储藏室。"

"有这种可能，但是绝不可信。"

"为什么呢？"

"但凡世界上的大博物馆都会受到国家政府的保护。它们隶属于部委，博物馆的馆长是由部长任命，而这些部长反过来又受到某些委员会的牵制。换句话说，有太多的主管机构、太多的知情者在关注这些画作，而且常常是某个研究院助理发表于某份报纸上的学术论文就可以导致对一张画作进行全方位检测，验明真伪，而此画有可能在同一位置已经挂了十几年甚或是上百年。"

"这我倒是听懂了，"布罗德卡说，"可史莫雷斯基是怎么干的呢？"

"我了解梵蒂冈里面的情况。据说梵蒂冈博物馆本来有一个馆长，但是没人知道他是谁，因为在重大事件上起决定作用的只有一人：教廷国务卿。"

侍者热情地送过来牛排，两个人暂时都不作声。

"从这方面来说，"后来史都接着说道，"有一些事情则呈现出完全不同的意义来。梵蒂冈每年都会在一次新闻发布会上对外公布它的年度资产结算表，每年都是一串滑稽可笑的数字。他们只会用唯一一个象征性数目来体现梵蒂冈内所有艺术品的货币价值。我曾提出过这样的问题，即这些艺术品实际上值多少钱以及它们是否曾真的被估过价，他们的回答闪烁其词，避而不谈。赛伯主教甚至还反问我，我为什么想要知道这些，难道不知道梵蒂冈里的艺术品终

---

① 普拉多博物馆，世界大美术馆之一，坐落在西班牙马德里市内普拉多大道，建于18世纪。

② 慕尼黑古绘画陈列馆是德国慕尼黑的一座美术馆，构成该市的艺术区的一部分，是世界上最古老的美术馆之一，它收藏了从中世纪至18世纪中叶的画家作品。

究是不会卖的吗。而一个智利来的记者进一步问道，如果梵蒂冈用出售这些无价之宝所得来的钱去资助世界上的穷人不是要比虔诚的祈祷来得更直接吗，这时史莫雷斯基替那位哑口无言的主教应对说，梵蒂冈受托管理全人类的文化遗产，所以不会卖任何一件艺术品。”

布罗德卡饥肠辘辘地看着盘子里那块外焦里嫩的牛排。当他用一把钝刀费劲地去切牛排时，他脸上的表情转瞬起了变化。但是他很怀疑，侍者听了他的抱怨之后依旧会微笑着给他拿过来一把同样钝的刀，于是他继续不懈地与盘中的牛排较着劲。

“史莫雷斯基似乎忘记了，”布罗德卡说，“他的罗马天主教会大托拉斯只是囊括人类的百分之二十。不过还是说正题吧，现在您既然已经知道我的一些事情……您还打算帮我吗？”

安德里阿斯·封·史都用餐巾擦了擦嘴巴，喝下一口水，然后他骨碌碌地转动着眼珠心满意足地说：“如果我对您说不的话，我就算不上是一名记者了。我有种感觉，这后面一定隐藏着一个大事情。假画掉包案、德国墓地的神秘墓碑、您母亲之死以及可疑的不动产公司……这一切都和史莫雷斯基有关。这个人似乎无处不在，好像他就是亲爱的上帝。”

“或者是上帝的敌人。”

史都点点头，“正是。”

接下来两人达成协议，史都拥有此事的独家报道权，而布罗德卡只对解开这个谜一般的、自己身不由己卷进来的事件感兴趣。他们商定好以后几天要做的事情。

首先要找到布鲁诺·梅拿迪。

此时已经是下午三点半，太阳火辣辣的。一般来说罗马人不会在这个时间出门，布罗德卡和史都认为，现在过去就能把梅拿迪堵在家里。

他们打车到了圣贾科莫大街，从车上一下来，一股燥热扑面而来，楼梯间里倒还凉爽，多少弥补了爬上七楼的辛苦。

楼道里静悄悄的，只有后院鸟儿的鸣啾声从窄窗子里传进来。

史都确信，必须得对这位被无理辞退的博物馆管理员采取点策略才能让他说出实话。史都能说一口纯正流利的意大利语，于是他请布罗德卡——只要布罗德卡一开口，随便哪个罗马人都会立马猜出他是一个外国佬——先不要说话，以免梅拿迪有所顾忌。史都按响门铃。

等了一会儿，梅拿迪前来开门。他穿了一件洗得褪色的T恤衫和一条大短裤，露出两条苍白的细腿。他疑惑地打量门前的这两个人，怏怏地问他们有什么事情。

史都自我介绍了一番，没有提到布罗德卡的名字，他解释说他和他的同事是信使报的记者，能否与他简短地聊一聊。

这位看上去比实际年龄还要老的老人表现出很气愤的样子。他叱责他们，不要再烦他了，这些天来他一直被一些“讨厌的家伙”——他是这么形容的——所纠缠，只为一件事，而这件事现在已经彻底解决了。

史都已经在记者这一行当里摸爬滚打太多年，这几句话是不会让身经百战的他有所气馁甚而退缩。他表示接受梅拿迪的批评，并声称，这就是他们前来的目的，他们之所以登门拜访就是要澄清一些事情。

那老人故意稍作思索，然后问他们是否真的是信使报的人。史都掏出证件给他看，并请问他是否可以让他们进去，说话间一只脚已经迈进房门。

梅拿迪神色紧张地朝楼道左右看了看，把史都和布罗德卡让进屋内，一边结结巴巴地抱歉说屋里很乱，没有收拾，但他也没想到会来客人。

这套居室有一个没有照明的长条过道，右侧是三扇漆成棕色的门。最里面的那个小房间摆放着几种旧家具，没有一件是成套的。房间里只有两扇低矮的临街圆窗，就像是轮船上的舷窗。墙壁上贴着无数张印刷品，上面大多是拉斐尔的画，也有一些梵蒂冈的其他收藏海报。

为了给客人腾出坐的地方，梅拿迪把几个木头小桌子、箱子和乐谱架归置到一边，然后请史都和布罗德卡坐到一张磨破边的无靠背矮沙发上。

“您刚才说，”在梅拿迪忙着给自己找椅子时，史都说，“那件事情在这期间已经解决好了，您这是什么意思？”

为了拖延自己考虑的时间，梅拿迪磨磨蹭蹭地找来一把高靠背的黑漆木椅子，然后缓缓地坐下来，吞吞吐吐地回答说：“是这样的，先生，我该怎么对你们说好呢？这的确是件很令人不愉快的事情，给我带来了相当大的麻烦，我本来不想再谈这事。”

“您不会是想说，”布罗德卡开口说道，“您承认，您之前对拉斐尔那张画的判断是一个误会？”

“正是如此，我很遗憾。”

布罗德卡环顾房间四壁，望着墙上数不清的梵蒂冈馆藏艺术品的海报，末了他说：“一个无比珍爱这些画作并将其视为他生命中惟一慰藉的人，是不会出错的，先生，您比任何一名艺术史教授都要更懂拉斐尔。”

布罗德卡的这番话说到老人心坎里去了，这点可以从他此时此刻的神情中清楚地看出来，但同时他脸上也分明流露出内心的挣扎。史都和布罗德卡在一旁察看他脸色的变化，一边苦苦期待着他的回答。过了好一会儿，梅拿迪有些难为情地说：“有这个可能。四十年来每天盯着同一些画，这是一段漫长的岁月。然后不知从什么时候开始怀疑，画面上这儿那儿的微小细节是不是一直就是如此，你们也看到，我老了，眼神儿不济，更别提我呆的那个小格子间里有多昏暗。这就有可能让人产生幻觉，事后又后悔不已。”

“可是先生，”史都说，“您没有什么可后悔的，您只是把您观察的结果告诉给了公众。”

“是的，但是我错了，并由这个错误招致了不幸的结局。”

“您怎么会这样认为？”

“我被迫提前退休，而且报纸上说，我在跟拉斐尔面对面地相处了四十个年头后心智不再正常。我甚至还听到有人说，我该被当作精神病关进疯人院里。”

“是谁这样说的?”布罗德卡问。

梅拿迪强忍着克制住自己才没有把那人的名字说出来，“我的上司，告诉你们。不，你们就不要再逼我说什么了，我的精神接近崩溃，血压状况也不太妙，我真该找个医生看看。您就写，我认识到自己的错误，准备去接受医生的治疗。”

“先生!”史都叫道，“您没意识到这游戏有多危险。一旦您去看精神病医生，他一定会断言您精神错乱，这意味着什么，就不需要我再跟您说了。您必须矢志不渝地坚持真相，我认为这才是您惟一的出路。”

“您这么说是什么意思?”

“很简单，那幅画不会平白无故自己就有所改变，否则那真的就是一个奇迹，对您的观察判断唯一说得清楚的解释就是，现在挂在梵蒂冈博物馆里的拉斐尔的圣母玛利亚是一张复制品。就像您所知道的，世界上到处发生奇迹，惟独不会出在梵蒂冈。梵蒂冈内的奇迹最后一次发生也要归溯到好几百年之前。”

梅拿迪做出愤怒的样子，嚷道:“拉斐尔的玛利亚是一张赝品?不!不是的!请您相信我。请您在报纸上写，是我错了。”

史都和布罗德卡四目对视，两人想到了一处。

“也有这样的可能，”布罗德卡开始说道，他的话音里夹带着些许追逼，“您是因为钱才改变主意的?或者为了遵守承诺?抑或是恐于被人威吓?您是迫于压力才这么说的吗?”

老人打量着布罗德卡，恼怒地说:“你们到底要怎么样，你们让我安静安静。你们走吧。”

布罗德卡和史都慢吞吞地站起身。史都还想说些什么，梅拿迪大喊:“你们快走吧。”关上房门前，他叫道:“你们不要再大肆谈论我的任何事情!我会把一切都否认掉!一切!”

二人无话地走下楼梯。

房子外面，午后炙热的空气中混合着从地下井散发出的烂泥的酸臭味。史都说:“他的这种反应我们早该估计到。我真想知道，如果我们告诉他，他拿封口费的情形都被我们看到了，他会做何举动。”

“他会更加不信任我们，这张王牌我们可得留到最后才能出手。”

“有道理。”安德里阿斯·封·史都点点头。

路过一家店铺，史都顺便买了一瓶格拉巴酒①。他们找到一辆出租车，而司机却在里面打盹呢，史都走上前去，把手伸进侧窗，推了推司机，“嘿，开工了!”

司机伸伸懒腰，打着哈欠问：“要去哪里呀，先生?”

“梵蒂冈城。”史都回答，“要快!”

史都是个罗马通。他在梵蒂冈城里自然也有他一直悉心维护的各种关系，这对一个报社记者来说很寻常。他的这个线人叫做罗萨里奥，是来自阿雷佐② 的一名邮递员，他费了不少周折终于到了罗马，在梵蒂冈谋得职位。

罗萨里奥是圣玛萨宾馆的总务，这家宾馆就坐落在圣彼得大教堂的法衣室的对面，里面的客房长年空着，供枢机主教们遴举教皇时下榻之用。这座六层楼高的建筑物设计现代，共有 132 个房间，以巴洛克风格装修的豪华大堂掩盖了客房内部简朴的摆设。罗萨里奥实际上干的就是宾馆的服务生、管理员和维修工的工作。不过他一向知道最近有谁来梵蒂冈。对史都来说他是不可取代的消息来源。

这天，圣玛萨宾馆仍旧冷冷清清，没有前来入住的客人。罗萨里奥是个身材魁梧的男子，一头黑发紧紧地抿在脑后，当有人来找他，他显得非常高兴，尤其是看到史都送给他的那瓶格拉巴酒。史都把布罗德卡说成是他的同事介绍给罗萨里奥。

这两个人认识已经有些年头了，因此罗萨里奥知道史都无事不登三宝殿，他肯定急需什么消息，否则他是不会连招呼都不打就直

---

① 格拉巴酒，一种意大利白兰地，由酿葡萄酒的皮渣蒸馏而来，故而又名“果渣白兰地”。

② 阿雷佐位于意大利中部托斯卡纳大区，是阿雷佐省的首府。

接过来。

“我能为您做些什么，教授?”罗萨里奥问。他管史都叫“教授”，他通常只对好朋友同时还像史都一样戴眼镜才这样称呼。

“你对德国墓地上的那块神秘墓碑都知道些什么?”史都直奔主题。

罗萨里奥笑得很勉强，“老实说，我什么都不知道——或者几乎算是什么都不知道。”

史都把一只手亲密地放在罗萨里奥的肩膀上，说：“你这里离德国墓地就几步远，别蒙我说你没有见到下葬的场面，来吧，罗萨里奥，把你看到的事情如实地说出来。”

“教授，”罗萨里奥着起急来，“这是真的，我蒙您干什么？突然有一天墓穴就在那里了，就是这样。墓碑上刻有两个花体字母，下面是生卒年月，跟报纸上的那幅照片一个样，我是亲眼见过的。接着呢，不知何时，上面的碑文就消失了。”

“问题的关键不在这里，罗萨里奥，那天的下葬一定有目击者。”

“我发誓，真的没有！就在那一天梵蒂冈召开员工会议，会是从下午四点开始，一直到六点半才结束。下葬肯定是在这段时间进行的。等我回来，天已经黑了。不过对面，巴伐利亚人那里还亮着灯。”

“什么巴伐利亚人?”

“这是我们对那个圣方济各修士的称呼，他还在那边值班。他的意大利语说得滑稽可笑，因为他从巴伐利亚来，我们都管他叫巴伐利亚人，他原来的名字叫帕特·忒奥图鲁斯。”

“那个巴伐利亚人不用去开会吗?”布罗德卡问。

“不用，”罗萨里奥回答，“他不属于我们，我的意思是他不在我们的管理范围之内。”

史都看看布罗德卡，“我们应该找那个巴伐利亚修士谈谈。”

“我早就去过了，没有用，”布罗德卡说，“他的嘴巴很严实，不肯多说半句。他一口咬定，他什么都不知道。我那时候还不知道，他可能就是整起事件的唯一见证人。”

史都竖起食指说：“所以我们更应该再去找他聊聊。”

“那是不可能的了，教授。”罗萨里奥说。

“为什么不行?”

“他已经不在那里。就在报纸上报道了神秘墓碑的那一天，教廷国务卿来了。教授，自从我来到这里，我还是头一次见到教廷国务卿哩！等史莫雷斯基从房里出来，那个巴伐利亚人也跟在后面，他们在房前分开。枢机主教钻进一辆深蓝色豪华大轿车，帕特·忒奥图鲁斯上了他那辆七十年代的老菲亚特，然后他们各自开车走掉。”

史都抓起一本放在窗口的电话簿，抄下什么东西，塞给罗萨里奥几张钞票，“你帮了我们大忙，回头见。”

他们往外走，史都对布罗德卡说：“我们必须得找到那个帕特·忒奥图鲁斯！事情很明了，他之所以离开这里，是有人不想让他被记者们挖到，从他嘴里套出真相。又刚好是史莫雷斯基把他带走，可见此事非同小可。您不这样想吗?”

他们上了一辆出租车。

“匹蒙特大街七十号。”史都说。

布罗德卡看看史都说：“您不打算告诉我，我们这是去哪里?”

史都皱皱眉头，“我没有说过吗?”

“没有。”

“请您原谅，我脑子里一直在琢磨这件事，还没有想明白。那个巴伐利亚人是圣方济各修士，罗马有一处机构专门掌管这世上所有圣方济各修士的活动，这个修士团总部就设在匹蒙特大街。”

这是一条交通繁忙的大街，那栋三层楼、红色砖瓦结构的五十年代建筑物就是修士团总部所在。小门一侧的玻璃窗后面坐着一个年轻的修士。史都向他说明来意，说他们想要和帕特·忒奥图鲁斯谈谈，年轻修士用质疑的眼神打量来客，然后答复说：“很遗憾，这不可能，帕特·忒奥图鲁斯已经不在总部了。”

“那我们能在哪里找到他？”布罗德卡急切地问，“我一定得知道，他家里有要紧的事找他。”

年轻修士先是无动于衷地瞟了瞟他，随后流露出无可奈何的表情，他拿起电话，压低声音和他的上司交谈了几句，隔着玻璃窗也听不清楚。最后他抬头对布罗德卡说：“我真的无能为力，对不起，先生，我无权回答帕特·忒奥图鲁斯目前的下落。我奉劝您，如果是家里面的事，您可以给修士团总部呈上一份书面说明。”

很明显，门房修士只是一五一十依照指示行事。他不清楚这里面的症结，连他自己也不知道为什么不能说出那位修士兄弟的下落。

“您听我说，修士，”史都笑呵呵地对年轻修士说，“我的朋友是帕特·忒奥图鲁斯修士的外甥，大老远地特意从德国赶来，就是想看看他。您就不能至少给我们一点儿线索吗？”

年轻的门房犹豫了一下，把身子探出小门，话音很轻近乎耳语：“如果我是您的话，就先去圣撒迦利亚找找看，那是萨宾山沟里的一处偏远地方。那里有一家修道院，专门收留年老体衰需要照料的修士兄弟。”

布罗德卡听懂了修士借此要告诉他们的信息，他很激动，“帕特·忒奥图鲁斯根本不需要什么人的照料！他或许有些与众不同，全是因为那场事故的缘故，但也不能为此就被强制送进养老院！”

门房举起双手，意思让布罗德卡安静下来，“那不是什么养老院，而是专为那些不适应集体生活的修士团兄弟设立。另外，先生，我什么时候说过，帕特·忒奥图鲁斯就在那里呢？”

“那是，”布罗德卡眨眨眼睛，“尽管如此，还是多谢您了。”

此时他们终于对那位显然是神秘葬礼唯一见证人的下落有了一些线索。不过又有更大的疑惑郁结在他们心头。

在咖啡馆，两人站着各喝了杯浓咖啡，商量接下来的计划。

史都手里转动着小杯子，满腹心事地说：“您跟那个忒奥图鲁斯打过交道，对他有什么印象？”

“这人很古怪，讲述他得病的前后经过时他话很多，也很投入，而对所有围绕德国墓地的问题他就没词了，他的说法是他什么都想不起来。但我不觉得他的头脑就真的糊涂，实际上他心里非常清楚，他只是不愿意说或者是不被允许说出来。”

史都将杯里剩余的咖啡一饮而尽，之后像是自言自语地嘟囔着：“我们有一个证人，而且还知道他现在在哪里。也许他不乐意帮助我们。问题一：该如何接近他？问题二：如何让他开口？”

布罗德卡的目光投向大街上来来往往的车流。天色暗淡，汽车大灯以及道路两侧的路灯已经点亮。

如何让他开口呢，布罗德卡思索着史都的问题。

早上八点，朱丽埃特从床上爬起来推开窗子。内米湖上云雾缭绕，今天的气温似乎要更高一些。然后她重回床上趴在布罗德卡旁边，他还睡得很沉。

昨晚半夜的时候他才从罗马回来，他们几乎没说上话。调查很有进展，他只这样说，然后他就躺下睡着了。

朱丽埃特紧紧偎依着他。清晨是做爱的最佳时辰。她用手指轻轻画着圈，从他的脖子划过胸口、肚子直到两腿之间，试图唤醒熟睡者。

她温柔地抚摸布罗德卡，布罗德卡两眼睁开，问道：“现在几点了？”

朱丽埃特气得要命，自他们相识以来，在这三年半的时间，布罗德卡还从未有过这样的反应。

“几点了？”他又问一遍。

朱丽埃特坐起身，遥望窗外的葡萄园，“八点！”她愤愤地答道。

布罗德卡亲吻她光滑的肩膀。“老天啊，我必须得起来，九点钟史都可就到了。”

朱丽埃特恼羞成怒：“那位史都过来是吃早饭的？”

“你怎么说得这么尖酸？我们准备去萨宾山的圣撒迦利亚。有人把德国墓地的那个修士带到那里去了，他是我们所掌握到那起葬礼的唯一目击证人。”

“这样啊，那么明天你和你的新朋友打算去哪里郊游啊？”

布罗德卡抱住朱丽埃特的肩膀，说：“你忘记了，我们不是在度假。当然，置身于这样的美景意识到这点很困难。”

“好了，别说了。”朱丽埃特咕哝着。

他们一起吃了早饭，皆闷头不语。布罗德卡一直想着圣撒迦利亚的那个修士，而朱丽埃特仍旧在闹别扭。

九点，安德里阿斯·封·史都准时站在门外。

朱丽埃特和他打招呼，态度明显冷淡。

“过个美好的一天！”布罗德卡亲了亲她的脸颊，与她告别，“别忘了，你还有辆车哪。”

“我什么时候再见到你？”

“那要看我们这一趟过去是不是很顺利。”说完布罗德卡上了史都的汽车。

他没有留意到由于恼怒和失望泪水正在朱丽埃特的眼眶里打转转。

布鲁诺·梅拿迪从来没有一下子得到过这么多钱。他把钱藏在一个搪瓷罐里，每天要数上好多遍：两千五百万里拉。

这可需要一个博物馆管理员挣上一年的工资。现在他把钱全部收进一个塑料袋，然后惴惴不安地去往两条街之外的银行。

罗马有太多的坏人，他们骑在小摩托车上，从毫无防备的行人手中抢走随身携带的包和相机。梅拿迪一走出房子，就把塑料袋宝贝似的紧紧贴在胸口。他一想到那家银行，就会不由自主地咧嘴笑，因为他那少得可怜的薪水银行里的人一向对他爱搭不理的，这下他可要他们好好瞧瞧。

他要同一位投资顾问谈谈，梅拿迪扬眉吐气。

这个他本人就能处理，柜台窗口后面那个油头粉面的职员傲慢地回答，全取决于您手上有多少钱。

梅拿迪向前后左右看了看，是否有人注意他们，然后他把塑料袋里的钱一股脑地倒在银行的柜台上。

梅拿迪过了六十年的俭朴生活，从没有像今天这样畅快。此时这一刻他溢于言表的满足让他忘却了过去种种的不如意，他多么希望时间能够在这一秒钟停留下来，让他慢慢地充分地享受拥有这般突如其来的财富所带来的幸福。

银行职员彬彬有礼地——梅拿迪还不习惯呢——询问他，他打算用这么一大笔钱——具体是多少他还没有清点——做什么好呢？

他希望，现在该轮到梅拿迪居高临下地说话了，用于既能得到高利润的回报又少风险的稳定投资。梅拿迪头一次阅读摆放在窗口前的那些各种理财宣传手册，以前他很少有兴趣看，梵蒂冈付给他的微薄薪资仅够维持生活，哪儿还有什么闲钱。

银行职员开始飞快地清点钱数。当然了，梅拿迪完全可以把数目告诉他，不过，看到有人为他做事情，他宁愿在一旁满心欢喜地欣赏这一幕。

“两千五百万里拉。”

布鲁诺·梅拿迪微笑着点点头。

职员整理好钱，他躬身对梅拿迪说：“您请稍坐一会儿，梅拿迪先生，我得向分行行长汇报，就回来。”

梅拿迪常常很羡慕银行的那些客户，他们指不定多重要呢，只能由分行行长亲自为他们服务。他从来没有梦想过有一天自己也会成为其中的一分子。他左顾右盼，趾高气扬，满脸的得意之情。

尽管比预想的等候时间还要久，可是布鲁诺·梅拿迪并没觉得有多长。钱让人快乐，他对自己说。他从不相信与此唱反调的那些说法，他认为那只是穷人们的一种自我安慰而已。

布鲁诺脑子里一边这样想着，一边美滋滋地搓着手，或许，他以后甚至都可以靠利息过活了。有朝一日还可以去乌菲兹博物馆[①]或者是卢浮宫。

---

① 乌菲兹博物馆是意大利最大的美术馆，是世界收藏文艺复兴时期作品最多的博物馆之一，位于佛罗伦萨。

一声厉喝打断了布鲁诺的美梦："梅拿迪先生?"

两个宪兵和一名刑警站在他面前。

"我就是。"布鲁诺忐忑地回答。

"您被捕了，请您跟我们走!"

布鲁诺·梅拿迪用目光向那位银行职员求助，而后者此时恢复了他那傲慢的神态，他耸了耸肩膀，用轻蔑的口吻说："全都是假钞，您或许真的以为能骗得了我，梅拿迪先生?"

"那不可能!"梅拿迪骇然失色，"那钱是从……"

"是什么?"警官上前一步，几乎快贴到梅拿迪的鼻子，"您是从哪里得来这些假钱的?说说看。"

梅拿迪只能大口地喘着粗气,什么都说不出来。他太震惊了,眼前天旋地转。他活了大半辈子还从未跟警察打过交道,而此刻叫他碰上了!

银行职员从窗口后面走出来，进到大厅，对那位警官嘀咕着什么，声音足够高到让梅拿迪听清楚："这人是条穷狗，突然拿了那么多钱进来，我就很怀疑。幸好，我们这里有紫外线验钞机。"

"总共多少?"警官轻声问道。

"二千五百万里拉。"梅拿迪抢先说，那职员冲着警官点点头。

"钱被没收了，"警官说道，转向布鲁诺，"您这样做可真是太不高明了，先生。如果您不说出谁是背后主使的话，就等着吃苦头吧。像您这么大年纪的人，在牢里蹲上几年，可不是什么舒坦的事情，不是吗?"

"提图斯!"布鲁诺·梅拿迪扯着嗓门高叫，像在喊救命一样。

"什么?"

"提图斯!就是给我这些钱的人，叫做提图斯。"

"这样啊，提图斯，然后哪?"

梅拿迪咽了咽口水，"没有什么然后啦，只有提图斯。"

"现在您给我好好听着，"警官说，他的话音听上去很恼火却又夹带着些许友善，"您是当真说的，有人扣响您的门并且对您说，他叫提图斯，接着把两千五百万里拉塞到您手上，之后就消失了?"

“我没有这样说，先生！我只是说，是那个叫提图斯的人给我这些钱的！是在波哥诺那大道的一家餐馆里！”

“有证人吗？”

“证人？没有，我在那家餐馆一个人都不认识，我是第一次去那里。”

“或许您该跟我们有所解释，一个您连姓什么都不知道的人，为什么会在餐馆里面交给您两千五百万里拉？”

布鲁诺·梅拿迪低垂着脑袋一声不吭。他担心，如果把实情都说出来，他的处境会更为糟糕。可是他又该如何应对呢？他连那个收买他沉默的人是谁都不知道。

银行职员看出来梅拿迪不打算坦白，他手捂在嘴巴前对警官说——不过他的话音高得足以让房间里的每个人都听到了：“这就是报纸上都报道过他的故事的那个人。他精神有毛病，声称拉斐尔的玛利亚在一夜之间改变了模样。”

警官审视着梅拿迪，对银行职员说：“这样啊，原来如此。”他抓起老人的胳膊说：“别害怕，您不会有事的，跟我们走吧！”

14

在弯多路窄的山路上行驶近两个小时之后——这其中有些地方的风景让他们恍惚觉得仿佛在开往世界的尽头，布罗德卡和史都到达圣撒迦利亚，这是一个只有两千五百人口的小城镇，而其中主要是老年人在这里苦熬度日。

年轻人早就离开了，因为城里找不到工作。几个种植葡萄的农民、一个打造农具的铁匠和两个制陶匠人是城里唯一的雇主，撇开那两三家餐馆和咖啡馆不算，况且它们也是由家族操持。

教堂倒是不少，上次地震之后其中的两座坍塌了，剩下那几个教堂的状况不容乐观。看不见一家修道院。

穿过一个有城垛的塔楼，他们进到一个市场里面，市场四周一溜窄房子，围成椭圆形，最占地的那栋房子是市政府，对面是一座教堂。

市政府外墙的阴影下面坐着一些老人，他们半是好奇半是漠然地朝这辆外来的汽车张望。

史都摇下车窗，问一个老人修道院在哪里。

那老人没有听清楚这个外来者的问话，他把手拢成贝壳状贴到耳朵旁，示意史都再说一遍。这时一个一袭黑衣的老妇人走过来，举起她那根当拐杖用的粗木棍指了指那片依山而建的房子，又把拐棍指向史都的宝马车，哧哧笑着说："这辆车不行。"

"为什么不行？"

老妇人把拐棍交换到左手，伸直右胳膊，几乎是直插向空中，表示那条山路非常陡峭。

"走路呢？"

"一个钟头吧，"老妇人问，"你们到那上面干什么？"

"找人。"

"噢，这样啊。"说完老妇人走进房子。

在市场的两栋房子之间有条陡坡的窄胡同，却也是石子铺路，可以行车。

"这么长时间都没有碰到一个人……"布罗德卡嘀咕着。

史都只管继续向上开。

等他们从那条石子路上出来，已经抵达城外，有一块岩石平地刚好够停车。

布罗德卡和史都决定从这里开始徒步前行。

为了不让车溜下坡去，布罗德卡找来石块垫在轮下。史都打开车的后备箱，拿出两件修士长袍，他们套在身上，然后上路。

实际越往上面走，山路越不像老妇人形容得那样陡峭，但也走得他俩大汗淋漓。正午时分，火辣辣的太阳照着，还有那件从头罩到脚的长袍子更是让他俩热得透不过气来。一个钟头的步行之后还是没有瞧见修道院的踪影。

然而绕过一块岩石，一片平地赫然呈现在他们面前，这块高地从下面看是完全瞧不到的。在由五针松和柏树圈起来的平地中央伫立着一座修道院，这是个五层楼高、正正方方的建筑物。离修道院不远有一个小型墓园，荒凉寂寥的环境给人一种视觉上超凡脱俗的感受。

他们朝修道院走去，这里四野阒然，只有和煦的微风吹过高地。布罗德卡和史都不知道等待他们的是什么，他们边走边商议着各种可能性，拟定出相应的计划。

完全是另外一副情景。

笨重的对开大门空敞着，带有拱顶的十字形回廊围成的内院中央是一个石头砌成的喷泉圆坛，外围是一圈生了锈的铁栅栏，前面有一个水池。

奇怪的是，这两个陌生人的出现并未引起任何人的注意。那些正在院内慢腾腾走动着的衣衫破烂的年迈修士都没有上前询问他们是谁，来干吗或者有什么可以帮忙。日渐老朽的身躯和长时间离群索居的状态让他们麻木迟钝。布罗德卡试图和其中的一位攀谈，也未能如愿，那个老修士只是友好地笑笑，接着走他的路。

后来布罗德卡和史都遇到一个身穿工装裤的人，他弯腰走路，是个驼背，身上挂着一个工具包。他弓着腰抬眼看着这两个外来者，说道："我没在这里见过你们，不会是我错了吧？"

"没有，"史都回答，"您没有搞错。我们刚刚才到这里，我们是从圣撒迦利亚来。"

驼背笑了几声，然后说："没错，还能从哪儿来呢，我的兄弟！除了那条路之外没有其他的道通到这里。你们到这里干吗？肯定不是打算在此地度过你们的余生吧？"

"我们在找一个名叫帕特·忒奥图鲁斯的修士。"布罗德卡回答，他觉得没有必要隐瞒前来这里的缘由。

驼背用手擦了擦皱巴巴的脸。"我不认识这个人，"他说，"一定是新来的。你们想把他从这里带走吗？"

"不，不是的，"布罗德卡连忙说，"我们只是想和他谈谈。"

"那些既然已经进到这里的人，是再也不能离开了。"驼背呵呵笑着，过了一会儿他敛住笑意正色说道，"除非是用八条腿。"

布罗德卡和史都诧异地看着驼背。

"是这样子的，"他解释说，"在棺材里，被四个人抬出去。"

布罗德卡举目了望这座修道院，一些好奇的脸孔躲在窗户后面，一旦和他们的目光相接触，他们马上就倏忽不见了。

一位形容枯槁、老态龙钟的修士拄着拐杖蹒跚地走近，他想过来听听这些外来者都在说些什么。

“我的兄弟，”驼背问拄拐的老修士，“你认识一个叫忒奥图鲁斯的修士兄弟吗?”

“忒奥图鲁斯?”被问者提起拐杖，指着对面的一排房子，那上面的窗户大多关着。“那个疯子，”他尖细的嗓音嚷嚷着，“就在对面二楼。一个年轻人，可惜脑袋不太正常。”说完他步履蹒跚地走掉了。

“我可不想进那里去。”驼背说着往地上吐了口唾沫，好像很厌恶的样子。

“为什么，如果我可以问您的话?”布罗德卡奇怪地看着这个工装裤里的驼背。

“住在那栋房子里的都是些奄奄一息的病人或者有传染病的，我可不想进去。”

布罗德卡思忖着他要不要重视这个警告，可他一味追查到底的强烈念头令他无所顾忌，一定要进到那栋楼里，找到忒奥图鲁斯。

“我去，”他对史都说，“您留在这里。”

“别扯淡了，”史都说，“我当然也要去。”

驼背带着他的工具袋摇晃着脑袋走了。

楼里阴森静寂，寒气逼人。木板楼梯已经被磨得破烂不堪，每踩上一步就吱嘎嘎作响。

“奇怪，”往楼上走时，布罗德卡说，“跟我想象得完全不一样，我还以为他们不会让我们进来，而这里所有的门都是敞开着的。”

史都站下来谛听，什么都没听见，又接着走。他说：“这儿的人也没地逃，又能跑到哪里去?能有口饭吃他们已经很知足了，他们根本用不着害怕有人闯进来，何况进来的只是两个装扮成修士的记者。”

布罗德卡眨巴眨巴右眼。“谁知道这身袍子起不起作用呢。说心里话，眼下我觉得自己非常的滑稽可笑。”

楼道里的一扇对开门挡住了去路，布罗德卡在心里认定门是锁着的，正思量该如何进去呢，他试探着推了推门，门竟然开了，他难以置信地看了看史都。

史都耸了耸肩膀。

他们轻手轻脚地走了进去，面前是一条昏暗的通道。没有电灯，空气中有股刺鼻的酸臭，是腐烂的水果夹杂着石炭酸的味道。两侧的房门上都有和视线平行的小窗户，透过这些玻璃窗可以瞧到屋里面的情形，都只有一张床和一把凳子。有一些房间没有人，而另一些房里躺着病恹恹的老人。瞧不见帕特·忒奥图鲁斯的一点儿影子。

布罗德卡正趴在房门窗户上往里瞧，就听见身后一个声音说：“我们见过面吧？”

布罗德卡吓了一跳，忙转过身去，“帕特·忒奥图鲁斯？”

“啊，您想起来了。在您跟驼背说话的时候，我就注意到您。这座修道院里的人没什么可消遣，原本也只是暗地里的窥视和窃听。”忒奥图鲁斯舔舔嘴巴，摸了摸胡须。他以嘲笑的目光打量着布罗德卡，并用同样嘲笑的语气说：“老实说，我早已估计到，您迟早会找到这里来，但您竟然是以这副可笑的装扮前来我可没有料到。”

布罗德卡不好意思地回答说：“我们以为假扮成修士会更容易混进来。跟我一起来的这位兄弟是信使报社的记者安德里阿斯·封·史都。”

忒奥图鲁斯乐了，“我的朋友们，你们忘记了，并不是长罩袍才让人以为是名修士，而是气质。”

“您说您已经算出我会找来这里。”布罗德卡说，“您这话是什么意思？”

修士左右看了看，然后推开身后的房门，示意来客进去。

和别的小房间一样里面的摆设也是极其简陋：一张木板床、一把椅子和一块固定在墙面的木板，可以放下当桌子用。修士请两位客人坐在木板床上。

忒奥图鲁斯修士靠在椅背上，对布罗德卡说：“您过去调查的路径是对的，那时候在德国墓地，大概您会觉得这个老忒奥图鲁斯的脑瓜不正常，您也不必为此不愉快，我那时是存心的，我只能那样做。您不是唯一一个调查那个神秘墓穴的人。”

“您不是想说，在德国墓地真的举行过一次下葬仪式？”

“当然了，我也在场。”

布罗德卡意味深长地看看史都。这个与世隔绝、冷清荒僻之地显然激发了忒奥图鲁斯对往事的记忆。

“那您也一定知道，谁被葬在那里？”

忒奥图鲁斯修士把头一偏，犹豫地说：“这我不知道，我只能说出我都看到了什么。”

“那您都看到了什么，修士？”

“一辆灵柩车，车牌号是慕尼黑的。”

“您能确定吗？”布罗德卡非常激动。

“十分确定。”忒奥图鲁斯冷静地回答，“灵车经过大门时，天色虽然已暗，但我还是能够辨认出车牌。已经有人在前一天告知我这件事，并让我严格保密。像这样的事情，可不是每天发生。准确地讲，已经有五十年没在德国墓地举行过葬礼了。起初我也没有对此多想什么。后来过来四个修士，我不知道是从哪里的修道院来的。等大门锁上之后，他们开始用铁锹挖出一洞墓穴，刚刚挖好，慕尼黑来的灵车就到了，棺材被埋到地下，没有神甫，没有祷词，没有送葬队伍，全程不过个把小时。夜深人静的时候，一个身影出现在墓地，他一动不动地站在墓碑前，足足有一个钟头之久，之后他悄悄地离去了，然而在第二天的夜里他又来了，接下来的第三天仍是如此。此后那人再也没有出现过。”

“您能认出他是谁吗？”

修士摇摇头。

布罗德卡皱了皱眉，问道：“可能是枢机主教史莫雷斯基吗？”

“我不这样认为，教廷国务卿史莫雷斯基是个小个子，很显眼。那位可能是白衣圣人。”

“有一点我还不明白，”布罗德卡说，“您为什么现在这么主动地把一切都告诉我们？”

“为什么?”忒奥图鲁斯修士摸了摸鼻子说，“我知道，报复不符合耶稣基督的教义，但是对一个像我这样的人来说这却是可以对抗上面专制的惟一机会。”

“您这话是什么意思，忒奥图鲁斯修士?”

“您看看我现在成了什么样!”他挥舞着胳膊，似乎要把整个小房间揽入怀里。

“您不是自愿到这里来的吗，修士?”

忒奥图鲁斯苦苦一笑，“您能想出有人会情愿到这里来吗?”

“几乎不能。”

“您看吧，修士们比对魔鬼还要恐惧于这座修道院，谁要是进了圣撒迦利亚，就再也不能离开，只能在这里等死，没有一天这里不抬人的。”

“您怎么落到这步田地?”

“为什么，为什么！我被强迫带进这个修道院。最开始，修士团总部给我寄来一封信，信上我被告知，鉴于我的年龄已高，必须得从修士团退下来。几天以后来了两个护工，胁迫着我将我带至这里。一想到我竟然不得不在这么偏远荒僻的地方过完余生，我都快要疯掉了。”

“那您为什么不逃跑呢?”史都接过话茬问，“也不会太困难啊。”

修士的嘴角向下一耷拉，说：“逃跑？跑到哪里去？一个像我这把年纪的修士！亏您想得出！我没有任何技能，我找不到工作，又举目无亲。不，没人能从这里跑掉。”

“您是因为什么才被放逐到这里的?”布罗德卡问，“不知您想过没有?”

忒奥图鲁斯拔开百叶窗朝修道院的内庭张望。“我想，他们是想把我这个见证人给除掉，不会有其它解释。虽然我不知道，为什么德国墓地的那个葬礼就这么见不得人，必须要对所有人保密。或许您能给我一种说法？您一定有个人原因，让您如此执着于探求这里面的究竟。”

“如果我告诉您，”布罗德卡回答说，“大概您会认为我精神有毛病。我有理由认为，在那个月黑之夜被葬在德国墓地里的正是我的母亲。您看到的那些场面更确证了我的这一推测，我母亲是在慕尼黑过世的。”

忒奥图鲁斯并没有表现出布罗德卡所期待的那份惊讶。在昏暗漫射的光线下，他看出修士正在冥思苦想，最后他说：“您的这种说法很没有说服力，先生，如果我可以问的话，对此您有什么证据？”

布罗德卡沮丧地点点头，“这个我也问过自己，到目前为止我并没有合理的解释，如果我知道，谜团大概也就解开了。”

从修道院的内廷那边传来嘈杂的响声，一直透过百叶窗打探外面动静的修士变得不安起来。

他转过身子，“你们必须得走，我想是那个驼背把你们出卖了，你们瞧！”

布罗德卡和史都凑到窗前，拔开窗扇的细缝向外看去。庭院里一帮吵吵嚷嚷的老人手握着长柄斧子、粪叉、锄头、打谷棒和短粗的棍棒聚集在两个修士周围，这两人身上的浅色修士袍让他们在一群人当中格外醒目。

“那两个修士是管我们的！”忒奥图鲁斯修士惊慌地说，“你们走吧，快！你们必须得离开这儿，不能让人看见你们同我在一起。”

忒奥图鲁斯修士催促着布罗德卡和史都出了房门。他们在通道走的是和来时相反的方向，一气跑到三楼，这才发现他们跑到修道院的廊台上，已经可以远远地看到钟楼。

舒适凉爽的清风拂过他们的脸。修士紧催他们动作再快些，他打开廊台对侧的一个小边门，从这里顺着楼梯下去他们到了一楼的前厅。

忒奥图鲁斯修士推开唯一的一扇圆拱窗户。“这里，”他指着外面说，“并不太高，你们两个也很年轻！”

布罗德卡靠在窗腰上向下看，近乎两米半的高度。他脱下长袍，史都也同样如此，他们先后把各自的行头扔出窗外。

布罗德卡紧握修士的手与他告别，他说：“您刚来这里，修士，怎么就知道这条逃跑路线？”

忒奥图鲁斯修士笑得很凄楚，脸上凝固着一种听天由命的神情，“在我到的当天我就探察出这条道，不过在此期间我也明白了，就算从这里逃了出去也是毫无意义。你们保重。”

布罗德卡站在外窗台上，一跃而下，让自己的双腿先着地，随后史都也跳了下去。

他们把修士长袍卷成一捆，沿着修道院墙下的阴影走了一段，然后跑过空地，一直奔到树林边，上气不接下气地靠着一棵五针松树坐下。

“可怜的家伙。”史都等自己的呼吸平稳了之后，望着修道院方向说道，“我很为他难过。”

布罗德卡没有搭话，手拿一根干枯树枝在林地上划来划去。他用袖口擦抹额头的汗水，头也不抬地说：“我也一样。我们现在至少知道了我们想要知道的事情，在德国墓地安葬着我的母亲，对此我不再有任何怀疑。”

史都点点头说：“这就像是玛利莲·梦露在克林里姆宫找寻她最后的宁静，请您原谅我的这一比方。不过，您母亲为什么会被葬在德国墓地？”

“是的，为什么呢？”布罗德卡抛开树枝站起身来，把修士袍夹在胳膊底下，说，“我们走，史都！”

朱丽埃特驾着车朝罗马方向开去。她对这辆租来的汽车掌控得很好，反正要比公路上的路况好许多，这一路上老是塞车，越接近罗马城越是如此。

借着地图朱丽埃特花了两个钟头开到信使报的报社总部。

她今天穿了条短得令人咂舌的白裙子，尖细的高跟鞋，愈发衬托出双腿的笔直修长，看得出来浅色的T恤下面她什么都没穿。

她要用这一身性感装扮挑战男人的视觉神经，令他们的目光黏附在自己身上，让她感受到被欣赏的愉悦。这几个星期以来她一直觉得寂寞无助。她对布罗德卡想得很多，可他的心思却完全在别的地方。他变了，那个曾经激情满怀、耽于生活享乐的男人好像是被鬼魂附了体一样，脑子里不装其它任何事情。有时候朱丽埃特觉得，他根本就不再在乎她。她很怀疑，他是否还爱她。

她径直走向档案室，路过门房时，门卫的眼珠像是长在了她身上似的死盯着她瞧，看着她的背影还在一个劲儿地乐。乘电梯上到五楼，当她一步步走近挂有“档案室”门牌的玻璃门时，她似乎有些胆怯，但她只是稍做犹豫，然后用力推开门。

档案室里除了工作人员之外没有旁人。朱丽埃特东张西望，她感觉得到房间里的女资料员都在注视她。克劳迪奥从一个铁柜子后面出来。“尤利埃塔！”他叫了一声，急忙朝她走去。

这个举动足以让那些女资料员的视线重新回到手头的工作上，至少表面上如此。克劳迪奥拉起朱丽埃特的手。

“我真没有料到你会来。”他压低声音说着把她领到自己的工作位置。

朱丽埃特坐到电脑前的一把椅子上，跷起二郎腿，好似满不在乎的样子，实际上此时她心慌得不行。克劳迪奥也坐了下来，而他甚至更要紧张。

两人四目相对——一种无言的试探。然后克劳迪奥悄声说：“我在我们的那家餐馆等了你整整一个星期，盼望着你来，后来我放弃了。”

“你真的那么想，我会再回来？”朱丽埃特有如挑衅般的迎视克劳迪奥的眼睛。

“我是这么期待的，心存一线希望。”

朱丽埃特浅浅一笑，目光落到电脑显示屏上。“我知道，”她说，“我知道这种感觉，”她重又凝视着克劳迪奥的脸庞，微微迟疑，然后说道，“所以我来这里，我想要看到你。”

克劳迪奥的双眸就像两颗黑珍珠般晶莹闪动。他看了一下表，小心翼翼地说：“你能给我一些时间吗？”

朱丽埃特点点头。

“你听我说，”克劳迪奥说，“半个小时之后我就完工了。我们在纳沃纳广场我们的那家餐馆见面，好吗？”

“一言为定。”

朱丽埃特站起身，克劳迪奥送她一个飞吻。

朱丽埃特往外面走时，满脸红霞，情思荡漾，她已经很久没有这样的感觉了。为什么她还要对此抗拒呢，既然布罗德卡不再把她放在心上？

朱丽埃特走进餐馆时，克劳迪奥已经等在那里。这个时段要找到一个停车位是很困难的。

“在罗马，最合理的交通方式就是这种小摩托车！”克劳迪奥神采奕奕，他轻轻亲吻朱丽埃特的面颊。“每天晚上我在这里等你，一直持续一个星期。”朱丽埃特在他们第一次约会的位置坐下来，克劳迪奥说，“然后我就想，一切都结束了。”

“还不都怪你自己不好。”朱丽埃特说。

“我知道，”克劳迪奥难为情地用食指在桌布上画着圈，“我犯了一个大错误，而且是不可原谅的。你非常生气，是不是，尤利埃塔？”

“是的。”

“楼道里的那个姑娘是个风尘女子，你知道的，是众多等待演出机会的‘女演员’和‘模特’中的一个，陪伴孤独的男士消磨时光来换取不菲的回报。”

朱丽埃特用戏谑的眼神打量着克劳迪奥，“你一定要那样吗？”

克劳迪奥耸耸肩膀，“当你对我说我们已经完了时，我非常绝望。然后她就出现了，而且很主动，再说那时我喝醉了，平时我是滴酒不沾的。”

侍者过来请他们点菜，朱丽埃特要了一份色拉，克劳迪奥是通心粉，还有矿泉水。

“这段时间你过得怎么样？”克劳迪奥问。

“从我们最后一次见面后，发生了好多事情。被人偷换的那些画失而复得，有人把它们完好无损地送到我住的公寓。”

“真是不可思议！”

“就是呀，可麻烦的事还在后面呢，紧跟着一个电话打过来，对方提出两个条件，其一是我们必须离开罗马，其二，他们要拿回我们碰巧得来的录音磁带。哦，对了，那些磁带你还有印象吗？”

“当然记得。但是我想，你们最后并没有妥协。”

“那是。”

“这很危险，尤利埃塔！就在昨天，那个博物馆的管理员布鲁诺·梅拿迪被捕了，是今天的新闻说的。”

“被捕了？为什么？”

“当时他正打算把两千五百万里拉存进银行——那可全都是假钱哪。肯定是梵蒂冈的那些不法分子捣的鬼，我敢打赌。”

从广场的喷泉那边走过来一个人，朱丽埃特认识这人，况且他那夸张、不同常人的肥硕身形也会吸引周遭人的注意，正是保罗·史佩林根。和以往一样他戴着帽子，松松垮垮的衬衫盖住大半截裤子。

朱丽埃特有些坐不住，这次她跟别的男人约会又被他撞见。她拿不准，保罗·史佩林根是碰巧路过还是盯上她了。史佩林根没有从他们面前经过而是从另一侧走向他的桌子，这样他就不必与她和克劳迪奥打招呼。他坐在最靠后的一处角落，宽厚的脊背对着他们，似乎在暗示，他对朱丽埃特这回跟谁约会根本没有兴趣。

克劳迪奥温柔地拉着她的手说：“我该怎么做，才能表达出我对你的爱呢，尤利埃塔？”

他说得这样动情，哪怕只是随便说说而已，这个小伙子在尽自己最大的努力去挽回她的心，这让朱丽埃特十分感动，更让她心花怒放。她让自己的手就这样被他紧紧攥着，乌黑的大眼睛默默地注视着他。“我要……”她说，话没说完，这时侍者端菜上桌。

克劳迪奥问：“你想要什么，尤利埃塔？”

“我要你和我做爱。”朱丽埃特回答，好像这是世界上最自然不过的事情。她的话音太高，克劳迪奥朝左右看看有没有人听到。

“而且是马上。”朱丽埃特又说。

克劳迪奥望着她。他把盘子推到一边，撂下两张钞票，说：“我们走！”

朱丽埃特的两只胳膊紧紧地搂住克劳迪奥，他开着摩托车，在傍晚稠密的车流中直奔他在特雷韦河对岸的家。爬上顶层，克劳迪奥打开房门，一把抱起朱丽埃特迈过门槛，急步进了卧室，两人相拥着倒在大床上……

狂热的激情释放之后，他们气喘吁吁地并排躺着。

朱丽埃特先开了口：“你刚才让一个寡妇感受到快乐。”

克劳迪奥坐起来，不明所以地看着她，“你在说什么，尤利埃特？”

“你没有听错，我现在成了寡妇，我的丈夫自杀了。”

“我还以为，你丈夫不是瘫痪只能成天固定在轮椅上吗？”

朱丽埃特点点头，“谁要是铁了心想了结自己，总会找到办法的。”

“我很为你难过。”克劳迪奥说，他又鼓起勇气问道，“那么布罗德卡呢？你还爱他吗？”

朱丽埃特没有应声，而克劳迪奥把这种不回答理解为默认。于是他追问了一句，而这本是朱丽埃特早就问过自己的。

“那我们两个接下来怎么办？”

朱丽埃特久久地看着克劳迪奥，然后把目光移向露台，暮色中罗马城的万家灯火闪烁摇曳。

她不知道答案。

屋里没有窗户，举架高得几乎瞧不见天花板，令人对这个房间莫名地就有种恐惧感。和梵蒂冈其他宫殿都不同的是它没有名字，反正比不上“Sala delle Muse”、“Gabinetto del Canova”或者“Sala degli Indirizzi”①。几个寥寥可数的出入这个房间的人只简单地称呼它为“Sala senza Nome”——“无名屋”，看来自有其原因。

① 这三处均为梵蒂冈城内的宫殿名字。

利奥十世[①]，这个善谋权术、崇尚奢华的美第奇教皇曾让人多次改装过这个房间，并在四壁上作粗俗下流的湿壁画。为了让他和他的朋友们修身养性，墙壁上的裸体女人以淫荡挑逗的姿态相互嬉戏，以至于利奥的后继者们不得不用石灰浆覆盖住那伤风败俗的画面。

但是石灰并不能掩盖罪孽，它像是蓄意似的一点点从墙上斑驳脱落，很快，有伤风雅的壁画又一次展露出来，于是利奥的继任者们决定，用砖墙封住这个无名房间的入口。此后无名屋渐渐被人遗忘，时至今日也没有派上用场。

教廷国务卿史莫雷斯基怎么就发现了这个房间，仍是个谜团——如同其他笼罩在他身上的众多秘密一样，无人知晓。这个无名房间没有窗户，只有一个出入口，史莫雷斯基把它作为召开特别会议的场地，这种会议之所以特殊全因为它从没有在午夜之前举行过，枢机主教要的就是这个，那时候不会碰上任何外人，也不会被人觉察这里面的异常。

一道无任何雕饰的铁门挡住狭窄的入口，门两侧分别把守着两个高大威猛的副主祭，和他们身穿的平整熨帖的法衣有些不太谐调。他们的任务是查验前来参加会议的人的资格。

自称为“Belphegor”的人想出了一个巧妙的办法，因为不是所有的组织成员每次都被邀请列席，所以他挑选圣经里的篇章作为入会的口令，每次会议都不尽相同，并只在电话里通知个别人。这次是马太福音第十章第十七小节。

“Belphegor”可能是魔鬼，却是一个能将圣经倒背如流的魔鬼，他可以随便说出一段圣经里的话拿来所用，但这并不意味着他真的笃信圣经。相反，大多数时候他是以一种嘲弄的态度，而这段马太福音第十章十七小节似乎就是对现实的讥讽，这一小节是说：“你

---

① 1513年，新教皇利奥十世继位，他聘请艺术家为他歌功颂德，曾要求拉斐尔为他的梵蒂冈办公室作壁画，有些大幅壁画是由拉斐尔起草让他的学生们绘制。

拉斐尔的《该拉忒亚湿壁画》

们要防备人，因为他们要把你们交给公会，也要在公会里鞭打你们……”

要进入这个无名房间，所有的参会者都要在副主祭的耳畔轻轻说出“马太福音第十章第十七小节”。那些男人们——也仅限于男人们——全是一身黑，却绝不是神职人员的长袍：他们穿的是手工缝制的双排扣黑西服，像是团体制服，搭配黑色领带或者白色的立领。

这些人之间从不互称他们真正的名字，这样他们就好像身处在另外一个世界里似的。和平日里一样，史莫雷斯基总是最早到来，也和平日里一样，他没有穿他的枢机主教法衣，而是一套考究的黑西服，这次他还带上了他的秘书帕勒尼寇。

今夜史莫雷斯基表现得格外激动，他面色赤红地在一张长条黑漆桌旁落座，桌子摆放在房间正中央，上面是一盏硕大的枝状吊灯。

通常，史莫雷斯基是很在乎被人尊称为“阁下”，但在这个没有名字的房间如果有谁不用代号“Asmodeus”称呼他的话，准会招到他劈头盖脸的一通叫骂。

坐在他右侧的是“Baalzebuth”，真名叫做皮特罗·萨多拿，是掌管信仰理论部的枢机主教，此外，他还是“Belphegor”的朋友，一个精神上的朋友，应该强调的是，在这个组织内部如果存有真正的友谊是犯忌的。

在“Baalzebuth”对面的是枢机主教恩利寇·菲奥雷佐，负责万民传播福音部，他有些驼背，但眼光犀利，他的代号是“Nergal”。

他旁边的座位空着，因为以前坐在此处的是枢机主教赛门。这个位置对面的那位主教好像心里很不痛快的样子，他一直盯着桌面出神，在这个圈子里他被叫做“Belial”，实际上他是帕特罗·赛伯主教，梵蒂冈的新闻发言人。

“Belial”旁边就是“Apollyon”。“Apollyon”原本的名字叫安利寇·保勒参，他主持一个造假作坊，手底下有五名匠人。在帕尔迈扎诺蹲监狱期间安利寇接管了他的工作，并被证明是个了不起的画匠。

坐在他对面的就不是什么陌生人了：阿尔贝托·法索利诺，他在这里被称为“Moloch”。

最后“Adrammelech”也走进了这个无名房间，他在这里要比作为梵蒂冈的保健顾问安得利阿·劳白罗教授更为人所知。他紧挨一个神色严肃、面目紧绷的人坐下来。

这个人是吉瓦尼·巴提斯塔·伦巴多主教，一位神学教授，也是信仰理论部的成员，以他的能言善辩和他那把随身携带的手枪为人所忌惮。伦巴多始终心怀恐惧，但要问他究竟是畏惧哪一个人，他是不回答的，他会手捂住嘴巴吐出那个地位最高的魔鬼的名字“Lucifer”，就像他常常情绪激动地声称，在年轻的时候他曾遭遇过这个“Lucifer”，并由此令他走上了神职道路。他在这个组织里的代号就是“Lucifer”。

长桌旁只剩下两个空座位，大家都在静静地等待，目光朝门口看去。只见枢机主教团团长史佩林根胳膊下夹着一打文件走了进来，房门在他身后无声地合上。

史佩林根和他的兄弟保罗长相酷似，就连体型也是同样的腰滚肚圆，不过他完全是另外一种人。这位枢机主教穿着裁剪合体的双排扣黑西装，坚挺的白色立领夹着脖子，而保罗，那个作家从不会穿戴这些。枢机主教的举止也和他的作家胞弟截然不同，他说话坚定有力，动作灵巧利索，眼神锐利，还带着些玩世不恭。

他的代号就是“Belphegor”。

他疾步走向长桌的主座位，一落座，就大声呵斥道：“有的时候我真的以为我被一群白痴包围。失败，除了失败就是失败！再这样下去我们永远也达不到我们的目的。Adrammelch，你说说看，大主祭被毒死了，这是怎么一回事？”

劳白罗教授紧张地拉扯着他的黑领带，回答说：“我不知道，Belphegor，我只知道他是被氢氰酸毒死的，有人把这种毒剂滴进了弥撒葡萄酒里。”

“这暗杀是冲着我来的！”史莫雷斯基怒气冲冲地说，“按照常规本该由我在那天早上引领弥撒。凶手就坐在我们这圈人当中！”

“胡说！”“Nergal”，那个驼背反驳，“谁会想去杀你呢？收回你的指控，否则……”

“我不会这么做！”史莫雷斯基叫嚷起来，“在没有对这次下毒案找出一个合理的解释之前，我绝不会收回我的话。”

史佩林根息事宁人地摆摆手，他说：“不会有什么解释，至少在公开场合如此，这对我们来说很危险。Adrammelch，对外宣布的死亡原因是什么？”

“心肌梗死，Belphegor，这也不完全是假话。”

“媒体对此怎么看？”枢机主教团团长史佩林根转向主教赛伯说。

“不是很糟。我的意思是，没有哪份报纸对大主祭的突然暴病身亡有疑问，即他有可能是非正常死亡。大多数报纸对他的辞世都只是寥寥几句的轻描淡写。他本人既不为民众所熟识，也不受人爱戴，而且还是个美国人。”

枢机主教史莫雷斯基可不想就此罢休：“我们还是谈谈那寥寥几句的报道吧，也许凶手此时正坐在这里！”

“Asmodeus，我不得不强烈地要求你！”枢机主教团团长史佩林根告诫这个挑事者，“如果你没有证据，请你闭嘴。”

“凶手会再次下手，或许你就是下一个目标，Belphegor！”

史佩林根愤怒地瞪着史莫雷斯基，“那更好了，Asmodeus，那样子的话你可能会更客观地看清事实。”

“事实！有人要毒死我！这就是事实！”

心烦气躁的史佩林根把在场的人瞅了一圈，然后问道：“你们中或许谁能对此次事件有个说法？”

劳白罗教授举起手发言：“那个教堂司事，教士佛拿多·寇德斯的举动很不寻常。我认为他倒不至于是凶手，但至少他知情。”

“你从何得出这个结论？”

“我记得很清楚，寇德斯在美国人死时一开始显得很镇定，要比其他的目击者冷静许多。之后当我告诉他枢机主教是被毒害死的时候，他的身体颤抖，并声称他和这事没一点儿关系。”

“然后呢?”枢机主教团团长史佩林根接着问。

“没有什么然后了，Belphegor。”

史佩林根不解地摇摇头，“那我就不明白了，您这话到底要说明什么?那个可怜的家伙还能有什么反应?没错，他有负罪感，因为是他把弥撒葡萄酒灌进瓶子!”

“反正这是毋庸置疑的，”史莫雷斯基并不让步，“下毒绝不是针对赛门，而是我。我要求进行彻底清查!”

“那么该谁来调查呢?或许是罗马的刑警?您是知道的，在梵蒂冈国所属的区域内发生的犯罪案件不由意大利的司法机关负责。”

“这个用不着您来告诉我，Belphegor!作为教廷国务卿我对这些规定如数家珍。”

“难道您想把这一不幸最后闹成一大丑闻吗?已经有太多的记者把他们的鼻子探进我们内部的事务中来，这些包打听们对我们构成了不小的威胁，难道我一定要说得再清楚些吗?布罗德卡那边有什么最新情况?”

史莫雷斯基神色慌张，支支吾吾地回答：“有很大的进展，Belphegor，一切尽在我们的掌控。”

枢机主教团团长史佩林根把脸埋在双手里，不让自己脸上的怒气呈现给大家。这并不是秘密，一直以来史佩林根和史莫雷斯基之间就不太对付，一种原因是出于性格上的迥异，另一方面就是每每进行决策时他俩的意见总是唱反调，彼此也互为敌手。

“那些磁带现在在哪里?”枢机主教团团长史佩林根问，从他的语调里分明可以听出他在极力克制自己的怒火。

“这件事出了点纰漏。”教廷国务卿回答说，“可那不是我的责任!”

“自然不是。”史佩林根冷言冷语地说。

“磁带仍旧在那个摄影师手里。”

“布罗德卡?”

史莫雷斯基使劲点头，并朝阿尔贝托·法索利诺递眼色，示意他该说几句话帮他解围。

“是的，事情是这样子的，”法索利诺解释说，“我们把布罗德卡的情人，就是那个画廊女主人的画退还给她，当然是匿名的，同时我们还附上两张回慕尼黑的机票。那两个人一直到起飞之前还在我们的监控之下。遗憾的是布罗德卡并没有遵从我们的要求，用那些画交换磁带。”

枢机主教团团长史佩林根突然从座位上站起来，两手叉在身后，踱着沉重的步子在无名房间里走来走去。所有在场的人都在胆战心惊地等待他随时可能爆发的怒火，史佩林根的咆哮能震得空气嗡嗡响，连地板也会颤动——他的身材让他有充沛的底气。

可是接下来什么都没有发生。枢机主教只是面色惨白，他转向史莫雷斯基问道：“那两人已经离开罗马了吗？”

“绝对肯定，Belphegor。”

等史佩林根在房间里来来回回走够了，心气平复下来，他才又坐回到原来的位置，“这个布罗德卡和他的情人自然知道，攥在他们手里的录音磁带是什么。你们说说，那些磁带是怎么弄丢的？”

史莫雷斯基瞟了眼阿尔贝托·法索利诺，法索利诺清清嗓子说：“哪里都有害群之马，尤其是家里的那些仆从。我家的一个狡猾的老仆从阿尔诺发·卡拉奇偷走了磁带，我敢打保票，他并知道他偷的是什么东西。他受到最严厉的惩罚，他死了。”

枢机主教恩利寇·菲奥雷佐抬手在额头和胸口草草地划着十字，他突然发现所有人的目光都集中到他身上，吓得他立马半路中止了这一手势，忙垂下头，羞愧地看着桌面。

史佩林根一拳重重击在桌上，说：“我必须看到磁带就放在这儿！而且要在敌人破坏我们的计划之前。总共是多少盘？”

“二十盘。”法索利诺唯唯诺诺地回答，“磁带上的录音通话都用代号称呼彼此，时间、地点也是加了密的。我相信，除了我们圈内的人没人知道那上面说的是什么。”

“那里面也包括‘Urbi et Orbi’行动吗？”

“是的，Belphegor。”

枢机主教团团长史佩林根紧咬下嘴唇，然后面向史莫雷斯基问道："有关这次的行动您准备得怎么样，Asmodeus?"

教廷国务卿慢吞吞地从西服的内衬口袋掏出一根廉价雪茄，他咬掉烟头，一边在裤兜摸索火柴一边回答："我的汽车被炸上天，干扰了我们的计划。"

"那又是怎么一回事情?"

"对此谁都没办法加以防范，""Lucifer"，伦巴多主教说，他有气无力的语调就好像他刚睡醒似的，"一定是某个疯子干的。到如今警方都没发现凶犯的任何踪迹。"

"有人打算不择手段地除掉我。"史莫雷斯基说，"我又能做什么呢?"

这话听上去是那么的无辜，令在场的各位一时间无言以对。

除了枢机主教团团长史佩林根，他说："您放在后备箱里的列奥那多是怎么回事，Asmodeus?"

史莫雷斯基气哼哼地从嘴里吁出一个烟圈，"这次的爆炸案让我们损失了一亿美金，不过幸好我还活着。"

枢机主教团团长史佩林根嘲讽地说："照我的推测，您后备箱里的列奥那多可是一幅真迹，并不如媒体所盛传的那样只是件复制品。您经常把列奥那多放在后备箱里开车兜风吗，Asmodeus?"

"您别瞎说。一个脑筋不太正常的日本阔佬原本打算在一个小时之后过来取走。我是有意把车停在离我城里的居所远远的地方，然后在那里交易，用列奥那多换来一亿美金。这件事情安排得非常严密，没人能察觉。"

枢机主教团团长史佩林根用手摸摸胡子拉碴的下巴，他板起面孔，好像想起了一件烦人事。他紧紧盯着史莫雷斯基说："我不禁要问，Asmodeus，挂在梵蒂冈博物馆里的艺术品说到底还有多少是真的?"

这个问题史莫雷斯基始料未及。他试图回避史佩林根虎视眈眈的目光，可是后者盯他的样子就像头狮子在垂涎眼前的猎物。"嗯?"枢机主教催逼着他。

“很难说清楚，”史莫雷斯基吞吞吐吐地回答，“没有这方面的记录。不过您可以这样想，凡是古典艺术大师们的大幅尺寸的作品和墙上的湿壁画都是真的。您好好想想，Belphegor，那些画作暂且是我们最重要的收入来源。”

枢机主教像在舞台上演出一般放眼望向天花板，同时嘴里念念有词：“噢，也可能有人把收益藏进了自己的腰包……”

史莫雷斯基自然明白史佩林根所指，他从座位上蹿起来，把胳膊恶狠狠地伸向枢机主教，气急败坏地叫嚷：“Belphegor，我要求您，请您收回对我的诬告，否则我马上将您视为我的敌人。”

史佩林根对于史莫雷斯基的叫嚣报以微微一笑，“您听着，史莫雷斯基，我没有说过，您打算将此次交易所得放进自己的口袋。我只是提醒大家，有这样的可能……”

“我决不能容忍！”史莫雷斯基吼道，“连您也不可以，Belphegor！我是教廷国务卿！”

“只要您不宣称，您是亲爱的上帝就行……”枢机主教团团长史佩林根大手一挥嘴里嘟哝着。

就在两人之间的争执即将升级火爆之时，皮特罗·萨多拿，那位掌管信仰真理部、极端保守的枢机主教开口说话来和稀泥，他两手一摊说：“大家不要老是这样吵吵闹闹，只有团结协力才能完成我们的使命。我恳请你们，不要把你们的私人恩怨带进我们的伟大事业中来！”

教廷国务卿在烟灰缸里摁灭雪茄，将剩下的烟蒂放回衣兜，摆出一副沉重的表情，以攻为守地说道：“如果我没有获得大多数人的信任，我就准备退出。”

这句话引起在场众人的不安，他们把史莫雷斯基的话信以为真了，实际上对于史莫雷斯基来说这是完全不可能的。

枢机主教团团长史佩林根看出眼前自己所面临的困境，于是他连连致歉，是他的过错，他从未想要伤害到“Asmodeus”，“现在说正题吧！”

教廷国务卿展开一张地图，不难看出，这是一张梵蒂冈城的平面示意图。

所有的黑衣人都朝地图好奇地凑过来。史莫雷斯基用食指在圣彼得广场上画了一个圈。"'Urbi et Orbi'的行动时间确定在复活节前的两个星期，也就是后天，在这个位置。"史莫雷斯基指了指多利克柱式圆柱的左半侧，刚好是围栏上的第七对圣人像。"在耶稣受难日[①]的前一天夜里，第十三座和第十四座圣人像会上天——是被炸上天的。很对不起，但没有别的办法。在接下来的星期一，工人们上去清理废墟，在那里搭建一个带有一上一下两个平台的脚手架。总之，要给人一种准备修复圣人像的印象。其实，我们是在下层的平台上装置一架可以远程遥控的枪，这项任务已经委派给我的秘书帕勒尼寇，由他负责向你们解说更具体的细节。大家绝对可以信赖帕勒尼寇，我完全可以担保他的忠诚可靠。"

帕勒尼寇手撑在桌面上，详细地解说计划。"从第七对圣人像到圣彼得广场上的中央柱廊的直线距离是一百零八米。俄式步枪LZ803型的射程是一百米到二百米之间。另外，它的外形看上去并不像枪支，反而更像是一个长方形的工具箱。在这一距离，枪的瞄准镜的校准精确度为上下四厘米，真是不可思议。这款武器是克格勃在冷战期间研发出来的，并在多起轰动一时的暗杀行动中使用过。那些死在这管枪下的人从表面上看都是因心脏病突发而暴亡。这把枪用的不是普通子弹，而是一种爆炸弹，击中对象后弹头会炸开，在它三毫米长的弹头里藏有N3，N3是由俄国人炮制出的一种剧毒，只需三毫克的N3就足以让一头壮马在两秒钟内死亡，而这种爆炸弹的弹头装有五毫克。如果人被子弹击中，他的身体上至多只会留下一个小红点，还没有一粒痣那么大。"

史佩林根全神贯注地听着帕勒尼寇的讲解。帕勒尼寇把暗杀过程描述得细致而精准，相当吸引人，同时也让人毛骨悚然。"您是如何搞到这把神奇的武器的，帕勒尼寇？"

---

① 耶稣受难日，为纪念耶稣基督被钉在十字架上受难的日子，是复活节前的一个星期日。

圣彼得大教堂多利克圆柱柱廊

“我直接从枪主那里买来，”秘书回答，他的视线仍停留在地图上，“从一个克格勃间谍那里，可不便宜——五百万呢。”

“里拉？”

“美金！拜托您别乱说！要得到这样的物件只有一种货币才可能——那就是美元。”

教廷国务卿史莫雷斯基也掺和进来，他转向史佩林根说：“您现在看到了，把那些艺术品卖掉所得来的收益进行投资是多么的有意义。”

帕勒尼寇没有接过史莫雷斯基的话茬，只管自顾自地又说：“这个价钱还包括一个远程控制器，具有十个瓦特的能量。就是说，您可以在距离事发地点三到五公里远的地方开启安装在平台上的枪。”

秘书从兜里掏出一个拇指大小的东西，把它放在桌子上，说：“这就是发射器，一旦摁下它的开关，枪膛里的子弹就会射出，只需轻轻地一按——砰！”帕勒尼寇的眼睛闪动着异样的光芒。

“如果我没理解错的话，帕勒尼寇，”——枢机主教团团长史佩林根脸上的表情凝重肃穆——“这次暗杀我们就不需要狙击手了？”

“当然不需要！”帕勒尼寇朝史莫雷斯基使了个眼色。他从他的文件夹里找出一沓照片，让大家依次传递着看。“这是近二十年来有关复活节祈福的新闻图片。可以清楚地看到，我们这次行动的目标对象，也就是现任，在所有照片的画面上几乎都站在同一位置。你们比较一下这几张上他的身体左右两侧到门的距离、到圆柱和壁柱的距离——完全一样。我们把 LZ803 在行动之前的一天或者两天安装在平台上，调好瞄准镜，将 N3 子弹上膛，然后用一块帆布盖上，LZ803 就会和圣人一样没人看得见。”

“天才！”枢机主教团团长史佩林根夸赞道，“还有两个问题，在什么时间并由谁下手？”

这时教廷国务卿史莫雷斯基从座位上站起来，双手相握，好像要致词的样子，但是他只说了一个字：“我。”

史佩林根并不意外，他只是问史莫雷斯基：“那时您准备呆在哪里?"

"到时候我的身体会突然有些不太舒服，然后留在我的办公室收看转播。一旦目标对象站在他该站的位置上，我就会摁下按钮。"

枢机主教团团长史佩林根朝史莫雷斯基的秘书瞧去，"你能确定技术上不出差错吗?"

"就像教堂里众人异口同声的阿门一样确定。"帕勒尼寇回答。

15

朱丽埃特很晚才返回内米。压抑许久的激情释放后，她的内心有种负疚感。她甚至为她的迟归想好了借口。当布罗德卡知道她这一天是在罗马过的，他立即询问，她了解到哪些新情况。

“可惜没有，你呢？”朱丽埃特小心翼翼地试探，“还顺利吗？”

布罗德卡摩挲着下巴说：“我们找到德国墓地的那个修士，他们把他丢进了一所修士的养老院。”

“为什么呀？”朱丽埃特问。

“有人要封住他的口。所有的迹象都表明，我母亲的确是被葬在德国墓地。那位修士声称，他亲眼目睹了下葬过程，这也就是他为什么会被放逐到萨宾山的原因。”

“他还知道些什么？”

“反正挺多的，从一辆慕尼黑车牌的灵车上把棺柩卸下来。”

“你认为这些证据够了吗？”

“是的，不过还有一个疑问，为什么会是这样。”

“你有没有想过，你母亲可能曾是史莫雷斯基的情人？我的意思是说，在他还不是枢机主教的时候。”

“那太荒唐了！我母亲在信里把史莫雷斯基骂作‘魔鬼’，她一定出于某种缘故才那么痛恨他。”

“正是，没有爱，哪儿来的恨。”

布罗德卡默默地看着朱丽埃特良久。

她的愧怍一直折磨着她，她的嘴角在微微颤动，突然间她很害怕会失去布罗德卡。他看她的眼神为什么如此这般锐利，好像洞晓了一切？

后来布罗德卡的一些话让朱丽埃特放松下来：“还不能确定，我母亲跟史莫雷斯基是不是很熟络。不，照我看来这后面一定有别的事情。”

“会是什么呢？”

布罗德卡耸了耸肩。

“你知道吗，梅拿迪，就是那个博物馆管理员被捕了？”朱丽埃特说道，然后下一秒种她恨不得咬下舌头。

“你从哪里知道的？”

“从……从报纸上。”她撒谎说。

“让我瞧瞧。”

“我把报纸落在咖啡馆里了。”

“他因为什么罪名被抓？”

“当时他正准备把两千五百万里拉存进银行。”

“这对一个像梅拿迪那样的人来说确实是很大一笔钱，但那也不成为逮捕他的理由啊。”

“那些钞票是假的。”

布罗德卡再一次摸了摸下巴，他忧心忡忡，“一切不过是短暂的美梦。”

他拨通史都的电话。

“嘿，我是布罗德卡，梅拿迪被捕了，收买他的钱是假钞。”

“我知道，”电话另一端的史都说，“今天报社里的人都在传这个可怜老人的不幸遭遇。您从哪里知道的，布罗德卡？”

“不是都登在报纸上了吗？”

“哪里有，或者您已经看到了明天的报纸？”

布罗德卡不吱声，他朝身后的朱丽埃特看去，她已经上楼了。

“知道吗，”史都沉思片刻说，“如果我们提供目击证词的话梅拿迪会被释放？”

“是的，同时我们也会得到回报，梅拿迪一定能把所有的事情都说出来，他会说出他是怎么得到那些假钱的。我们去给他作证吧，好吗？”

“同意。我在警局有一个线人，他能告诉我梅拿迪现今被关在哪儿。搞到一张探访许可证并不难。您明天什么时候能到罗马？”

“就定在十一点左右好了，还是昨天的见面地点，尼尼奥餐馆，波哥诺那大道。”

布罗德卡挂下电话。

布罗德卡爬上床，朱丽埃特装作自己已经睡着。

黑夜里布罗德卡谛听，这里是如此的静谧，甚至可以听到蝙蝠在漆黑的房檐周围扑棱翅膀的声音。但是布罗德卡的心中有如翻江倒海，他无法入睡，辗转反侧。他拧开床头柜上的台灯，双手垫在脑后，望着天花板出神。朱丽埃特为什么要骗他，说她是从报纸上看到梅拿迪被捕的消息呢？

布罗德卡回过头来，注视她的脸庞，她的眼角在轻微颤动，泄露出她实际在闭着眼睛假寐。所以他并不奇怪，当她冷不丁问道：“你在想什么呢？”

犹豫了一下，布罗德卡轻声地说：“一时间脑子里装了太多事情，乱极了。”

“我也一样。”

布罗德卡问：“我们认识已经多长时间了？”

“愚蠢的问题，你和我知道得一样清楚。”

“你说嘛。”

“三年多吧。”

“是呀。你认为我们现在的这种关系如何？我的意思，你觉得幸福或者仅仅是一种习惯？抑或是你把这一切都只看成为了某种共同目标的协作组合？”

布罗德卡想要说什么，朱丽埃特心里明镜似的，这令她有种不妙的预感。但她佯装不知，“你为什么说这些，你就那么想知道我的答案吗？如果我说，过去的三年是我一生中最幸福的时光，这样你满意了？”

“你不该嘲笑我这么问。”

“我是这样吗？”

“反正我是这么感觉的。”

“对不起，这并非我本意。”

两人长时间的无语，直到布罗德卡先打破沉默：“这三年来你骗过我吗？”

朱丽埃特凝视着他，她有种被别人看穿了的感觉，但她的回答却是以攻为守：“那你对我撒过谎吗？或者你有多少次出轨没有告诉我？你这样说是什么意思？在审问我吗？”

“不是，你也用不着回答。我只是觉得，我们应该彼此说实话。”

“你凭什么对我说教？”

“不凭什么。”他心平气和地说，“或许你自己知道？”

朱丽埃特坐起来，她避开布罗德卡的目光，说道：“我明天回慕尼黑，你觉得怎样？只要画还藏在这里，我就会很担心。你是知道的，它们价值五百万马克。而这次我也不打算把它们委托给运输公司。另外，家里还有好多事情等着我处理。我准备把画廊暂时关闭，医院也该卖掉。别墅怎么办，我还没有想好。”

“你打算呆多长时间？”

“大概一个星期左右。”

布罗德卡背过身去。“你也清楚，”他思量着说，“如果我们分开几天，倒也不错。”

朱丽埃特朝布罗德卡靠过去，“几个星期以来我们不是一直这样吗，”她说，“我明天开车回慕尼黑，没有问题吧？我要静下心来好好考虑一下我们俩的事。你也一定如此，不是吗？”

布罗德卡没作回答。

第二天，他们分头上路。

布罗德卡乘公车去了罗马。当他到达波哥诺那大道的尼尼奥餐馆，史都早已等在那里。他已经做好充分准备，非常的兴奋。

“布罗德卡，”史都说，“如果我们能顺利地让梅拿迪开口，他把一切都说出来，那可真就太好了。只要他承认，有人给他钱是为堵他的嘴，这就是最关键的证据，证明梵蒂冈的博物馆里挂着一张假的拉斐尔，而原作在主管部门的默许下被换成赝品。”

“我也这样看。问题是，梅拿迪是否愿意作证，您还记得上次我们在他那里碰过钉子吗？”

“当然记得，可是现在状况不同。梅拿迪被关进拘留所，有人用假钞票愚弄他。我可以想象，此时此刻他对那些待他如此恶劣卑鄙的人是多么愤恨。”

布罗德卡点点头，“那是一定的。兴许梅拿迪会因这次的假钞案获罪而被判刑关进监狱，至少要被关到这件事被人淡忘的时候。”

“那些坏蛋的计划正是如此，这是最容易也是最保险的解决方式。以百分之十的票面价格就可以买到假钞。谁会相信，有人把两千五百万里拉存进银行，还声称这些钱是一个他所不认识的人给的。我是不会相信，那个……他自称什么来着？”

“提图斯。”

“……那个提图斯会把自己的真实姓名和地址告诉梅拿迪。”

“怎么可能呢，我认识那个家伙好几个月，直到现在我都不知道他的真名叫什么，他在为谁工作。您查出来梅拿迪被关在哪里了吗？”

“羁押在罗马雷吉高利监狱。我在警局的线人已经为我们搞到一张探访许可证。”

“真叫人佩服。”布罗德卡毫不掩饰他的惊奇。

“这并不难。对于意大利的司法机关和行政机构，一切皆有可能。当然要花些小钱，但是那一丁点贿金和吭哧吭哧的辛苦调查来说真算不了什么。我们走吧，去会会我们的朋友。”

雷吉高利监狱位于特雷韦河沿岸，是一幢外墙牢固的建筑物，绝对能让品质恶劣的市民望而生畏，敬而远之。

光是报出史都的名字就让所有的大门为他俩敞开。他和布罗德卡没有任何麻烦地进到一间冷冰冰的会客室。房间里有一面玻璃砖墙，下边一排刚刚上过漆的暖气片。在明晃晃的氖光灯下，一张一米高的桌子摆在地中央，配上四把椅子。在靠门的角落还有一把宽大的椅子，是给看守坐的。

布罗德卡和史都等了有十分钟，梅拿迪在一名看守的押送下进来。显然并没有人事先告诉过他访客是谁，当老人认出是这两位之后，他扭头转身就要离开，但是看守已经把门关上，老人没有别的选择，只好在桌旁坐下来。

“不要害怕，老先生，”史都轻声地说，“您先只管听我们要对您说的事情。”

梅拿迪脸上现出一副无所谓的神情，他目视玻璃墙，一言不发。

“梅拿迪先生，”史都又说，“我能理解，您有多么痛苦，处在您的位置我也会如此。请您相信我，我们是唯一能把您从监狱救出去的人。”

梅拿迪仍旧没有瞧史都一眼。这位记者的话对他没起任何作用，于是布罗德卡说道：“梅拿迪，您自然可以继续这般固执，我们不能强迫您说出真相，但是您一定得清楚，您或许再也不能从这里出去了。”他转向史都问：“流通假钞在意大利要判多少年？”

“十年。”史都撒了个谎。

听到可能要在这堵高墙里面被关上十年，似乎让梅拿迪很受震撼。他猛然转向布罗德卡，然后又盯着史都的脸问：“你们想要干什么？我没有钱。”

“谁又谈钱了？”史都说，“我们只想查清真相。我们想要知道，梵蒂冈里那幅拉斐尔的画究竟是怎么回事。”

“你们为什么要知道?”

“梅拿迪先生！我们是记者。我们知道，这里面一定有不可告人的丑事，但苦于没有证据。如果您能把我们想要知道的事情如实说出来……”史都故意意味深长地停下来。

“那又怎么样?”梅拿迪急切地问。

“那么我们会向警方作证，说我们看见了那些假钞是如何交到您手上。对您来说更重要的是，先生，我们知道那个同你交易的人的名字，和那伙人我们有另一笔账要算。”

梅拿迪愈发不安起来。“我不相信，”他说，“我不再信任任何人，你们明白吗？任何人!”

史都和布罗德卡相互探询地对视。

布罗德卡站起身，做出抬脚要走的样子。“那好吧，如果您不想这样做，我们也不能强迫您。”史都也随后站起来。

在这一时刻梅拿迪意识到如果让他们这么走了，他有可能彻底失去他最后的机会，“站住，你们等一等，让我考虑一下。”

“我们的时间不多，梅拿迪先生，”史都说，“如果您还不打算说出来的话，归根结底也是您自己的损失。”

老人害怕布罗德卡和史都真的如他们所威胁的那样一走了之，于是他忙不迭地高声说道：“不，你们不要走，先生们！事情就跟你们猜测的一样。”

布罗德卡重又坐回到座位上，“这是什么意思？您能说得再明白些吗?”

“我长年累月注视着拉斐尔的画，就好像那是我自己画的一样。”梅拿迪说，“我清楚画面上每一处微小的细节，因此玛利亚的手指甲和以往的不一样马上让我察觉出来。等我更仔细地察看完之后，我得出结论，拉斐尔的这张画被假的掉包了。”他顿了顿，瞟了眼正聚精会神听他说话的两位访客，“你们可以想得出来，先生们，”他接着又说，“那时候我是多么震惊。而这张复制品……它临摹原画到了不可思议的逼真程度。画的材质被人为地做旧，甚至画面上细微的网状裂纹也被惟妙惟肖地描画出来。但是历经四十个年头的我早已练就了火眼金睛，连头发丝那么微弱的差别也逃不过我训练有素的眼睛。随后我也对拉斐尔其他的画作作了深入细致的察看。”梅拿迪停了下来。

“结果怎样？”史都迫切地问。

“很难说，”梅拿迪回答，“但我非常确定，另外挂着的两到三张拉斐尔的画同样不再是原作。你们肯定能理解我，当我发现这一切之后有多激动。”

“也就是说，”布罗德卡思虑着说，“梵蒂冈的坏蛋们倒卖博物馆里的艺术珍宝已经有好长时间了。”

“难以想象，”史都摇晃着脑袋看着梅拿迪，“先生，您愿意在法庭上重复一遍您刚才所说过的话吗？”

梅拿迪耸了耸肩膀，显露出不安的神色，“谁会相信一个像我这样的老家伙？但这全都是事实。”

“我们相信您，先生。而且我们可以作证，是那个梵蒂冈方面派来的自称提图斯的人把那些假钞交到您手里。”

梅拿迪作出一副怀疑的表情。

“提图斯并不是他的真名字，”布罗德卡说，“真名我们不知道。不过我们知道，这个人现在在哪里，住在谁家，他是一个秘密组织的成员，这个组织插足各种生意，被梵蒂冈所操纵。”

“噢我的上帝啊！”梅拿迪发出惊叫，“可是最好不要跟那些权贵们对着干，保持沉默，难道你们不这样认为吗？”

布罗德卡翻了个白眼，“那么您就必须想到，您接下来的余生中的十年要在牢里挨过，这是您自己选择的生活，先生。”

布罗德卡假装出来的冷漠让老人更加惶惑。他还有什么可失去的？他合拢双手，挤压着手指，直到指尖都勒白了。他无奈地问：“你们接下来有什么具体打算？”

史都回答：“您说还是不说都没关系，我们还是会到警局作证，说我们目睹了在尼尼奥餐馆发生的那一幕交易，付钱的一方是一个叫提图斯的人，眼下他在某个阿尔贝托·法索利诺的宅邸出入。我敢肯定，这就足够了。”

梅拿迪点点头。被人愚弄的愤怒已经超过他的恐惧。“我全都说出来。”最后他说道。

“需要我们为您请个律师吗?”史都问。

老人摆摆双手，说：“先生，我没有什么积蓄，微薄的薪水仅够维持生活，我哪里有钱聘得起昂贵的律师呢?”

“这个吗，”史都说，“您就让我们来张罗吧。”

二人和梅拿迪告辞，许诺一定会救他出来。

同一时间，罗马下了一场猛烈的春雨。朱丽埃特打开车灯，对付这场瓢泼大雨雨刷几乎不顶用。

她对指向北部的绿色标牌“A1”视若无睹，而是依照标示“市中心”的白牌子行进。她驾车驶进科索大街，一辆接一辆的车排成长龙缓慢地移动。

朱丽埃特心里惴惴不安——不仅仅是因为她迟到。等她终于抵达约定地点——人民广场上每个观光客都仰慕的双子教堂[1]，她把车速减慢，溜到马路右侧。

她刚把车停稳，副驾驶座位旁的车门就被拉开。

“尤利埃塔!”克劳迪奥把旅行包扔进后排座，折好手里的伞，跳上座位，给朱丽埃特一个热烈的拥抱。“你都想象不出，接到你的电话我有多么高兴。迄今为止我们在一起的时间总共不过几个小时，现在头一次是一整天的时间。我就像情窦初开的男孩子一样的兴奋!”

“看得出来。”朱丽埃特会心地笑着说。她从未见过布罗德卡也有这样的举动，但不正是这个小伙子的激情、他的不计后果和不管不顾的劲头令她深深迷恋吗?

朱丽埃特按照克劳迪奥的指引把车开出了城驶上高速公路，他正忙着把他湿乎乎的紧贴在身上的风衣脱下来，在后排椅座上摊开

---

① 罗马的人民广场上有两个非常相似的教堂，称为双子教堂。

晾干，还有衬衫，最后克劳迪奥裸着上身坐在她旁边。

过了高速公路收费站，克劳迪奥把身上都脱光了。这时雨已经停了，朱丽埃特打开后排车窗，风吹进来，让衣服快点干透。

“我这样会影响你吗？”克劳迪奥率真地问。

朱丽埃特还真想不起来，之前曾和哪个赤裸的而且还相当迷人的男子同行在高速路上。“不会，”她笑呵呵地回答，几乎是脱口而出，“刚好相反！”

她的手朝克劳迪奥的两腿间摸去，但马上又缩了回来。

在奥尔维托[①] 和阿雷佐之间的路段两侧都有大幅指示标牌，这就不需要朱丽埃特在开车方面太过专心，她能够一边在心里想事情，也可以一边时不时地和克劳迪奥聊上几句。真是很奇怪，朱丽埃特和克劳迪奥在一起时她完全另外种样子，根本不是她的个性。光是他的在场似乎就让她不再理智，让她用一种自己都陌生的方式说话、做某些事情，而事后她自己也会犯嘀咕，这样的行为有失检点。这到底是怎么回事。

克劳迪奥是个聪明的小伙子，他们东一句西一句地随便聊着，中间也会说上重复多遍的爱的誓言之类，朱丽埃特像熏沐在香水的芬芳般沉醉其中。

开过两百公里之后，和煦的车风把衣物都吹干了，克劳迪奥又一件件地穿上身。

“你的衣服皱巴巴的，”朱丽埃特笑着说，“没有别的衣服可穿吗？”

克劳迪奥打量自己，又看了看朱丽埃特。她穿着一件裁剪考究的合体衬衫，坐在方向盘后落落大方。他一下子感觉不自在起来，从旅行包里掏出一件新T恤。

“我知道，我会让你没面子，”他故意寻衅说，“气质高雅的画廊女老板和一个破衣烂衫的资料员！”

“你别胡说！”朱丽埃特说，“但如果你问我，我对哪一种男人

---

① 一座美丽的意大利山城，位于罗马以北约80公里处。

更有好感，是衣着得体的呢还是不修边幅的，那么我告诉你，我更喜欢穿着好衣服的人。”

“你的话我会铭记在心。”克劳迪奥说。

过了佛罗伦萨，高速公路蜿蜒向北，又钻过几处急转弯的隧道，他们的闲聊暂时停下来，各人想着各自的心事。克劳迪奥爱朱丽埃特胜过一切，但是怀疑折磨着他，这个女人对他来说难道真是不可企及吗？朱丽埃特的内心也陷进迷惑的漩涡，把她吸引到克劳迪奥身边的难道真的就是爱情吗，莫非只是短暂的激情？在这一时刻，克劳迪奥和朱丽埃特对于他们自己的疑问都没有想出清楚的答案。

他们就这样到了博洛尼亚[①]，车窗外是舒缓的丘陵和一望无际的原野。天色已晚，朱丽埃特提议，不依照原计划在公路旁找家旅馆住一夜再走，而是直接开到慕尼黑。她担心后备箱里那些画的安全。意大利的北部可不是治安好的地区。

等他们抵达慕尼黑，已经快半夜了。朱丽埃特把车开到希尔顿饭店，她确定在希尔顿肯定还有空房间。除此之外，她还可以把她的画存放进饭店的保险柜。

“你不是有自己的房子吗，”克劳迪奥惊讶地问，“为什么我们还要住那么贵的饭店呢?”

“我在那所房子里睡不着觉，完全不是你的原因，不过你也一定不能理解。”此时朱丽埃特没有心情向克劳迪奥描述自己的感受，只要一踏入那个家，那种情绪就会溢满心头。

克劳迪奥端端肩膀说：“不，这个我理解不了。”

饭店大堂里诺波特在弹钢琴，他瞥见朱丽埃特带着一个人进来，于是奏出几个悦耳的和弦之后他匆匆结束刚刚开始的曲子，朝他们走去。

“朱丽埃特，见到你太高兴了！”说着他朝朱丽埃特迎向他的脸

---

① 博洛尼亚是意大利艾米利亚－罗马涅大区的首府，位于波河平原的南缘和亚平宁山脉的北麓。

颊亲了亲。朱丽埃特把克劳迪奥介绍给他，“这是克劳迪奥，罗马来的朋友。”

“就是罗马的那个朋友？”诺波特问。

朱丽埃特点点头。

两个男人握手致意。

诺波特想邀请两个人去酒吧喝上一杯，朱丽埃特抱歉地说，她开了上千公里，累得不行，明天他们有足够多的时间，大家好好地聊一聊。

她把画安顿在饭店的保险柜里之后，服务生跟着他们把行李拿至房间。朱丽埃特软绵绵地倒在床上，她太困，转瞬就睡过去了，恍惚中觉得克劳迪奥的手在她的胸脯上抚摩，她醒了。

她不耐烦地把他的手推开，闭着眼睛嘟囔说：“现在不行，我真的是太累了。”

克劳迪奥感觉得出在她的拒绝背后仿佛还有别的原因，虽然埋得很深。过了一会儿朱丽埃特听到他轻轻地说：“你在这座城市有很多追求者吧，是不是？”

朱丽埃特睁开眼睛，望着克劳迪奥的脸，他的脸庞贴她很近，他的目光异常严肃。

“自然，”她回答说，随后微微一笑，意思让他明白她在和他开玩笑呢，“不过诺波特，那个钢琴师，你可以完全放心，诺波特对女人没兴趣。”

“我才不信哪，尤利埃塔，看他瞅你的眼神就知道。”

朱丽埃特大笑起来，“你吃醋了，嗯？”

“当然，”克劳迪奥说，“所有的意大利男人都善妒忌，这是我们血液里的东西。像你这样的一个女人，意大利男人甚至连整个醋坛子都翻了。”

“妒忌不过是个性软弱的表现。”

“难道布罗德卡就从不妒忌吗？”

朱丽埃特不说话。

“那么他不是真的爱你，”克劳迪奥说，“因为这世上根本不存在不排他的爱情，如果你和一个意大利人结婚的话……”

“结婚？”朱丽埃特不知所措地打断他。

“我想把你介绍给我妈妈，等我们一起回意大利时，”克劳迪奥说，“还有露易莎，我的姐姐，你们会很合得来。”

朱丽埃特从床上一跃而起，冲进卫生间，从里面把门反锁，她脱下汗湿的衬衫，用凉水冲身，水哗哗地浇在脸上，她生自己的气。

二十分钟后她裹着浴巾从里面出来，爬进被单，随即睡着了。

第二天十点，他们异常沉闷地吃着早餐。克劳迪奥知道，自己实在太过心急。而朱丽埃特扪心自问，自己怎么会落到这步田地。她的心智足够成熟，她知道，两个人组合成一个家庭需要的远远不仅是相互间对肉体的迷醉。

单是看到克劳迪奥吃鸡蛋的方式就足以令朱丽埃特怀疑自己的理智。从一个人剥蛋壳的手法完全可以判断出他的个性。克劳迪奥是这样做的，他把嫩滑的鸡蛋整个儿地从蛋壳里剥出来，然后像啃苹果似的把鸡蛋咬下一大口，蛋黄滴嗒嗒地掉在盘子上。

朱丽埃特很难为情，她面带尴尬之色左右瞄瞄有没有人瞧见这一幕。她连连催促克劳迪奥快些吃，今天她有好多事要做。难道他不想好好看看这座城市吗？

“我只想好好地看着你，尤利埃塔！”克劳迪奥坚定地说，“不要甩掉我！”

“谁要甩掉你了？”朱丽埃特争辩说，“我今天要做的事情实在太多，你会觉得无聊的！”一想到带着她年轻的情人出现在医院，她就觉得浑身不自在。

后来两人谈妥，某些事两人一起做，下午的时候两人分头各干各的。

这一天他们最先做的事情是开车去考林的别墅。大门口的石板缝里长出了杂草。朱丽埃特费力地推开房门，邮件和吊唁函多得都从信箱里漫了出来。

房间里的味道浑浊不堪，朱丽埃特把窗户和门一一打开。到处是纸箱子和硬纸壳，是她上次清理废物时留下的。不，这座房子已经不再是她的家了。

克劳迪奥不明白，朱丽埃特为什么不想要这么豪华的房子，即便房子里乱七八糟。“你是一个富有的女人，”他不无羡慕地说，“我根本就不知道。”

“那么你现在知道了。”朱丽埃特幽幽地说。

她走进楼上的卫生间，吓了一跳。洗脸池上方的镜面上有三个红得耀眼的字：“为什么？”那是考林出事后她满心绝望地用口红写的。现在对她来讲又有了新的含义。她沉思着从托架上拿起一管口红，在“为什么”的下面画出一道粗线。

“我必须得离开这里，”她对克劳迪奥说，“走吧。”

克劳迪奥并不明白此时朱丽埃特为什么会有这种反应，他没有追问，他陪着她又去了布罗德卡的家，朱丽埃特同样想去那里看一看。

她推开房门，旋即发觉，在她之前已经有人进来了，她惊慌得情不自禁地拉起克劳迪奥的手。

“你怎么了？”他不解地问。

朱丽埃特把食指抵在嘴巴上，蹑手蹑脚地朝起居室走去，她扒开门缝往里看，惊得几乎忘了呼吸。

布罗德卡正跷着二郎腿坐在一把扶手椅里，他不动声色地说：“只管进来吧，难道你还怕我不成？我又不咬人。”

朱丽埃特拽着明显胆怯的克劳迪奥进了房间，这一刻她恨不得有地缝钻进去，“我……我想，你还在罗马。我来这里只是取你的邮件。”她说着，觉得自己像个白痴。

布罗德卡微微一笑，说：“你可真好心，我还是觉得自己来处理比较妥当，你不反对吧？”

朱丽埃特完全不知道该怎么办才好，她局促地看看布罗德卡，又看看克劳迪奥，终于说道：“克劳迪奥，你已经认识了，他是信使报的。”

布罗德卡不作任何反应，就好像他根本没听见朱丽埃特的话似的，他也没有搭理克劳迪奥，只是说：“你至少是把那些画完好无损地带回来了？”

“它们在希尔顿的保险柜里。”朱丽埃特回答，她自然听出布罗德卡说“至少”这两个字的话语机锋，那后面的意思用不着明说：你和这个家伙在一起，你骗了我。

克劳迪奥看着这两人，不明白他们在说什么。

“我们必须得谈一谈。”朱丽埃特说。

“我们现在不是在谈吗？”布罗德卡毫不客气地说。

“你知道，我是什么意思！”朱丽埃特很恼火，她朝克劳迪奥偏了偏脑袋。

“我不知道。”布罗德卡说。

朱丽埃特的脸色阴沉下来，“你为什么跟踪我？”

布罗德卡面前的桌上有一大摞信件，他拿起最上面的那封信，用拇指和手指捏着信角。“我有这样的预感。”他说。

“让我们就这事谈谈，求你了。”

布罗德卡根本不理睬朱丽埃特的请求，他接着说：“而且这个预感准确，我这次回来真是对了。你看看，我在邮件里发现了什么。”布罗德卡把信从信封里抽出来，递给朱丽埃特。

她困惑地看了看发信人：贝尔图斯·凯勒，苏黎世森格大街六号。头一眼她还没明白这是谁，接着她记起来了，布罗德卡曾去过苏黎世，原以为能见到他母亲唯一的朋友，“是不是那个……”

“……就是那个贝尔图斯·凯勒，将我母亲的信还给我的那个人。”

“啊，就是了，”朱丽埃特说，“布罗德卡，请你听我把话说完，你误会了，我意识到克劳迪奥对我来说并不只是一次肉体的出轨，而且……”

布罗德卡仿佛没听到她的话。“凯勒的太太去世了。”他说，“临终时她嘱托他，有一封信，这封信他必须在她过世之后亲手交给我。”

“他为什么不把信寄来?”朱丽埃特把信交还给布罗德卡。

“或许这封信相当的重要，或者他想当我的面说些什么，反正他希望我能亲自去一趟，在他太太还清醒的时候，他信上这样说，他曾向她保证，一定亲手把信交给我。”

“怪事。”

“是挺怪，可是如果信的内容不重要的话，海尔达·凯勒也不必这么郑重托付了。”布罗德卡站起身，将信放进他的公文包，说：“如果没什么事，我得马上飞去苏黎世，我的飞机在两个小时后起飞。对不起，我有急事先走了。你们两个可以在我这里舒舒服服地休息一下。”

说话间他已经从朱丽埃特和克劳迪奥旁边走过。

朱丽埃特怔怔地发愣，等房门被重重地关上，她才明白过来发生了什么事。

“布罗德卡!”她在楼道里喊道，“我们必须得谈谈，你误会我了，如果你以为我又和他睡觉！我现在回过味了，这是一个错误!”

她的话像是没人听见。

此刻的朱丽埃特宛若刚从梦魇中惊醒。克劳迪奥从背后搂住她。

“放开我!”她大声喊叫，随后她又为她的突然发作而抱歉，“别怪我，克劳迪奥，现在我脑子里乱得不行。”

克劳迪奥扶着朱丽埃特回到房间，让她坐在扶手椅上。他看到她潸然而下的泪水，他明白她为什么哭。

“你一直还爱着布罗德卡。”他忧伤地说，“不是吗?”

朱丽埃特耸耸肩膀，不说话。

“他是一个高傲的男人。”克劳迪奥又说，“可我是一个称职的情人!”

朱丽埃特不由得破涕为笑。他说得多准！她用手擦拭眼泪。

克劳迪奥跪在朱丽埃特坐着的扶手椅前，他手捧她的脸，朝自己贴近。“尤利埃塔,”他说，“我此时对你说的一切，让我很难受，但是如果不说出来，就是自己骗自己。这个布罗德卡要比我更加配你，你不应该就这么放弃他。”

过了好一会儿，朱丽埃特这才明白克劳迪奥话里的用意，她一下子搂住克劳迪奥的脖子。他们两个像小孩子般失声痛哭，相互搂抱，亲吻着，直到朱丽埃特透不过气来，用胳膊推搡着，从他强有力的拥抱中挣脱出来。

“你在胡说，克劳迪奥！”她气喘吁吁地说，但在同一时刻她知道，他是对的。

她原本一直就知道。

瑞士航空公司飞往苏黎世的553航班在十二点四十五分准时起飞。四十五分钟之后布罗德卡飞抵苏黎世的克劳腾机场。

此时他没有闲暇去感受这座湖畔城市阳光明媚的淡蓝色天空。从他上次来已经几个月过去，那时候是冬天，这里呈现给他的是它最丑陋的一面。

在他第一次来访时，他眼中的凯勒家的房子有些荒凉，甚至破败。现在他却觉得很亲切，大门两侧和内院盛开着春天的花朵。

同上次一样布罗德卡没有事先通报。

门铃响过之后凯勒从房里走出来，他面容苍白，看上去又老了几岁。他马上认出布罗德卡，脸上展露出笑容。

“我一直在等着您。”他说着返回屋子取来开大门的钥匙，“您请进吧。”

布罗德卡为凯勒的来信表示感谢，并向老人表达对他太太故去的悼念。

凯勒点点头，苦涩地笑笑，“这对她来说更好。最后的几个星期简直就是折磨，海尔达每天只有几分钟意识是清醒的，剩下的时间她一直昏昏沉沉。是的，就是这样子。”

“请允许我问您一个问题，”停顿片刻，布罗德卡说，“您为什么没有在我第一次来的时候把那封信交给我？”

“我知道，您是不会明白的，”凯勒说，“海尔达和我非常信任对方。”他掀开老式折叠写字台，从里面拿出一个棕色信封，接着说，“很多年前，在她的身体状况还不错的时候，她曾给我看过这个信封并说，一旦她出了什么事情，我该把这封信交给她的女朋友克莱尔·布罗德卡。我也曾问过信的内容，但是海尔达说，这跟我没关系，我最好什么都不知道。现在海尔达过世了，克莱尔·布罗德卡也同样如此，那么只有您有权得到这封信。”

布罗德卡默默地接过信，信封正面用墨水写着：致克莱尔。布罗德卡用手撕开信封。凯勒悄悄别过身子。

信封里面有一张布罗德卡并不陌生的老照片，同样的照片他在他母亲的银行保险箱里见过。照片上是年轻时的她和一个男人并肩站立着。

信写得很短：

亲爱的克莱尔！

我把你的照片还给你。如果你不想再保留的话，就给你的儿子吧。我永远不会忘记，当那个紫衣男人把他从你身边夺走时，他痛哭流涕的模样。这样他至少对他的父亲还有个印象。

你的老朋友，海尔达

“您可以转过来了。”布罗德卡失望地说，他给凯勒看看那张照片。布罗德卡原本期望是一些能给他提供线索的文件之类，再说他已经见过这张照片，而信上的文字像谜一样令人费解。

“就是这些？”凯勒问，“这张照片对你有意义吗？”

布罗德卡端了端肩膀说：“要是我知道就好了！可是如果它不重要的话，您的太太也一定不会视之为一个秘密。关于这张照片她从来没对您说起过什么吗？”

“从来没有，很奇怪。我以为，我们之间是没有秘密而言的。”

“您的太太为什么想把照片还回去呢？”布罗德卡问。

“是这样的，”凯勒说，“原本这张照片就是您母亲的。您先请坐，布罗德卡先生。”

布罗德卡在一把老式扶手椅上坐下来，这把椅子像这所房子里的大多数物件一样年头不短。他看着照片沉思着说：“您认为会是什么原因，凯勒先生，让这张普通的照片不同寻常呢？”

“可以让我再仔细地瞧一瞧吗？”面色憔悴的老人注视着照片，然后他抬起头来说，“或许这涉及一桩丑闻，人们把克莱尔·布罗德卡和这个男人扯上关系。有可能这是一位著名人物，或者已婚了，或者相反……”凯勒摸摸下巴。

“相反？您这是什么意思？”

“嗯，或者他不被允许娶妻生子，或者他是一名天主教神职人员。”

凯勒把照片还给布罗德卡，布罗德卡再一次看着照片，信上的文字浮现在脑际：“……至少对他的父亲还有个印象。”这张照片对他来说登时有了新的意义。以前他还只是猜测，现在他可以确定：这张照片上的男人就是他的父亲。而他的父亲身上有一个秘密。

一名天主教的神职人员？布罗德卡不由得想到史莫雷斯基。那个“紫衣男人”——难道是他的父亲？他依稀记得，有一个穿着紫色长袍的高大黑影，但是他马上把那个模糊的影像驱散出脑海，单是这样想一想就令他不寒而栗。

他把照片翻过去看背面，目光落在一个指甲盖大小的圆戳上：摄影师盖伯－金匠街－威尼斯。

布罗德卡想不起来他母亲存在银行保险箱里的那张照片是否也有同样的圆戳，即便是有，自己当时也根本没有留意，因为照片太旧了。要在威尼斯找到拍照片的摄影师，可能性不大。这张照片至少有四十年的历史，而那位摄影师一生之中可能为上千名游客拍过照。

“很对不起，就为了这张照片我让您千里迢迢地赶到这来，”凯勒抱歉地说，“老实讲，我自然也会对信封里的东西有番想象，我以为是一些您母亲托我太太保管的重要文件或者类似的材料，我真没想到只是一张照片。”

“坦白说，我也没想到。您不需要为此抱歉，凯勒先生，或许我们都低估了这张照片的重要性。”

布罗德卡收好照片，与凯勒先生告别。同一天，他从苏黎世飞回罗马。

按照既定计划，安德里阿斯·封·史都在此期间为布鲁诺·梅拿迪聘请了一名大律师，道托勒·列奥塞诺被视为罗马最有威望的辩护律师，不仅仅是因为他经常出现在报纸头条，他和媒体记者们的关系良好，这其中也包括史都。

参与一些轰动事件的辩护时列奥塞诺经常是分文不取，他知道，在公众中的知名度远比那些薪酬更有价值，而梅拿迪的案件就属于这种情况。

听从列奥塞诺的建议，史都在当天就前去警察局作证，陈述他和他的德国同事布罗德卡在尼尼奥餐馆看到梅拿迪与人交易并从对方那里收到钱，而布罗德卡可以确认那个付钱人的身份。这人自称提图斯，曾出入阿尔贝托·法索利诺的家，地址是在圣心银行大街。

布罗德卡和史都约好星期天在内米见面，商议他们接下来的行动计划。史都对这个事件无比投入，他把其他工作都暂时搁下了。

开往内米的路上，史都从收音机里听到梵蒂冈发生了爆炸案。在星期日的凌晨时分，由贝尔尼尼设计建造的多利克圆柱上的两具圣人像，即第十三座和第十四座被炸上了天。这次的爆炸袭击看似红色旅① 的作风，此外还在圣彼得广场上找到一张传单，上面有这个恐怖组织的标志，一个五角星和之上的一把机关枪。

当史都向布罗德卡说起这起爆炸时，布罗德卡恍然醒悟。

“您是说第十三座和第十四座圣人像？”

“是的，这对您有什么意义吗？”

布罗德卡激动地从柜子里拿出一个小箱子，在里面翻来翻去。“我把从磁带上听到的录音一字不落地记录下来。”他终于翻出要找

① 红色旅：意大利的极左恐怖组织，于1970年成立。

的那张纸并递给史都。

“您看看，这绝不是巧合！”

纸上写着：“Urbi et Orbi”行动——圣人像 13 和 14——贝尔尼尼——《约翰福音》8－46——Asmodeus

史都看了一遍，满脸困惑地瞅瞅布罗德卡，再瞧瞧笔录，他低声读出上面的字。

“对此您有什么解释吗？”

布罗德卡沉思良久。“到目前为止还没有，”他说，“但我预感到会出这种事。”

“‘Urbi et Orbi’行动是什么意思？”

“我也不知道。”布罗德卡耸耸肩膀，“像是对复活节祈福这一仪式进行的嘲讽。”

“倒可以这么想，为什么要用这么一个古怪的代号呢？”

布罗德卡苦笑一下，“教堂在两个方面堪称大师，一方面是把希望散播给世人，另一方面就是制造秘密。这样说来，这些磁带录音根本算不上怎么稀奇。”

史都又看了几遍笔录，然后他拿起电话，“我认识一个神甫，整部圣经都装在他脑子里，或许他能帮上我们。”

史都拨通号码，在电话里向对方询问《约翰福音》[①] 第八章第四十六小节的原文。神甫不假思索地说出，史都一一记在纸上：“你们有谁能向我说明一个罪孽？如果我说出真相，你们为什么不相信我？”

“您都不用翻一下圣经呀。”史都赞叹地说。

“这不是什么难事，”神甫回答，“这段文正是约翰福音中耶稣受难日那篇的开端。”

“是耶稣受难日？”

“正是。”

史都谢过他之后挂上电话。

---

① 《约翰福音》是新约圣经正典的第四部福音。

布罗德卡全都听到了，“您现在还相信这次的爆炸案是红色旅干的吗?”

史都呆愣着。“还有两个问题，”他说，“这个‘Urbi et Orbi’行动背后有什么企图？谁是‘Asmodeus’?”

“先让我们从‘Asmodeus’开始，”布罗德卡说，他深吸口气，“虽然我没有确凿的证据，但从我目前所掌握的情况看，这个‘Asmodeus’绝非别人，正是教廷国务卿史莫雷斯基。”

“但是这样不太说得通啊，布罗德卡，因为这就意味着，史莫雷斯基派人在自己的教堂制造了爆炸。”

“我知道，”布罗德卡说，“不过从我们这些天来所做的调查显示这一切不都是全然不合情理的吗?”

“您这样说是没错的啦——什么是‘Urbi et Orbi’行动?”

布罗德卡从那些磁带录音记录中找出一张纸，上面也是一串让人摸不着头脑的字句，他读出声来：“《马可福音》16，1－7……Urbi et Orbi sinis et initium……Asmodeus。”

“您懂拉丁文吗?”布罗德卡问道，他把纸递给史都。

史都回答说：“除了恺撒的高卢战役，中学学的那点东西都忘得一干二净。”

“可惜我也如此。不过‘sinis et initium’的意思我倒是明白：结束和开始。涉及圣经里的段落您的神甫一定还能帮上我们。”

史都叹了口气，举起听筒，拨通号码。

“对不起神甫，又打扰您了，您说过，约翰福音第八章第四十六小节和今天的日子有关系。那么，《马可福音》[①] 第十六章第一至第七小节同样也是和某个特殊的日子有关吗？……哦，复活节？非常感谢您，神甫。”

史都撂下电话。

两个人谁都不说话，怔怔地盯着那张纸，他们试图独自地从这些谜般的语句中推导出某种结论。

---

① 《马可福音》是介绍耶稣的四部福音书中最早成书的一卷。

史都最先投降，他不自觉地用指头敲打着桌面。

“这可以说明一切，或者什么都不说明。”他闷闷不乐地说，“您有没有想过，他们是在牵着您的鼻子走啊?”

布罗德卡无奈地笑笑，“当然，那些人竭尽所能想要拿回磁带。把画还给朱丽埃特，并不说明他们后悔了，不如说为了换回磁带他们出手大方。那些版画原作可是价值五百万马克，他们为什么把画还给朱丽埃特？还有，尤其是……今天发生的爆炸案让我更加确信磁带的内容非常重要。”

史都把嘴巴抿得紧紧的，他不知道接下去该怎么做。

“让我们试着把目前查得的情况理顺。”过了一会儿他说道，“‘Asmodeus’，我估摸着他就是教廷国务卿史莫雷斯基，显然在几个星期之前他就知道，今日凌晨圣彼得广场柱廊的第十三座和第十四座圣人像会被炸上天。问题一：我们从中能得出什么结论?”

“史莫雷斯基一定是这个秘密组织的主谋。”

“至少他在这件事上冒出头来了。问题二：教廷国务卿为什么要做出这等疯狂的事?”

布罗德卡手托腮帮，透过窗户眺望远处的葡萄园，他不知道该如何回答这个问题。最后他看着史都，耸了耸肩膀。

“您看，”史都又开始用手指敲叩着桌面，“这一切都毫无意义，除非……”

“除非什么?”

“是这样子的，某些组织严密的不法分子偶尔也会导演一出虽然轰动但是无害的行为来把众人的视线引开，从而神不知鬼不觉地干出重大的罪行。但是一个枢机主教……”

“您以为枢机主教会怎样!”布罗德卡接下史都的话，“您想想梅拿迪的案子吧，就算是黑帮也做不出这等卑劣的事情来。能将梵蒂冈博物馆里价值连城的收藏偷换成复制品进而卖掉，这绝非一般的犯罪组织。”

史都也觉得布罗德卡说得有道理，他说：“我们不说说您自己的事情吗?”

到目前为止，布罗德卡都还没有说到他的苏黎世之行所取得的可怜收获，趁这个时机刚好透露给史都。布罗德卡从上衣的内衬口袋掏出一张相片，摆在史都面前的桌子上。

“这是谁?”史都问。

“这个女人是我的母亲，大概四十年前拍的。”

“那个男人呢?”

“或许您可能会把他看成史莫雷斯基?您不是亲眼见过他吗?”

史都把照片贴近细瞧，“他是史莫雷斯基?绝对不是!史莫雷斯基要矮小得多!”

“哦，老天，我心里的一块石头终于落了地。”

“您不会以为，您母亲和史莫雷斯基有某种关系吧?”

“我不知道。不是有一封信吗，在信里面我母亲向她最要好的女友提起史莫雷斯基，他是一个魔鬼，她这样说他。”

史都又仔细地看看照片，“不会的，不可能，这绝不是史莫雷斯基，但要说他是一个魔鬼的话，您母亲倒没有说错。您从哪里得到这张照片的?”

“说来话长。海尔达·凯勒，我母亲最好的朋友，不久前去世了，她把这张照片放进信封，对她的丈夫说，一旦她出了什么事，他要亲手把信交给我的母亲，越迟越好。同样的这张照片我也曾在我母亲的银行保险柜里看见过。您想象一下——在一个重重设防的保险箱里，那里面仅存着这一张看似平淡无奇的照片!”

“这只能表示，”史都说，“这张照片非同小可，哦，这还有别的什么，”史都用指头点点照片背面的戳，“您看到这个了吗?”

“当然看到了。”

“然后呢?您没有什么打算吗?”

“您这是什么意思?这张照片至少是四十年前拍的。”

“好吧，我得承认，找到这位摄影师的可能性微乎其微，但是大家都知道，即将溺水之人会抓住任何一根救命稻草。”

史都打了查询电话，询问威尼斯的一个叫盖伯的摄影师。

很快有了答复，让人很是失望：叫这个名字的人在威尼斯没有登记。

“总算是试过了。”安德里阿斯·封·史都说着把照片还给布罗德卡。

16

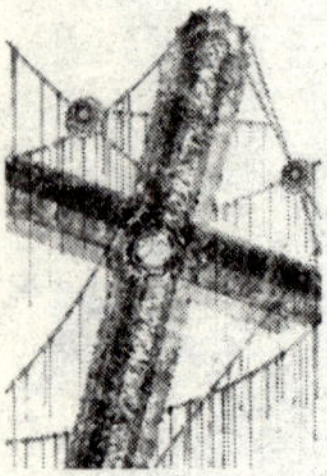

第二天晚上，教廷国务卿史莫雷斯基拨通阿尔贝托·法索利诺的电话。

“Asmodeus 找 Moloch 说话。”

“Moloch 听着呢，阁下。”

“你把那个阁下去掉，该死！”

“对不起。”

枢机主教用他尖利的声音和特有的不连贯的说话方式叫骂道：“我希望，你没在录音，Moloch。”

“没有，我向所有神明起誓，Asmodeus！”

“神明你就用不着提了，有磁带在转？”

“没有，我可以向……发誓，我保证。”

“好吧，你听着，那个布罗德卡并没有放弃，刚好相反，我们的这个组织面临被他揭露出来的危险。布罗德卡甚至查到德国墓地那个该死的修士，那个家伙干不出好事来，他会告诉他，墓地里发生的事情。”

“您的意思是说，布罗德卡在圣撒迦利亚？这怎么可能？他是怎么找到修士的？”

“我也很疑惑。反正他跟另一个人出现在圣撒迦利亚，我估计，就是信使报的那个记者史都，布罗德卡和他搅在一起已经好长时间。两个人和修士交谈过。你能想得出来，他们谈话的内容绝不是什么救世说。”

“布罗德卡又回意大利了？”

“你想怎么呢，Moloch？”

“他不是在德国吗？”

“你个榆头脑袋，Moloch。我想，布罗德卡压根没有离开意大利，他把你给骗了。他现在和他的情人住在内米湖畔的一栋房子里。”

“您从哪里知道的？”

“从警察那里。”

“从警察那里？”

“布罗德卡去警局录了口供，他和信使报的记者都看到提图斯交给梅拿迪假钞的场面。”

“上帝啊！”

“他不会出卖我，那个警察局局长考卢奇。”

“太糟糕了！”

“简直是场灾难。不过您也知道，考卢奇收了我们的钱。他答应我，把这件事拖延一些时日。反正过几天会有人提讯你，到时候提图斯必须消失，你明白吗？你把他送上飞往印度或者澳大利亚的飞机，我再也不想见到那小子。然后你就装作什么都不知道。”

“明白了，Asmodeus。”

“还有别的事。”

“什么事？”

“你去找个杀手。”

“阁下！”

“不计代价，出手要干净利落，别留下祸根！你明白的。”

“那是当然，Asmodeus。目标呢？”

“亚历山大·布罗德卡。”

“Asmodeus！”

“照我说的去做，Moloch！”

“可你不是说过，布罗德卡不能死吗？”

“那是四个月之前的事，那时我还以为能用别的方法制服他，事实证明我错了。这一段时间以来我们在一步步后退，频于防御。至‘Urbi et Orbi’行动之日还不到两个星期，在那之前必须让布罗德卡彻底趴下，我可不想在最后关头出什么乱子。”

“如果我没理解错的话，Asmodeus，一切要尽快完结。”

“完全正确，越快越好。”

“这并不太容易。事实上，这方面的熟手，他们干这种事情，出价虽然高，但是行事十分谨慎，不慌不忙，避免出任何可能的差错，而那些便宜的杀手，一旦被抓住，为了保住自己的脑袋他们会供出主使，我们可不能用那些人。”

“当然不行，所以我才把这事派给你，Moloch，你去完成。就像我刚才说的——不必在乎钱。赞美我主耶稣基督。”

“赞美我主耶稣基督。”阿尔贝托·法索利诺谦卑地回应，教廷国务卿史莫雷斯基已经挂掉电话。

暮色笼罩内米湖。从湖面吹来凉爽的风，布罗德卡惬意地坐在别墅的露台上，眼前是摇曳的风灯和一杯红酒，他思索着。

他还没有想通，朱丽埃特怎么会跟那个意大利情人一起欺骗他。从他那次在维也纳和诺拉差点闹出事端之后，他对朱丽埃特一直忠贞不贰。他只觉得一股无名火从心头窜起，希望有朝一日能报复她。

他唯一对自己满意的就是在慕尼黑与她不期而遇时的表现，他那外表看起来满不在意的样子，实际上那时候他恨不得扑向那个不知天高地厚的意大利小子。

如果朱丽埃特突然回到这里，你该拿她怎么办，布罗德卡问自己，她敢回来吗？要是她给他来电话呢？

电话铃声急促地响起，布罗德卡吓了一大跳，这是台老掉牙的电话机，差不多可以当古董了。他心想，有可能是朱丽埃特，向他道歉来了。他犹豫着，没有马上拿起听筒，他现在可没有与人争辩或者和解的心情，更不是在电话里。

铃声停了，布罗德卡吁出一口长气，可是过了几秒钟铃声再次大作，他拿起电话没好气地说："布罗德卡！"

"怎么啦？"史都问。

"啊，是您啊。"布罗德卡不好意思地说。

"您好像在等别人的电话吧。很抱歉，我只是想要告诉您，道托勒·列奥塞诺已经把可怜的梅拿迪从监狱里救出来，他自由了。"

布罗德卡没有料到那个辩护律师做事情这么麻利迅速。"听到这事真让人高兴，"他由衷说道，"但愿我们这样做是正确的。那些能将列奥那多的画作炸为碎片的人也绝不会把一个博物馆老管理员的性命当回事，尤其是为了遮掩自己的罪行。"

"没错，"史都说，"嗯，实际上我打电话过来是为了……嗯……您认为怎么样，我们明天去趟威尼斯吧？为了照片的事。"

布罗德卡思索着，他对到那里能否查出结果持怀疑态度，不过他最后还是说："好吧，如果您对此还抱有期待的话。"

"这是您手上唯一的线索，而且晚上我们大概就会回来。"

布罗德卡答应了。

他听到房子大门口有关上车门的响动，布罗德卡非常兴奋。他把脑袋探出门外，在庭院灯光的照明下他认出来人是那个女伯爵玛菲，还有一条相当威猛的大狗。

"我打扰您休息了吧，很抱歉。"玛菲远远地喊道，她手拎着大包小包和购物袋。布罗德卡走过去帮她拿东西，大狗高声吠叫，不过一会儿就停下来了。

"您根本没有吵到我。"布罗德卡微笑着说，"就我一个人，这时任何意外的动静都会进耳朵里。"

玛菲谢过布罗德卡的帮忙。他们往房里走时，她解释说："您知道，每次我在罗马呆不到五天就受不了了，然后我一定得出城，才能好好地呼吸。您的太太在哪里，布罗德卡先生？"

"她飞回德国了，有一些公务要处理。"布罗德卡假装泰然地回答，“什么时候回来她还没有定。”

布罗德卡双手拎着购物袋跟在玛菲后面上了楼梯，他的视线不自觉地落到她富有弹性、紧绷的双腿上，一条合体的白色亚麻裤包裹出她修长匀称的腿部线条。她说：“如果我留在这里几天，不会影响您吧？还有龙各力，我的狗，它蛮乖的。”

“请您不要这么客气，女伯爵，”布罗德卡说，“这栋房子这么大。您的狗怎么取了这么古怪的名字？”

“这条狗是我的前夫留给我的惟一东西。是他的主意，一定要把这条德国牧羊犬起名叫做龙各力。”

“它呆在哪儿呢？”他们走进女伯爵的顶层复式阁楼，布罗德卡问，“我是说那条狗。”

“这个您就不用担心了，只有在叫它的时候，它才会进屋来。龙各力在院子里有一个窝，您没看见吗？”

“没有，”布罗德卡说着把购物袋递给女伯爵，“那么，祝您晚安。”

女伯爵玛菲谢过他。布罗德卡走下楼，又坐回到露台上。

湖面上厚厚地压着一层乌云，雷雨将至，很快狂风大作。布罗德卡收拾好桌子，关上露台门，他走回到二楼卧室，隔着窗玻璃向外看。

暴雨拍打着葡萄藤，叶子沙沙作响。远处电闪雷鸣，宛如波涛汹涌的葡萄园林上空瞬时闪出耀眼的白光，雷声一阵比一阵紧。平日如同镜子一样光滑的湖面此时黑黢黢的，像一口不可见底的万丈深渊。

布罗德卡被大自然的奇幻变化吸引住了。从孩童时代起他就喜欢暴风雨，从来不怕闪电和雷鸣，暴风骤雨对他来说就是一幕气势恢弘的舞台布景。

他转过身，在忽明忽暗的房间摸到床头柜上的小灯，按下开关，可是灯没亮。

布罗德卡张开双臂像个梦游者似的借着闪电发出的亮光朝门旁的房灯开关走去，这个开关也不好用，停电了。

布罗德卡正要折回身，只听见有人敲门，起初他还以为听错了，可是叩门声越来越大，他在黑暗中问："谁在那儿?"

"先生！是我！米兰多利纳！"女伯爵粗犷的嗓音此时听上去非常凄厉。

布罗德卡摸索着打开门。

"我很害怕。"布罗德卡听见米兰多利纳带着颤音说道，他不由得地乐了。

"可是女伯爵，"他说，"就这样的暴雨也不至于把您吓成这样啊……"

说话间，一道闪电划破天际，紧随着又是震耳欲聋的雷鸣，大地仿佛都在抖动。米兰多利纳扑进布罗德卡的怀里。这时他有些错愕地发觉，米兰多利纳根本没穿衣服。布罗德卡碰触到她的胸脯、她的小腹、她的大腿——他心里一阵悸动。

他们就这样站立在漆黑的房间里长达几分钟之久。每当闪电呼啸着爆裂开来，米兰多利纳的身体就一紧缩，好似有鞭子抽打在她身上。

"请您不要嫌弃我，"等暴雨稍作停歇的间隙，她说，"从我还是小孩起就对雷电怕得要死，您不会怪我吧?"

噢不，布罗德卡心说，我经历过比这儿更糟糕的事，我个人还希望这暴雨下得更久一些呢，但是口头上他安慰她说："如果我能让您不再害怕的话……"

"米兰多利纳。"女伯爵说。

轰响的雷鸣趋于平息，暴雨接近尾声，房间里的灯乍一下亮了。

米兰多利纳似乎是没觉察出来电了，或者她假装不知道，她双眼紧闭，依旧像链子一样挂在布罗德卡的脖子上。

他不期然地从后边一面嵌在老式衣柜上的大镜子中看到这个苗条高挑的女人胴体，他偷眼瞟着，不由得暗自赞叹她玲珑的曲线和白嫩的肌肤。

他吓了一跳，当米兰多利纳依旧合着双眼突然说道："您喜欢我吗，先生？”

布罗德卡一哆嗦，像是做坏事被人当场抓获，他支支吾吾地说：“对不起，女伯爵。”

米兰多利纳睁开眼睛，她的手依然搂住布罗德卡的脖子，说：“我一定得向您道歉，先生，我让您这么为难，可是一闪电打雷，我就吓得不知如何是好了。”

布罗德卡笑着说：“如果我不在这里，您怎么办啊？”

“那我会被吓死的。”米兰多利纳说着把身子往他怀里拱。

布罗德卡清清嗓子。“对男人来说那可是一大损失呀。”他说，停顿了一下，他又问，“雨停了，您说，我们这样的局面该怎么收场？”

“我这样的姿势让您不舒服了？”

“那倒没有，可是……恐怕您是太过惊慌了，显然没有觉察，您身上什么都没穿。”

“我知道，您闭上眼睛，转过身去。”

“那又如何？”布罗德卡说，“您反正也没有什么可脱的。”

“求您了。”米兰多利纳说。

布罗德卡乖乖地扭过身去。他自觉时间差不多了，又转回身，他看到米兰多利纳坐在床沿上，头朝后仰，胳膊撑住床，正冲着他妩媚地笑。

她示意他过来，然后轻轻地拉着他跪下来，叉开双腿，紧紧抱住他的脖子，让他的头贴在自己的胸脯上。“现在你知道该如何了？”

自从离婚之后米兰多利纳再也没有同男人睡过觉，连想都不想，而现在她强烈地感受到身体有种难以抑制的需要。

她用手揉搓着仍旧跪在她面前的布罗德卡的头发，而此时的布罗德卡正在脑子里努力地把和朱丽埃特有关的一切念头驱散掉。布罗德卡亲吻她炙热的嘴唇、纤细的脖子，轻柔地吮吸她那颤动温暖的乳房。她喘着粗气，在他温柔的爱抚中发出快乐的呻吟……

两个人瘫软地躺在床上，望着天花板。

“我可以问你一个问题吗？”米兰多利纳说。

“当然可以，你问吧。”

“那个年轻的女人，你和她一起住在这里的……”

“我和她没有结婚，”布罗德卡打断她说，“我们都是自由的——她和我。”

“那你们为什么要躲在这里？”

布罗德卡看着她怔住了，“你怎么知道……”

“这不难猜，你们两个来这里绝不是度假，你和你的女朋友出了什么事？或者我最好不要问？”

布罗德卡的目光仍没有从天花板上移开，他思虑着。“你当然可以问，”他说，“但是我无法告诉你答案。如果我知道的话，我自己的所有难题也都解开了。你说得没错，我是藏在这里，为了躲避梵蒂冈内的一个秘密组织，它的成员是枢机主教还有达官显贵，他们甚至比黑手党还要危险。”

“你怎么会跟那些人发生纠葛？”

布罗德卡向她简单描述了事情经过。“所以我们才租住在这里躲起来，你明白了吗？”最后他说，“现在我觉得安全多了。”

米兰多利纳抚摩着布罗德卡的头发。她并不完全相信布罗德卡的话，听起来实在太过离奇太过匪夷所思，她只是说道：“可怜的布罗德卡。”

这话听进布罗德卡的耳朵怎么那么奇怪呢，带有怜悯的意味，如果说布罗德卡最不能忍受的，就是被人怜悯了。不过她温柔的抚摸让他很享受。

“我也可以问你一个问题吗？”他说。

“当然。”

“你真的那么害怕打雷吗？”

米兰多利纳把脑袋扭向一边，好不让他瞧见此时她脸上难为情的笑容，“如果我说实话，除非是凶恶的巫婆站在面前我才会有所恐惧。”

“我也这么想。”

“你不会怪我吧？”

“也许会。”

“请你不要这样！这是唯一能接近你的机会，你失望了？”

“失望？”布罗德卡朝她凑过去，“怎么会，我很高兴。”可他的语气听上去并不是那么确定。

米兰多利纳沉默着不说话，想着心事。“或许我能帮你……”末了她说。

“那太危险了。”布罗德卡说。

“不会的，只要我们待在安全的地方。”

“我得考虑一下，”布罗德卡嘟囔着说，“有好多事我都得认真想一想……”

九点二十五分，从罗马起飞的意航波音飞机准时降落在威尼斯马可·波罗机场。这座机场就在海边，幸运的是，这个时间机场里还没有像中午时分那样人满为患。

布罗德卡和史都两人一致倾向于乘巴士去往罗马广场，这种交通工具要比虽然浪漫但是只能整点出发的“摩托斯卡菲”电动船快好多。在罗马广场他们登上“瓦波雷托”水上巴士，直接把他们带到里亚尔托桥。

他们无暇顾及这座城市的美景，拱形窗棂的宫殿宛如明信片上的风景画，在那后面隐藏着无数的秘密。大运河上游弋着黑色船身的贡多拉，摆满各种瓜果菜蔬的菜市场紧挨里亚尔托桥[①]旁边，还有鱼市，从亚得里亚海打捞上来的鱼、蚌、海参、墨斗鱼散发出海货特有的腥气——对这些他们都没心思瞧上一眼。从里亚尔托桥径直向西北方向，经过嘉克梅托圣教堂[②]，这座教堂的塔钟是全城最不准确的，从1410年起它就只有一根指针。然后到了布罗德卡

① 里亚尔托桥是威尼斯三座横跨大运河的桥梁之一，也是最古老的一座桥，在1591年落成，属于文艺复兴风格，也被称为“白色巨象”。

② 嘉克梅托圣教堂是威尼斯最古老的教堂。

威尼斯里亚尔托桥

和史都最感兴趣的金匠街。

金匠街两侧是鳞次栉比的水果店和皮革制品店，他们从中寻找着盖伯的照相馆。布罗德卡随身携带的那张神秘的照片上并没有照相馆的门牌号码。他们挤在熙熙攘攘的人群里——此时已经接近中午，是市场上人最多的时候——沿道路右侧一直走到圣乔瓦尼教堂，这里是这条街的终点，然后再折到街道对侧返回至起点，连一家照相馆甚至只是指示照相馆的标牌他们都没有看到。

一个全身黑衣提着两个鼓鼓囊囊的购物袋的老嬷嬷正要走进一栋楼门，史都快步上前叫住她，向她打听知不知道一个名叫盖伯的摄影师。

老嬷嬷放下购物袋，用手背擦拭着前额，想了想。盖伯，这个名字像是听到过。从那栋楼上的一扇窗户里一个老男人好奇地探出头来，老嬷嬷朝他喊去，问他是否还记得一个叫盖伯的摄影师，他应该在这条街上开过一家照相馆。

老人举起胳膊，斜指着下面的那排房子。在那对面，他嘶哑着嗓门喊道，可能原来就是盖伯的照相馆。那位摄影师给来里亚尔托桥观光的游客拍照留念，有时也拍些婚纱照，几年前，大概是五年或者六年以前，他的妻子病故，很快他自己也过世了。不过或许街道对面房子里的人知道的情况更多些。

这房子的底铺是家旅游纪念品店，橱窗里面摆放着镀金的贡多拉船模和五彩斑斓的玻璃制品。一个年轻女子坐在店铺前的凳子上，招呼着顾客进门。

史都客气地向她询问是否知道一个叫盖伯的摄影师，还说，他们对盖伯在许多年前拍过的一张照片很感兴趣。

那位女子狐疑地看着他们。“你们是警察吗?”她直言不讳地问道。

史都掏出他的证件。“我们是报社的，”他说，“罗马的《信使报》。”

那女子一下子话多起来。在威尼斯，她说，人们只看《Gazzettino》

和《La Nuova Venezia》[1] ——这些报纸都没啥意思。《信使报》的记者来威尼斯做调查,一定跟揭发某桩重大丑闻有关,而她或许能获得丰厚的酬劳,如果她帮上忙的话。

并不是丑闻，史都说，也不是什么大事，他们只想打听摄影师盖伯，至于酬劳吗，可以再商量，只要她真能提供给他们有用的线索。

后来史都和布罗德卡获知，盖伯的女儿玛利亚继承了照相馆连同破败的房子，但是她没有兴趣像她父亲一样给游客拍照。她租掉房子，在她结婚之后，她和她的丈夫，一个来自迈斯特拉的化学家搬到罗马去了。她自己以自由摄影师的身份为不同的报纸工作，一年回威尼斯一趟，自然是看看她的房子。

“那位女士叫什么?”史都问。

“玛利亚·伯耐蒂。”

“伯耐蒂?——个子小小的?黑色卷发?”

“是的，先生。”

“什么?”布罗德卡惊讶地看着史都，“您认识那个女的?”

“她偶尔会为《信使报》拍些社会新闻图片。说我认识她，那就言过了，我们只是碰过几次面而已。”

史都从兜里掏出两张钞票递给旅游纪念品店的老板娘，“非常感谢，您帮了我们大忙。”

史都对威尼斯很熟悉，他提议他们去城里最古老的餐馆品尝那里的馄饨和面条。

就着通心粉和苏亚维葡萄酒[2]，布罗德卡和史都在餐馆的一处僻静角落商议着下一步计划。玛利亚·伯耐蒂能否为布罗德卡的事情提供关键线索，此时此刻布罗德卡和史都都不敢这样奢望。

让布罗德卡分外诧异的是米兰多利纳到机场去接他。他把他的

---

① 这两种均为威尼斯地方报纸。

② 苏亚维是意大利最畅销的白葡萄酒之一。

新情人介绍给史都，之后与他作别。史都答应说会和玛利亚·伯耐蒂，也就是那位摄影师的女儿，联系上并约定在明天见面。

“你怎么知道我是乘这班飞机从威尼斯回来?”当米兰多利纳开着她的蓝旗亚在公路上行进时，布罗德卡问。

“我不知道。”米兰多利纳回答，“可是如果爱某个人的话，总能预感出一些事情，你不是吗?”

“老实说，没有过，这种事我从不凭靠我的感觉。”

“你说得对，严格地讲是这样，”米兰多利纳说，“不会有这么准确的直觉。我给查询处打了电话，得知今天从威尼斯只有两班飞机起飞。如果你乘坐的是晚一班的，我不过也就多等会儿。”

“你会这样做?”布罗德卡握住她放在挡把上的手，亲吻她。

“小心!”米兰多利纳高兴得大呼小叫，“不准分散司机的注意力。我希望你在威尼斯一切顺利。”

“查出一些情况，”布罗德卡说道，但他的话音听上去还是有些沮丧，“我们要找的那个人已经去世了，他的女儿在罗马作图片记者。史都，刚才介绍给你的那位，碰巧认识她，他并不知道她就是我们正在寻找的那个人的女儿。”

“这怎么可能呢!”

布罗德卡耸了耸肩膀，说：“生活就是这么不可捉摸。那个玛利亚·伯耐蒂——这是她的名字——到底能不能对我有所帮助，还是个未知数，大概明天我们就知道了。”

晚上九点刚过，天已经全黑了，布罗德卡和米兰多利纳回到别墅，受到龙各力热情的欢迎。温和的夜晚最适合在葡萄园的露台上歇凉。

烛光下，两个人聊着天，相互讲述各自的往事。

就这样过了一个小时，米兰多利纳突然停下来不说话。

“怎么了?”布罗德卡问。

“那儿，前边，在葡萄林里，”米兰多利纳低声说道，“我好像觉得有东西在动。”

布罗德卡轻轻地站起身，尽量不发出任何声音，与此同时米兰多利纳也把蜡烛吹灭，黑暗中布罗德卡向远处张望，他发现，有一株葡萄藤在摇晃。

“龙各力？”米兰多利纳不安地呼叫。

起初什么动静都没有，接着那头牧羊犬跑过来，狂吠不止。

两人的目光死死盯向一处，就听见那里的树枝咔嚓作响，猛然看到一个黑影在葡萄园里跌跌撞撞地跑动，似乎被铁丝网钩住了，倒在地上，然后又爬起来接着跑。

龙各力紧追过去，它吠叫着扑向黑影，接下来露台上的两个人什么都看不见了。

随后他们听见下面的道路上有引擎的轰鸣声和轮胎吱扭扭擦地的响动。

米兰多利纳躲进布罗德卡的怀里。

“这次我是真的害怕了。”她在暗指昨晚上发生的事。

“我也是。”布罗德卡说。他放开米兰多利纳，摸索着在桌子上找火柴。他刚点着蜡烛，龙各力从葡萄园里跑回来，嘴巴上叼着一个拇指般粗的短小东西，把它丢在米兰多利纳的面前。它落地的声音引起布罗德卡的注意，他从地上把那东西拣起来，放在烛光里看。

“这不是一个远程望远镜吗？”米兰多利纳颤抖着声音说。

布罗德卡点点头说：“不错，看来是那位不速之客仓皇之中丢落的，这种东西多是狙击手所用。”

米兰多利纳惊恐地看看布罗德卡，又看看葡萄园，之后把目光收回来，说：“也就是说，有人准备向我们开枪！”

“是向我！”布罗德卡更正说，“或者你也有敌人？”

“我的上帝啊！”米兰多利纳轻声唤道，她完全慌了神，“我们得叫警察来！”

“在眼下这种情况这样做毫无用处，反而自找麻烦，我一点儿都不想让别人知道我的事。”

“那你打算怎么做？你不能就这么等着他们来杀你！”

“不会的，”布罗德卡冷静地说，“我的确没有想到，那伙人能再次找到我。”

“哪些人？”米兰多利纳追问。

“梵蒂冈里的那伙坏蛋。”

“现在该怎么办？”

布罗德卡想了一下，“最好的办法，我们把自己锁在房子里面，等着天亮。”

“如果杀手又回来，他是不会再次被狗吓跑的。不，我们得离开这里，最好是马上，趁着这个机会赶紧走掉。”

“去哪里呢？这附近有旅馆吗？”

米兰多利纳摇摇头说：“我有一个好主意，你只管收拾最必要的东西，我们开车去我姨妈卡拉西亚家，她住在奥斯蒂亚① 的一幢老房子里，你在那里最安全。”

米兰多利纳处理事情的果敢冷静令布罗德卡刮目相看。她的提议很有吸引力，他必须尽快地从这里消失。

“就这么定了。”最后他说。

他快速地收拾衣物，朱丽埃特的衣服还留在柜子里，这让布罗德卡有种奇怪的感觉，但是没有时间为此再多想了，那个远程望远镜布罗德卡也揣进旅行包。然后他们坐上米兰多利纳的蓝旗亚疾驰而去。

午夜，车子行驶在黑茫茫的通向主路的窄道上，瞧不见一个人影。等开上主路，他们确认后面没有人跟踪。

不到一个小时的车程就到了奥斯蒂亚，这座城市肯定算不上意大利最美的城市。夜晚的奥斯迪亚更像场恶梦：街道两侧是高层的旧楼、灯光昏暗的广场、马路边横七竖八的垃圾桶，上面有野猫在觅食，还有荒僻的建筑工地。

“别担心，”看到这么丑陋的景象，米兰多利纳说，“卡拉西亚姨妈住在市郊，丽都方向。”

---

① 意大利古城，位于罗马西南面。

没过一会儿，他们开到一幢位于安静街区的老房子前，五针松树和灌木丛后面隐约露出房顶。米兰多利纳敲响房门，一边大声呼喊。等了好长时间，裹在白色长睡袍里面的卡拉西亚姨妈才慌忙出来。当她认出夜里登门的是侄女的时候，惊讶地问出什么事了。

米兰多利纳稍微讲述了一下情况，然后问她姨妈，布罗德卡能否在她家里呆上几天。卡拉西亚姨妈是个行事干脆、高个子的老太太，灰白的长发披肩。她咒骂现如今的世道，杀人犯和盗贼气焰嚣张，胡作非为。她请两人进了屋，用欣喜的眼神端详着布罗德卡，然后说，“侄女的朋友”想在这里住多久就住多久。

这栋房子多少有些凄凉，没有几件家具的高顶棚的屋子里有种积郁多年的浑浊气味，布罗德卡毫不在意，重要的是，他在这里逃出了杀手的射程范围。

米兰多利纳决定当天夜里赶回内米。

“你不害怕那个家伙袭击你吗?”布罗德卡问，“我很担心你一个人就这么回去。”

“就算一个人，我也很安全，那个杀手的目标是你，他不敢冒险把我怎么样。我对龙各力放心不下，我得去照料它。”

告别的时候两人紧紧地拥抱在一起，卡拉西亚姨妈在一旁乐滋滋地看着他们，她喜欢这个德国人，而且她早就认为，她的侄女需要一个正直坚强的男人。

17

耶稣受难周[1]。像往年一样，复活节前的这一周梵蒂冈城内一片欢腾。来自世界各地的神职人员聚集在一起做弥撒。当教堂的钟鸣安静下来，格里高利颂歌[2] 响彻穹顶，一声高似一声，直破云霄。“Urbi et Orbi”行动的日子越来越迫近。

这个计划中就连最微小的细节也被考虑周全。教皇，这个思想开放、宽宏大量但意志懦弱的人应该死去，因为如果按照他的意愿行事，天主教神甫的不婚戒条就会被废除，从而教会在他的引领下进入一个新时代。他将在复活节做祈福宣言“Urbi et Orbi”[3] 时悄无声息地倒在圣彼得大教堂的柱廊上，同一天，枢机主教的秘密会议将会举行，选出新一任教皇，而那个继任者正是

---

① 耶稣受难周，即“圣周”，又称“受难周”，自耶稣受难日开始，到复活节结束。

② 格里高利颂歌是罗马天主教会正式礼拜仪式中所唱的圣歌。教宗格里高利一世在位时（公元 590—公元 604），曾将这些圣歌编辑成册，因此后世人称“格里高利颂歌”。

③ “Urbi et Orbi”意为：致罗马城和世界。

史莫雷斯基，这是确定无疑的，用上百万的金钱以及升迁承诺就能够换来枢机主教们的大多数投票。

史莫雷斯基不懂得什么是廉耻，他和他的紫衣党羽一心致力于篡夺教会大权。他们坚持，教会只有像在两千年前一样的作为，才能得以继续生存。虽然人类的处境在此期间并没有变好一点儿，但这并非教会的本意。教会绝不能流于普通百姓——相反，人类必须仰视教会，这就需要中世纪的清规戒律，而不必谈论人性。

复活节前的星期六的上午，史莫雷斯基和他的秘书帕勒尼寇又一次在教廷国务卿的办公室里碰头，最后敲定每一个细节。

让·帕勒尼寇是个小矮个子，谢顶，有人背后说，自从波兰的共产党倒台之后他就再也不会笑了，他那永远忧虑憔悴的苦瓜一样的脸印证了这一传闻绝对正确。

没几个人知道他如何走上神职道路，而他作为一名执行特殊任务的克格勃电子工程师的历史就只有史莫雷斯基一人知道。帕勒尼寇帮教廷国务卿购置世界上最先进的高科技电子设备并安装在他的办公室里，使得史莫雷斯基能够监控到梵蒂冈的所有重要地方，甚至是教皇的私人房间。

在厚厚的眼镜片后隐藏着帕勒尼寇敏锐的头脑，他对于电脑程序的掌握就如同黑格尔或者康德对哲学的领悟。身为一个贪图权势的枢机主教的小秘书帕勒尼寇自然是被人小看，但这个小个子男人似乎对未受重用并没有丝毫抱怨。

史莫雷斯基面前的写字桌上摆着一张行动步骤说明，旁边是一组去年祈福盛典的新闻图片，图片上全是站在圣彼得大教堂柱廊中央的教皇，教皇的左侧是他的贴身随从，右侧是枢机主教洛克海塔，他是枢机主教队伍中最年老的一位。

安装在墙壁上的多个监控屏幕一遍又一遍地播放复活节圣典的转播录像，史莫雷斯基和帕勒尼寇着了魔似的眼珠不错地盯着看。

整个仪式过程中教皇没作任何移动，这自有原因：他用来致词的麦克风就立在柱廊的正中间。

“干得太漂亮了！”史莫雷斯基对这个秘书做的准备工作赞赏有

加。

帕勒尼寇不记得什么时候曾被他的上司表扬过。

“您看看还有哪些地方容易出纰漏，帕勒尼寇?”

史莫雷斯基当然期待对他这一问题的回答是清楚干脆的“不”字，但是秘书有些迟疑。

帕勒尼寇从录像机里拿出磁带，又换了一盘进去，“有一处还不太稳妥，阁下……”

“不太稳妥？一丁点的不稳妥之处都不该有！”史莫雷斯基叫骂道。

所有的监控屏上呈现出同一幕画面。

教廷国务卿疑惑地看着帕勒尼寇。

“这是两年前的祈福现场，”帕勒尼寇说，“您现在再仔细看看，阁下！”

屏幕上的画面显示教皇的贴身随从没有理由地把麦克风挪开，这下教皇便没有继续站在柱廊的正中间。

史莫雷斯基的脸立刻变得刷白，“理论上来讲明天也有可能出现同样的情况。我们该怎么做，帕勒尼寇?”

秘书将录像带倒回，重新播放那段画面，“这就是我说的那处不太稳妥的地方，阁下。如果您问我该怎么解决，我认为只有您才能够排除这种险情，您站在洛克海塔的位置上。”

“我？怎么可能！我得负责启动发射器呢！”

“这并没有什么妨碍啊，阁下！”帕勒尼寇把一个小物件举高，那东西不比一个自来水笔大多少，“可以把这枚发射器藏在衣兜里，枢机主教法衣长袍上的皱褶完全能遮挡住，根本看不出来。”

史莫雷斯基把那东西握在手里，掂了掂它的重量，说：“不坏的主意。那把枪的目标精准度设计的是多少?”

帕勒尼寇回答：“用这把 LZ803 您可以从二百米外的距离击中目标对象嘴巴上的烟头。我担心这里最大的麻烦在于说服洛克海塔枢机主教，让您在今年的祈福仪式上站在他的位置。”

“这事么，”史莫雷斯基说，“我自会办到，放心吧！”

按照既定计划，一组施工队负责清理爆炸残留在列柱之上的断瓦碎砾，为此搭起一个施工脚手架。就在圣彼得大教堂即将举行复活节庆典的前夜，帕勒尼寇借着暮色的保护从东侧的阶梯爬上柱子。他随身带着一个窄条的长箱子，很像是音乐家装乐器的那种盒子。

贝尔尼尼设计的多利克圆柱柱廊在整个夜晚都会被探照灯来回扫射，为了避免被照到，帕勒尼寇不能走正面。他猫着腰，有的地方还需要四肢匍匐行进，这时他就用手推着盒子向前爬，终于他到达了脚手架。

爆炸也导致附近的一个探照灯无法照明，所以脚手架周围黑咕隆咚的。帕勒尼寇爬到平台上，打开箱子，将里面事先已经拆卸好的神奇武器 LZ803 的零部件一一拿出来。

他的眼睛已经适应了黑暗，帕勒尼寇察看四周的状况，看有没有人瞧见他做着这一将会震惊世界的举动。这时他恍惚觉得自己又回到他在克格勃的辉煌时期，眼下的这种任务对那时候的他来说简直就是家常便饭。那是很久远的事情了，不菲的津贴是他固定的收入来源，如果这样看，他的神职生涯过得每况愈下，但是不会永远如此。

帕勒尼寇用他特有的细心缜密开始组装武器。根本用不着他的小手电，他熟练地操作每个步骤，即使闭着眼睛他都能够完成，整个过程只花了几分钟。

和事先想到的一样，安装那两副三脚架最花功夫，LZ803 必须得用螺钉固定在三脚架的托盘上。如果是在厚木板上做这种事就容易多了，脚手架的平台是用新型的格子状栅板搭成，要在那上面打进螺钉把三脚架固定住，干起来颇费气力。安装牢固的三脚架能够在一刹那承受每平方厘米一吨的反弹力，而同时它们的移动不会超过一个毫米。

帕勒尼寇用备好的钳子使出他敦实的身体的全部力量拧紧螺钉固定好三脚支架。然后他把已经组装完毕的差不多两米长的枪托拿过来，LZ803 和传统枪支惟一的共同之处就在于它的枪管长度。他把枪放在两副三脚架上，将枪管对准圣彼得大教堂的立面正中央，上紧镀镉的翼形螺母。

帕勒尼寇把瞄准器小心翼翼地装进备好的滑轨。远程瞄准器的镜片直径有十个厘米，强烈的光强度使得他在夜晚也能够瞄准目标，这是通过一个棱镜达到的。

帕勒尼寇看了看手表。离盛典开始刚好还有三十六个小时。他心里很清楚这项任务的重要性。他做得有条不紊，没有丝毫的紧张。这件事意义深远，能够参与其中让他很是自豪。

咔嗒一声，瞄准器和枪管啮和在一起。帕勒尼寇把棱镜折向上，眯缝着眼睛往里瞧。他利用两个旋转纽来调节高度和左右位置。瞄准器的每一次细微移动都要十分精准。

他从兜里掏出几张祈福盛典的新闻图片，在手电的光照下他逐一察看。他把柱廊上端的栏杆作为高度的依据，而宽度的衡量他是拿背景处的大门来比照。

帕勒尼寇将瞄准器里的射界范围和图片反复做着比较，一遍遍地校准后再做检查，直到最后摆弄了一个多小时他才满意地住手。他轻轻地在枪上铺了一块篷布，然后用胶条粘住。

帕勒尼寇对接下来要做的事情很有把握。他知道从他这方面来说是不会出差错了。他小心地掰动枪上的一个按钮，随着哔的一声按钮旁边的小绿灯亮了起来——表示 LZ803 已经进入发射状态。

一大早，安得里阿斯·封·史都接到一个意外电话，他迷迷糊糊地对着话筒说：“喂，请问是谁？”

一个沙哑的声音反问道：“您是《信使报》的记者吗？”

史都不耐烦地做了肯定的回答，那个声音又说：“是您发现梵蒂冈里那处可疑的墓穴，不是吗？您还澄清了那个博物馆管理员并非神经不正常，是不是？但是这些事情都根本无法同正在那里发生的暴行相比。您有兴趣想知道得更多吗？”

安得里阿斯·封·史都霎时间清醒。“那当然，毫无疑问！”他说，“可是您为什么要给我打电话？您是谁？”

“我的名字无关紧要。至于我打这个电话的理由——我是想阻止梵蒂冈城里那些强盗们的罪恶行径。”

“您说是强盗，先生？您能说出您的名字吗？”

对史都的问题对方抱以长时间的沉默。

“名字！证据！”史都催促说，“光是暗示我什么也做不了。”

来电之人清了清嗓子说：“懂了，我们可以在哪里见个面吗？”

史都非常激动，他努力让自己镇静下来，“您听着，先生，我不知道您的名字，而您只是含糊地暗示某些事情。您不知道，每天有多少人给我电话，想把新闻线索卖给我，结果最后都像肥皂泡一样破灭。如果您不说的话……”

“您不要挂电话！”那人紧张起来，“我要跟您说的是非常重要的事情。”

“那您说呀，该死的！”

等对方又开始不说话的时候，史都把电话给撂了。以他做这么多年的记者经验他知道，这是最简单的高压手段，逼着对方开口说话。

实际上没过一分钟，电话铃声再次响起。这次通话者不再拐弯抹角而是直接说道：“梵蒂冈博物馆里挂着的藏画中有好多是赝品，拉斐尔、列奥那多、乔托① ——没有几张是真的！”

“您怎么知道？”

“因为那些复制品就是我画的。”

这回是史都无言以对。

“而原作，”来电者接着说，“被卖到美国、日本和德国，由此得来的巨额钱财被一个秘密组织所敛获，这是一个以枢机主教为首的团伙。他们的最终目标是掩人耳目地将教皇除掉。我说的这些够爆料吧？”

---

① 乔托·迪·邦多纳（Gitto，约 1266—1337），意大利雕刻家、画家和建师，被认为是意大利文艺复兴时期的开创者，被誉为“欧洲绘画之父”。

拉斐尔《教皇利奥十世和二主教像》

“您有什么证据，证明梵蒂冈里挂的竟然是您临摹的古典大师们的杰作？”这时候史都的脑袋里乱成一团麻。

“我绝没有说谎！”陌生人哈哈大笑，“在我画的每张复制品上都有我名字的签名，极其微小，而且在最不起眼的地方。我就知道，不定什么时候这会对我大有用处。”

史都很难掩饰住自己此时的内心激动，“我不相信您，”他说，“您说的每一句话我都不信。”

“好吧，”那人说道，“您可以仔细瞧瞧梵蒂冈藏画中的那幅教皇利奥十世的肖像。要贴近些看，尤其是他的印章戒指。原来那幅真迹的戒指上有花体字母‘L’，代表‘Leo’。[①]”

“这么说来，博物馆管理员梅拿迪对拉斐尔的圣母玛利亚的判断是对的了？”

“当然了。一个可笑至极的拙劣的复制品，那可不是我干的活，应该是那个德国人画的——偏偏是德国人！我怎么会犯那样低级的错误呢！”

史都微做思索，然后说：“如果您想以这些消息向我索要钱的话，我可能会让您失望。”

“我不是为了钱才告诉您这些，我只是希望您能把我所说的这一切如实地写出来，刊登在报纸上。如果您愿意的话，我们可以见个面。晚上九点在阿庇亚古道，康茂德[②] 纪念碑。”

还没等史都作出答复，陌生人已经挂断了电话。

出于职业习惯，安得里阿斯·封·史都算不上爱早起的人。他需要些时间，才能让自己原本还未完全清醒的大脑理清头绪。早上的这通电话，尤其是对方告知的内容，让他一时间不知所措。

电话又响了，是布罗德卡从奥斯蒂亚打来，他告诉史都有人试图向他打黑枪以及自己从内米逃离的经过。史都向布罗德卡说起那

① 教皇利奥十世的名字。

② 康茂德，又译柯莫杜斯，公元二世纪末的罗马帝国皇帝，180 年—192 年在位。

个陌生来电，那人似乎准备把一切都说出来，这让整起事件出现了一个意料不到的全新局面。史都和布罗德卡约好中午时分在梵蒂冈博物馆的入口大厅见面。

在数不清的游客当中只有布罗德卡和史都的神经绷得紧紧的。两个人直奔挂有利奥十世肖像的展厅，对于其他的珍品藏画他们没顾得上瞧。史都只想确认神秘来电者的话是否属实。

当利奥十世的肖像进入眼帘，他们根本无法相信这会是一张复制品。教皇的印章戒指只有实际戒指的一半大小，上面的印戳也是按照比列缩小，但是仍可以清晰地辨识出上面的字母。

“您看到的是哪两个字母？”史都问布罗德卡。

“一个G和一个P。”

“我也是如此。那个神秘来电者说得没错，这张画是假的。”

“‘G.P.’？您觉得这两个字母会代表谁呢？”布罗德卡问。

史都两手插进裤兜，屏气凝神地注视着画面。他耸了耸肩膀，没有回答布罗德卡的提问，过了一会儿他说：“您可是懂一点儿艺术的，布罗德卡，您认为有可能吗，现如今世上有画家的技艺炉火纯青到临摹拉斐尔的画竟然达致和原作几乎无法分辨的地步？”

布罗德卡在心里暗自得意。在朱丽埃特的眼中他对艺术一窍不通，但是他知道，这样一张以假乱真的复制品绝对是有可能的。“那些比我还懂的人，”他说，“他们声称，目前在艺术品市场上露脸的古典大师们的作品有一半以上都不是他们的原作。”

史都难以置信地摇晃着脑袋。“拉斐尔被世人视为天才，而那个神秘人竟然画得和拉斐尔如此相似，却没人知道他的名字！”

“生活就是不公平。”布罗德卡干巴巴地说出一句，然后又说，“还有哪，您和那个伯耐蒂女士，摄影师的女儿联系上了吗？”

“啊呀，这件事我还没有对您说呢，玛利亚·伯耐蒂今天才从戛纳电影节回来。”

“也没那么重要。”布罗德卡说。他们沿着宽敞的旋转楼梯走向出口。

阿庇亚古道的断壁残垣

“可别这么说，”史都说，“我有种预感，这个玛利亚·伯耐蒂会帮上我们大忙。”

夜幕降临，史都和布罗德卡前往阿庇亚古道。他们先是乘了一段车，然后徒步走在古老的铺石路面上。

两千多年前，富有的罗马人在大道两侧修建他们的豪华陵墓，现在却在如水的月光下呈现出一片废墟。谁要是以为此时的阿庇亚古道冷清而荒寂，那就大错特错，在这温煦的夜晚情侣们置身于这罗曼蒂克的氛围里幽会。

康茂德纪念碑被一圈苍劲挺拔的柏树和郁郁葱葱的灌木丛所围绕，它是由一堵三米乘四米见方、濒临倒塌的石墙和一块残破的墓碑组成，墓碑上镌刻有康茂德的名字“Commodius”。纪念碑距离大道稍远。等布罗德卡和史都走近，一股股恶臭直冲鼻子。

他们在这片长满茂密杂草的废墟上绕了一圈之后，一个黑影从暗处走出来。

双方保持着适当的距离皆站立不动。

“您是谁?”史都问。

“那么您呢?”来人反问。

“我叫史都，这位是我的同事布罗德卡。”

来人向前迈进几步，这时他们可以看清楚他的脸。他大概五十岁或者六十岁的年纪，半秃的头顶上有一圈白发。他给人的印象不像是歹徒之流。

“我叫吉塞佩·帕尔迈扎诺。”他一边朝两人走近一边说，双手背在身后。

布罗德卡怀疑地看着他，觉得有些不太对劲，向后退了一步。

“您能保证没有人跟踪你们吗?”帕尔迈扎诺问。

史都耸了耸肩膀说：“这个我不能肯定，但是我们的举止并不引人注目。”

“我不是一定要跟您见面，您知道。”

“那是当然，”史都回答，“您打算跟我们谈什么?”

帕尔迈扎诺示意两人随他到灌木丛后面。在那儿他从外套兜里掏出一个东西来，然后朝布罗德卡和史都伸过手去。

清朗的月光下布罗德卡看出那是一条紫色丝带，他的血腾地涌向太阳穴。

“这个东西么，”帕尔迈扎诺说，“就是那伙枢机主教组织的信物。”

“这条丝带您从哪里得来?”布罗德卡问。

“我曾经是这个组织的一员，如果您想知道的话，这条丝带扣结就是证明我组织身份的证物。很多年以前我为一个位居高位的先生工作，但是接下来发生了……我们就称之为工伤事故吧，我对他不再有用，于是他们把我像个烂土豆一样扔掉了。”

“您在这个组织里是干什么的?”史都问。

帕尔迈扎诺哈哈大笑，说：“我是个狂热的画家，您懂吗? 只需一瓶葡萄酒，然后我就恍惚觉得自己是拉斐尔了，而且我能画得和拉斐尔一模一样。梵蒂冈馆藏古典大师们的作品中有一半是我临摹的。那不是造假，我要强调一下——是以高超的画技进行的完美复制！史莫雷斯基靠我的工作发了大财，他把原作卖掉，将我的画作挂上去。”

“史莫雷斯基?”

“没错，就是教廷国务卿，他虽然不是这个组织的头目，却是一个主谋。”

“那么谁是头儿呢?”布罗德卡急切地问。

“史佩林根。”

“枢机主教团团长史佩林根?”

“正是他。”

“那么史莫雷斯基呢? 我以为……”

“史佩林根和史莫雷斯基之间的势不两立由来已久，他们两个人水火不容，是死对头，两人都曾多次采取手段，下狠心要除掉对方。据说，枢机主教赛门在西斯廷教堂主持弥撒的时候突发心脏病而暴亡，就是两人明争暗斗的牺牲品，有人往那杯弥撒酒里下了毒。”

“是谁干的？”

帕尔迈扎诺清清喉咙，接着说：“我在梵蒂冈城里一直还有自己的人。这次的下毒案绝不是针对赛门本人，而是史莫雷斯基。现在史莫雷斯基准备全力反攻，他谋划了一起代号为‘Urbi et Orbi’行动，目的是要取缔教皇。听说，这次行动计划得十分周密精到，没有丝毫破绽。”

“您还能说得更具体点儿吗？”

帕尔迈扎诺摇摇头，“只有极少的几个知情者，也只有他们才知道确切的行动日期和更为详尽的情况。”

布罗德卡从旁边看了看史都，月色中他发觉史都和他自己一样慌乱不安。

“Urbi et Orbi。”布罗德卡嘟囔着。

史都点点头说：“您知道，这意味着什么吗？教皇只有十五个钟头可活了。”

“十五个钟头？”帕尔迈扎诺不安地问，“你们知道得比我还多。”

“可能的，”布罗德卡说，“至少关涉到行动时间是如此。我们手上掌握有一些秘密情报，那里面就提到过‘Urbi et Orbi’行动，直至今日我们都不明白那到底是个什么样的行动，现在我们知道，它指的是一起恐怖袭击。”

帕尔迈扎诺再一次左右顾盼，然后他压低声音说：“坦白来讲，我真想不到，史佩林根或者史莫雷斯基会采用这种手段，设伏枪手杀死教皇。这一叛乱惹的祸实在太大，凶手迟早被抓住。谁能躲过世人的眼睛，在那么多镜头前面暗杀教皇？”

布罗德卡若有所思地说：“谁说的，就一定是朝教皇开枪呢？我们大家都知道，由人类的恶念驱使多少匪夷所思的死亡方式被发明出来啊！”

“在祈福庆典上吗？”史都拉长了脸。

“据我对史莫雷斯基的了解，”布罗德卡说，“我相信他什么事

阿庇亚古道

都干得出来。”

“您的认识完全正确，史莫雷斯基是恶魔的化身，而对付恶魔只能用更恶的手段。我曾经在他的汽车里放了一枚炸弹，可是老天却以一种令人无法理解的理由庇护了这个魔鬼。”帕尔迈扎诺的这番告白听上去非常悲愤。

从禁止车辆穿行的阿庇亚古道的南面方向走过来两个人，他们的脚步声响起在石子路面上，帕尔迈扎诺紧张起来，连连催着布罗德卡和史都躲进康茂德纪念碑周围的灌木丛后面。

布罗德卡觉得直起鸡皮疙瘩，倒不是因为那两个慢慢接近的黑影，而是帕尔迈扎诺，他觉得这个人太不可捉摸了。

等那两人在黑蒙蒙的夜色中远去，帕尔迈扎诺说：“我现在得撤了，先生们，这个见面地点对我来说实在太冒风险，况且所有该说的事情我都说完了，但愿这些情报对你们还有些用。”

话音落地，帕尔迈扎诺就在幽暗中隐身不见了，布罗德卡和史都在月夜中谛听，没听到任何响动，帕尔迈扎诺像是钻进了地底下。

“您觉得这个人怎么样？”过了一会儿布罗德卡问。

史都端了端肩膀，没说话。

“如果他说的都是真的，”布罗德卡接着说，“明天就是教皇性命攸关的日子。史都，我们必须得采取措施！”

他们沿着阿庇亚古道走回到停车的地方。

“我们现在怎么办？”史都问，“难道我们该去找警察告诉他们，在明天的祈福庆典仪式上教皇将被人开枪打死或者莫名其妙地从柱廊上摔下来，抑或是他干脆死于心肌梗塞？布罗德卡，那样的话我们两个首先成为第一嫌疑人。”

“难道您不相信会有暗杀吗？”

史都耸了耸肩说：“诚然，是有这种征兆，可我们没有证据。您别忘了，因为梅拿迪的事情我们找了警察，可又改变了什么呢？好吧，就算我们把他从监狱里救了出来，但是警方对那些教会黑帮采取行动了吗？什么都没有！或者是我认识错误？”

“我所担心的就是您的这番认识完全正确。”布罗德卡说，“我自己曾亲身体验到梵蒂冈那伙歹徒的势力有多么庞大。”

面对隐身不露面的敌人布罗德卡觉得自己无能为力，这种感受让他憋闷得透不过气来。如果这起最不可思议的事件真的发生，如果史莫雷斯基真的实施他的计划，他该怎么办？

史都的话音像是从远处飘进了布罗德卡的耳朵：“怎么啦？您哪里不舒服吗？”

“没有，没有。”布罗德卡怅然若失。

他们继续赶路。

米兰多利纳一整天都在联络布罗德卡。从卡拉西亚姨妈那里她得知，他一大早就起身离开了，史都的电话也没人接听，布罗德卡为什么没给她留消息呢？

晚上十点左右，她决定驾车去奥斯蒂亚，在那里等布罗德卡回来。

房门前还停着布罗德卡租来的那辆车，米兰多利纳觉得应该把他的车开走，没准他需要车办事情。于是她坐进那辆灰色的福特车，而不是她的蓝旗亚，前往奥斯蒂亚。

她启动引擎，掰下一挡，加油起步。车前大灯照在陡峭的山石路面上，这条路她已经走过上千遍。

很久以来，她曾以为自己不需要男人，但是这两天她意识到自己错过了什么。布罗德卡唤醒她长埋于心底的爱的情感，她爱上了这个男人，也许这是她第一个真正爱上的男人。要是在以前，她的傲气是不会让她追着一个男人打电话或者跟在他屁股后面跑。

面对布罗德卡她表现得完全不像她从前的自己。她有生以来头一次体会到像小说里描写的那种心中有如一只蝴蝶扑棱的感觉。她会担心，布罗德卡不能以同样的情感回报她的投入。他为什么不打电话？对他来说她是可有可无的吗？难道她的爱对他而言只是一次偶然的放纵吗？他只把她当作某个人的临时替代品吗？

陡坡上有处急拐弯，她把挡把掰向二挡，突然挡把发出吱嘎嘎颤响，即便米兰多利纳的脚已经从油门上松了下来，车子仍旧发狂般的向前冲去。绝望的米兰多利纳死死地踩住刹车，可是感觉不到任何阻力，刹车片已经到了止动位置上。

福特车越来越快，在车大灯的光照下可以看到前方道路的终点是一堵房墙。米兰多利纳手忙脚乱地拉下手刹，但手刹根本就掰不动。

“不要啊!!!”她发出撕心裂肺的叫喊，并试图在最后一刻拨转驾驶盘的方向，没有用。在转瞬之间她只见到那面明晃晃的石墙朝她压过来，一声震耳欲聋的轰响，接着周围的世界漆黑一片，宁静极了。

已经是隔天的凌晨，史都才把布罗德卡送回到奥斯蒂亚的卡拉西亚姨妈家。

布罗德卡一路上都在回想之前发生的事情，等史都把车子停在房子前面时，两个人因为一夜未曾合眼都疲倦极了。

“出什么事了?”布罗德卡大吃一惊，他看到马路上停着一辆巡逻警车，房子窗户里面亮着灯。

卡拉西亚姨妈眼里噙着泪花迎向他们。

“发生什么事情了?”布罗德卡问。

老妇人别过头去，她哭得说不出话来，心中的悲痛难以抑制。

从后面走出两个警察，一个翻看手中的文件，另一个审视着布罗德卡。“您于四天前在安飞士租车行租了一辆车，福特 Scorpio，车牌号是 AX - 509 - EB?”

“是的。”布罗德卡惶恐地回答。

“女伯爵玛菲开着这辆车发生车祸，她死了。您和女伯爵是什么关系?”

那位警察例行公事，他这种冷冰冰的态度让布罗德卡的脑袋嗡的一下懵住了，过了好一会儿，他才明白警察说的是什么。

“米兰多利纳……死了?”他惊慌地问，“这到底是怎么回事?”

“您和女伯爵是什么关系?”警察把问题又重复了一遍。

“什么关系?”布罗德卡轻轻地说，“我们……我们是好朋友，如果您指的是这个意思的话。”

“我不是这个意思，先生，我是问，您同意过女伯爵开您租来的这辆车吗？”

布罗德卡魂不守舍地点点头，突然他咆哮着大叫：“这有那么重要吗，嗯，她死在哪里？我问您哪？”

警察吓得一激灵。

史都把手扶在布罗德卡的肩膀上，布罗德卡木然地看了看他，然后转向警察说：“怎么会出这样的事？车祸是在哪里发生的？”

“她在离家不到二百米远的地方出事，开着您租来的那辆车，先生，车子以极快的速度冲向房墙。现场没有刹车痕，一点儿都找不到，差不多可以这么说吧，是故意撞墙。”

“故意的？您是说自杀吗？”

这时卡拉西亚姨妈走过来，她听到自杀两个字，就斥责警察，他应该收回这样的言辞和推测，米兰多利纳绝不是那种会自杀的人。

布罗德卡也在一旁附和她。“没有刹车痕么？”他若有所思地咕哝着。

“我处理过许多起车祸，先生，但像这样的状况还从没碰见。”

“您有没有想过，这可能是有人蓄意制造的意外呢？”

“所以我才问您和女伯爵的关系呀，先生，那辆车被人动过手脚，挡把、脚刹和手刹全部失灵。”

“您认为是我……”布罗德卡怒气冲冲地喊道，“您真的认为是我……”布罗德卡喘着粗气，史都上前试图安慰他。“那是我租来的车，没错，”布罗德卡说，他依旧火冒三丈，“您真的认为是我在我自己承租的车子上捣了鬼？”

警察没有吱声，过了一会儿他说：“您有仇人吗，布罗德卡先生？”

这是一个简单的问题，只需要一个简单的回答。

“是的，我有仇人。”布罗德卡说着看了史都一眼，“只是……我不知道他们是谁。”

“这话该让我怎么理解？”警察问。

布罗德卡二话不说，走进卡拉西亚姨妈安排给他的房间，等他回来时，他手中握着一个远程望远镜，那是米兰多利纳的牧羊犬龙各力从葡萄园里叼回来的。

“昨天有人试图在女伯爵房前的葡萄园里朝我打冷枪，不过杀手被狗吓跑了，逃窜时丢下这个远程望远镜。”

警察把望远镜放进密封塑料袋里。“我想，”他说，“您必须要如实向我们解释一些事情，请您随时听候我们的问询。”

接下来布罗德卡和史都还有卡拉西亚姨妈坐在一张圆桌旁，他们谁都不想去睡。布罗德卡在心里痛苦地自责，他觉得自己对米兰多利纳之死负有责任，因为是他把她卷进这起风波中。而且他也本该想到，从他的敌人在内米湖畔的别墅找到他之后，玛菲在那里就是不安全的。

他会永远背负着这种愧疚生活下去，倘若他还能九死一生逃得性命的话。

圣彼得大教堂前挤满了成千上万的人。广场上阳光灿烂，到处是节日里欢快喜庆的气氛。

“Urbi et Orbi”的日子到了。

因为车辆管制，布罗德卡和史都兜了好大的一个圈儿终于抵达广场最前面，这里专为贵宾要人预备，可以清楚地看到柱廊里发生的一切。

一直到最后时刻布罗德卡和史都还在争论不休，他们该不该报警。布罗德卡认为应该这样做，而史都则强烈反对。结果是布罗德卡放弃，因为史都所持的观点——人们根本不会相信他们——他无力驳倒。他们手上又掌握了哪些证据？那些磁带上的录音内容没人能听得懂是什么意思，完全不知所云。

教皇在贴身随从和教廷国务卿的陪同下出现在柱廊，广场上立刻欢声雷动。教皇的脸色苍白，神情落寞，甚至还有几分羞怯。

布罗德卡并没怎么太注意教皇，他更多的目光是落在史莫雷斯基身上。他的个子矮小，敦实健壮，面无血色的脸上突显两条扫帚眉又黑又密。他身披枢机主教法衣——紫色的长袍，布罗德卡对这个颜色像对他这个人一样厌恶至极。

教皇以饱满的情绪、诚挚的表达用拉丁语向全世界的教友们赐福，场面非常感人。布罗德卡的目光追随着他的每个举动，从这时起他的眼睛再也没有离开过这个男人。

因此他也就没有留意到，站在教皇右侧的枢机主教史莫雷斯基似乎有些不太安分。史莫雷斯基侧面打量着正在用各种语言向全世界的人们致以复活节祝愿的教皇，接着他的视线似乎无意地朝列柱看去，随之又回到教皇身上，最后再次望向栏杆上的脚手架。

“Joyeuses Paques![①]”教皇用法语对着面前的麦克风说。

雷鸣般的掌声响彻广场。

布罗德卡朝史都不安地瞟了一眼。是他们错了吗？难道他们以为将要发生的事情只是存在于他们的想象之中？

为什么我要站在这里，布罗德卡在心里问自己。如果他回想这几个月来的经历，然后像拼图一样把一段段记忆拼凑起来，却发现那能够解释一切、最为重要的关键之处缺失了。

就在布罗德卡苦苦怀疑自己的时候，他没有注意到史莫雷斯基正悄悄地把手摸进他的紫色法衣下面，装作整理衣服的样子。史莫雷斯基的目光再一次停留在紧挨他站立着的教皇脸上，然后移至柱廊上端的脚手架，之后又转回来。

“复活节快乐！”教皇的祝福在广场上空回荡。

一丝嘲讽的微笑掠过史莫雷斯基的嘴角。他藏在法衣下面的手紧紧攥着微型发射器，他的拇指触摸到开关，他假装虔诚地合上双眼。

子弹无声无息地发射出来。史莫雷斯基的眼睛突然瞪得好大，有那么一刻他的身体直挺挺地僵硬住了，随后像块木头一样扑通倒落。他就这样在原地上死了。

---

① 复活节快乐。

一时间，圣彼得广场上的人们开始骚动慌乱。但是教皇不为所动，继续他的赐福演说。

“怎么回事？”史都小声地问布罗德卡。

布罗德卡摇了摇头，他像石像一样定定地站着。

柱廊上的教皇结束祝词，他向圣彼得广场上黑压压的人群挥手致意，然后悄然离去。

这时布罗德卡感觉到有一只手握住了他的手，他回头看去。

“朱丽埃特！”

两人四目相对，紧紧拥抱。

下午一点的新闻播报时间，梵蒂冈广播电台对外宣布，枢机主教史莫雷斯基在复活节祈福庆典的仪式中因突发心脏病而不幸辞世，教皇对此十分震惊。

这一意外事件的发生与其说让梵蒂冈城内深受震撼，还不如说是莫名的恐慌笼罩在每一个教职人员的头上，更无从谈起节日的祥和气氛了。

现在帕勒尼寇接管了史莫雷斯基的中心控制室。他目光机警地追踪着监控屏幕上慌乱的人群，于是他也知道，代号“Belphegor”，枢机主教团团长史佩林根正在前来找他的路上。

帕勒尼寇在控制中心的前厅静候史佩林根。

枢机主教把房门从身后锁好，朝帕勒尼寇走过来，给他一个拥抱。

“您把任务完成得很好，帕勒尼寇，您是不会吃什么亏的！”

帕勒尼寇欣欣然地接受枢机主教对自己的夸赞，之后他看了一眼监视器，说：“现在该怎么做，阁下？”

枢机主教双手抱在胸前，扫视着墙壁上的众多监控屏。

“我不知道，这样的一套设备在梵蒂冈里是不是不可或缺。”他说。

帕勒尼寇不自在地赔着笑说：“我只是依照教廷国务卿的指令办事而已。枢机主教史莫雷斯基一直生活在恐惧之中，他时刻担心自己对正在发生的事情无从知晓，对他来说惟一难以忍受的事就是：不知道。他常常说，洞察一切就能获得权力。”

“他这样说也不是没有道理，他自以为他无所不知，可正是这一点让他走向毁灭。史莫雷斯基不知道他最后是孤立无援，他还真的以为他会成为教皇的继任者。干得不错，帕勒尼寇，您更加深了他的这一妄念。”

“说老实话，”秘书回答，“有的时候要违背我自己的信念去做事相当不容易。我也是诚惶诚恐地过活，时刻提心吊胆，怕他发现。史莫雷斯基的头脑不仅很有智慧，而且他的触觉也极其敏锐。”

帕勒尼寇和枢机主教监视着教皇房间里的动静，这时候帕勒尼寇问道：“阁下，史莫雷斯基为什么对教皇这么恨之入骨啊？”

枢机主教团团长史佩林根走近帕勒尼寇，压低声音对他说：“我告诉您，教皇曾经当过史莫雷斯基的秘书，那时他还只是玛尼克主教。史莫雷斯基当然自己想做教皇，但他在秘密会议上没有获得多数选票。于是他把当时已经成为枢机主教、他从前的秘书推了出来，因为史莫雷斯基知道，他可以控制住他，玛尼克主教有把柄攥在他手上。”

“有把柄？”

“这是后来成为教皇的玛尼克主教和一个女人之间的纠葛故事，这个女人还怀孕了。”

“我的上帝啊！现在我好像是明白了。”

“这还不是全部，史莫雷斯基强迫那个女人去堕胎，他力图遮掩这桩丑闻，可是那个女人的态度十分坚决。这件事教皇永远不会原谅史莫雷斯基，但是他没有能力对抗他，因为那时候的史莫雷斯基的势力太强大。当教皇——在我的帮助下——派人将那个女人安葬在德国墓地时，史莫雷斯基觉察出这件事似乎脱离了他的控制，于是他谋划出这起‘Urbi et Orbi’行动，试图利用这最后的机会，或许还能借此当上教皇。”

帕勒尼寇思索着问道：“教皇有可能想到这次暗杀袭击的目标就是他吗？”

“当然，”史佩林根回答，“他着实吓坏了，虽然我曾之前向他保证过，他是不会出什么事的。”

“您还跟他说了史莫雷斯基会死在自己手上吗?”

“这个他不知道。我敢断定，他决不容许出这样的事情，这个傀儡是一个大好人。现在他只能相信官方的解释，即史莫雷斯基死于心脏病。就算我把真相告诉他，他也不会相信。”

帕勒尼寇使劲地点着头，“连我自己也不太容易接受这一事实。一直顶着无形的压力、时刻担心被戳穿的恐惧——这一切像块大石头一样重重压在我心上。阁下，请允许我再问您一个问题，现在，教廷国务卿史莫雷斯基已经死掉了，以后会有哪些改变呢?”

枢机主教抬眼望着天花板，这个问题似乎让他很为难。“啊呀，您知道的，帕勒尼寇，”最后他说，“教会已经存在两千多年，而在这么漫长的历史当中又有什么改变了呢? 一再出现主张教会改革使之朝更人性化的方向发展的新教皇，但是他的后继者又会让这些美好的愿望破灭，付诸东流。这像是一个诅咒，降临在教皇的权位上。”

史佩林根的话音刚落，他就被自己的言论吓了一大跳。

史莫雷斯基的死在梵蒂冈的那个秘密组织中像一颗炸弹一样爆开了。组织成员个个人心惶惶，彼此间猜忌怀疑。他们知道，史莫雷斯基绝不可能是自然死亡，可是没人敢于说出自己的推测，因为那样就会将自己暴露出来。

刚刚返回到罗马的提图斯从一个同性恋伙伴家里的电视上收看到复活节的庆典仪式以及发生的出乎意料的结局。当他在城里漫无目的地溜达多时之后，他的脚步不知不觉地来到安娜斯塔基亚·法索利诺位于圣心银行大街的宅邸前。史莫雷斯基死了，这对他的打击实在太大。虽说教廷国务卿待他还不如一条狗，但提图斯就是一条忠诚的狗。

他以为，他的姨妈会像他一样为史莫雷斯基的死而悲痛难过，但是他想错了。他一迈进这所房子就察觉出里面的气氛不对头，此时安娜斯塔基亚的心情绝非沉重，可以称得上是种解脱之后的轻松。

“你终于来了,”她用嘲弄的腔调说,“我还以为你从这个世上消失了呢,进来吧!”

她把提图斯引进客厅——之前她还从来没有这样做过——让他找个位置坐下来。

提图斯乖乖地坐下,他觉得自己落到这步境地就只能是服从。

“一切都结束了。”在提图斯满怀期待地抬头看着安娜斯塔基亚时,她说道。

与此同时,客厅的大门从两侧被推开,四名警察和一个着便装的警官走进房间,还没等提图斯看明白是怎么回事,一副手铐已经铐住他的双腕。

警官从提图斯的外套口袋里掏出手枪,放在桌子上,这是一把PPK左轮手枪。

提图斯没做任何挣扎,既没有阻止也没有反抗,他表现得十分麻木。

警官问:“您是特奥多·布兰德斯泰德,又名提图斯吗?”

提图斯默默点头。

“您被逮捕了,您涉嫌参与发生在慕尼黑的一起枪击案、维也纳妓女谋杀案、在罗马传播假钞以及暗杀内米湖畔的女伯爵玛菲,跟我们走。”

两名警察上前架起提图斯准备拖走他时,提图斯听见那位警官对安娜斯塔基亚说:“谢谢您的帮助,法索利诺太太。”

提图斯朝安娜斯塔基亚轻蔑地瞪了一眼,他一直恨这个女人。他清清喉咙,冲她面前的地上吐了口唾沫,然后朝门口走去。

一时间,布罗德卡对史莫雷斯基就这么意外死掉的结局还没能回过味来。教皇在“Urbi et Orbi”行动中侥幸躲过一劫,而同时史莫雷斯基难逃罪有应得的厄运,这一事实让布罗德卡陷入了沉思。史莫雷斯基的死对布罗德卡还有一些其他方面的影响:这么长时间以来他第一次不再有被别人困扰和监视的感觉。于是他不再担惊受怕，和朱丽埃特在埃克塞尔大酒店开了一个房间。

但是布罗德卡却没让朱丽埃特真正地释怀。她向布罗德卡解释她和克劳迪奥的关系已经彻底结束。布罗德卡把米兰多利纳的不幸遇难以及全因为开的是他租来的那辆车的经过一五一十告诉给了朱丽埃特，他也如实坦白，之前他和米兰多利纳之间发生的情愫。向对方隐瞒彼此的秘密终究要有一个了断。

“我们现在该怎么办？”朱丽埃特问。

布罗德卡拉起朱丽埃特的手，凝视着她的眼睛深情地说：“重要的是，我们不该一味责怪对方。”

朱丽埃特摇摇头说：“我的行为太幼稚了，对不起。”

布罗德卡将食指触在她的嘴唇上示意她不要这样说，“听着，你不需要道歉，我自己也同样请求你的原谅。或许这就是我们两个必须要经历的磨难。常言说得好，磨难会让人更加明智。”

“让我们从停下来的地方重新出发。”朱丽埃特说。

布罗德卡说：“把发生在我们身上的所有不愉快通通忘掉，然后像什么事情都没有发生的那样子去生活。”

“就像我们从前那样？”朱丽埃特期盼地看着布罗德卡。

“是的，”布罗德卡回答，“因为我一直爱着你。”

电话铃声乍起。

布罗德卡拿起话筒，是史都打来。

“我在酒店大堂，您能下来吗？我会让您大吃一惊。”

布罗德卡快速地看了眼朱丽埃特，“一起去吧。”他说。

史都陪同玛利亚·伯耐蒂在大堂里等着。玛利亚·伯耐蒂长得小巧玲珑，一头乌黑的卷发，就像史都之前描述的一样。

年轻的女士从提包里拿出一张照片，默默地把它交给布罗德卡。

布罗德卡朝照片看了一眼，茫然地摇摇头，把照片转给朱丽埃特。

“这就是那张神秘的照片？”她问。

布罗德卡点点头说：“和我母亲在保险柜里保存的照片是同一

张，也和从苏黎世凯勒那里拿到的一模一样。”他又转向玛利亚·伯耐蒂说，“怎么这么巧您偏偏留有这张照片？我的意思是说，您父亲拍过成千上万张类似的游客的留影啊？”

玛利亚·伯耐蒂面露不好意思的神情，她回答说：“我的父亲有一天曾经这么对我说，有朝一日我可以用这张照片换大钱。”

布罗德卡十分困惑，“换大钱？”

“是的，”年轻的女士说，“这张照片将会爆出天大的新闻。”

“我不明白，”布罗德卡问，“这张照片究竟哪里特殊？”

“这个站在您母亲旁边的男人。”玛利亚·伯耐蒂回答。

“您认识他？”

“大家都认识他，您再仔细地瞧瞧上面的这个人。”

朱丽埃特把照片还给布罗德卡，“看不出这可能是谁。”

“他是亚历山大·玛尼克，反正他在拍这张照片时就叫这个名字。现如今他是教皇。”

布罗德卡惊呆了，朱丽埃特拉拉他的手。他恍然大悟，那么多曾经发生在他身上的种种离奇事件现在终于有了解释，同时他又觉得这一切是那么令他无法置信。

“我想，我们该让布罗德卡单独呆上一会儿。”朱丽埃特朝史都和玛利亚·伯耐蒂说。

那两人都明白这是什么意思，朱丽埃特陪他们一起离开。

布罗德卡惘然若失地伫立在大堂，这时一个人朝他走过来，他穿着一身式样简单的黑西装，看不出他是谁，他从哪里来。

“布罗德卡先生？亚历山大·布罗德卡？”

“是的，我就是。”

“给您的一封信。”

他交给布罗德卡一个白色信封。布罗德卡惊讶地把信封翻至背面，当他一看到上面戳印的纹章时，他愣住了。

信封里只有一张折叠的手工制作的最上好的纸，纸上是笔触流畅、略微抖颤的一行字：

以耶稣的十字架为中心的德国墓地

“德国墓地，C.B.，晚上六点。”

布罗德卡抬起头，来人已经不见了。

他追出酒店冲到街道，威尼托大街上一片安宁的气氛。路边的咖啡馆里都是人，街道两侧华灯初放。

他心神恍惚地上了一辆出租车。

“梵蒂冈城。”他说。车驶向梵蒂冈。

布罗德卡前往德国墓地，这个时候周围静谧得很，偶尔出现几个或单独或结伴而行的朝圣者，没有什么不寻常之处。他走到宏伟的圣彼得大教堂正面左侧进梵蒂冈城的入口处。

平日里这里有两名瑞士士兵在把守，他们只会让那些能证明自己是德国人的来客进入。此时德国墓地被一条蓝黄相间的警戒线围上禁止通行。布罗德卡默默地把手上的信封亮出来，于是同样默默地被放行了。

布罗德卡穿过墓地大门，他马上看到一个穿白衣的人，他毫不怀疑，他就是那个人。布罗德卡迈着坚定的步伐朝他的目标走去。他挨着那个白衣人站立在墓碑前。

他们没有相互看一眼。

“我是亚历山大·布罗德卡。”他说，视线依旧没有离开墓碑。

“我知道。”白色长袍里面的那人一动不动地说。

两人都不再说话，直到布罗德卡最终打破墓地的静寂，“您为什么要这么做?”

“出于对这个女人的爱。”

“可是您知道这样的安葬惹出多大的乱子来吗?”

“我没有别的选择，难道我该说出来，我爱克莱尔·布罗德卡甚至超过爱自己的生命?”

“那么说来，慕尼黑的空墓穴上的那片花海也是您安排的?”

“是的。”

“教廷国务卿史莫雷斯基在这件事上扮演什么角色?”布罗德卡问。

那个人仍然凝视着墓碑，“他照管你的母亲，但是他能这样做是有条件的，他派人把你送进修道院的寄宿营，让她和你分开。在修道院的高墙后面他想要控制你——以此来要挟我。”

穿紫衣的人！布罗德卡一下子全都记起来了：一个矮小敦实的人站在一个九岁男孩的面前，好似一头凶猛的巨兽。所以他痛恨跟紫色沾边的所有颜色。史莫雷斯基，这个魔鬼般的枢机主教。

布罗德卡满腔怒火，这种常常向他无故袭来的愤怒现在终于找到一个宣泄对象：“既然你什么都知道，你为什么不阻止？”

白衣人无奈地抖了抖肩膀，说：“我该怎么办？我是教皇，如果大家知道，我也是一个人，也有一个普通人所具有的弱点，我们的教会将会发生什么事？”

布罗德卡背朝着老人转过身去，他听到他在说：“还有，我们从未见过面，我的儿子。”